W0401281

Aus Freude am Lesen

btb

Buch

Die Büroangestellte Gabi beginnt ein aussichtsloses Verhältnis mit einem verheirateten Kollegen. Ein alter Mann im Rollstuhl ist dazu verdammt, mit seiner philippinischen Haushaltshilfe zu leben, die er eigentlich nicht leiden kann. Ezra versucht verzweifelt, seinem desertierten Sohn, der sich an einem geheimen Versteck aufhält, seine Liebe zu beweisen. Und der unansehnliche Aviram weiß, daß die Frau, die er begehrt, für immer unerreichbar für ihn bleiben wird. All diese Menschen leben in unmittelbarer Nachbarschaft in einem heruntergekommenen Wohnhaus in Tel Aviv. Sie fühlen sich allein gelassen, gehen einander aber dennoch aus dem Weg, bei unvorhergesehenen Begegnungen flüchten sie sich in Unwahrheiten oder verlieren die Selbstbeherrschung. Dabei haben die Lebensläufe dieser Helden der Einsamkeit mehr miteinander zu tun, als sie wahrhaben wollen. Alle verspüren den Wunsch nach Nähe, danach, die Wand zum Nächsten niederzureißen, folgen aber eher fremden Empfehlungen als den eigenen Gefühlen. Und wer endlich ein Ziel erreicht hat, merkt, daß er eine andere Vorstellung davon besaß.

Jehoschua Kenaz erzählt atmosphärisch dicht, einfühlsam und prägnant. Was als ein Panoptikum des israelischen Gemeinwesens beginnt, entwickelt er mit der Suggestivkraft des großen Erzählers zum Drama des Menschen in unserer Zeit.

»Kenaz kann alles. Er wischt sich selbst völlig aus und ist nur präsent im Erzählrhythmus seines Romans, der nie Eile hat, sondern das Tempo dem tatsächlichen Ablauf anpaßt.«
FAZ

Autor

Jehoschua Kenaz wurde 1937 in Petach Tikwa geboren. Er studierte an der Hebräischen Universität und später an der Sorbonne in Paris. 1960 erschien seine erste Erzählung. 1995 wurde er mit dem hochangesehenen Bialik-Preis ausgezeichnet. Jehoschua Kenaz ist einer der bedeutendsten zeitgenössischen Erzähler Israels.

Jehoschua Kenaz

Hinter der Wand

Roman

Aus dem Hebräischen
von Barbara Linner

btb

Die Originalausgabe erschien 1982 unter dem Titel
»Machzir ahavot kodmot« bei Am Oved, Tel Aviv

btb Taschenbücher erscheinen im Goldmann Verlag,
einem Unternehmen der Verlagsgruppe Random House GmbH.

1. Auflage

Umschlaggestaltung: Design Team München
Umschlagmotiv: Imagine/Siaphor
Satz: IBV Satz- und Datentechnik GmbH, Berlin
CN · Herstellung: Augustin Wiesbeck
Made in Germany
ISBN 3-442-72809-6
www.btb-verlag.de

1

Es kommt der Augenblick, in dem einer von beiden fragen wird: Wann sehen wir uns wieder? Und das wird das Zeichen sein, daß etwas zu Ende ist und etwas anderes beginnt und der Zauber der ersten Tage, sofern er wirklich über beiden weilte, sich in nichts aufgelöst hat. So in etwa hatte es ihr damals der Dozent erklärt, mit dem sie als Studentin eine Zeitlang zusammenlebte. Der Schriftsteller, den er zitierte – sein Name war ihr entfallen –, behauptete, daß der, der als erster von den beiden fragen würde: Wann sehen wir uns wieder?, ›die Liebe verlor‹, wie der Dozent sagte. Was denn, hatte sich Gabi damals verwundert gefragt, sollte diese ganze Geschichte ein Machtspiel sein? Ihr erschien das nicht so. Nach einiger Zeit trennte sie sich von dem Dozenten, und bei dieser Gelegenheit gab sie auch ihr Studium an der Universität auf, das ihr nicht brachte, was sie sich davon versprochen hatte.

In den Jahren, die seitdem vergangen waren, hatte es auch eine kurze, mißglückte Ehe gegeben, die jedoch, zumindest ihrer Ansicht nach, nicht weiter geschadet hatte. Sie sah jünger aus, als sie tatsächlich war, hatte sich ihre zierliche Figur erhalten, ihr Gesicht war nahezu faltenlos mit hellem Teint, dunkles glattes Haar fiel ihr bis auf die Schultern (im Büro war es zu einer straffen Nackenrolle nach Tänzerinnenart zusammengebunden). Ihre dunklen Augen, leicht mandelförmig und lebhaft, und die Stupsnase ließen ihr Gesicht klüger und gewitzter erscheinen, als sie in Wirklichkeit war.

Als sie den Hauseingang erreichte, warf sie einen Blick hinter sich, steckte schnell den Schlüssel ins Schloß und betrat das Treppenhaus. Trotz der Plastiktüten mit den Einkäufen, die sie trug, und ihrer ziemlich hohen Absätze stieg sie zügig ein Stockwerk ums andere hinauf, ohne Licht im Treppenhaus zu machen, betrat die Wohnung und schloß sofort die Tür hinter sich ab.

Die Arbeit als Büroangestellte hatte sie durch Zufall von einer Bekannten übernommen, die im Begriff war, von Tel Aviv wegzugehen, in eine Siedlung im Galil, und ihre Stelle aufgab. Ein paar Wochen war sie eingearbeitet worden, und von den guten Ratschlägen, die ihre Bekannte ihr mitgab, grub sich ihr besonders die Warnung ein, sich unter allen Umständen von einem miesen Typen namens Chazi fernzuhalten, der zu dieser Zeit gerade auf Wehrübung war. Schon nach wenigen Tagen, noch bevor sie ihn gesehen hatte, war sie in ihn verliebt. Voll Ungeduld wartete sie darauf, daß er wieder zur Arbeit erschien, und als er zurückkam und auf dem Gang im Büro an ihr vorbeiging, hegte sie keinen Zweifel, daß das der Mann war, obwohl sie noch niemanden seinen Namen hatte nennen hören. Und sie wußte, daß sie ihn haben mußte, um jeden Preis.

Er dagegen ließ überhaupt kein Interesse an ihr erkennen. Sie arbeiteten zwar in zwei verschiedenen Etagen desselben Bürogebäudes, doch betrat er an jenem Tag zufällig einige Male das Büro, in dem sie arbeitete, scherzte mit den anderen Angestellten und machte sich nicht einmal die Mühe zu fragen, wer die Neue sei, stellte sich nicht vor, verlor kein ermunterndes oder nettes Wort, legte keinerlei Anzeichen von Aufmerksamkeit an den Tag. Sie jedoch war bereits nicht mehr in der Lage, an irgend etwas anderes zu denken. Gesprächsfetzen ihrer Kolleginnen, die ebenso wie ihre Bekannte nicht sehr freundlich über ihn sprachen, entnahm sie, daß er eine Familie hatte und daß sein Schwiegervater, ein einflußreicher Mann in Geschäftskreisen, ihm zu der Arbeit in einer der Abteilungen der Firma verholfen hatte. Gabi war kein naives junges Ding mehr, ihre Lebenserfahrung gemahnte sie zu erhöhter Vorsicht und Verantwortlichkeit, doch der Ruf als mieser Typ, der Chazi vorauseilte, und sein besonderes Aussehen, das Gesicht eines überheblichen Jungen mit einer schneeweißen Haarmähne auf dem Kopf, übten einen unwiderstehlichen Zauber auf sie aus.

Ihre erste sexuelle Begegnung ereignete sich in einem kleinen Hotel in einer der Straßen, die zum Meer hinunterführen, einige Tage, nachdem er sich geneigt gezeigt hatte, sie zum ersten Mal anzulächeln, als er auf dem Gang an der Tür ihres Zimmers vorüberkam. Gabi ging zu dem kleinen Imbiß in der Nähe des Bürogebäudes hinunter, in dem er gewöhnlich zu Mittag aß. Dort saß er und blickte sie an, und sie erwiderte sein Lächeln. Er trat an ihren Tisch und sagte leise: »Ich will dich kennenlernen.« Als sie »Okay« antwortete, zog er ein Notizbuch aus seiner Jackentasche und riß ein Blatt heraus, schrieb etwas darauf, faltete es zusammen, legte es auf ihren Tisch und verließ den Imbiß. Auf dem Zettel waren Name und Adresse des Hotels und der Zeitpunkt des Treffens notiert. Als sie dort miteinander schliefen, hörte er zum ersten Mal ihre hysterischen Lustschreie. Sein Körper erstarrte, er hob seinen Kopf und musterte mißtrauisch und beunruhigt ihr Gesicht.

Er legte die Regeln für sie fest, wie sie sich beim Eintreffen, während des Aufenthaltes und beim Verlassen zu verhalten hatten, damit die Wohnung, die er für ihre Begegnungen mietete, geschützt und sicher sei, soweit wie möglich von der Welt draußen abgeriegelt – wie ein Bunker, so sagte er. Keine Menschenseele außer ihnen beiden dürfe davon wissen. Niemals sollten sie zusammen zu dem Haus und der Wohnung kommen und niemals gemeinsam von dort weggehen. Er kam normalerweise mit dem Taxi und nicht mit seinem Auto. An die alte Telefonleitung in der Wohnung, an der kein Apparat hing, schloß Chazi ein Geheimtelefon an, das nur ihnen, in den wenigen Stunden, die sie in der Wohnung verbrachten, dienen sollte. Und auch auf das Klingeln durfte nicht unmittelbar reagiert werden, sondern man hatte auf das Zeichen zu warten: dreimal Klingeln, Pause und nochmals ein Klingeln. Die Gegensprechanlage und alles an der Wohnungstür waren zu ignorieren. Und natürlich keinerlei Kontakt mit den Nachbarn, nicht ein einziges Wort. Der Name der Vormieter, Neumann, blieb auf dem Klingelbrett am Hauseingang und auf dem Briefkasten. Und in der Arbeit nahmen sie keine Notiz voneinander, als würden sie sich nicht einmal kennen.

Sie akzeptierte seine Bedingungen, fragte nicht nach den Gründen. Dieses Spiel – vielleicht war es ja auch eine Art Experiment, an dem sie unwissentlich teilnehmen sollte – schreckte sie nicht ab. Im Gegenteil. Schließlich handelte es sich nur um wenige Stunden in der Woche, normalerweise tagsüber, und sie führte ihr Leben weiter wie zuvor. Und falls ihr Herz ihr irgendeine Gefahr prophezeite, die ihr von dieser merkwürdigen Beziehung drohte, so zog gerade das sie an.

Gabi lud ihre Einkäufe in der Küche ab und machte sich daran, eine leichte Mahlzeit für sie beide zuzubereiten. In der Wohnung hinter der Wand gab der Hund ein langgezogenes, wolfsähnliches Geheul von sich, wild und intensiv schmerzhaft wie Sehnsuchtsjammern oder Klage über ein schreckliches Unrecht. So heulte er, wenn sein Besitzer nicht zu Hause war, soviel hatte sie bei ihren Besuchen in der Wohnung begriffen, denn sie hatte auch sein anderes Gebell kennengelernt, den dankbaren Freudenjubel, wenn sein Herr nach Hause zurückkehrte, das stolze Trompeten, das verkündete, daß er zu einem Spaziergang aufbrach, das wütende Anschlagen über eine unerwünschte Anwesenheit vor seiner Tür, und auch sein selbstgerecht scheltendes, lästiges Kläffen auf der anderen Seite der Schlafzimmerwand während der Zeit, in der sie mit ihrem Liebhaber schlief. Und obwohl sie nie eine spezielle Beziehung zu Tieren allgemein oder Hunden im besonderen gehabt hatte (hätte sie ein Haustier für sich gesucht, hätte sie zweifellos eine Katze vorgezogen), spürte sie, wie sich eine merkwürdige Beziehung zwischen ihr und diesem Hund hinter der Wand anbahnte. In einem solchen Maße, daß sie, als sie ihn zum ersten Mal mit seinem Herrn beim Verlassen der Wohnung zu Gesicht bekam und er sie, groß und zottelig, langsam passierte, sich nicht vor ihm fürchtete, als er sie anbellte und sein Nackenfell ihr Knie streifte, so sehr war sie sich irgendeiner heimlichen Nähe gewiß, die sich zunehmend zwischen ihnen entspann. Sein Besitzer war ein eher abstoßender Mann, um die Fünfzig, klein und sehr mager, das Gesicht hinter einem grauen, schütteren Bart versteckt, die Brillengläser warfen einen graubraunen Schatten über seine ausweichenden Augen. Auf dem Briefkasten am Hauseingang stand »Aviram«, wobei nicht zu erkennen war, ob es sich um seinen Vor- oder Nachnamen handelte.

Nachdem sie ihr Werk in der Küche beendet hatte, ging sie ins Wohnzimmer, schaltete das Radio ein, das immer auf *Stimme der Musik* eingestellt war, und ließ sich nieder, um die Zeitung zu lesen. Als kurze Zeit später Chazi die Tür öffnete, wandte sie ihm ihr Gesicht nicht zu, sondern blieb in die Zeitung vertieft, und er kam von hinten, legte seine Arme um ihre Schultern und Brust und vergrub sein Gesicht in ihrem Nacken. Im Radio verklang die Musik, und die Sprecherin trug mit verhaltener Stimme ein Gedicht vor. Gabi spürte, wie die Wärme seines Atems ihren Hals schmelzen ließ. Wieder überflutete sie die Freude über ihre Begegnung, jedesmal neu und überraschend, wenn sie die Nähe seines nach ihr gierenden Körpers erfuhr, der im Begriff war, sich mit mäßigem Zartgefühl auf seine Beute zu stürzen.

An dem Tag, an dem sie die Wohnung einweihten, schrie sie wieder in höchsten Tönen während ihres Höhepunktes, was dazu führte, daß der Hund aus der Nachbarwohnung in bedrohlich explosives Gebell ausbrach und einer der Nachbarn sogar an ihrer Tür klingelte, klopfte und rief. »Hallo! Was ist los?«, bis Gabi gezwungen war zu rufen: »Alles in Ordnung, alles in Ordnung!«

»Draußen hört sich das an, als würde hier jemand unter Folterqualen ermordet«, sagte Chazi damals, stand vom Bett auf und ging ins Bad, kam gleich darauf zurück und zog sich schnell an, wollte nichts mehr essen. Doch Gabi schien das überhaupt nicht peinlich zu sein. Halb im Ernst, halb scherzhaft hatte sie damals versprochen, daß sie von nun an leise schreien würde. Doch sie konnte ihr Versprechen nicht halten, und er sprach nie wieder davon. Vielleicht hatte er sich mit dieser Bresche in dem Bunker, den er errichtet hatte, abgefunden, hatte das Risiko einkalkuliert, und die Befürchtung, die Schreie, die aus der Wohnung drangen, würden die Aufmerksamkeit der Nachbarn erregen, störte ihn nicht mehr beim Liebesakt.

Nun saßen sie in der Küche, aßen den Nizzasalat, den Gabi zubereitet hatte. Wie üblich aß er schweigend. Er redete generell wenig. Sie brach das Schweigen nicht, konnte es jedoch nicht lassen, ihm von Zeit zu Zeit einen Seitenblick zuzuwerfen, sein Gesicht zu mustern, dessen Rätselhaftigkeit zu entschlüsseln ihr immer schwerer fiel, je länger ihre Bekanntschaft andauerte. Wenn ihr Blick ihn aus seinem Schweigen erwachen ließ, lächelte er sie fragend an und murmelte ein Kompliment über das Essen, das sie gemacht hatte. Sie wollte ihm nichts von ihrer Kunstfertigkeit in der Zubereitung richtiger Mahlzeiten, ganzer Menüs, reichhaltig und um vieles komplizierter, erzählen, damit er nicht den Eindruck gewann, sie schlage vor, ihre Begegnungen zu erweitern und auch andere Stunden, zum Beispiel die Abende, miteinander zu verbringen. Sie wußte, ein solches Gefühl würde Ablehnung in ihm hervorrufen, von ihm als Anschlag auf seine Freiheit gewertet werden, denn die Initiative für eine derartige Ausdehnung der Beziehung zwischen ihnen mußte allein von seiner Seite kommen, nicht von ihr. Daher begnügte sie sich mit einem Lächeln als Dank und betrachtete weiterhin das kindliche Gesicht, das nichtverliebten Augen zweifellos ziemlich gewöhnlich erscheinen mußte und nur von der weißen Haarmähne mit einer Art durchgeistigtem Glorienschein geadelt wurde. Doch obwohl er so wenig über sich selbst sprach, hatte sie die Natur seines Charakters bereits weit genug durchschaut, um zu wissen, daß absolut nichts Geistiges an ihm war. Er selbst hatte zu ihr gesagt, in einem seltenen Anflug von Offenherzigkeit, daß er allein an Geld und Sex interessiert sei und wenn er zwischen den beiden wählen müsse, zweifellos das Geld wählen würde, mit dem man sich Sex kaufen könne – was umgekehrt nicht gehe.

An den sehr geehrten Herrn
Nachman Barzilai.
Obzwar wir seit vielen Jahren nicht mehr miteinander sprechen wegen eines gewissen Themas, auf Grund dessen ich seit damals zu Recht im Zorn bin, bleibt mir jetzt keine Wahl. Ich hätte diesen Brief auch an Ihre Frau schicken können, wie ich es die anderen Male in Sachen Sonderausgaben für das Haus getan habe, doch das Thema jetzt ist nicht passend für eine Frau. Wie folgt, schreibe ich Ihnen diesen Brief nicht in persönlicher Form, sondern nur in der Eigenschaft als Vorstand des Eigentümerbeirats. Seitdem die Neumanns weggegangen sind und Ihre Wohnung an andere Nachbarn vermietet wurde, gibt es hier eine Situation, die nicht mehr zu ertragen ist. Keine Menschenseele wohnt dort, weder bei Tag noch bei Nacht, und nur mittags ist dort eine Frau, die Männer für gewisse Beziehungen empfängt und oi oi oi zu schreien anfängt, so daß es das ganze Haus hört. Zu Anfang wußten wir nicht, was es ist, und dachten, es sei ein Unglück passiert, gingen hin und klopften an die Tür, um Hilfe zu leisten, aber wir haben gemerkt, daß es etwas anderes ist, und so geht das bis heute ein paar Mal in der Woche. In der Nacht, wenn alle schlafen, sei's drum, aber mitten am Tag ist das nicht normal. Ein Glück, daß keine Kinder mehr in unserem Haus sind, die solche Sachen hören und fragen würden, was das ist,

aber es ist auch eine Schande vor den Frauen, die im Haus wohnen. Sie erinnern sich sicher daran, was mit der Wohnung Nummer drei war, nachdem Moyal am 18/7/1981 starb und seine Frau in ein Altersheim ging und die Wohnung an einen Menschen vermietete, der Mädchen herbrachte und daraus weiß Gott was für einen Ort machte. Leute warteten dort in Schlange im Treppenhaus. Sie waren damals selbst im Eigentümerbeirat. Wir gingen zur Polizei, und man machte dem ein Ende. Was soll man jetzt mit dieser Frau machen? Wir wären schon längst zur Polizei gegangen, aber Sie sind ein nervöser Mensch, und ich dachte, man muß Ihnen vorher Rechenschaft darüber ablegen, was in Ihrer Wohnung passiert.

Und nun fordere ich Sie im Namen des Eigentümerbeirates mit allem Respekt auf, diese Sache zu unterbinden. Es ist nicht nur, daß sie allen Unannehmlichkeit und Schande bringt, sie senkt auch den Preis des Eigentums, denn niemand wird an einem solchen Ort eine Wohnung kaufen wollen, und wir haben ganz vergebens so viel Geld für eine Eingangstür mit Gegensprechanlage ausgegeben, damit es ehrbar wird. Wenn hierbei nichts herauskommen sollte, müssen wir die Polizei holen. Bitte übermitteln Sie uns den Namen desjenigen, der bei Ihnen die Wohnung gemietet hat, es ist notwendig, ihn dem Beirat zu geben, wie Sie selbst wissen. Außerdem werden keine Hausgebühren bezahlt, seit Monaten, und es nützen keine Mitteilungen im Briefkasten oder an der Tür, sie machen die Tür nicht auf und heben nie das Telefon ab, auch nicht am Mittag, wenn man sie dort hört.
Mit vorzüglicher Hochachtung
Schwarz Arie, im Namen des Eigentümerbeirats

Sag mal, was frißt an dir?« fragte Ilan plötzlich, stand von seinem Schreibtisch auf, stellte sich neben ihn und musterte ihn besorgt.

Nachdem das Kundenpärchen gegangen war, herrschte mit einem Mal eine unerwartete Atempause im Büro. Ronit war zu dem Straßenimbiß hinuntergegangen, die Telefone schwiegen, sogar das Dröhnen der Autobusse auf der Ibn-Gvirol legte sich scheinbar für einen Moment, und nur der Russe, neben dem Eingang zur Bank, leierte auf seinem Akkordeon weiter sein feststehendes Repertoire leichter klassischer Musik herunter. Von dem großen Fenster aus war ein Teil des Malchei-Israel-Platzes zu sehen, überflutet von Frühlingssonne.

Aviram hob seinen Kopf vom Computer und blickte ihn überrascht an.

»Gar nichts frißt an mir, was gibt's?«

»In letzter Zeit habe ich das Gefühl, als ob du böse auf mich wärst«, sagte Ilan. »Du redest kaum mehr. Hast du eine Depression, oder was?«

Aviram wußte nicht, was er ihm antworten sollte. Er rieb mit dem Handrücken seinen Bart und wünschte sich, Ronit würde sich mit dem Zurückkommen beeilen und dieses Gespräch beenden.

»Du entschuldigst, daß ich dir das sage«, fügte Ilan hinzu, »aber auch für die Kunden ist das nicht gerade herzerhebend, einem dermaßen sauren Gesicht gegenüberzusitzen. Sie werden noch denken, wir machen demnächst Pleite.«

»Das hat damit was zu tun, wie ich eben aussehe.«

»Nein, nein, das ist bloß in der letzten Zeit, irgend so etwas, daß ich das Gefühl habe, du bist böse auf mich, als ob ich dir was getan hätte.«

»Nein, wieso denn. Ein Mensch hat manchmal persönliche Probleme. Hast du noch nie davon gehört? Mein Unglück ist, daß man mir das sofort vom Gesicht ablesen kann.«

»Hat es was mit deinen Eltern zu tun?«

»Nein, nein.«

Ronit kam endlich zurück, brachte drei Käsetoasts mit und wandte sich der Küche zu, um Kaffee für alle drei zu machen.

Aviram und Ilan arbeiteten seit einigen Jahren zusammen im gleichen Raum, als Geschäftspartner des *Nordstern,* einer Makleragentur für Vermietung und Verkauf von Wohnungen, doch es waren nie persönliche Beziehungen zwischen ihnen entstanden. Das einzige Mal, bei dem der Rahmen der formellen Beziehungen durchbrochen worden war, war gewesen, als Ilan für seinen Sohn die Bar-Mizwa-Feier in einem Festsaal in Cholon ausrichtete und ihn dazu eingeladen hatte. Aviram, der keinen Menschen dort kannte, hatte sich damals in einer Ecke des Saales verschanzt und war geflüchtet, als die Gesellschaft eine Schlange zur Essensausgabe bildete.

Ronit brachte die Kaffeetassen auf einem kleinen Tablett. Die Tasse mit der halben Sacharintablette stellte sie auf Ilans Tisch, den Kaffee, den sie mit zwei Löffeln Zucker gesüßt hatte, auf ihren eigenen, und den Kaffee ohne Zucker und ohne Sacharin auf Avirams Tisch. So war die Ordnung. Und während sie sich den Toasts und dem Kaffee widmeten, sagte er sich verwundert, und das nicht zum ersten Mal: Sogar bei einer derart blödsinnigen Angelegenheit wie der Reihenfolge beim Servieren kam Ilan immer zuerst. Es schien zwar selbstverständlich, aber warum eigentlich? Schließlich waren sie gleichberechtigte Teilhaber, hatten beide genau dieselbe Position, und Aviram war zudem älter als Ilan. Und weshalb kam dann zuerst sie selbst und er als letzter? Wieso war das so völlig selbstverständlich? Immerhin war er genauso ihr Boß wie Ilan. Doch wozu sich dumm stellen, schließlich schlief Ilan mit Ronit, und auch das war eines der deutlichen Merkmale der Chefposition. Die beiden machten sich nicht einmal die Mühe, ihre intime Beziehung vor Aviram zu verbergen, mit ihren Tuscheleien, verstohlenen Berührungen und sinnlosen Lachanfällen. Keine Spur von Verlegenheit in Gegenwart des erbärmlichen Schreiberlings.

Doch nicht die Reihenfolge beim Servieren des Kaffees und nicht einmal die erotischen Vergnügungen von Ilan und Ronit waren es, die Avirams Gedanken dabei in Gang setzten, sondern die tiefer liegende, grundsätzlichere Ordnung der Dinge, die sich seiner Ansicht nach auch in diesen Kleinigkeiten widerspiegelte. In seinen Augen war er ein verstoßener Mensch, über den das Leben hinweggetrampelt war und ihn geschlagen und hilflos am Straßenrand liegengelassen hatte.

Hätte er es gewagt, sich an den um einige Jahre jüngeren Ilan in der Sprache zu wenden, in der dieser jetzt mit ihm redete? Wer jedoch einen Blick auf sie beide warf, würde keinen Zweifel hegen, wer hier der Boß und wer der Schreiberling war. Ilan fühlte sich als Boß. Man brauchte nur sein Generaldirektorsgehabe und seinen gewichtigen Gesichtsausdruck zu sehen, wenn er mit Kunden sprach oder telefonierte, um zu begreifen, daß er ihre Makleragentur als einen internationalen Konzern betrachtete, besonders seitdem, natürlich auf Ilans Initiative hin, beschlossen worden war, die Bürogeschäfte um den Bereich der »Grundstücksverwaltung« zu erweitern, der in den Augen des ambitionierten Partners vielverprechender und profitabler, angesehener und vornehmer als die bloße Wohnungsvermittlung war.

Als erstes, nach seinem Eintreffen im Büro am Morgen, vertiefte sich Ilan in das Wirtschaftsblatt, um sich über das Geschehen in der Geschäftswelt, wo er sein natürliches Betätigungsfeld sah, auf den neuesten Stand zu bringen. Man brauchte nur seine Kleidung anzusehen: immer Krawatte, weißes Hemd und dunkle Hosen. Im Winter ein dunkelblaues Jackett mit Metallknöpfen; im Sommer ein weißes, schön gebügeltes Hemd mit kurzen Ärmeln und, selbstverständlich, eine Krawatte. Und der Geruch des Rasierwassers, mit dem er sein stets glänzendes Gesicht bedachte, umhüllte ihn wie eine Weihrauchwolke. Aviram dagegen lief immer in den gleichen abgetragenen grauen Hosen und mit irgendeinem karierten oder gestreiften Hemd herum, im Winter mit dunkelblauer Strickjacke mit Reißverschluß oder kleinen Lederknöpfen. Und auch dazu würde er aller Voraussicht nach aus Ilans Mund etwas zu hören bekommen.

Jeder Hund weiß, wer der Herr im Haus ist, und gehorcht ihm. Und nicht nur Ronit, die sich als Ilans Sekretärin betrachtete, mit allem, was unter dieser Position zu verstehen war, und seine Anweisungen erwartete, sondern auch die Kunden wußten beim Betreten des Büros sofort, wer hier der Hausherr war, und wandten sich direkt an Ilan. Ilan liebte den Kontakt mit den Kunden, der ihm die Möglichkeit verschaffte, Wichtigkeit zu demonstrieren und mit einer Stimme voll Autorität zu sprechen, einer leisen Stimme, fast erstickend an der Last der Verantwortung, die auf ihm lag. Und so regelten sich die Dinge wie von selbst, zu beider Zufriedenheit. Im allgemeinen war es Ilan, der mit den Klienten in seinem Auto zu Besichtigungen von Wohnungen fuhr, die zur Vermietung oder zum Verkauf standen, und zu Terminen mit Eigentümern, die für ihre Wohnungen einen Mieter oder Käufer finden wollten. Aviram, der ohnehin kein Auto hatte, auch nicht fahren konnte, und keine Geduld für den Umgang mit Menschen aufbrachte, blieb in der Regel im Büro, um sich der Buchhaltung und den restlichen Arbeiten zu widmen, die Ronits Fähigkeiten als Halbtagskraft überstiegen. Er wohnte in einer der Straßen in unmittelbarer Nähe des Platzes und konnte so jeden Tag in der Mittagspause hinausgehen, um den Hund spazierenzuführen, eine Zeitung zu kaufen und etwas zu essen, ein wenig zu ruhen und nach ein bis eineinhalb Stunden wieder ins Büro zurückkehren. Häufig saß er in den Nachmittagsstunden allein da, wenn Ilan zu Terminen und allerlei Angelegenheiten außerhalb des Büros unterwegs war.

Es hatte einen Augenblick in seiner Vergangenheit gegeben, in dem er die Hände erhoben und sich der überrollenden Macht des Lebens ergeben hatte, und danach hatte er nie wieder die Kontrolle darüber, was mit ihm geschah. Wann dieser Moment gewesen war, daran konnte er sich nicht erinnern. Doch er wußte mit Sicherheit, daß es ihn gegeben hatte. Das Bild, wie er geschlagen und hilflos am Straßenrand lag, begleitete ihn ständig in zwei Varianten: In einer war er ein Fußgänger auf einer mehrspurigen, stark befahrenen Straße, auf der die Autos mit schwindelerregender Geschwindigkeit vorbeidonnerten; und bei der anderen war er selbst Fahrer eines Autos, auch wenn er nie fahren gelernt hatte. Beide enthielten jenen Augenblick, in dem er beschloß, seinen Weg zu verfolgen und nicht auf das Geschehen ringsherum zu achten, oder, wahlweise, seine Hände vom Lenkrad nahm und sein Gesicht bedeckte, um nichts mehr zu sehen. Aber wann war ihm dieser Unfall im realen Leben zugestoßen? Wann hatte er beschlossen, sich zu ergeben? Das wußte er nicht. Wiederholt hatte er versucht, diesen Augenblick aufzuspüren, als würde sich ihm damit irgendein Rätsel erschließen, obwohl er zugleich wußte, daß dies keinen tatsächlichen Wert haben könnte. Vielleicht hatte es gar keinen solchen Augenblick gegeben, keine Entscheidung, keinen Unfall, sondern einen schrittweisen Zermürbungsprozeß, bis die letzte Faser durchgescheuert war.

Diesmal fand er am Nachmittag, bei der Rückkehr an seinen Arbeitsplatz, Ilan im Büro vor. Sein Gefühl verhieß ihm die Fortsetzung jenes Gesprächs vom Vormittag. Er bemühte sich, freundlich zu ihm zu sein und entspannt zu wirken, vielleicht würde der Kelch doch noch an ihm vorübergehen.

Aber nein. »Ich glaube nicht, daß es noch viele Geschäftspartner gibt, die so wie wir schon jahrelang zusammen arbeiten ohne Spannungen, ohne Konflikte und Mißtrauen und dem Ganzen«, sagte Ilan und setzte sich auf Avirams Tisch. »Ich jedenfalls arbeite sehr gerne mit dir zusammen. Obwohl wir derart verschiedene Charaktere sind, haben wir bei allem, was die Arbeit angeht, das gleiche im Sinn. Deshalb können wir aufrichtig sein und sogar gegenseitige Kritik äußern. Denn ich habe große Achtung vor dir, und alles, was ich sage, ist immer gut gemeint. Ich möchte, daß du das weißt und die Dinge nicht persönlich nimmst.«

»Schon gut«, sagte Aviram. »Ich beschwere mich ja nicht.«

»Ich will dir was über dein Erscheinungsbild sagen. Du

hast heute früh gesagt ›wie ich eben aussehe‹. Das stimmt nicht. Du kannst gut ausschauen, du bist kein häßlicher Mensch, aber du tust alles, um nicht gut auszusehen. Was, zum Beispiel, ist mit diesem Bart? Du hast ein schönes Gesicht, aber man sieht es nicht. Was soll das besagen, der Bart? Und deine Kleidung.«

»Ich wußte, daß wir darauf kommen.«

»Avi, glaub mir, ich sag dir das aus reiner Freundschaft. Du könntest es dir erlauben, normale Kleider zu kaufen und ab und zu was anderes anzuziehen, und auch richtige Schuhe, nicht bloß Adidas oder Sandalen mit Socken, in denen du so gern herumläufst.«

»Du weißt doch genau, auch wenn ich den Bart abnehme und andere Kleider anziehe, wird das weder mich noch sonst etwas ändern«, sagte Aviram. »Du hast keine andere Wahl, nimm mich, wie ich bin.«

»Aber sicher! Gar keine Frage! Ich nehme dich, wie auch immer, ich mag dich, so wie du bist. Aber du hättest ein anderes Gefühl, glaub mir.«

Ilan blickte auf seine Uhr: »Oh! Ich komme zu spät zu dem Termin.« Er erhob sich von Avirams Schreibtisch. »Denk positiv über das nach, worüber wir geredet haben, in Ordnung?«

Er schenkte ihm ein väterliches Lächeln, drückte seine Schulter, nahm die große Ledertasche und zwinkerte ihm zu, bevor er die Tür schloß.

Geehrter Herr Schwarz,
in Erwiderung auf Ihren wirren Brief fordere ich Sie auf, mich nicht mehr mit Ihrem Blödsinn zu belästigen. Der Mieter meiner Wohnung ist ein angesehener Mann aus einer großen Stadt im Norden des Landes, leitender Angestellter eines bedeutenden Wirtschaftsunternehmens in Tel Aviv, der eine ruhige Ecke benötigt, um sich untertags auszuruhen. Der Mieter hat vielleicht hin und wieder seine

Frau nach Tel Aviv mitgebracht, die, während sie sich in der Wohnung aufhielt, »oi oi oi« sagte. Ein Jude in Ihrem Alter sollte sich in Grund und Boden schämen, an solche Dinge zu denken. Das also beschäftigt Sie? Als ich im Haus wohnte, wußte ich nicht, daß Sie solche Phantasien eines alten Schmutzfinks haben. Das ist unwürdig, Herr Schwarz, ich schäme mich für Ihre Frau.

Und abgesehen davon, es ist normalerweise immer besser, wenn die Leute zuerst bei sich selbst genau nachschauen, ob bei ihnen zu Hause alles anständig zugeht, bevor sie an der Tür anderer Wohnungen lauschen können. Daß sie sich zum Beispiel vorher fragen, weshalb ihre Tochter zweimal geschieden ist. Danach können sie sich über eine Person beklagen, von der sie behaupten, sie hätten sie »oi oi oi« sagen hören.

Es versteht sich, daß ich Ihnen weder den Namen des Mieters mitteilen noch sonstige Angaben zu ihm machen kann, außer dem, was ich zu Beginn meines Briefes angeführt habe. Die Vorschriften des Eigentümerbeirats in allen Ehren, aber es gibt wichtigere Gesetze, und das sind die Achtung vor dem Nächsten sowie das Respektieren seines Wunsches nach Intimität. Es ist absolut zulässig, sich vor Störenfrieden wie Ihnen zu schützen. Ein Mensch in seiner Position ist dazu berechtigt, in den wenigen Stunden der Ruhe, die ihm seine Aufgabe erlaubt, anonym zu bleiben, ohne von Presse und Medien belästigt und von allem möglichen Volk um Gefallen angebettelt zu werden. Wenn Sie sich an die Polizei zu wenden wünschen, werde ich Sie nicht davon abhalten können, sich selbst und Ihren gesamten Beirat zum Witz des Tages zu machen.

Und da wir gerade bei Scherzen sind, ich habe Ihren Brief zwei- und dreimal gelesen und bin aus dem Lachen nicht mehr heraus gekommen. Nach fünfzig Jahren im Lande schreiben Sie ein entstellteres und gebrocheneres Hebräisch als jeder Neueinwanderer. In meiner jahrzehn-

telangen Tätigkeit als Lehrer hatte ich Gelegenheit, alle möglichen denk- und merkwürdigen Schriftstücke zu lesen, doch eine derart lächerliche Anhäufung von Fehlern habe ich noch nie gesehen. Wir, meine Frau und ich, haben gelacht ohne Ende, als hätten wir eine Humoreske gelesen, und meine Frau hat den Brief sogar laut vorgetragen, was noch lustiger klang. Wir haben beschlossen, ihn nicht in den Mülleimer zu werfen, ohne ihn vorher den Kindern gezeigt zu haben, wenn sie uns am Schabbat besuchen kommen. Damit auch sie ihre Freude daran haben.

Trotzdem, geehrter Herr Schwarz, dieser Scherz genügt uns, und falls Sie die Absicht haben, uns mit einem weiteren Akt dieser Komödie zu erheitern, wären wir Ihnen äußerst dankbar, wenn Sie uns dies ersparen würden.
Hochachtungsvoll
Nachman Barzilai

Am Schabbat morgen erwachte Gabi später als gewöhnlich, doch sie blieb mit geschlossenen Augen im Bett liegen. Das Telefon klingelte. Als sie am Abend zuvor schlafen gegangen war, hatte sie vergessen, es ans Bett zu stellen. Bis sie aufgestanden war und es erreicht hatte, hatte es dreimal geläutet und danach aufgehört. Sie verharrte neben dem Telefon in der Erwartung, daß es gemäß dem vereinbarten Zeichen wieder klingeln würde, als wäre sie in der anderen Wohnung. Dann schüttelte sie sich, kehrte zurück und setzte sich auf die Bettkante, während sie sich verwundert fragte, wie die Untergrundregeln des Bunkers derart schnell in die alte, vertraute Welt ihres Zuhauses hatten eindringen können. Zum ersten Mal seit dem Beginn ihrer Beziehung mit Chazi spürte sie nun ein Zurückschrecken vor dem Unbekannten, das auf sie zukam.

Sie ging, um sich ein Bad einzulassen, in der Hoffnung auf Erfrischung und einen klaren Kopf. Sie goß etwas von dem

Schaumbadkonzentrat mit ihrem Lieblingsduft in die Badewanne, und noch während sich diese mit Wasser füllte, läutete wieder das Telefon. Sie rannte nackt ins Zimmer. Es war Adas Stimme im Hörer.

»Hast du vorher schon angerufen?« fragte Gabi.

»Ja«, erwiderte Ada, »aber plötzlich tat es mir leid, ich dachte, vielleicht schläfst du ja noch, und habe aufgelegt. Aber als ich gesehen habe, wieviel Uhr es ist ...«

»Das Badewasser läuft gerade ein. Wenn ich rauskomme, rufe ich dich an.«

Bis zum Hals im warmen Wasser versunken, die dampfenden Duftschwaden einatmend, das Transistorradio mit Musik auf einem Hocker neben ihr, kämpfte Gabi mit sich, ob sie es Ada erzählen sollte. Es wäre ein Verrat an seinem Vertrauen. Aber auf Ada war Verlaß, sie war loyal und konnte ein Geheimnis bewahren. Dennoch, es war ein Verstoß gegen das Bündnis, das sie miteinander eingegangen waren. Doch was machte er an den Tagen und Stunden, wenn sie nicht zusammen waren? Erzählte er jemandem davon oder nicht? Und wenn, was erzählte er? Aber diese ganze Geheimhaltung war ihm offenbar wichtig, äußerst wichtig, um sich zu schützen. Zu schützen vor was und vor wem?

Als sie aus der Badewanne stieg, wußte sie immer noch nicht, welche der beiden Stimmen, die in ihr sprachen, die Oberhand gewinnen würde. Sie trocknete ihr Haar, zog den weißen Bademantel an, machte sich eine Tasse Kaffee und ließ sich zum Telefonieren nieder.

»Warum bist du gestern so früh gegangen?« fragte Ada. »Es war doch richtig nett. Und dieser Typ, Oded, hat sich für dich interessiert, aber du hast ihn kaum einer Antwort gewürdigt.«

»Er wirkte dermaßen uninteressant«, sagte Gabi, »derartig in Ordnung, daß man hätte einschlafen mögen.«

»Was ist los mit dir, Gabi?«

»Warum fragst du?«

»Weil du in der letzten Zeit für nichts und niemanden Geduld hast, du sitzt an einem Platz und befindest dich woanders.«

Adas Sensibilität und kluge Einfühlsamkeit, von denen sie in ihrem eigenen Leben nicht immer effektiven Gebrauch zu machen wußte, erregten jedesmal Gabis Erstaunen und Zuneigung.

»Ich muß mit dir reden«, sagte Gabi, »heute noch.«

»Entweder hört man Wochen und Monate nichts von dir, oder es ist furchtbar dringend.«

»Wann hast du heute Zeit?«

»Am Nachmittag, gegen fünf, sechs?«

Es war nicht leicht, sich für ein Café zu entscheiden, das am Schabbat geöffnet hatte und in dem es eine Klimaanlage gab – es war einer dieser Frühlingstage mit heißem Wüstenwind und drückender Hitze – und in dem keine Gefahr bestand, Bekannte zu treffen. Zuletzt beschlossen sie, sich in einem Café zu treffen, dessen dämmriger Kellerraum, zumindest der Legende nach, heimlichen Liebespaaren und Parteifunktionären für ihre Intrigen diente.

Die stämmige Ada, die aus dem Kibbuz kam, mit blondem, widerspenstigem Haar, und die schwarzhaarige Gabi, groß und schlank, hatten sich während ihrer Studienzeit an der Universität kennengelernt, und seitdem hatte ihre Freundschaft die Heirat von beiden und Gabis schnelle Scheidung unbeschadet überstanden. Die Beziehung zwischen ihnen hielt all die Jahre hindurch. Es gab Phasen, in denen sie sich häufig trafen und fast täglich telefonierten, doch es konnten ebensogut Wochen und sogar Monate vergehen, ohne daß sie voneinander hörten.

Das Café war zu dieser Tageszeit fast leer. Außer ihnen saß an einem der Tische ein altes Paar, das weder nach Parteifunktionären noch heimlichen Liebenden aussah. Gabi erzählte Ada, was sich in ihrem Leben Neues getan hatte.

»Wohin soll das führen?« fragte Ada.

»Zu nichts«, sagte Gabi. »Solange es uns beiden gutgeht dabei, macht das doch nichts, oder?«

»Und du glaubst, das kann so weitergehen?«

»Warum nicht?«

»Du weißt, daß einer von euch als erster genug haben wird.«

»Und du bist sicher, daß er das ist.«

»Richtig.«

»Ich bin mir da nicht so sicher. Aber nehmen wir es mal an. Dann wird es zu Ende sein. Es war gut und gut, daß es war. Was habe ich zu verlieren? Auch so verläuft mein Leben wie gewöhnlich. Diese ganze Geschichte nimmt nicht mehr als ein paar Stunden pro Woche in Anspruch.«

»Bist du in diesen Mann nicht verliebt?«

»Ich kenne ihn kaum. Alles, was zwischen uns läuft, spielt sich nur im Bett ab.«

»Ist er denn so gut im Bett?«

»Ganz in Ordnung.«

»Bloß in Ordnung, mehr nicht?«

»Mehr nicht.«

»Was ist dann der große Treffer dabei? Wenn du nicht in ihn verliebt bist und er im Bett auch nicht wer weiß was ist, wozu brauchst du das dann? Diese ganze Heimlichtuerei, als ob ihr im Untergrund wärt, von ihm abhängig sein, darauf zu warten, daß er kommt, wann er gerade kann oder Lust hat, alles nach seinen Regeln. Und woher hat er das Geld, eine solche Wohnung zu unterhalten, nur für eure Treffen?«

»Ich weiß nicht. Eine solche Frage habe ich mir bis heute überhaupt noch nicht gestellt.«

»Was, es hat dir gefallen, so eine Art Konkubine oder Prostituierte zu sein?«

»Kann sein. Was mich daran fasziniert«, sagte Gabi, »ist gerade, daß es weder bequem noch einfach ist, daß wir uns wie zwei Spione im Feindesland treffen mit dieser ganzen übertriebenen Heimlichtuerei und den abartigen Vorsichtsmaßnahmen. All das basiert auf irgendeiner Angst seinerseits, deren Ursache ich nicht weiß, aber sie überträgt sich auf mich, und ich fühle mich wie im Krieg. Ich kämpfe.«

»Gegen wen?«
»Gegen ihn.«
»Um was?«
»Daß er bereit ist, alles, was er hat, für mich zu riskieren, alles, wovon er jetzt fürchtet, es zu verlieren.«
»Und wenn es dir gelingt, möchtest du mit ihm zusammenleben?«
»Nein.«
»Was willst du dir beweisen?«
»Daß ich dazu fähig bin.«
»Wenn du mich fragst, du machst dir einfach was vor. Du bist schon bis über beide Ohren verliebt.«

Gabi betrachtete das alte Paar, das in der Ecke des Raumes saß, schlückchenweise aus den hohen Eiskaffeegläsern nippte und schwieg. Die Klimaanlage war für den leeren Raum zu stark eingestellt, und sie rieb sich mit den Händen ihre nackten Schultern.

Ada sagte: »Und ich an deiner Stelle würde die Flucht ergreifen, solange es noch möglich ist.«

»Es ist bereits nicht mehr möglich«, sagte Gabi.

»Das klingt wirklich pervers«, sagte Ada verwundert. »Kannst du nicht jemand Normalen finden, mit dem man sich auch außerhalb vom Bett treffen, zusammenleben, sich für gemeinsame Themen interessieren, eine reichere und tiefere Beziehung entwickeln kann? Warum verachtest du diese Dinge dermaßen?«

Gabi gab keine Antwort.

Ada war eines der Glanzlichter der Fakultät gewesen. Ihren ersten Abschluß hatte sie mit Auszeichnung gemacht, und man hatte ihr eine große Zukunft prophezeit. Sie war neugierig und voller Leben, aufgeklärt, vernarrt in Bücher und besaß ein originelles Denkvermögen. Sie war sie selbst, sagte immer, was sie auf dem Herzen hatte, verstand nicht zu lügen, sich zu verstellen. In Gabis Augen war sie das seltene Exemplar eines wahrhaftigen Menschen. Graue Strähnen durchzogen bereits ihr blondes Haar, ihre Gesichtshaut, seit jeher trocken und empfindlich, war vorzeitig welk und ihr von Natur aus breiter Körper an den Oberschenkeln und um die Hüften dick geworden. Sie war mit einem Mann verheiratet, den sie nicht liebte, und ihre gesamte Zeit und Aufmerksamkeit widmete sie ihren Kindern, die jeglicher Anmut entbehrten. Der Glanz war ermattet, das originelle Denken, die intellektuelle Neugier, die Unbefangenheit, die Wahrhaftigkeit hatten sich abgenutzt. Auch Ada hatte sich, ohne sich dessen bewußt zu sein, an ein Leben von Verstellung und Selbstbetrug angepaßt. Und nun predigte sie die Klischees der Frauenzeitschriften über die Entwicklung gemeinsamer Interessen und einer reichen, tiefen Beziehung, und zur Feier am Freitag abend bei ihr zu Hause lud sie irgendeinen traumatisierten Geschiedenen ein, um ihn an »unsere arme Gabi« zu verkuppeln. Adas Sensibilität und Einfühlungsvermögen hatten sich in Mißgunst und Neid verwandelt. War es nicht klar, daß Ada innerhalb ihres armseligen, um nicht zu sagen tragischen Daseins sie einfach um das große Abenteuer beneidete, das ihr widerfuhr?

Doch Adas Sensibilität und Empathie waren wohl noch nicht völlig aufgebraucht, denn sie lächelte sie mit einer Trauer an, die nicht auszuhalten war, die Trauer der fügsamen Hinnahme des göttlichen Urteils, und sagte flüsternd, als fürchtete sie sich vor den Worten, die sie im Begriff war auszusprechen:

»Ich weiß, daß du mich jetzt haßt.«

Ein Zittern überlief Gabis Schultern, ob wegen der übertriebenen Kühlung oder wegen der brennenden Scham. Sie stand auf, beugte sich über Ada und küßte sie auf die Wange: »Wie könnte ich, Ada, wie könnte ich?«

Eyal, der Sohn von Ezra und Ruthi, geriet in der Armee in Schwierigkeiten. Das war das letzte, was die Familie, Nachbarn und Freunde sowie alle, die ihn von der Schule her und aus dem Viertel kannten, bei ihm vermutet hätten. Er war ein stiller und ordentlicher Junge, der seine Schulzeit ohne besondere Probleme hinter sich gebracht hatte, weder im Guten noch im Schlechten hervortrat, interessiert war an Sportsendungen im Fernsehen und der Musik, die Jugendliche in seinem Alter gerne hörten, bequem für seine Eltern und nett zu seiner Schwester und seinem Bruder, die um acht beziehungsweise zehn Jahre jünger waren als er. Kurz vor der Einberufung unterzog er sich sogar einem Kurs zur Verbesserung seiner körperlichen Tauglichkeit, um in eine ausgewählte Kampfeinheit aufgenommen zu werden und den strengen Anforderungen standzuhalten. Es stellte sich heraus, daß irgendwo ein unsichtbarer Riß verlief, der sich aus ungeklärten Gründen zu einem Bruch, um nicht zu sagen Zusammenbruch auswuchs. Denn hier war von Militärgefängnis die Rede und schlimmer noch: von Flucht, was bereits in den Bereich der Desertion fiel.

Allerdings war schon von Beginn seiner Rekrutenzeit an deutlich, daß etwas nicht stimmte. Bei seinen seltenen Anrufen zu Hause war er ungeduldig und wortkarg. Heute fragte sich Ezra: Waren es Hilferufe gewesen, die sie nicht verstanden hatten? Ruthi erwiderte: Nein, Ezra, das waren Pflichtanrufe, damit wir uns keine Sorgen um ihn machen und ihn allein mit den Herausforderungen fertig werden lassen. Ruthi war Kindergärtnerin von Beruf und besaß dank ihrer psychologischen Ausbildung ein geschulteres Wahrnehmungsvermögen als Ezra – Bauunternehmer im Sanierungsbereich, der ständig ein Unglück befürchtete.

Als der Junge für Freitag und Samstag auf Urlaub kam – sein erster Urlaub seit der Einberufung –, antwortete er auf die Fragen, mit denen ihn seine Eltern, vor allem sein aufgeregter Vater, überschütteten, mit Allgemeinplätzen. Er warf seine Sachen samt seiner Waffe in eine Ecke seines Zimmers und zog die Uniform aus, duschte sich, schloß sich ein, legte sich ins Bett und schlief fast zwei Tage lang. Er stand nur auf, um aufs Klo zu gehen, oder wenn er zum Essen gerufen wurde, und auch dann wusch er sich nicht einmal das Gesicht, saß wie ein Fremder mit seinen Eltern und Geschwistern am Schabbattisch, und Ruthi stellte seine Lieblingsgerichte vor ihn hin, die sie eigens wegen seines Urlaubsbesuchs zubereitet hatte, und er probierte ein wenig von jedem Gang, aß kaum etwas, kam nicht aus seinem düsteren Schweigen heraus, während er mit ihnen zusammensaß, sah ihnen nicht in die Augen, und nach der Mahlzeit stand er sofort auf, schloß sich wieder in sein Zimmer ein und ging zurück ins Bett. Es brach Ezra das Herz.

Ruthi beruhigte ihn, das sei nur eine vorübergehende Anpassungskrise und man müsse den Jungen in Ruhe lassen, damit er seine Schwierigkeiten überwinde. Doch Ezra fand keine Ruhe. Am Sonntag morgen, nachdem der Junge zur Militärbasis zurückgekehrt war, rief er bei einigen Eltern von Eyals Schulkameraden an, von denen er wußte, daß sie am gleichen Tag wie sein Sohn eingezogen worden waren. Ein paar von den Söhnen waren tatsächlich ebenfalls am Wochenende auf Urlaub gekommen, doch die Eltern wußten nicht, ob sie ihre Rekrutenausbildung zusammen mit Eyal machten, hatten nichts über ihn gehört, und in ihrem Verhalten hatte es keinen Anlaß zur Sorge gegeben, ganz im Gegenteil, die Jungen waren fröhlich, voller Erlebnisse und, was die Hauptsache war, hochmotiviert. Danach versuchte Ezra, Eltern ausfindig zu machen, deren Söhne mit Eyal den Kurs zur Verbesserung der Tauglichkeit gemacht hatten. Das war schwieriger, denn die Teilnehmer kamen nicht aus seinem Viertel. Und dennoch gelang es ihm mit einigem Aufwand, die Telefonnummer von einem der Kursleiter zu erhalten, von dem er wiederum die Telefonnummer von zwei Familien von Kursschülern bekam. Doch seine Gesprächspartner wußten nicht, wer Eyal war, und konnten ihm nicht weiterhelfen.

Ruthi sagte zu ihm: »Laß das, Ezra, hör auf, die ganze Zeit daran zu denken. Du bringst dich um, du kannst nicht mehr arbeiten und an nichts anderes mehr denken. Das wird schon wieder, er wird es überstehen wie alle, und alles kommt in Ordnung.«

Ezra sagte zu ihr: »Es macht mich fertig, Ruthi, daran zu denken, daß es meinem Jungen schlechtgeht, daß ihm vielleicht jemand was Böses tut, daß er leidet und ich überhaupt nichts für ihn tun kann.«

Er rauchte eine Zigarette nach der anderen und bekam einen rauhen Hals davon, hörte nicht mehr auf, zu husten und sich sein Gehirn mit der Frage zu zermartern: Wie drang man zu einem hochrangigen Menschen in der Armee, bei der Sicherheit oder in der Politik durch, der für ihn klären könnte, was mit seinem Jungen geschah, und ihn aus seiner Not erlöste? Wer könnte ihm dabei behilflich sein, an einen solchen Mann heranzukommen? Er dachte an seine Kameraden von der Wehrübungseinheit und an ihre Kommandeure, an Leute, in deren Häusern er Sanierungsarbeiten durchgeführt hatte, an vergessene Bekannte, aus denen vielleicht etwas geworden war – doch es kam nichts dabei heraus. Vor seiner Familie und Verwandtschaft verbarg er seine Qual aus lauter Scham. Als ihn sein älterer Bruder Menasche, der ihm von allen Geschwistern am nächsten stand, fragte, wie es Eyal gehe, gab Ezra Allgemeinplätze über die Anpassungsphase an den neuen Rahmen von sich und verlieh seiner Überzeugung in Hinblick auf die zu erwartende erfolgreiche Zukunft des Jungen in der Armee Ausdruck.

Ezra war sich immer sicher gewesen, daß er, obwohl allem Anschein nach ein anonymer Bürger, ein einfacher Fußsoldat, das Salz der Erde war, denn jedermann wußte, daß er und seinesgleichen das Geheimnis der Macht des Staates, sein Rückgrat ausmachten. Und da war er nun mit einem Mal ein Mann ohne Volk, nirgendwo zugehörig, und der Staat beschäftigte sich mit Angelegenheiten, die in keinerlei Zusammenhang mit dem Problem Eyal standen.

Etwa eine Woche lang zogen sich Ezras Leiden hin, bis das Telefon bei ihm zu Hause klingelte, ein Anruf von der Armee kam. Ein Feldwebel namens Chagi teilte ihnen mit, daß Eyal zu einer Gefängnisstrafe verurteilt worden und auf dem Weg vom Gericht ins Militärgefängnis, zur Verbüßung seiner Strafe, seinen Wächtern entkommen und geflohen sei. Jetzt war er ein Fall von »faktischer Desertion«, man wußte nicht, wo er sich aufhielt, doch wahrscheinlich würde er bald gefaßt werden. Einstweilen jedenfalls, wenn die Eltern wüßten, wo er sei, sollte er sie anrufen und ihnen im Hinblick auf seinen Verbleib etwas bekannt werden, müßten sie es auf der Stelle unter der angegebenen Telefonnummer melden, damit er der Militärpolizei ausgeliefert würde, denn falls sie das nicht täten, würden auch sie gegen das Gesetz verstoßen und hätten eine Strafe zu erwarten. Nachdem Chagi seine Mitteilung beendet und sich höflich von ihnen verabschiedet hatte, wurde den erschütterten Eltern bewußt, daß sie zu fragen vergessen hatten, weswegen ihr Sohn verurteilt worden war, welche Straftat er begangen hatte. Ebensowenig wußten sie, wie sie diesen Chagi wieder sprechen könnten, woher er war – von der Rekrutenbasis, von der Stadtkommandantur, oder vielleicht von der Militärpolizei? Doch Ezra zündete sich eine weitere Zigarette an und sagte: »Ruthi, glaub mir, jetzt fühle ich mich viel besser. Wenigstens weiß ich, was los ist, und ich habe die Telefonnummer der Armee. Die Frage ist, was mit ihm jetzt passiert, wo er sich versteckt und wie wir ihn erreichen.«

Rückblickend schien es, als sei das erste Anzeichen für Ilans Vorhaben seine Initiative gewesen, Ronit einzustellen. Es bestand keine Notwendigkeit dazu. Die beiden Partner bewältigten die anfallende Arbeit sehr gut. Ilan schob die Pläne für ihre Geschäftsexpansion vor und zeigte Aviram seine Berechnungen, die bewiesen, daß eine Beschäftigung von Ronit als Halbtagskraft ihre Einnahmen längerfristig gesehen nicht schmälern werde. Ilans Versessenheit, sie einzustellen, ließ bereits damals in Aviram die Vermutung aufkommen, daß zwischen seinem Partner und dem Mädchen eine Liebesbeziehung bestand, und er zögerte auch nicht, dies mit einem gutgemeinten Lächeln zu bemerken. Doch

Ilan leugnete es strikt ab. »Im Gegenteil«, sagte er, »vielleicht gefällt sie gerade dir, und ihr werdet miteinander was anfangen. Schau sie dir an, sie ist ein nettes Mädchen.«

Aviram entgegnete: »Klar, sie wird mich nur sehen und sich auf der Stelle in mich verlieben.«

Worauf Ilan sagte: »Ich verstehe dich nicht« und ein zutiefst getroffenes Gesicht aufsetzte wegen des Verdachts, der gegen ihn geäußert worden war, dem Zweifel an der Lauterkeit seiner Absichten. Doch als sie dann bei ihnen zu arbeiten anfing, scheute er sich nicht, vor Avirams Augen mit ihr zu flirten und herumzualbern.

Und jetzt schlug er vor, Ronits halbe Stelle auf eine ganze zu erweitern. Aviram beschloß, sich dem zu widersetzen. Ganz einfach, sagte er sich – Ilan versuchte, ihn loszuwerden. Nach systematischer Prüfung der verschiedenen Möglichkeiten kam er nicht um diese Schlußfolgerung herum. Allein damit war Ilans Verhalten in letzter Zeit zu erklären. Seine neue Politik war, Aviram mit Sympathie- und Freundschaftsbekundungen zu überschütten, sich in allen Angelegenheiten, und seien sie noch so nebensächlich und nichtig, mit ihm zu beraten, vor allem in Fragen, die nach der seit langem zwischen ihnen entstandenen Aufgabenteilung in Ilans Ermessen lagen. Und eingepackt in diese täuschende Freundlichkeit würde sich Aviram dann mehr und mehr wie in einer würgenden Krawattenschlinge fühlen, die sich um seinen Hals zuzog: überflüssig und, schlimmer noch, eine Behinderung für die angestrebte Entwicklung und Erweiterung des Geschäfts, wie ein steckengebliebenes Sandkorn im feinen Getriebe einer Maschine, das ihren Betrieb störte.

Ilan verlegte sich zunehmend auf die breiter angelegte, vielversprechendere »Grundstücksverwaltung«. Das war auch mit Fahrten und Terminen außerhalb des Büros verbunden. Und so übernahm es Ronit, bei den Besichtigungen der zur Vermietung stehenden Wohnungen mit den Interessenten auszuhelfen. Schließlich waren ihr auch die Schlüssel von den leeren Wohnungen anvertraut worden, die in einer stets abgeschlossenen Stahlkassette aufbewahrt wurden. Wenn er allein im Büro zurückblieb, fand sich Aviram damit beschäftigt, wie er telefonische Anfragen beantwortete, sich mit diversen Sekretariatsarbeiten abgab, zunehmend Ronits Platz ausfüllte. Und jetzt schlug Ilan vor, Ronit ganztags zu beschäftigen. Das Ziel war klar: Aviram das Gefühl zu vermitteln, daß er im Büro überflüssig war, keinen Platz in der neuen Ära hatte, der *Nordstern* entgegenschritt, bis er darum bitten würde, die Partnerschaft aufzulösen. Gemäß den Bedingungen des Teilhabervertrags zwischen ihnen lohnte es sich für Ilan, wenn Aviram aus freien Stücken, mit einseitiger Kündigung ausschied.

Doch vielleicht war all das die verzerrte Interpretation eines Menschen, der seine Beziehung zur Wirklichkeit verlor? Stundenlang war er allein im Büro, bemüht, sich auf die Arbeit zu konzentrieren und diese Frage beiseite zu schieben, und es war ihm recht so. Es kam vor, daß Ronit zurückkehrte, sich ans Telefon setzte und sich in lautstarken Gesprächen mit ihrer Mutter oder irgendeiner Freundin erging, als wäre sie allein im Zimmer, als wäre da nicht jemand in seine Arbeit versunken. Sie war Anfang Zwanzig, die Erfahrung ihres Militärdienstes war noch sehr lebendig in ihr, nach den Unterhaltungen mit ihren Freundinnen zu urteilen, und vielleicht auch nach ihrem Verhalten Ilan gegenüber, wie zu einem militärischen Vorgesetzten, mit allem, was dazugehörte. Ihr kurzes Haar unterstrich eine gewisse Grobheit in ihren Gesichtszügen, doch ihr sonnengebräunter Körper war wohlgeformt und von überströmender Jugend. In der Sommerhitze kam sie normalerweise in engen Jeans ins Büro, die ihre Figur betonten, und in einem ärmellosen Top, in dem ihre Brüste frei und aufrecht schwangen, und zwischen Top und Hose war ein breiter Abstand, der eine schmale Taille und einen glatten Bauch in sanft gebräunter Tönung freigab, mit dem Nabel als Höhepunkt. Und bisweilen kam sie in einem klitzekleinen Rock, der am Ansatz ihrer Oberschenkel endete und die Pracht ihrer Beine in ganzer Länge enthüllte.

Zu dieser Mittagszeit war ihr halber Arbeitstag schon beendet, und sie konnte nach Hause gehen. Doch nachdem sie die Telefongespräche erledigt hatte, näherte sie sich Avirams Schreibtisch und beugte sich in seine Richtung vor, bis er die Wärme ihres Körpers spürte. Im Rahmen der neuen Politik legte auch sie ihm gegenüber Freundschaft und Interesse an den Tag. Es war logisch, daß sie von seiner Ablehnung, sie ganztags zu beschäftigen, wußte, da Ilan sie ja in alles einweihte. Sie sah in ihm also einen Feind. Es wäre besser gewesen, wenn sie ihn überhaupt nicht beachtet hätte. Plötzlich tat es ihm leid deswegen. Leid um das Mädchen. Leid um sich selbst.

»Was machst du?« fragte sie, wechselte auf die andere Seite des Tisches, um das Programmbild seines Computers zu sehen, in dem Versuch, ihre Versiertheit zu beweisen. »Ah! Du machst updating«, sagte sie, während sie neben ihm stand und ihre bloße Taille beinahe seinen Arm oberhalb des Ellbogen berührte, traumhafte Wärme an ihn abstrahlend. Bis er sich von der Überraschung erholt hatte, war sie bereits an ihren Tisch zum Telefon zurückgekehrt und setzte ihre Gespräche fort. Er hatte den Eindruck, daß sie die Telefonate vorsätzlich in die Länge zog, bis er gehen und sie allein im Büro zurücklassen würde. Vielleicht wartete sie auf Ilan.

Auf seinem Heimweg in der Mittagspause sann er weiter über den Kontakt ihres entblößten Körpers mit seinem Arm nach, immer noch begleitet von der traumähnlichen Empfindung. Und obwohl ein Mann wie er sich nicht von Illusionen und trügerischen Versprechungen irreführen lassen und sich nicht von seiner Identität lösen würde wie ein von Liebe, Freundschaft und jeder menschlichen Beziehung Verstoßener, überflüssig auf der Welt – trotz all dem erwachte etwas in ihm, das ihn an seine Kraft glauben ließ, das zu erreichen, war er sich wünschte.

Im Hof seines Hauses hatten sich Leute zusammengeschart, streitende Stimmen waren zu hören. Aviram stahl sich sofort zur Eingangstür und eilte die Treppen hinauf.

Das Freudengeheul des Hundes empfing ihn aus seiner Wohnung, und Liebe durchflutete sein Herz. Als er die Tür öffnete, sprang ihn der Hund an, unaufhörlich bellend. Drinnen in der Wohnung kniete er sich neben ihn, umarmte ihn und drückte sein Gesicht an die Hundeschnauze. Der Hund leckte seine bärtigen Wangen, und Aviram schloß die Augen, streichelte seinen Hals und sagte: »Mein Hübscher, mein Guter, mein Süßer, meine Seele.« Danach stand er auf und trocknete sich mit einem Papierhandtuch den Bart ab, den der Hund mit seiner Zunge angefeuchtet hatte. Im Schlafzimmer preßte er sein Ohr an die Wand, doch aus der benachbarten Wohnung war nichts zu hören. Nach einer knappen Stunde ging er mit dem Hund hinaus.

Der Konflikt im Hof draußen dauerte an. Herr Schwarz, Vorsitzender des Eigentümerbeirats, das Gesicht rot vor Zorn, bemerkte ihn und rief ihn herbei. Im Mittelpunkt des Streits standen ein fremdes Paar, ein dünner, großer Mann unter einer roten Schirmmütze mit dem Emblem der Olympiade und ihrem Erfrischungsgetränk, der betreten und verstört dreinblickte, und seine Frau, eine massige Rothaarige, die trotz der Sommerhitze lange gelbe, enganliegende Hosen und ein sehr weites braungrünes Hemd trug, das ihren Körper bis zu den Knien bedeckte, und unaufhörlich schrie und schimpfte. In dem Loch, das an der rückseitigen Mauer des Hauses gegraben worden war, einer Kellerwand, die zur Hälfte unter der Erde lag, stützten sich drei junge Araber, die ihre Arbeit eingestellt hatten, auf ihre Spaten und Hacken, den Blick fragend zu dem jüdischen Bauleiter erhoben, einem kleinen, breitschultrigen Mann, der untätig am Rande der Grube stand und eine Zigarette rauchte, als ginge ihn das alles nichts an. Ein paar Nachbarn, überwiegend aus den umliegenden Häusern, waren dort zusammengelaufen, weil sie das Geschrei hörten, und einige verfolgten das Geschehen von ihren rückwärtigen Balkonen aus.

Frau Schwarz versuchte ihren Mann zu beruhigen, erklärte den Umstehenden: »Er darf sich nicht aufregen. Er ist krank mit dem Blutdruck. Er soll sie lassen, sollen sie zum Teufel gehen mit ihrem Lager.«

Doch ihr Gatte ignorierte den Rat.

»Einfach plötzlich so daherkommen und hier unter die Mauer vom Haus graben?« Schwarz ergriff Aviram am Arm, damit er ihm nicht entkommen konnte. »Wer sind die? Niemand kennt sie. Den Beirat fragt man nicht? Was ist das, ist das ihr Haus, ist das ihr Grundstück? Wer sind sie überhaupt? Wer hat ihnen die Erlaubnis gegeben, hier zu graben? Haben sie eine Genehmigung? Ich habe die Stadtverwaltung und die Polizei angerufen, und sie werden gleich kommen.«

»Das ist unser Lager, wir haben es gekauft«, murmelte der Mann, der die Gemüter zu beruhigen suchte, »zeig ihm die Papiere.«

Die rothaarige Frau zog Papiere aus einer Plastiktüte in ihrer Hand und zeigte sie Aviram: »Es gehört uns, wir können hier machen, was wir wollen.«

»Geht in das Lager, wenn es euch gehört, und bleibt dort, so lange ihr wollt. Aber was habt ihr hier draußen zu graben? Dieser Platz ist der Grund vom ganzen Haus, nicht eurer!« rief Herr Schwarz heiser vor Zorn.

»Was ist denn?« schrie die Frau. »Wieso redest du so mit uns? Sind wir vielleicht keine Juden? Was tun wir dir denn? Weißt du überhaupt, mit wem du es zu tun hast? Meinst du, das geht friedlich für dich ab, wenn du uns Probleme machst? Geh wieder heim und laß uns in Ruhe!«

»Das ist bloß, um Bitumen auf die Wand zu schmieren«, versuchte der Mann mit der Olympiakappe erneut die Gemüter zu besänftigen, »damit es drinnen nicht feucht wird im Winter. Danach schütten wir das Loch wieder zu, und man wird nichts mehr davon sehen.«

»Was stört Sie dann daran?« fragte Aviram Herrn Schwarz.

»Schauen Sie her«, sagte der Alte und zeigte auf ein Blocksteingefüge, das an der Stelle der Treppe, die zum Lager hinunterführte, errichtet worden war. »Verstehen Sie nicht, sie wollen hier eine Wohnung bauen, und den Eingang machen sie dort, wo sie graben, um die ganze Wand zu kriegen. Es ist verboten, Veränderungen draußen zu machen, es ist verboten, auf dem Hof zu bauen, und sie stehlen uns Grund.«

»Nein, nein«, sagte der Mann, »nur um Bitumen auf die Wand zu schmieren.«

»Und was habt ihr dort an der Stelle der Treppe gebaut?« fragte Herr Schwarz.

»Was stört dich das?« schrie die Frau.

»Der Blutdruck«, warnte Frau Schwarz, »wenn er sich aufregt, geht er mit dem Krankenwagen direkt ins Ichilov!«

»Geh, Alter, geh, geh nur!« erwiderte die Lagerbesitzerin. »Geh und stirb!«

»Hören Sie, wie sie flucht?« sagte Herr Schwarz, ohne Avirams Arm loszulassen. »Das sind Leute aus der Unterwelt. Am Schluß werden sie uns das ganze Haus wegnehmen.«

Der Alte blickte besorgt auf seine Uhr: »Und von der Stadtverwaltung kommen sie immer noch nicht. Sie haben gesagt, sie würden gleich kommen, um zu sehen, was sie hier machen. Das ist gegen das Gesetz. Sie sind Zeugen«, verkündete er den Leuten, die dort versammelt waren. »Sie sind Zeugen dafür, was sie hier machen. Nachher beim Prozeß werden sie sagen, daß es so die ganze Zeit war und daß sie überhaupt nichts verändert haben.«

»Man müßte es mit Video aufnehmen«, schlug einer der Nachbarn vor, »das wäre der beste Beweis.«

»Die sind schlimmer als Araber!« schrie die rothaarige Frau. »Haut ab, verrecken sollt ihr samt eurer ganzen Mischpoke!«

Ein Polizist betrat den Hof, Herr Schwarz rief ihm zu: »Endlich!« Und erklärte ihm in aller Ausführlichkeit das Geschehen.

Die rothaarige Frau schrie: »Ich soll Angst vor der Polizei haben? Vor der Stadtverwaltung? Sollen sie mich doch alle miteinander. Ich habe einen Rechtsanwalt! Ich mache in meinem Haus, was ich will! Und wenn ich will, grabe ich ein Loch von hier bis nach Amerika. Was könnt ihr mir anhaben?«

»Einigen Sie sich untereinander«, schlug der Polizist vor, »und ich warne Sie, keine Gewalttätigkeiten und kein Verstoß gegen das Gesetz.«

»Aber was die machen, das ist gegen das Gesetz!« schrie Herr Schwarz auf. »Das ist gegen das Baugesetz! Sie dürfen hier nicht bauen. Und dieser Grund gehört allen, das ist ein gemeinschaftliches Haus!«

»Reichen Sie eine Klage bei Gericht ein«, schlug der Polizist vor. »Ich kann mich hier nicht einmischen, wir mischen uns nicht in Nachbarschaftsstreitigkeiten ein. Machen Sie das unter sich aus.«

»Wir sind nicht von der Unterwelt«, sagte der Mann, »wir wollen niemandem etwas Böses tun.«

Aviram löste seinen Arm aus der Umklammerung des Herrn Schwarz, der vor Erregung zitterte, und brach mit seinem Hund zum Spaziergang auf. Auf dem Bürgersteig hörte er noch, wie die Frau den Bauleiter anschrie: »Was stehen die da rum? Sie sollen weiterarbeiten, es ist alles in Ordnung! Du hast gehört, was der Polizist gesagt hat. Kein Problem. Sollen sie uns doch.«

Der Hund strebte der Allee zu, auf der festen Route seiner Spaziergänge, Aviram dagegen wollte sich nicht weit vom Haus entfernen. Es war jedoch schwierig, den Hund davon zu überzeugen, also gab er nach. Die Mittagssonne brannte auf seinen Kopf, die Hitze drückte, Schweiß floß aus seinem Bart den Hals hinab, sein Hemd war klatschnaß, doch es fiel ihm leichter als sonst, das zu ertragen, denn etwas war in ihm erwacht, wie ein Muskel, dessen schlummernde Kraft seit langem vergessen worden war. Der Hund hielt inne, um an einem verlockend feuchten Fleck auf dem Bürgersteig zu schnüffeln, und Aviram hob den Kopf und sah sie vom Ende der Straße her ihm entgegenschreiten, wie üblich weiß gekleidet, die Einkaufstüten in der Hand, schlank und aufrecht mit dem ihr eigenen hochmütigen Gang, dem Gang einer Tänzerin. Der Hund ließ von dem Fleck auf dem Bürgersteig ab und folgte weiter der Route. Als er sah, daß Aviram ihn nicht begleitete, blieb er stehen und bellte ihn an, um ihn daran zu erinnern, daß der Weg eine Fortsetzung hatte. Doch Aviram beugte sich zu ihm hinunter und sagte zu ihm: »Wir gehen wieder nach Hause.« Der Hund ignorierte die Mitteilung und lief bellend weiter die Straße hinauf, wobei er immer wieder stehenblieb und sich nach Aviram umdrehte, um festzustellen, ob er ihm folgte. Doch Aviram stand wie festgewurzelt auf seinem Platz, wandte kein Auge von ihr. Sie kam näher, und er richtete seinen Blick direkt auf ihre Sonnenbrille. Bisher hatte er sie nur flüchtig im Treppenhaus gesehen, es war das erste Mal, daß er Gelegenheit hatte, sie so lange anzuschauen. Der Hund hörte nicht auf zu bellen, forderte ihn auf zu kommen. Sie ging an ihnen vorbei, er nickte ihr mit dem Kopf zu, doch sie ignorierte ihn, mit unbewegtem Gesicht, als sähe sie ihn nicht direkt vor sich.

Er eilte zu seinem Hund, nahm ihn an die Leine und zerrte ihn hinter sich her. Der Hund verweigerte eigensinnig das Gehen, seine Pfoten schleiften über den Bürgersteig, da er mit Gewalt am Halsband gezogen wurde, und er beschwerte sich mit aufrührerischem Gebell: Weshalb die altbekannte Route ändern? Warum nicht den üblichen, sicheren Weg? Wozu sollte das gut sein? Schließlich gab er auf, fügte sich der Gewalt, und seine Füße liefen in dem Takt, den Aviram ihm vorgab, der nicht einmal einen Blick nach hinten warf, um zu sehen, ob ihn das Halsband würgte, sondern seinen Schritt noch beschleunigte, um einen bestimmten Abstand zwischen sich und der Frau in Weiß vor ihm einzuhalten.

Im Hof des Hauses wurde die Arbeit mit großer Energie fortgesetzt, die Zeit drängte, und die Hammerschläge hörten sich an, als risse man dort Wände, wenn nicht gar das Fundament des Hauses nieder. Und sie eilte im Laufschritt auf den Eingang zu, öffnete umgehend die Haustür und stieg die Treppen hinauf, ohne Licht zu machen. Kostbare Sekunden gingen verloren, bis er den Schlüssel aus seiner Brieftasche gezogen, die Eingangstür aufgeschlossen hatte und hinter ihr die Stufen hochstieg. Sie war ihm ein Stockwerk voraus, und in den Treppenkehren gelang es ihm, sie für einen Moment zu sehen, bevor sie wieder im Stockwerk über ihm verschwand. Als er ihren gemeinsamen Treppenabsatz erreicht hatte, hatte sie bereits die Tür zweimal von innen abgeschlossen.

Er betrat seine Wohnung, vertauschte sein Hemd und seine Hose mit kurzen Turnhosen. Sein Körper war schweißüberströmt, und er schaltete die Klimaanlage ein. Der Hund stand in einer Ecke des Zimmers und betrachtete ihn verwundert und beunruhigt, und Aviram führte ihn zum Wassernapf und trieb ihn an zu trinken, bevor er in die Küche ging und sich selbst etwas zu essen zubereitete.

Als Aviram den Hund im Schlafzimmer bellen hörte, erhob er sich vom Eßtisch und ging hin. Durch das Summen der Klimaanlage, das Hämmern draußen, das die Mauern erschütterte, und das wütende Kläffen des Hundes hindurch drang ihr Stöhnen durch die Wand, ein Stöhnen der Lust, das so sehr Schmerzenslauten glich. Vergeblich versuchte er, den Hund zu beruhigen, ließ sich auf seinem Bett nieder, schloß die Augen und versuchte sich auszumalen, wie die schlanke, hochgewachsene Gestalt mit dem hochmütigen Gang, nackt und weiß, glühend vor Verlangen in den Augenblicken ihrer Hingabe aussah.

Etwas hat mich aufgeweckt, doch ich kann mich nicht entsinnen, was es war. Ein Traum? Ich erinnere mich an keinen Traum, und wenn man von einem Traum aufwacht, erinnert man sich an ihn, oder wenigstens daran, daß man einen hatte. Ich träume schon seit Jahren nicht mehr. Es war etwas Unvermitteltes, das weiß ich, irgendeine starke Erschütterung, die aus mir kam wie ein innerer Zusammenbruch. Noch ein Vorfall? Ich taste das Wenige ab, was vom Körper nach jenem Vorfall noch lebt, bewege, was geht, doch es ist keine Veränderung eingetreten. Auch das Allgemeinempfinden hat sich nicht verändert. Das einzige Geräusch, das in dieser Wohnung jetzt zu hören ist, ist ihr Atem, die schwachen, regelmäßigen Schnarchlaute von Menschen, die durch den Mund atmen. In der Nacht läßt sie die Schiebetür des Wintergartens offen, wo sie schläft, damit sie hören kann, falls etwas mit mir ist, ob ich sie brauche. Und wie immer, wenn ich in der Nacht aufwache, hängt mir ihr spezieller Geruch in der Nase, den sie ins Haus gebracht hat.

Was für ein Geruch ist das? Das ist mir bis heute ein Rätsel. Vielleicht irgendein Medikament, eine spezielle Seife, die sie benutzt, ein Eau de Cologne, das sie aus ihrem Land mitgebracht hat, vielleicht mögen sie diesen Geruch dort? Oder ist es ihr Körpergeruch, der Geruch ihrer Rasse? Scharf und unangenehm, wie der Geruch der Speisen, die sie sich kocht, offenbar mit irgendeinem ihrer Gewürze, ein Geruch, der die ganze Wohnung beherrscht. In den ersten Wochen konnte ich mich nicht daran gewöhnen, er hatte etwas Bitteres und zugleich Süßliches an sich und erinnerte mich aus irgendeinem Grund an Aasgeruch. Jedesmal, wenn ich in der Nacht aufwachte, konnte ich wegen dieses Geruchs nicht wieder einschlafen, und ich habe sie dafür gehaßt und verflucht. Ich rief mir in allen Einzelheiten ihre Häßlichkeit ins Gedächtnis, ihr rundes Gesicht mit der platten, breiten Nase, die kleinen Augen, den großen Hintern und die kurzen, dicken Beine. Als sie zum ersten Mal auftauchte und ich gesehen habe, wie häßlich sie ist, bin ich wütend geworden: Warum ausgerechnet die? Ich beschloß, ihr das Leben schwerzumachen, bis sie wieder ginge.

Zu Anfang wollten sie einen Mann bringen. Ich habe sie am Telefon mit dem Büro reden gehört, das sie hierher ins Land vermittelt. Ich habe geschrien und ihnen mit der Hand Zeichen gemacht, daß ich das nicht will. (So wurde ich gezwungen, ihnen zu verraten, daß ich verstehe, was sie reden – bis dahin dachten sie, da ich nicht rede, höre und verstehe ich auch nichts.) Sie haben mir erklärt, daß ich mich besser fühlen werde, wenn ein Mann mich pflegt, keine Frau, denn schließlich muß man mich waschen und mir beim Klogehen helfen und all das. So ein Blödsinn. Ich habe darauf beharrt, und auch jetzt bereue ich es nicht.

Die Tochter hatte einen ganz anderen Plan, nämlich, mich in eine »Pflegeeinrichtung« zu verfrachten, was man früher einmal mit dem einfachen Wort Invalidenheim bezeichnet hat. Aber der Sohn war dagegen, denn dazu hätten sie die Wohnung verkaufen müssen, und er hat seine eigenen Kalkulationen. Der Gedanke, er könne an mein Wohlergehen denken, kam mir nicht. Er ist kein besonders kluger Junge, darin ist er seiner Mutter ähnlich, aber ungleich ihr denkt er immer ans Geld, ständig braucht er dringend Geld, ich habe keine Ahnung, wofür, und es interessiert mich auch nicht. Auch seine Mutter wollte, daß ich zu Hause bleibe, um zu demonstrieren, wie sie sich für mich aufopferte. Eine Zeitlang war sie gemeinsam mit dem Mädchen da, als pflegte sie mich zusammen mit ihr, aber in Wirklichkeit war sie bereits keine große Hilfe mehr wegen ihrer Herzkrankheit und beaufsichtigte sie nur scheinbar. Nach einiger Zeit ist sie gestorben, und die Tochter hat mich noch einmal zu überzeugen versucht, daß eine »Pflegeeinrichtung« besser für mich sei. Sie ist nicht dumm und dazu auch ziemlich bösartig. Vielleicht weiß sie auch etwas über den Plan ihres Bruders, und der lohnt sich offenbar nicht für sie.

Die Wohnung ist bis heute so geblieben, wie meine Frau sie zu ihren Lebzeiten eingerichtet hat. Das Mädchen hat nichts verändert. Die Kinder haben ihr den Wintergarten zugewiesen, haben ein Bett, einen Schrank und einen Stuhl hineingestellt, und sie hat sich dort mit ihren Sachen eingerichtet. Und ihr spezieller Geruch hat sich in der Wohnung ausgebreitet.

Das Licht im Wintergarten wird eingeschaltet, sie geht

durchs Wohnzimmer. Man hört ihre Schritte nicht. In dem Licht, das vom Wintergarten hereinfällt, kann ich sehen, wie sie an der Tür meines Zimmers vorbeigeht, in ihrem hellen Schlafanzug, ein gedrungener, rundlicher Schatten, dem nicht einmal die nächtliche Dämmerung irgend etwas Geheimnisvolles oder weiblichen Charme zu verleihen vermag. Sie betritt die Küche, macht dort das Licht an, dreht den Wasserhahn auf und gießt sich Wasser ein. Vielleicht will ich auch Wasser? Ich schreie zu ihr hinüber. Es vergeht eine Weile, bis sie aus der Küche kommt, zu mir ins Zimmer, und das Licht anschaltet. Ihr weißer Baumwollschlafanzug hat eine Mickymaus und eine Ente in Blau und Rot auf dem Oberteil und weiße, weite Hosen. Ich bedeute ihr mit der Hand, daß ich trinken möchte, und sie sagt auf englisch zu mir: »Okay. Now sleep, good night«, löscht das Licht, kehrt in ihren Wintergarten zurück, und wieder ist es dunkel und still in der Wohnung, und nach einiger Zeit wird ihr geräuschvoller rhythmischer Atem wieder laut.

An schönen Wintertagen und an Sommermorgen zieht sie mich für einem Spaziergang draußen an. Im Sommer setzt sie mir meine alte Schirmmütze auf den Kopf, um mich vor der Sonne zu schützen, im Winter, damit sich der Kopf nicht erkältet – eine rote Wollmütze, offenbar für Kinder, mit einem Bommel an der Spitze, von der ich nicht weiß, wo sie sie gefunden hat. Denn für sie bin ich wie ein Baby im Kinderwagen. Ich habe das begriffen, als ich mich zum ersten Mal im Spiegel im Gang mit dieser Mütze auf dem Kopf gesehen habe, bevor wir aufbrachen. Am Anfang war ich wütend und beleidigt, eine Reaktion von Selbstachtung aus einem anderen Leben, wie ein Glied, das man für tot erachtet hat und das plötzlich eine Welle von Schmerz ausstrahlt. Doch als ich noch einmal in den Spiegel blickte, begann es mir zu gefallen, und ich erkannte, daß es stimmte.

So fährt sie mich im Rollstuhl im Viertel spazieren und danach in den Park, wo sie sich mit einigen ihrer Freundinnen trifft, die in der Umgebung arbeiten. Auch sie bringen ihre

Alten in den Rollstühlen mit. Wenn sie so in Gesellschaft zusammensitzen, sind sie schon nicht mehr so sanft, schweigsam und scheu, wie man sie kennt. Sie krähen in ihrer komischen Sprache, bringen Laute aus der Kehle hervor, die bei uns nicht zu hören sind. Alle reden sie auf einmal, lachen lauthals. Meine ist etwas zurückhaltender. Die anderen Alten in den Rollstühlen stört dieser Lärm nicht. An einen von ihnen erinnere ich mich aus dem Viertel, in dem wir einmal gewohnt haben. Sie hatten einen Lebensmittelladen, und er war auch Handwerker. Er hatte den Tick, alte Sachen zu sammeln, die die Leute hinauswerfen, damit die Müllabfuhr sie mitnimmt: einen alten Stuhl, eine zerschlissene Decke, eine kaputte Waschmaschine, ein Spülbecken und sogar eine zerbrochene Kloschüssel. Alles brachte er nach Hause und versuchte, es zu reparieren. Seine Frau beklagte sich bei den Leuten im Laden, daß ihr ganzes Haus voll war, komplett zugestopft, man kam schon nicht mehr durch, und ihre Kinder waren geflüchtet. Er weiß schon längst nicht mehr, was mit ihm geschieht. Er schaut die ganze Zeit auf seine Knie, alle paar Augenblicke unternimmt er eine Anstrengung und füllt seine Lungen mit Luft, stößt einen langen Seufzer aus und blickt wieder auf seine Knie. Die beiden anderen, der eine ein dicker kleiner Rumäne und der zweite ein orthodoxer Sepharde mit französischem Namen, reden, und ich bemühe mich, ihren Schwachsinn nicht mitanzuhören. Sie wissen, daß ich nicht rede, meinen, daß ich nicht verstehe, was sie reden, und belästigen mich nicht. Ich sehe nicht besser aus als sie, ich weiß, aber trotzdem, manchmal fährt irgendein närrischer Geist in mich, und plötzlich kriege ich so richtig Lust, die Mütze abzunehmen, damit sie einen Kopf voller Haare sehen, fast kein Weiß, nur Grau! Und mein Sohn hat schon einen völlig weißen Kopf. Auch das hat er von seiner Mutter geerbt. Und wenn ich dieses Gefühl habe, schäme ich mich für mich selbst.

Hören Sie, was dort vor sich geht?« fragte Herr Schwarz. Er stand in der Tür und hinderte Aviram daran, sie zu schließen. Nur das Gebell des Hundes ließ den Alten davor zurückschrecken, die Wohnung zu betreten. »Ich habe die Polizei angerufen, und sie haben zu mir gesagt, daß es bis halb elf in der Nacht erlaubt ist, solchen Lärm zu machen. Verstehen Sie, sie werden Tag und Nacht arbeiten, um das Ganze fertigzukriegen, bevor sie den Befehl zur Baueinstellung erhalten. Sie haben Erfahrung darin. Und die Stadtverwaltung hat Zeit, bis die nachschauen kommen, haben die anderen es schon geschafft, den Balkon zu bauen, an dem Eingang, den sie aufgemacht haben, und das Zimmer über der Treppe des Lagers, und jetzt werden sie die Wohnungseinrichtung und die Dusche fertig machen. Was kann man da noch einstellen, frage ich Sie? Alles wird fertig sein.«

»Was kann man dann machen?« fragte Aviram und versuchte, ganz langsam und sachte die Tür zu schließen, doch Herr Schwarz griff nach der Klinke und hielt, angesichts seiner körperlichen Verfassung, mit überraschender Kraft dagegen. »Und was ist so schlimm daran, wenn das dort eine Wohnung wird?«

»Was soll das heißen?« Herr Schwarz war zutiefst bestürzt. »Haben Sie diese Frau gehört, wie sie redet? Wollen Sie hier solche Leute? Wollen Sie, daß wir hier ein Hatikwaviertel wie in Süd-Tel Aviv haben? Daß sie die ganze Nacht draußen sitzen, auf ihrem Balkon, mit Geschrei reden, das Radio auf voller Lautstärke und Lieder auf arabisch? Daß sie Fleisch grillen unter unseren Fenstern?«

»Ich bin da keine Hilfe«, sagte Aviram, »was könnte ich tun?«

»Ich will, daß Sie jetzt mit mir hinuntergehen, um zu sehen, was sie dort machen. Wenn die Stadtverwaltung ihnen einen Prozeß macht, daß wir Zeugen haben.«

»Ich kann jetzt nicht«, sagte Aviram, »ich bin sehr beschäftigt.«

»Was?!« schrie der Alte. »Alles auf Schwarz? Alles auf einen alten, kranken Mann, und keiner kann helfen?« Und er zog ein Hosenbein hoch, schob es bis über das Knie des von blauen Adern durchzogenen Beins hinauf und zeigte Aviram das Ende eines Urinbeutels, der an seinen Lenden hing.

Der Hof war von einer Starkstromlampe beleuchtet, die an die Kellerleitung angeschlossen war, eine kleine Betonmischmaschine ratterte unaufhörlich, und die donnernden Hammerschläge, die aus dem neuen Toilettenbau drangen, waren ohrenbetäubend – offenbar rissen sie dort die Treppe heraus, die zum Keller führte. Die rückwärtige Mauer war der ganzen Länge nach freigelegt und eine Öffnung für eine Tür hineingeschlagen worden. In das viereckige Loch davor wurde der Boden des Balkons gegossen, dessen Mauern man um einen halben Meter über Erdniveau aufgestockt hatte. Die Arbeiter flitzten wie toll herum, um ihr Werk bis halb elf abzuschließen, und in den umliegenden Häusern standen die Leute an den Fenstern und auf den Balkonen und schrien: »Ruhe! Ruhe! Genug! Das geht nicht! Von morgens bis nachts ohne Pause!«

Und die Lagerbesitzerin schrie zurück: »Was habt ihr denn? Geht doch schlafen und steht gar nicht mehr auf!«

Der Bauleiter stand da und rauchte ein Zigarette, blickte wieder und wieder auf seine Uhr, trieb die Arbeiter zur Eile an. Und am Rand, auf einem Stein, saß der Ehemann, als hätte er nichts mit dem ganzen Aufruhr zu tun. Als er Aviram bemerkte, den Herr Schwarz für einen Moment sich selbst überlassen hatte, um mit dem Bauleiter zu streiten, stand er auf, trat auf ihn zu und klagte händeringend, beinahe weinend: »Schauen Sie, was für Scherereien sie uns machen! Alle sind gegen uns. Die ganzen Nachbarn, die Polizei, die Stadtverwaltung. Was haben wir ihnen denn getan?«

»Ich sehe, daß Sie dort eine Tür und einen Balkon machen«, sagte Aviram.

»Na klar«, erwiderte der Mann, »von wo soll man sonst reingehen?«

»Aber Sie haben gesagt, das sei nur, um Bitumen auf die Mauer aufzutragen gegen die Feuchtigkeit, und danach stellen Sie alles wieder her, wie es war.«

»Nein!« behauptete der Mann. »Wir schmieren Verputz drauf! Alles kommt in Ordnung. Was ist? Warum will man uns hier nicht? Was sind wir, Araber?«

»Ganoven seid ihr!« schrie ihn Herr Schwarz an, der sich wieder neben Aviram aufgestellt hatte. »Sie haben einen Teil von einem Platz gestohlen, der nicht Ihnen gehört, und Sie bauen gegen das Gesetz! Das werden sie euch abreißen!«

Die Frau, die bis dahin in den lautstarken Schlagabtausch mit den Leuten von den Nachbarhäusern verwickelt gewesen war, wandte sich Herrn Schwarz zu. »Niemand wird irgendwas abreißen!« Sie näherte ihr Gesicht dem seinen, bis sie sich beinahe berührten. »Hörst du, alter Irrer? Niemand wird unser Haus anrühren! Nicht die Stadtverwaltung, nicht die Polizei noch das Gericht, alle werden sie auf unserer Seite sein. Wißt ihr überhaupt, mit wem ihr es zu tun habt?« Sie adressierte ihre rhetorische Frage an Aviram. »Wenn ihr nicht aufhört, uns Scherereien zu machen, kenne ich Leute, die euch für fünfzig Dollar Säure ins Gesicht schütten, daß ihr nicht mehr auf die Straße gehen könnt. Verstehst du mich?«

»Hören Sie das?« fragte Herr Schwarz. »Das sind die Nachbarn, die Sie hier kriegen werden. Erinnern Sie sich daran, vor Gericht zu sagen, was sie jetzt gesagt hat. Bei der Polizei nützt das nichts, wenn man hingeht und es ihnen sagt. Das interessiert sie nicht. Bis nicht jemand getötet wird, tun sie nichts.«

Aviram rief den Hund, der etwas zwischen den Büschen der Umzäunung zu suchen begonnen hatte, und wandte sich ab, um mit ihm zum Abendspaziergang aufzubrechen. Doch der Besitzer des Kellers hielt ihn auf und bat: »Nur einen Moment, mein Herr, ein Wort noch, das ich Ihnen sagen möchte. Ich sehe, daß Sie ein gebildeter Mensch sind und ein gutes Herz haben. Unsere Tochter ist beim Militär, sie wird demnächst entlassen, und sie möchte an der Universität studieren. Sie ist ein braves Mädchen, sie hat Verstand. Warum soll sie nicht an einem ruhigen Ort sein, ohne Verbrecher, ohne Drogen, mit Leuten, die auf die Universität gehen? Was ist, hat sie kein gutes Leben verdient?«

»Er soll ihnen bloß keine Geschichten erzählen!« sagte Herr Schwarz. »Sie machen das überall hier in der Gegend, kaufen Lager und Keller auf und bauen dort Wohnungen, um Geld zu machen! An einem Ort haben sie aus einer Waschküche eine Wohnung auf dem Dach irgendeines Hauses gebaut, wo die Leute nicht darauf geachtet haben, was man über ihrem Kopf anstellt. Das ist alles Busineß.«

»Nein, das stimmt nicht«, protestierte der Mann mit der Olympiakappe, »es ist nur für unsere Tochter, damit sie auch so ein Leben wie eure Kinder hat.«

»Doch!« schrie seine Frau. »Wir bauen Wohnungen in allen Häusern hier in der Umgebung, in jedem Loch, auf dem Dach und unter der Erde, und wir werden Araber herbringen, die da wohnen! Araber, von denen jeder zwei Meter lang ist! Damit hier kein Mädchen mehr in Frieden vorbeigehen kann. Damit alle die Flucht ergreifen!«

Aviram verließ mit dem Hund den Hof und sagte sich im stillen, vielleicht sei es an der Zeit, sich von diesem Haus loszureißen und woanders eine Wohnung zu kaufen. Aber noch nicht. Etwas fesselte ihn an dieses Haus. Die junge Frau in der benachbarten Wohnung, jenseits seiner Schlafzimmerwand, mit ihren Lustschreien. Und er lauschte, als sei es eine Botschaft, die an ihn gesendet würde: Versuch, mich zu kriegen. Immer hatte er sich von der Liebe verstoßen gefühlt. Die vereinzelten Frauen, die sich für ihn interessiert hatten, waren häßlich und stießen ihn von vornherein ab. Und wenn sie nicht häßlich waren, waren es Prostituierte, deren Dienste er in Anspruch nahm – und nach vollbrachter Tat haßte er sie und sich selbst. Nur bei der weißen Katze hinter der Wand würde er in Wahrheit das finden können, was seine gequälte Seele jetzt entbehrte.

2

»Wohnen Sie hier?« Ein junger Mann in Jeans und weißem T-Shirt stand vor der Eingangstür des Hauses und versperrte ihr den Weg.

»Nein«, beeilte sich Gabi zu erwidern.

Er ignorierte ihre Antwort. »Ich suche die Leute von der Wohnung Nummer 17. Schon seit ein paar Tagen komme ich ständig hierher, aber es macht keiner auf. Hier steht Neumann«, er zeigte auf den Briefkasten, »aber Nachbarn haben mir gesagt, daß die Neumanns längst ausgezogen sind und andere Leute dort wohnen. Ich muß ihnen persönlich einen Brief geben, ich bin von einem Zustelldienst.«

»Und den Namen hat man Ihnen nicht aufgeschrieben?«

»Nein, nur die Wohnungsnummer 17, und die Adresse.«

»Wer schickt einen solchen Brief? Zeigen Sie mir den Umschlag«, sagte Gabi.

»Ich kann nicht. Es ist persönlich.«

»Wenn Sie wollen, kann ich ihn mitnehmen und in ihre Türe stecken«, sagte Gabi.

»Nein, das darf ich nicht. Sie müssen mir unterschreiben, daß sie ihn erhalten haben«, sagte der junge Mann und betrachtete sie interessiert. »Sie kennen sie nicht?«

»Nein. Ich sagte Ihnen schon, daß ich nicht hier wohne, ich bin auf Besuch da.«

»Und diese Tüten mit den Einkäufen?«

»Das ist für eine kranke Frau, die das Haus nicht verlassen kann und der ich helfe. Verhören Sie mich?«

Er brach in Lachen aus. »Ich versuche bloß, ein Gespräch anzufangen.«

»Hier, ich habe sogar den Schlüssel von ihr bekommen, um reinzukommen«, sie zeigte ihn ihm, »da sie nicht vom Bett aufstehen kann, um mir aufzumachen.«

Er stand ihr gegenüber, mit dem Rücken an der Eingangstür und lächelte.

»Sie hindern mich am Hineingehen«, sagte Gabi.

»Kann man Ihnen vielleicht beim Tütenschleppen helfen?«

»Nein, danke, sie sind nicht schwer.«

Sie wartete, und er gab den Weg frei.

Als sie die Treppen hinaufstieg, sah sie, daß er hinter der Glastür stehenblieb und ihr nachblickte. Und im zweiten Stock öffnete sich eine Tür, der Alte vom Eigentümerbeirat tauchte auf dem Treppenabsatz auf und sah sie zornig an. »Was ist mit dem Hausgeld, meine Dame? Sie sind bald drei Monate schuldig. Was ist?«

»Ich werde es zahlen«, gab sie ihm zur Antwort und ging schnell weiter die Treppen hinauf.

In der Wohnung, als sie ihre Einkäufe ablud, fiel ihr plötzlich die Frage ein, die Ada an jenem heißen Frühlingstag im Café gestellt hatte: Woher hat er das Geld, sich so eine Wohnung zu halten? Bisher hatte sie keinen Gedanken daran verschwendet, auch nicht nach der Unterhaltung mit Ada. Doch jetzt begann sich ein leichtes Unbehagen in ihr zu regen, eine Art dumpfe Beunruhigung. Zu viele Dinge waren ihr unklar. Bisher waren ihr diese Grauzonen als charmante Begleiterscheinung des Abenteuers erschienen, auf das sie sich eingelassen hatte, doch nun fingen sie an, in ihr auf Widerstand zu stoßen. War das ein Zeichen, daß das Feuer zu verlöschen begann? Jedenfalls glich die sehnsuchtsvolle Vorfreude auf das Treffen nun eher einer suchtartigen Abhängigkeit, der Notwendigkeit, einen Mangel zu stillen, den ihrer Meinung nach nur er befriedigen konnte.

Als er kam, erschien ihr sein Gesicht verstört und erschöpft. Er umarmte sie flüchtig, entzog sich ihren Liebkosungen, kam auch nicht in die Nähe des Bettes – er sei nicht in der Stimmung. Er setzte sich ihr gegenüber und betrachtete sie schweigend, musterte ihr Gesicht, so wie sie des öfteren versucht hatte, das Rätsel seines Gesichts zu entschlüsseln. Zwei Fremde, sagte sie sich innerlich, immer ist es so, und das ist im Prinzip das, was er will. Die ganze Heimlichtuerei und die überzogenen Vorsichtsmaßnahmen, seine Weigerung, etwas über sie und ihr Leben außerhalb des Bunkers zu erfahren, und seine Unwilligkeit, über sich selbst zu sprechen, das häufige lange Schweigen und jetzt dieser forschende Blick – alles, damit sie Fremde blieben. Er erweckte Ängste in ihr, sie fürchtete, ihn zu verlieren, sehnte sich nach ihm.

Sie setzten sich zum Essen in die Küche, und sie erzählte ihm von dem jungen Mann von dem Zustelldienst, der die Bewohner der Wohnung Nummer 17 gesucht hatte. Er hörte zu essen auf, sein müdes Gesicht spannte sich: »Hast du mit ihm geredet?«

»Ich habe ihm gesagt, daß ich nicht hier wohne.«

Er erhob die Stimme: »Warum redest du? Ich habe dir gesagt, du sollst mit niemandem reden!«

»Wenn ich nicht geantwortet hätte, hätte das verdächtig ausgesehen.«

»Ich habe dir gesagt, du sollst mit niemandem reden!«

»Ich würde gern begreifen, was hier los ist«, sagte Gabi, »was diese ganze Geschichte soll. Sucht uns jemand? Werden wir verfolgt?«

»Das fällt dir jetzt ein? Das geht dich nichts an.«

»Glaubst du wirklich, das geht mich nichts an? Bin ich nicht mit darin verwickelt?«

»Nein! Du bist nicht betroffen!«

Er begann wieder zu essen und sah aus, als hätte er sich ein wenig beruhigt.

»Fürchtest du, deine Frau könnte das mit uns herausfinden?«

»Über solche Themen sprechen wir nicht.«

»Über welche Themen sprechen wir dann?«

»Es muß überhaupt nicht viel geredet werden.«

»Bin ich für dich nur ein Körper?«

»Ja. Und auch ich bin für dich nur ein Körper.«

»Kann das so weitergehen?«

»So lange es dauert, wird es weitergehen. Du redest, als sei das alles neu für dich. Aber alle diese Sachen waren von Anfang an so, du hast es gewußt. Das waren die Bedingungen, und du hast sie akzeptiert. Niemand hat dich gezwungen. Auch jetzt zwingt dich niemand. Du kannst jeden Augenblick beschließen, daß das nichts für dich ist, und es lassen.«

Sie schwieg, danach versuchte sie, dem Gespräch eine andere Wendung zu geben. »Der Alte vom Eigentümerbeirat hat mich auf der Treppe angeschrien, daß wir ihm Geld schulden.«

»Ich werde ihm Geld in seinem Briefkasten zurücklassen.« Er dachte einen Moment nach. »Ich werde für einige Zeit nicht hierherkommen.«

»Bestrafst du mich?«

»Nein. Und du tust, was ich dir sage, auch wenn du nicht verstehst, warum.«

»Vielleicht liebst du mich einfach nicht mehr. Es wäre am vernünftigsten, du sagst mir das und wir brechen die Beziehung ab.«

»Du redest wie ein kleines Mädchen. Wenn ich aufhöre, dich zu lieben, wirst du mich hier nicht mehr zu Gesicht kriegen. Und wenn ich so täte, als ob, würdest du das sofort spüren.«

»Du meinst, der Körper würde es mir sagen.«

»Ganz sicher. Und um genau zu sein: Er würde schweigen.«

Und nach dem Essen war er mit einem Mal in der Stimmung und zog sie zum Bett.

Die rothaarige Lagerbesitzerin lauerte vor der Glastür den Herauskommenden auf. Sie verfolgte Gabi, die die Abfalltüte zur Mülltonne trug, und rief ihr hinterher, doch Gabi, aus Erfahrung klug geworden, gab gehorsam keine Antwort.

»Ist es dir unangenehm, mit mir zu reden?« schrie die Frau. »Was habt ihr alle, sind wir Araber? Für was haltet ihr euch eigentlich? Verreckt doch! Wir brauchen euch nicht. Unsere Wohnung ist schon fertig, da wird euch nichts helfen. Unsere Tochter wird dort wie eine Königin wohnen! Wir werden bloß noch die Müllecke von hier auf die andere Hofseite verlagern, damit es auf dem Balkon nicht stinkt, und einen hübschen Garten ringsherum machen. Komm, komm rein, ich lade dich ein, trink einen Kaffee, komm und schau dir an, wie schön es drinnen ist, damit dir deine bösen Augen rausfallen!«

Die Bauarbeiten waren tatsächlich abgeschlossen, und der versenkte Balkon am neuen Eingang zum Keller erstrahlte ganz in Weiß, am Rande des Fußpfads waren Laternen eingelassen, um ihn in der Nacht zu beleuchten.

Als Gabi den Pfad, der auf die Straße hinausführte, zurückgehen wollte, stellte sich ihr die Frau in den Weg und hielt sie auf. »Wart einen Moment, ich will dir was zeigen.« Sie zog ein Bündel Papiere aus ihrer Plastiktüte und wedelte damit vor ihren Augen herum. »Ich bin eine kranke Frau, weißt du? Krebs im Kopf, schau her, schau nur, es steht alles hier geschrieben, das ist von der Kasse. Weißt du, was das heißt, Krebs im Kopf? Die ganze Zeit Behandlungen, und bald werden sie mich am Kopf operieren. Wozu machen sie mir hier Scherereien? Haben diese Leute kein Herz?«

Gabi wich vom Pfad ab, ging eng an die Strāuchereinzäunung gedrückt um sie herum und beschleunigte ihren Schritt. Die Frau lief ihr nach.

»So wie du ausschaust, weißt du nicht, was Kinderkriegen heißt«, schrie sie, »bestimmt hast du keinen Mann, du lebst sicher allein wie alle in diesem Haus. Vielleicht bist du lesbisch! Nie im Leben wirst du spüren, wie das ist, dein Baby in den Armen zu halten.«

Am Sonntag fährt das Mädchen nach Jafo, um in ihrer Kirche zu beten. Das ist ihr freier Tag. Dort treffen sich anscheinend diese Jungen und Mädchen, die in Tel Aviv arbeiten. Am Anfang ist die Tochter gekommen, um sie sonntags zu vertreten, aber nach ein paar Malen hatte sie es satt, so viel Zeit mit mir zu verbringen, und auch mir reichte es. Das Mädchen hat dann Pedro dahergebracht. Auch er ist von dort, hat diesen speziellen Geruch an sich, der bei ihm mit Zigarettenrauch vermischt ist. Er ist offenbar nicht sehr religiös, oder er will sich noch ein wenig Geld dazuverdienen. Er sitzt bei mir auf dem Wohnzimmersofa, raucht in einem fort, trinkt Bier aus der Dose und schaut sich im Fernsehen das Sportprogramm an. Ich betrachte ihn von der Seite und sehe, wie er die ganze Zeit nervös mit den Knien wackelt. Es ist kein angenehmer Anblick.

Auch er ist kleingewachsen, dicker als sie, mit den gleichen kurzen Beinen und demselben breiten Hintern. Man sieht bei ihnen nur mit Mühe einen Unterschied zwischen männlich und weiblich. Sein rundes Gesicht läßt nicht einmal erkennen, ob er sich rasiert. Aber er ist sehr stark. Wenn er mich aus dem Bett zum Stuhl hebt oder aufs Klo trägt, schleudert er mich gewaltsam durch die Luft. Vielleicht ärgert er sich, daß er sich mit solchen Dingen abgeben muß. Und in seinen kleinen Augen liegt die ganze Zeit ein irgendwie wilder Ausdruck, furchterregend zum Anschauen.

Nicht, daß ich nicht sprechen könnte, ich will einfach nicht. Ich will so absolut nicht, daß es schon bald an Nichtkönnen grenzt. Doch manchmal, um mir selbst zu beweisen, daß ich noch sprechen kann, sage ich Wörter. Wenn das Mädchen nicht da ist, sage ich: »Linda.« Es ist leicht, das zu sagen, man braucht nicht einmal die Lippen zu bewegen:

»Lin-da, Linda.« Einmal sah sich Pedro Fußball an, und ich habe laut »Linda« gesagt. Er hat sich zu mir umgedreht und gelächelt. Ich hatte ihn noch nie lächeln sehen. Er sagte: »You want Linda?« Ich nickte mit dem Kopf: Ja. »You love Linda?« Ich nickte: Ja. Das gefiel ihm, so wie man an der Klugheit eines Babys seine Freude hat. »You know what is Linda?« fragte er und gab die Antwort: »Linda is beautiful!« Und er lachte.

Ich frage mich ziemlich oft, ob sie überhaupt einen Geschlechtstrieb hat. Man sieht es ihr nicht an. Kann es sein, daß sie keinen hat? Daß sie nicht hübsch ist, besagt nicht, daß sie keine solchen Gedanken oder Träume hätte. Solange der Kopf noch in Betrieb ist, hört man nicht auf, daran zu denken, auch nachdem der Körper am Ende ist. Wenn sie mich in den Park mitnimmt und dort mit ihren Freundinnen zusammensitzt, mustere ich jede einzelne von ihnen und versuche, das an ihnen zu erraten. Alle tragen sie Jeans, Turnschuhe und weiße Socken, weiße Baumwolltops im Sommer. Es sind zwei oder drei darunter, an denen man Hinweise auf einen Geschlechtstrieb erkennen kann: an der Bewegung, im Gesichtsausdruck, an der Art, wie sie sich selbst berühren. Eine von ihnen malt sich auch die Lippen an. Aber bei Linda gibt es keinerlei Anzeichen dafür.

Der Kerl sitzt vor dem Fernseher, in einer Hand die Zigarette oder die Bierdose, und die zweite liegt die ganze Zeit zwischen seinen Beinen, tastet und streichelt, und manchmal steckt er sie auch tief in die Hose hinein und kratzt sich dort ganz wild.

Sonntags spüre ich, daß sie mir fehlt. Es ist mir schwergefallen, mich an ihre Art und den Geruch zu gewöhnen, mit dem sie die Wohnung erfüllt, aber sie ist ein Teil meines Lebens geworden. Im Sommer, wenn sie mit kurzen Hosen und Unterhemd, ohne Büstenhalter, den Boden wischt, sich über den Eimer beugt, um den Putzlumpen auszuwringen, stelle ich Vermutungen darüber an, wie sie nackt aussieht. Einige Male habe ich den Rollstuhl zum Wintergarten hinmanövriert, als sie sich dort gerade anzog, und sie hat sofort den Vorhang zugezogen und mir mit dem Finger gedroht wie einem unartigen Jungen. Offenbar hat sie das der Tochter erzählt, die es für angebracht hielt, herzukommen und mir eine Moralpredigt zu halten mit der Drohung, daß Linda uns verlassen werde, wenn ich mich weiterhin so benähme. Aber ich habe so getan, als verstünde ich nicht, was sie zu mir sagt.

Den Sohn habe ich lange nicht gesehen. Die Beziehung zwischen uns war nie gut, wir haben kaum je ein Wort miteinander gewechselt. Er war immer das Kind seiner Mutter, und wenn es Streit daheim gab, stand er immer auf ihrer Seite. Und auch sein Gesicht erinnert mich allzusehr an ihres. Am Schabbat ist er plötzlich in der Wohnung aufgetaucht, um mit Linda zu reden.

Er hat ihr vorgeschlagen, sonntags eine Putzarbeit zu übernehmen, an einem Ort, der mit seiner Arbeit zusammenhängt. Ich habe geschrien und mit der Hand gestikuliert: Nein! Nein! Und er hat sofort das Weite gesucht, ohne Schalom zu sagen. Sie ist zu mir hergekommen, hat ihre dickliche Hand, molligweich wie ein Kissen, mit den kurzen Fingerchen auf meine gelegt und hat mich in ihrem Englisch gebeten, damit einverstanden zu sein. Sie hat mir erklärt, wie wichtig das Geld für sie sei, das sie für diese Arbeit erhalte, die nicht länger als ein bis eineinhalb Stunden am Nachmittag in Anspruch nehme. Das Geld, das sie für die Arbeit bei mir erhalte, schicke sie an ihre Familie dort drüben, ohne das hätten sie kein Auskommen, und mit diesem Zusatzverdienst könne sie sich hier etwas zum Anziehen oder alles sonst Nötige kaufen. Ich wußte, daß bei einem Vorschlag, der von ihm kommt, nichts Gutes herauskommen kann. Liebend gerne hätte ich ihr das Geld gegeben, das sie brauchte, um sich Sachen zu kaufen. Aber ihre Hand hielt die meine, und die Berührung war so angenehm und weich, daß ich nur noch mit dem Kopf nicken konnte.

Wenn ich aus dem Schlaf erwache, weiß ich nicht, welcher Tag heute ist, und es läßt mir keine Ruhe. Eigentlich ist es unwichtig, aber trotzdem, man muß es wissen. Das ist eine Gewohnheit aus den Zeiten, als ich noch tätig war. Wenn der Mann an ihrer Stelle zu mir kommt, weiß ich, daß Sonntag ist. Am nächsten Tag erinnere ich mich manchmal noch daran, daß Montag ist, aber danach kommt die Zählung durcheinander, und ich fühle, wie ich noch ein bißchen weniger lebendig und noch ein Stückchen mehr tot bin. Wenn sie nicht mit mir in den Park geht, sitze ich viel auf dem kleinen Küchenbalkon. Ich höre, wie sie die Wohnung putzt, den Boden wischt, den ganzen Tag in diesen kurzen Hosen, die ihre dicken Stummelbeine hervorheben. Danach geht sie in die Küche, kocht mein Essen und das ihre, mit diesem Geruch. Und mit dieser erstickten Stimme, die sie haben, singt sie fröhliche, komische Lieder, aber vielleicht sind es auch ganz gewöhnliche Lieder. Manchmal hört man bekannte Wörter auf englisch heraus, aber sie singt sie auf merkwürdige Art. Ihr Gesang stört mich nicht, doch ich frage mich: Was für ein Leben führt sie? Was gibt es da zu singen?

Man kann ihnen ihr Alter nicht ansehen, aber sie ist sicher jung – zwanzig, fünfundzwanzig in etwa –, und sie ist die ganze Zeit, Tag und Nacht, mit einem deformierten Alten im Rollstuhl zusammen, der nichts selber machen kann und den man wie ein Baby pflegen muß. Nur der Sonntag bleibt ihr für ihr eigenes Leben, und da geht sie zum Beten und trifft andere, die genauso leben. Und sogar von ihrem einzigen freien Tag nimmt sie nachmittags Zeit weg, um zu putzen, für das Büro vom Sohn. Wird so ihr ganzes Leben vorbeigehen? Wann wird sie dorthin zurückkehren? Sie wird dann schon zu alt sein, um einen Mann zu finden und Kinder zu kriegen. Und sie singt fröhliche Lieder. Macht es ihr nichts aus? Junge Leute glauben an das Leben. Hat sie schon darauf verzichtet?

Von dem kleinen Küchenbalkon aus sehe ich einen Teil des Spielplatzes. Von oben kann man die Kleinen auf den

Schaukeln fliegen und die Leitern hinaufklettern, in den Sandkasten hinunterrutschen und einander nachrennen sehen und manchmal Freudengeschrei hören oder Weinen von einem, der hingefallen ist oder sich weh getan hat, und ich möchte dort sein, daß sie mich sehen. Wenn das Mädchen zum Einkaufen in den Supermarkt geht, nimmt sie mich meistens mit und läßt mich am Eingang zurück, da sie den Wagen mit den Einkäufen schieben muß. Es kommen öfter Leute dort vorbei, die mich von früher kennen und versuchen, mit mir zu reden. Wenn sie sehen, daß ich nicht antworte, denken sie, ich habe die Fähigkeit zum Sprechen verloren, und lassen mich in Frieden. Mit der Bank neben dem Supermarkt habe ich früher einmal zusammengearbeitet. Ich kenne den Direktor dort und die Angestellten. Heute sind all diese Dinge fremd und irritierend. Ich denke nur an den Spielplatz. Wenn sie mich wieder abholt, deute ich auf den Weg dorthin, und wenn sie Zeit hat, bringt sie mich hin. Was fasziniert mich so daran, dort aufzutauchen? Vielleicht liegt dem irgendein schlechter Trieb zugrunde, so wie es abartige Leute gibt, die auf der Straße die Hosen herunterlassen und ihr ganzes Zeug raushängen wollen vor den Mädchen, die vorbeigehen, um zu sehen, wie sie reagieren. Das ist mehr oder weniger die Sorte von Genuß, die ich dabei habe, wenn ich dort vor ihnen auftauche, als Baby verkleidet, mit einer kleinen Mutter, die mich im Wagen schiebt.

Wenn sie mich bemerken, hören manche zu spielen auf, einige Mädchen laufen zu ihren Müttern oder Kindermädchen, drücken sich an sie und tuscheln mit ihnen. Am Anfang schauen die Kinder von weitem, mit einem Seitenblick, wie zufällig, danach rücken sie ein bißchen vor und kommen langsam und allmählich näher, und ein Mutiger kommt, stellt sich genau vor mich hin und sieht mir mit herausforderndem Gesicht direkt in die Augen: Ich habe keine Angst. Bis seine Mutter ihn wegholt, mit einem scheelen Blick auf das fremde Mädchen, das diese Skandalgestalt hergebracht hat. Dem Mädchen ist das unangenehm, sie möchte die Mütter nicht ängstigen. Sie will, daß wir gehen, aber ich bin nicht damit einverstanden. Sie weiß, daß ich schreien werde, wenn sie mich vom Spielplatz wegbringt, und das macht ihr angst. Und ich spüre, daß Freudengelächter meine Brust erschüttert. In ihrem Englisch sagt sie zu mir: Das ist ein Platz für Kinder, du bist kein Kind. Doch im Innern meines Herzens sage ich zu ihr: Ich bin dein Kind.

Allem Anschein nach wäre es am richtigsten gewesen, die Zeit zu nutzen, für die das Urteil ergangen war, daß sie ihn nicht treffen werde, um eine Herzensprüfung vorzunehmen und zu entscheiden, wie in Zukunft zu verfahren sei. War es ihr Wunsch und Wille, diese Beziehung fortzusetzen? Falls nicht, dann war das die Zeit, sich zu entwöhnen. Mit Absicht rief sie Ada nicht an, um ihre Meinung einzuholen, denn sie wußte im voraus, was sie sagen würde, und könnte rein aus kleinlichem Stolz gerade das Gegenteil tun. Der einzig mögliche Ausweg aus der Situation, in die sie geraten war, erschien derart vernünftig, daß er ihren Widerstand heraufbeschwor. Auch wenn sie sich hätte ablenken und versuchen wollen, ihn zu vergessen, so sah sie ihn doch täglich ein- bis zweimal im Büro vorbeigehen, wobei er sie – gemäß ihrer vorher getroffenen Absprache – vollkommen ignorierte. Und jedesmal versuchte sie, aus seinem Gesicht, seiner Gestik irgendeinen Hinweis herauszulesen, etwas, das ihr dabei helfen könnte zu erraten: Wann sehen wir uns wieder? Ihr zunehmendes Schuldgefühl ihm gegenüber vertiefte sich so weit, bis sie die Strafe als gerechtfertigt ansah, obwohl er ihre Frage, ob er sie bestrafe, beim letzten Treffen verneint hatte.

Allem Anschein nach, wenn sie sich nicht aus echter Liebe, verbunden mit der Hoffnung auf ein gemeinsames Leben, in dieses Abenteuer begeben, sondern darin eine Herausforderung gesehen hatte, ihn im Kampf zu bezwingen, wäre jetzt die Gelegenheit gewesen, ihn einem Test zu unterziehen: Für den Fall, daß er ihre Treffen tatsächlich wiederaufnehmen wollte, könnte sie ihm ihre Bedingungen präsentieren. Die erste – auf den merkwürdigen erniedrigenden Rahmen zu verzichten, den er ihr aufgezwungen hatte. Er könnte darauf jedoch mit einer endgültigen Auflösung der Beziehung reagieren, und sie wußte, sie würde es nicht wagen, das Risiko einzugehen und die Qualen der Reue in Kauf zu nehmen, die sie danach peinigen würden. Wenn sie auch nur eine Andeutung hinsichtlich seiner Bereitschaft, sie wieder zu treffen, zu hören bekäme, würde sie sich bedingungslos unterwerfen. Wozu diese Selbsttäuschung aufrechterhalten? Das hier war doch von vornherein nie ein Kampf gewesen, sondern die Sucht nach der Niederlage.

Nach der Arbeit eilte sie nach Hause, schaltete den Fernseher ein und starrte auf die Bilder, die vor ihren Augen abliefen, doch es gelang ihr nicht, ihnen zu folgen. Die ganze Zeit erwog sie die verschiedenen Möglichkeiten, versuchte, seine Absichten zu erraten, ob er im Sinn hatte, die Trennung zu besiegeln, und falls ja, wann, wie sie reagieren und wie sich das in Zukunft auf ihre Beziehung auswirken würde. Nichts vermochte sie von dem quälenden Entzug abzulenken, der über sie verhängt worden war. Gegen Ende der Woche kam sie auf eine Idee, die ihr bisher noch nicht eingefallen war: Er hat eine andere, die er in die Wohnung bringt, und die Geschichte mit dem Zusteller war nichts als ein Vorwand, sein ganzer Zorn bloß Theater.

Am nächsten Tag fuhr sie in der Mittagspause zu der Wohnung. Als sie davorstand, öffnete sich die Tür des bärtigen Nachbarn mit dem Hund, als hätte er auf ihr Kommen gewartet und sie die Treppen heraufkommen sehen. Er grüßte sie mit einem häßlichen Lächeln. Sein Hund stand neben ihm und bellte sie an, während sie, getreu den ihr auferlegten Regeln, schwieg.

»Vorhin hat man euch gesucht«, sagte er, als sie den Schlüssel in die Tür steckte, in der Befürchtung, Chazi könnte die Schlösser ausgetauscht haben, damit sie seine Verabredungen mit der anderen nicht störte. »Eine Frau vom zentralen Statistikamt hat von unten aus mit mir geredet«, sagte der Bärtige, »sie machen eine Erhebung über Wohnungen in Tel Aviv. Sie muß Ihnen alle möglichen Fragen stellen. Sie sagte, sie werde Ihnen eine Nachricht im Briefkasten hinterlassen.«

Die Schlösser waren nicht ausgewechselt worden, die Tür ließ sich öffnen. Niemand war in der Wohnung. Sie blickte sich um. Was mache ich hier? fragte eine Stimme in ihr. Der Ort war ihr so fremd, als hätte sie sich in eine Wohnung geschmuggelt, die nicht ihre war. Sie sah im Badezimmer nach, in der Küche, doch es gab keinerlei Hinweis auf die Gegenwart einer anderen. Sie betrat das Schlafzimmer, setzte sich aufs Bett, das ungemacht geblieben war – seit ihrem letzten Treffen? Oder vielleicht danach? –, barg ihr Gesicht in der Kissenmulde, in die er seinen Kopf in den Augenblicken nach dem Liebesakt bettete, mit geschlossenen Augen auf dem Rücken liegend, als sei er allein auf der Welt, doch der kalte Bezug gab ihr keinerlei Empfindung zurück. Hinter der Wand konnte man den Nachbarn mit seinem Hund reden hören. Es war kaum zu verstehen, was er sagte, aber aus seiner Stimme klang Liebe. Sie wollte weinen und konnte nicht.

Ein Klingeln an der Tür schreckte sie von ihrem Platz auf. Sie näherte sich leise, barfuß, dem Türspion. Eine Frau mit strengem Blick stand vor der Tür, klingelte wieder und wieder, lange und heftig. Danach klopfte sie an der Tür und rief. »Ich bin vom zentralen Statistikamt. Ich habe Ihnen vorhin einen Zettel eingeworfen. Ich weiß, daß Sie daheim sind! Man hat Sie gerade die Wohnung betreten sehen. Warum antworten Sie nicht? Es ist eine Sache von einer Viertelstunde. Was ist das für ein Benehmen? Wie oft müssen wir denn noch Ihretwegen herumrennen?«

Nachdem sie schließlich verzweifelt war, verschwand die Frau aus Gabis Blickfeld, und sie hörte sie an der Tür des Nachbarn klingeln. Aus der Wohnung antwortete ihr jedoch nur das wütende Bellen des Hundes. Gabi sah, wie die Frau zurückkehrte und vor ihr stand, vorwurfsvolle Blicke auf ihre Tür warf. Sie verspürte das quälende Bedürfnis, aus der Wohnung zu fliehen, und hoffte, sie werde der Versuchung widerstehen können und nie wieder herkommen. Nachdem die Frau verschwunden war, wartete Gabi noch fast eine Stunde, damit sie sich genügend weit vom Haus entfernt hätte, und dann ging sie schnell hinunter. Neben der Eingangstür lauerte, wie eine Löwin auf ihre Beute, die Frau mit ihren statistischen Bögen. Um sich nicht selbst verdächtig zu machen, überwand Gabi den Impuls, auf dem Absatz kehrtzumachen, öffnete die Tür und ignorierte sie. Doch die Frau hielt sie auf: »Sind Sie aus Wohnung 17?«

»Ich wohne nicht hier«, stieß Gabi hervor und setzte ihren Weg fort. Und es war ihr völlig egal, daß sie ihm wieder nicht gehorcht hatte. Im Gegenteil, dieser Akt von Rebellion verlieh ihr die Gewißheit, daß sie sich nun auf dem sicheren Weg der Entwöhnung befand.

Sie fuhr ins Büro. Es war noch früh, und da sie hungrig war, betrat sie den kleinen Imbiß nahe dem Bürogebäude. An einem Tisch in der Ecke saß er, alleine, aß, eine aufgeschlagene Zeitung vor sich. In einem typischen Reflex wandte er sein Gesicht für eine Sekunde dem Eingang zu, um zu sehen, wer hereinkam, und vertiefte sich sofort wieder in seine Zeitungslektüre. Wenn sie nach dem Beschluß handelte, den sie innerlich gefaßt hatte, als sie die Wohnung verließ, hätte sie sich an einen der Tische gesetzt und sich etwas zu essen bestellt. Doch das Profil seines ernst gewordenen Gesichts in der ziemlich verschatteten Ecke und sein über die Zeitung gebeugter Körper lösten all ihre Beschlüsse in nichts auf. Sie trat sofort auf die Straße hinaus, und da der Appetit sie verlassen hatte, kehrte sie ins Büro zurück.

Früher hatte sie einen Kreis von Freunden und wußte, auch wenn sie sie nicht immer häufig sah, daß sie da waren. Es waren nicht viele, und nicht alle mochte sie im gleichen Maße, aber sie fühlte sich unter ihnen immer wie zu Hause, mit allen Vor- und Nachteilen. Sie knüpfte Beziehungen mit Männern an – keiner davon der Mann ihres Lebens –, die nicht lange hielten, und die Abschiede schmerzten nicht wirklich. Es gab Zeiten, in denen sie gerne allein war, ein Buch las, sich einen Film oder ein interessantes Programm im Fernsehen ansah, Musik hörte, aber auch dann waren ihr die sozialen Kontakte wichtig, nicht als Ausweg aus der Einsamkeit, sondern wie eine Art Verbindungsrohr zur externen Wirklichkeit. Sie nährten in ihr die Empfindung ihrer eigenen Existenz, die des öfteren zu schwinden drohte. Und trotzdem, lange bevor sie gewußt hatte, daß sie Arbeit bei dieser Firma finden würde, als sie von der Existenz des miesen Typen noch gar nichts ahnen konnte, hatte sie begonnen, diese Beziehungen schleifen zu lassen. Etwas in ihr wußte anscheinend, was ihr widerfahren würde, und ebnete das Terrain für dieses Abenteuer. Langsam war die Verbindung zu ihrem Freundeskreis abgerissen, und nur Ada blieb übrig. Sie beschloß, sie wieder in das Geschehen einzuweihen. Am Abend rief sie sie an.

»Ich denke viel an dich«, sagte Ada, »obwohl ich nichts von dir höre. Ich habe das Gefühl, daß es dir nicht gutgeht, hoffentlich irre ich mich.«

»Tust du nicht«, gab Gabi zu.

»Willst du, daß wir uns treffen?«

»Ja, komm zu mir. Wann kannst du?«

Ada konnte nicht am gleichen Abend kommen, und sie vereinbarten ein Treffen am darauffolgenden.

Als Gabi ihr die Tür öffnete, wurde sie von Adas neuem Erscheinungsbild überrascht: ihr Haar, das graue Strähnen durchzogen hatten, war blond gefärbt, vom Friseur gelegt und gekämmt, ihre Gesichtshaut behandelt und gepflegt, in zarten Farbschattierungen geschminkt, was ihr eine Art dubioser Frische verlieh, ihre Brauen, hell bis zur Farblosigkeit, waren dunkel nachgezogen, ihre hellen Augen betont durch das Blau auf ihren Lidern und ihre Lippen glänzend rot. Sie trug ein leichtes, ärmelloses Sommerkleid, offensichtlich neu, das ihrem Körper nicht sehr schmeichelte. In der Wahl ihrer Kleider hatte Ada nie großes Geschick besessen.

»Ist es gräßlich?« fragte Ada beim Anblick von Gabis bestürztem Gesicht.

»Nein«, erwiderte Gabi, »aber wieso?«

»Bei unserem letzten Treffen, in diesem Café habe ich mich neben dir dermaßen mitleiderregend gefühlt.«

»Du hast das alles für mich gemacht?«

»Warum? Ist das lächerlich?«

»Aber wieso denn! Das war eine ausgezeichnete Idee, schade, daß du damit nicht schon viel früher angefangen hast. Ich muß mich einfach erst daran gewöhnen. Deswegen bist du gestern abend nicht gekommen, stimmt's, du wolltest dich erst schön machen?«

»Stimmt«, gab Ada zu, die nicht lügen konnte.

»Oi, Ada, du bist Spezialistin im Verursachen von Schuldgefühlen.«

Ada hatte ein kleines Päckchen dabei, in das Geschenkpapier eines Buchladens verpackt, das sie Gabi überreichte.

»Wieso denn das?« fragte Gabi.

»Ich hatte das Gefühl, es sei das richtige.«

Gabi wickelte das Päckchen aus und fand einen Gedichtband von Dalia Ravikovitch.

»Aber sicher«, sagte sie und umarmte Ada dankbar, »wie konnte ich etwas anderes denken? Du bleibst deinen Lieben immer treu. Beim ersten Mal, als wir uns in der Universität gegenübersaßen, hattest du ihr Buch in deiner Tasche. Da haben wir zu reden angefangen. Du hast damals zu mir gesagt, daß du ihr Buch immer bei dir hast.«

»Stimmt, sogar jetzt, im Auto, habe ich das Buch dabei.«

Gabi blätterte zerstreut in dem Buch. Ada streckte ihre Hand danach aus, und als sie es in der Hand hielt, schlug sie es sofort auf der Seite mit dem Gedicht auf, das sie Gabi zeigen wollte. Sie reichte es ihrer Freundin, und ihre Augen glitten zusammen mit Gabis über die Zeilen des Gedichts, um ihre Reaktion mitzuempfinden.

Es ist schwer zu verstehen, warum das Haus
geheizt und doch nicht warm ist.
Mir scheint, als krümmten sich die Wände
des Hauses vor Schmerz im Kalk,
und wir selbst verschieben alles
von Tag zu Tag bis ans Ende der Tage,
denn es ist eine Täuschung, daß wir uns benehmen,
als wären wir Kinder der Götter:

Was tut sich in der Bumswohnung?« fragte Ilan mit komplizenhaftem Lächeln, »ist Betrieb?«

»Ich weiß nicht«, sagte Aviram. »Ich glaube nicht, daß überhaupt jemand reingeht.«

Ilan hatte sich seinerzeit mit der Vermietung befaßt, obwohl er behauptete, es liege eigentlich auf der Hand, daß Aviram die Verbindung mit dem Wohnungseigentümer aufnehme, den er aus ihrer Zeit als Nachbarn kannte, und den interessierten Kunden die Wohnung zeigte. Doch Aviram, der Kontakte mit seinen Nachbarn peinlichst vermied, wollte das nicht, und Ilan bewies Verständnis dafür. Nicht wenige hätten die Wohnung gewollt, schreckten jedoch vor der hohen Miete zurück. Als der Kandidat im Büro auftauchte, der die Wohnung in Zukunft mieten sollte, entstand sofort eine Seelenverwandtschaft zwischen Ilan und ihm, hauptsächlich von seiten Ilans. Er sprach mit ihm auf eine Weise, von der er überzeugt war, daß Generaldirektoren so miteinander reden, wenn sie unter sich sind. Als Aviram ihre Unterhaltung hörte, kam er nicht an dem Gefühl vorbei, daß zwischen ihnen eine Art stillschweigende Verständigung herrschte, wie sie zwischen Hochstaplern besteht. Ilans Auftritt kannte er bereits zur Genüge, aber auch die geheimnisvolle Bedeutsamkeit, mit der sich der zukünftige Mieter bemühte, seinen Gesprächspartner zu beeindrucken, mit starrem Gesichtsausdruck und ungeduldigem Gemurmel, erweckte kein Vertrauen bei Aviram. Ilan hatte sofort seine Zweifel an der Geschichte, die ihm der Kunde erzählte, nämlich daß er die Wohnung brauche, um sich dort von den Belastungen seines Tages auszuruhen, bemerkte jedoch nachher mit anzüglichem Augenzwinkern zu Aviram, es würde ihn nicht wundern, wenn der Mann trotzdem ein wenig Arbeit mit nach Hause brächte. Doch es war ihm anzusehen, daß ihn die Begegnung angeregt hatte, speziell der Gleichmut des Kunden angesichts der hohen Miete für eine Wohnung, in der er, wenigstens seiner Aussage nach, nur ein paarmal pro Woche wenige Stunden verbringen würde. Es war Ilan klar, daß der Mann eine Wohnung wollte, um seine Geliebte unterzubringen – das befand sich in Einklang mit seinen Begriffen der Lebensart von Generaldirektoren in der großen Geschäftswelt.

»Wofür braucht er dann die Wohnung«, das Rätsel plagte Ilan, »wenn er sie überhaupt nicht benutzt? Wozu zahlt er Hunderte von Dollars im Monat? Vielleicht sind das ja Peanuts für ihn – aber wofür?« Ilan sann einen Augenblick nach, und seine Generaldirektorenweisheit lieferte ihm eine schlaue Lösung: »Vielleicht braucht er eine Adresse – bei großen Geschäften gibt es solche Dinge – für eine Strohgesellschaft und alle möglichen finanziellen Transaktionen und nicht ganz koscheren Aktivitäten. Er muß offenbar eine respektable Adresse in einer guten Gegend in der Stadt haben. Kriegt er Post? Steht etwas auf seinem Briefkasten?«

»Nein«, sagte Aviram, »ich glaube nicht.«

Ilan bedachte Aviram mit einem Lächeln der Verzweiflung: Was konnte man schon von einem wie ihm erwarten, der keinerlei Interesse an den Geheimnissen der Welt der großen Geschäfte zeigte, an ihren fein ausgeklügelten Finten, die oft riskant waren, jedoch großen Profit versprachen. Was sollte mit Aviram bei der voraussichtlichen Expansion des *Nordstern* von einer erbärmlichen Agentur für Wohnungsvermittlung zu einer weitverzweigten Immobiliengesellschaft geschehen?

Schon seit einigen Tagen war Ronit nicht zur Arbeit erschienen, und Ilan verlor kein Wort darüber. Aviram vermutete, daß sie aufgehört hatte, bei ihnen zu arbeiten, aber er wollte seinen Partner nicht nach dem Grund ihrer Abwesenheit fragen. Ilan brach zu Erledigungen außerhalb des Büros auf, und als er am Mittag zurückkam, bemerkte er ganz beiläufig, bemüht, eine gewisse Verlegenheit zu überspielen: »Ronit wird nicht mehr bei uns arbeiten.« Und er musterte Avirams Gesicht, um zu sehen, wie er darauf reagierte. »Ich verstehe, daß du das nicht besonders bedauerst.«

»Warum? Ich finde, daß sie ein wirklich nettes Mädchen ist«, überraschte ihn Aviram.

»Ja, aber du warst von Anfang an dagegen, daß wir sie nehmen.«

»Ich hatte nichts gegen sie, ich dachte, daß wir für unser Büro nicht mehr Personal brauchen, aber du hast mich überzeugt. Und danach fand ich, daß man sie nicht den ganzen Tag zu beschäftigen braucht. Aber ich habe nichts gegen sie persönlich.«

»Das ist jetzt alles irrelevant«, sagte Ilan, »und glaub mir, es ist kein großer Verlust für uns, daß sie nicht mehr hier arbeitet. Wir beide werden mit der Arbeit allein zurechtkommen, wie früher, und wenn wir personelle Verstärkung brauchen sollten, diskutieren wir das. Ist das akzeptabel für dich?«

Also, sagte sich Aviram in seinem Inneren, ist die Geschichte zu Ende gegangen, und zwar im Streit. Und bei der Kündigung hat der Boß es nicht für nötig befunden, an der Entscheidung auch seinen Schreiberling zu beteiligen. Und was war mit dem teuflischen Plan, ihn dazu zu bringen, aus der Partnerschaft auszusteigen? War er »irrelevant«, nachdem Ronit von der Bildfläche verschwunden war? War er aufgeschoben, bis die passenden Umstände wieder eintrafen? Jetzt tat es ihm leid, daß er sie nicht mehr im Büro sehen würde. Er sehnte sich nach ihrer Anwesenheit, auch wenn er nicht vergessen hatte, wie grob und beleidigend diese Anwesenheit gewesen war, wie sehr sie seine Nichtigkeit betont hatte. Und der Augenblick des Hautkontakts ihres entblößten Bauches mit seinem Arm, als sie sich hinunterbeugte, um seinen Bildschirm zu sehen, würde ohne Fortsetzung bleiben, ein einmaliger Zufall, fast Unfall. Aber wer weiß, es war durchaus möglich, daß an einem der nächsten Tage, wenn er am Morgen ins Büro käme, Ilan seinen Kopf vom Wirtschaftsblatt heben und wie nebenbei sagen würde: »Ronit arbeitet wieder bei uns. Du bist sicher einer Meinung mit mir, daß ihre Hilfe wichtig ist, damit wir unseren neuen Bereichen mehr Zeit widmen können. Morgen kommt sie wieder zur Arbeit. Ist das akzeptabel für dich?«

Und Aviram gelobte in seinem Herzen, daß er, sollte das tatsächlich so eintreffen, sich ihrer Ganztagsbeschäftigung nicht mehr widersetzen würde.

Ilan nahm einen Anruf entgegen. Aviram wurde verlangt. Sein Vater war am Telefon. Seine Mutter hatte wieder die Wohnung verlassen, man mußte sie suchen gehen. Sein Vater war in den benachbarten Straßen herumgelaufen, ohne Ergebnis. Seine Beine waren zu schwach, um sich weiter zu entfernen. Und sie war derartig flink, nutzte jede Gelegenheit, um hinauszuschlüpfen. Diesmal war sein Vater zum Einkaufen gegangen und hatte vergessen, die Tür hinter sich abzuschließen. Aviram wurde wütend und schrie ihn an: »Wie kannst du so was machen! Das ist schon ein paar Mal passiert!« Und sein Vater entgegnete leise und beschämt: »Aviram, auch ich bin alt, und auch ich bin vergeßlich.«

Aviram ging sofort auf die Straße hinunter und hielt ein Taxi auf. Es bestand die Gefahr, daß sie überfahren würde, da sie Ampeln und Straßenverkehr ignorierte, die Straßen überquerte, ohne darauf zu achten, was um sie herum geschah, einfach gerade drauflos marschierte, auf irgendein Ziel ihrer Wünsche zustrebte, das nur sie kannte. Das Taxi brachte ihn ins Viertel seiner Kindheit und Jugend, wohin er nur selten zurückkam. Er beschränkte die Beziehungen zu seinem Elternhaus, soweit er nur konnte, und führte pflichtschuldig ein wöchentliches Telefongespräch mit seinem Vater, um sich zu erkundigen, wie es ihnen gehe.

Er stand auf der Straße, in der seine Eltern wohnten, und wußte nicht, wohin er sich wenden sollte. Er versuchte sich zu konzentrieren und sich von seinem inneren Instinkt leiten zu lassen, vielleicht von einer Telepathie der Blutsverwandtschaft, sollte es so etwas geben. Er bemühte sich angestrengt, sich an ihre früheren Fluchten zu erinnern, als er bei den Suchaktionen zu Hilfe gerufen worden war. Wo hatte sie damals gesteckt? Vielleicht gab es irgendein Muster für den Pfad ihrer Wanderungen? Gemäß seiner Erinnerung an die letzten Male legte er für sich die allgemeine Marschrichtung fest – jenseits der Allenbystraße. Und dazwischen blieb er an jeder Kreuzung und Abzweigung stehen, bog ein, suchte die Straßen ab, soweit er konnte. Etwas sagte ihm, daß es diesmal ein schlimmes Ende nehmen würde, und die Angst drückte ihm das Herz ab.

Jedesmal, wenn es ihn hierher verschlug, entdeckte er, daß noch mehr alte Häuser abgerissen und an ihrer Stelle Bank- und Versicherungsgebäude hochgezogen worden waren, und zahlreiche Wohnungen in den alten Häusern, deren Bewohner starben oder abwanderten, wurden zu Rechtsanwalts- oder Steuerberatungskanzleien. Die Wohnhäuser wurden immer weniger, bröckelten immer mehr ab. Diejenigen, die weiterhin in den sich leerenden Häusern blieben, waren fast ausnahmslos alte Leute, darunter langjährige Wohnungseigentümer, die hartnäckig an ihrem Besitz festhielten, oder auch Mieter auf Lebenszeit, die einen unveränderlichen monatlichen Zins zahlten, dessen Wert im Laufe der Jahre fast völlig aufgerieben worden war, und diese wie jene lebten in Verwahrlosung und Furcht.

Von einem Straßenende aus, unweit der Allenbystraße, sah er sie in ihrem alten blauen Morgenrock, und eine ihm unbekannte Frau, die kaum jünger als seine Mutter schien, zog sie an der Hand mit sich. Die peinigende Angst wich von ihm, an Stelle von Erleichterung jedoch befiel ihn die Wut, daß man ihn zwang, sich mit so etwas zu beschäftigen, daß man ihn nicht mit sich selbst allein ließ. Er ging auf die beiden zu, und als seine Mutter ihn sah, klärte sich ihr Gedächtnis für einen Augenblick, und sie rief erfreut: »Das ist meiner, das ist meiner«

»Sie sind der Sohn, ich erinnere mich an Sie«, sagte die Frau.

Er kannte sie nicht.

»Wie kann man sie so herumlaufen lassen?« schalt sie ihn. »In ihrem Zustand ist das derart gefährlich, sie kann nicht auf sich aufpassen.«

Er bedankte sich höflich bei der Frau, die ihres Weges ging, und schritt mit seiner Mutter durch die bis zur Unkenntlichkeit veränderten Straßen seiner Kindheit.

»Ich muß heim«, sagte seine Mutter, »ich habe dort ein paar Sachen, die ich holen muß.«

»Ja, Mama.«

Ihr blauer, fadenscheiniger Morgenrock war ihr zu weit, da sie in den letzten Jahren abgemagert war. Abgesehen davon hatte sich ihr Aussehen nicht verändert, die Krankheit hinterließ keine Spuren in ihrem Gesicht. Als sie sich dem Haus näherten, stand sein Vater draußen. Als er sie sah, schlug der kleine Mann mit einem Seufzer der Erleichterung die Hände zusammen. Sie wandten sich dem Treppenhaus zu, und seine Mutter sagte: »Nein, das ist nicht hier. Ich muß heim.«

»Hier ist zu Hause«, sagte Aviram, »da ist Vater.«

»Nein, nein«, bat sie, »zuerst muß ich zu mir nach Hause gehen, um Sachen zu holen.«

»Welche Sachen?« fragte Aviram.

Sie überlegte einen Augenblick: »Schuhe. Ich habe dort Schuhe, die ich brauche. Bring mich bitte dorthin!«

Sein Vater sagte: »In letzter Zeit redet sie andauernd von ihrem Zuhause, das sich irgendwo befindet, und will die ganze Zeit dorthin gehen.«

»Es gibt kein anderes Zuhause, Mama, es gibt nur dieses hier«, sagte Aviram.

»Wir gehen nachher dorthin«, sagte sein Vater zu ihr. »Zuerst kommst du mit in dieses Haus.«

Sein Vater ergriff ihre Hand, und unwillig stieg sie die Treppen in den ersten Stock hinauf.

»Komm einen Moment herein«, bat ihn sein Vater.

»Ich habe keine Zeit, Papa, ich bin mitten aus der Arbeit weggelaufen, ich habe sehr dringende Sachen zu erledigen, und mein Partner muß mit Kunden weg. Man kann das Büro nicht einfach zuschließen.«

»Komm, nur einen Moment, du sollst dir was anschauen.«

Er ging mit ihnen zur Wohnung hinauf, und sein Vater öffnete die Tür und sagte zu Aviram: »Paß auf.«

Im Gang gab es einen langen Spiegel. Als seine Mutter an ihm vorbeiging, warf sie hastig einen verstohlenen Blick hinein, wandte ihren Kopf zu Aviram und seinem Vater und bedeutete ihnen mit dem Finger auf den Lippen, nicht zu sprechen. Nachdem sie das Zimmer betreten hatten, flüsterte sie: »Sie steht schon wieder dort.«

»Wer?« fragte ihr Mann.

»Diese arme Frau.«

»Warum ist sie arm?« fragte Aviram.

»Sprich leise, sie hört jedes Wort«, sagte seine Mutter gedämpft, »sie hat nichts zu tun. Sie ist allein, sie hat keinen Vater und keine Kinder, also steht sie die ganze Zeit da und schaut uns an, hört zu, was wir reden. Sie ist sehr arm, ihr habt gesehen, wie sie angezogen ist.«

»Ich habe zu Mutter gesagt«, sagte sein Vater, »vielleicht sollten wir sie einladen.«

»Wieso denn!« erwiderte seine Mutter verärgert und flüsterte: »Ich kenne sie nicht, wozu soll sie hierherkommen?«

»Mutter hat sie einmal gefragt, wer sie ist und warum sie die ganze Zeit dort steht.«

»Sie kann nicht reden«, sagte seine Mutter.

»Möchtest du, daß ich ihr sage, sie soll weggehen, daß sie nicht mehr dastehen und in unsere Wohnung schauen soll?« fragte sein Vater.

»Nein! Gott bewahre!« erschrak seine Mutter. »Wie kannst du so etwas tun, sie ist doch so arm.«

»Das ist neu«, sagte sein Vater, »aus den letzten Tagen.«

Seine Mutter näherte sich seinem Vater und flüsterte ihm ins Ohr: »Wer ist dieser Mann?«

»Das ist unser Aviram!« sagte sein Vater. »Erinnerst du dich nicht an ihn?«

Sie musterte Avirams Gesicht. »Bitte, mein Herr«, sagte sie zu ihm, »vielleicht könnten Sie mich nach Hause bringen?«

»Wo ist dein Zuhause?« fragte sein Vater.

Sie hob die Hand: »Nicht weit von hier. Es dauert nicht lange. Bitte, mein Herr.« Sie wandte sich wieder an Aviram. »Ich kann allein nicht dorthin kommen.«

»Ich muß gehen«, sagte Aviram.

»Komm, wir gehen!« rief seine Mutter erfreut und näherte sich der Tür.

Sein Vater führte sie ins andere Zimmer, lenkte sie ab und schlüpfte dann mit Aviram hinaus. Er schloß die Tür hinter sich ab und begleitete ihn bis auf die Straße hinunter.

»Hast du gesehen, wie leid ihr die Frau im Spiegel tut, wie sie nicht zuläßt, daß man sie beleidigt? Auch jetzt, in ihrer Verfassung.«

Schon öfter hatte er seinem Vater gesagt, daß man sie in eine Einrichtung bringen müßte, in der man sich Menschen mit einer solchen Krankheit annimmt, denn ihr Zustand werde sich ja nicht bessern, sondern nur immer weiter verschlechtern. Sein Vater hatte darauf erwidert: »Wir sollen unsere Mutter aus dem Haus jagen und sie fremden Händen überlassen?«

»Man hat dir bereits gesagt, was zu erwarten ist: Im Lauf der Zeit wird sie ihre Bedürfnisse nicht mehr unter Kontrolle haben, sie wird das Sprechen verlernen, wird dich nicht mehr erkennen. Du lädst dir zuviel auf.«

»Vielleicht passiert uns ja ein Wunder«, sagte sein Vater, und Aviram wußte nicht, ob er das im Ernst meinte.

Er musterte das erschöpfte Gesicht, das ihm so fremd vorkam.

»Noch habe ich Kraft«, sagte der Alte.

»Ich glaube nicht, daß es noch jemanden gibt, der so …« sagte Aviram, doch der Satz wollte sich nicht vollenden lassen.

Er kehrte ins Büro zurück. Ilan heftete besorgt seinen Blick auf ihn. »Hast du sie gefunden?«

»Ja«, seufzte Aviram, »ich habe keinen Nerv für diese Dinge. Mein Vater beharrt darauf, sie nicht in ein Heim zu geben, er bringt sich um.«

»Das ist eine entsetzliche Krankheit«, sagte Ilan. »Du weißt, Avi, wenn du Hilfe brauchst, ich freue mich immer, dir zu helfen.«

»Danke, Ilan, aber da ist nichts zu machen.«

Es verging eine Woche, und Ezra hörte nichts von Eyal. Er konnte es nicht mehr aushalten und wählte die Telefonnummer, die man ihm gegeben hatte. Es antwortete ihm eine verschlafene Angestellte, die nicht wußte, wer Chagi und wer Eyal war, und nicht verstand, was er unter großer Aufregung hervorbrachte, da seine Worte anscheinend verwirrt klangen. Sie legte das Gespräch auf eine andere Leitung, wo ihm eine kompetente Stimme, offenbar ein Offizier antwortete, der zwar etwas von der Sache wußte, jedoch weder Eyals Namen noch Einzelheiten über die näheren Umstände. Chagi, sagte er, sei momentan nicht auf der Basis. Er wisse nicht, wann er zurückkomme.

Ezra sagte: »Ruthi, unser Eyal ist verschwunden, ich habe ein Gefühl, als hätten wir kein Kind mehr. Niemand hat von ihm gehört, niemand weiß etwas von ihm, im Grunde macht sich keiner irgendwas aus ihm. Wo ist unser Junge, was ist mit ihm passiert?«

»Ich bin genauso besorgt und beunruhigt, ich hoffe nur, er gerät nicht in noch mehr Schwierigkeiten, als er schon hat.

Aber wir müssen stark sein, Ezra, und viel Geduld haben. Das ist eine schwere Zeit für Eyal und auch für uns. Wenn ihm bloß nichts Schlimmes zustößt, wenn er die Schwierigkeiten bewältigt, dann geht er vielleicht stärker, verantwortungsbewußter und erwachsener daraus hervor.«

»Ich werde noch wahnsinnig mit dir, Ruthi, wie kannst du so seelenruhig über ihn reden, als wäre er irgendein Fremder, das Kind von anderen Leuten. Aus was bist du, aus Eisen? Und ich habe das Gefühl, daß mein Leben zerstört ist. Wollte Gott, sie würden ihn schnell fassen und ihn ins Gefängnis zurückbringen, damit wir wenigstens wüßten, wo er ist und was mit ihm passiert. Dann könnten wir auch versuchen, ihm zu helfen. Und wenn er sich irgendwo versteckt, warum ruft er nicht mal an, läßt kein Wort von sich hören? Sind wir vielleicht nicht seine Eltern? Liebt er uns nicht? Ruthi, das ist doch alles nicht normal!«

»Einer von uns beiden muß stark bleiben, Ezra«, sagte Ruthi, »das Haus, die Familie zusammenhalten. Man muß auch an die beiden Kleinen denken, sie brauchen ein Gefühl der Sicherheit. Sie dürfen ihre Eltern auf keinen Fall zusammenbrechen sehen. Und ich glaube an Eyals Kraft. Du wirst sehen, er kommt da raus, Ezra, hör auf das, was ein Mutterherz dir sagt.«

Ezra verzweifelte daran, Ruthis Seelenruhe begreifen zu wollen. In manchen Augenblicken hatte er das Gefühl, daß nicht nur sein Sohn verschwunden war und er ihn verloren hatte, sondern daß auch seine Frau sich zunehmend von ihm entfernte. Und um den Himmel dazu zu bewegen, sich seiner zu erbarmen, beschloß er – ohne ihr Wissen, damit sie ihn nicht auslachte –, sich an einen Rabbiner zu wenden, von dem Sachkundige sagten, er sei ein großer Thoragelehrter und Experte in der Weisheit des Verborgenen.

Der Rabbiner blätterte in ein paar Büchern, die er vor sich hatte, nickte äußerst bedachtsam mit dem Kopf, schloß die Augen, und lange Zeit formten seine Lippen leise unverständliche Worte. Als der Rabbiner seine Augen wieder aufschlug, sprach er Ezra Mut zu, versicherte ihm, daß Eyal wohlauf sei, daß der Junge bald zu seiner Familie und zur Armee zurückkehren und das Leiden ein gutes Ende nehmen würde, und zur Sicherheit empfahl er einen bestimmten, der Sache zuträglichen Abschnitt aus den Psalmen. Ezra wollte sich mit einer wohltätigen Spende revanchieren, und der Rabbiner empfahl eine Talmud-Thora-Schule im benachbarten Viertel. Ezra überreichte ihm die Spende, bedachte auch den Rabbiner selbst großzügig und ging noch verwirrter und ratloser weg, als er angekommen war.

Nach Ablauf einiger Tage erhielten sie während der Abendnachrichten im Fernsehen Besuch von Menasche, Ezras älterem Bruder, der sagte, er sei in Zusammenhang mit seiner Arbeit zufällig in ihr Viertel geraten und schaue nur auf einen kurzen Sprung herein. Nachdem er mit kaltem Wasser und Kaffee bewirtet worden war, fragte er, wie es Eyal gehe und wie sich seine Rekrutenzeit anlasse. Ruthi schwieg, und Ezra murmelte: »Er kommt nicht so ganz zurecht … es ist schwierig für ihn, er hat Probleme … vielleicht überwindet er sie am Ende und gewöhnt sich … an den militärischen Rahmen.«

»Ezra, du sagst mir nicht die Wahrheit!« sagte Menasche, und zu Ruthi gewandt verlangte er drängend: »Sag, was ist mit Eyal los?«

»Warum fragst du, Menasche? Was meinst du?« sagte Ezra.

»Ich glaub es nicht, Ezra! Du verheimlichst deinem Bruder, was mit deinem Sohn passiert? Dann erzähle ich euch etwas über ihn. Kommt, wir gehen auf den Balkon.« Sie traten aus dem temperierten Raum in die dampfende Hitze draußen. »Die Kinder brauchen das nicht zu hören«, erklärte Menasche. »Mordechai, Mutters Nachbar, der Eyal seit Jahren kennt, der ihn immer zu ihr hat kommen sehen, hat ihn heute nachmittag auf dem Bürgersteig in einer Straße beim zentralen Busbahnhof sitzen sehen, wo die ganzen Fremdarbeiter sind, die Massagesalons, die Prostituierten und die Junkies, unrasiert, in schmutziger Uniform, er sah aus wie ein Bettler. Der Nachbar hat gesagt, er sei sich sicher, daß es Eyal war. Ich habe es nicht geglaubt. Aber jetzt, wo du so herumstotterst und mir nicht sagen willst, was passiert ist, bin ich mir sicher, daß er es war.«

»Jeder Augenblick zählt«, sagte Ezra. »Wir beide fahren jetzt direkt dorthin, Menasche, wir müssen ihn finden. Hat er dir gesagt, an welcher Stelle genau er ihn gesehen hat?«

»Ja, ich weiß es genau.«

Und auf der Fahrt in Ezras Lastwagen erfuhr Menasche aus dem Munde seines Bruders von Eyals schlimmer Lage. »Wieso hast du mir das nicht auf der Stelle erzählt?« fragte Menasche. »Vielleicht hätte es eine Möglichkeit gegeben, etwas zu machen! Ich verstehe dich nicht, Ezra.«

»Um die Wahrheit zu sagen, Menasche, ich habe mich geschämt. Verstehst du das nicht? Bei mir soll so etwas vorkommen? In unserer Familie? Die Armee ist unser Heiligtum! Unsere Kinder sind doch unsere Schaufenster! Ich wollte nicht, daß es irgend jemand erfährt, ich hatte gehofft, die ganze Sache erledigt sich irgendwie und geht wieder vorbei.«

Als sie in der Gegend des zentralen Busbahnhofs ankamen, parkte Ezra den Lastwagen, und die beiden Brüder stiegen aus, in die feuchtheiße, von Abgasen erfüllte Straßenluft. Sie gingen vor den Busbahnsteigen entlang und wandten sich beim Kino nach links. Menasche überprüfte die Fußgängerstraße auf beiden Seiten, suchte offenbar nach irgendeinem Zeichen, das ihm der Nachbar gegeben hatte, um die Stelle zu finden, an der Eyal gesessen hatte. Sie passierten Gruppen von Männern, die auf den öffentlichen Bänken in der Mitte und vor den Imbißbuden saßen oder in den Eingängen der Häuser und Höfe unter den bunt flackernden Lichtern standen, bis Menasche sagte: »Da ist es«, und auf eine kleine Imbißstube zeigte, die innen von einer fahlen Neonröhre erleuchtet war und Tische auf dem dämmrigen Bürgersteig draußen stehen hatte. In dem Fernsehgerät auf der Theke, dessen Bildschirm zur Straße gerichtet war, lief ein Film in einer fremden Sprache, offenbar Türkisch.

Sie gingen zwischen den mit leeren Dosen und Bierflaschen überhäuften Tischen hindurch, zwischen den Fremden, die in ihrer Sprache redeten und lachten. Der Imbißbesitzer, ein kleiner Mann mit schweißnassem Unterhemd und einer abgewetzten Schirmmütze, stand an der Theke, neben dem Fernseher, und hinter ihm, auf einem Eisengestell, surrte ein Ventilator ohne allzu große Wirkung. Menasche kam Ezra zuvor und trat auf ihn zu.

»Sie haben hier nicht zufällig heute einen Soldaten herumlaufen sehen? Wir suchen ihn.«

Der Mann zuckte die Achseln. »Sie sehen, wer hierherkommt«, sagte er und wies mit der Hand auf das Publikum draußen, »hier kommen keine Israelis her, nur die da.«

»Er hat heute hier auf dem Gehsteig gesessen, ich habe ihn gesehen«, sagte Menasche, »in schmutziger Uniform, unrasiert, wie einer, der sich nicht mehr auskennt. Erinnern Sie sich?«

»Seid ihr von der Polizei?« fragte der Imbißbesitzer.

»Ich bin von der Sicherheit«, erwiderte Menasche.

Der Imbißbesitzer musterte ihn und Ezra, der in kurzen Hosen und Badelatschen neben ihm stand, und zuckte wieder die Achseln. »Hier kommen alle möglichen Leute vorbei«, sagte er, »an die ich mich nicht erinnere.« Seine Hand beschrieb einen Halbkreis in der Luft. »Hier gibt es viele Stellen, wo die da schlafen«, er deutete in Richtung der Kreuzung, »und Plätze mit Mädchen, wissen Sie, und alle möglichen Sachen, die man hier sucht. Woher soll ich wissen, ob ein Soldat darunter war oder nicht?«

Sie gingen langsam weiter die Fußgängerzone entlang, betrachteten die Gesichter der Leute, die in den Imbißstuben oder draußen saßen, bogen in eine der Straßen ein, die vom Fußgängerbereich wegführte, blieben stehen, um sich eine Gestalt näher anzuschauen, die im Dunkeln an der Wand lehnte. Ezras Herz erstarrte. Ein magerer Junge in abgerissener Kleidung, der sie auf sich zukommen sah, streckte ihnen seine Hand entgegen und murmelte den Anfang einer religiösen Stotterparole, doch seine Stimme versandete, und stumm und schwankend stand er da. »Von weitem hat er meinem Eyal ähnlich gesehen«, flüsterte Ezra Menasche ins Ohr. »Sag Gott Dank, daß er es nicht ist«, sagte Menasche. Eine Gruppe von Männern stand vor dem Eingang eines der Häuser, unterhielt sich in einer fremden Sprache. Die beiden Brüder bogen in eine andere Straße ein, und so verfuhren sie geraume Zeit, bis Ezra sagte:

»Menasche, wir irren hier einfach durch die Gegend. So haben wir keine Chance, ihn zu finden. Ich komme morgen mittag hierher zurück.«

»Gib bei deiner Telefonnummer von der Armee Bescheid, daß man ihn heute hier gesehen hat. Damit sie die Militärpolizei herschicken, um ihn zu suchen«, sagte Menasche.

»Menasche«, sagte Ezra, »sie werden ihn nicht suchen. Er ist ihnen völlig egal. Das ist nicht mehr unsere Armee, wie wir sie gekannt haben. Ich habe das Gefühl, daß wir das Ganze allein machen müssen.«

Sie kehrten zu Ezra nach Hause zurück, Menasche stieg in sein Auto und fuhr weiter. Ezra betrat die Wohnung, und als Ruthi ihn sah, begriff sie sofort, daß sie nichts entdeckt hatten. »Ich wußte, ihr würdet ihn nicht finden«, sagte sie und brach in Tränen aus.

Ezra beeilte sich, sie zu umarmen, und hatte das Gefühl, sie träfen sich nach einer langen Trennung wieder. »Was ist los, Ruthi? Du warst doch die Starke von uns beiden, die mich die ganze Zeit beruhigt hat.«

»Nachdem ich gehört habe, was Menasche erzählt hat, fürchte ich, daß unserem Jungen etwas Schreckliches zustößt. Ezra, glaubst du, er nimmt Drogen?«

»Ist das das Schrecklichste, woran du denken kannst?« fragte Ezra. »Ich weiß bald gar nichts mehr, Ruthi. Ich erkenne unseren Jungen nicht wieder. Je mehr wir erfahren, desto weniger begreife ich. Aber nichts wird mich davon abhalten, ihn zu finden. Jetzt muß ich stark sein. Menasche wird mir helfen. Er wird alles tun, und er hat Beziehungen zu allen möglichen Stellen. Wir werden ihn finden, und ich mache ihn wieder zu dem, der er einmal war. Das alles wird vorbeigehen, als wäre es ein Alptraum gewesen, und er wird eine neue Seite in der Armee aufschlagen. Ich verspreche dir, Ruthi, du wirst sehen, wir schaffen es!«

Am darauffolgenden Nachmittag kehrte Ezra in die Gegend um den zentralen Busbahnhof zurück, lungerte an den Imbißständen herum, wo die Fremdarbeiter Bier tranken, betrat die dunklen Verschläge der Schesch-Besch- und Kartenspieler, spähte in die Eingänge der heruntergekommenen Häuser samt ihren Hinterhöfen, in die Kleider- und Schuhläden, deren verstaubte Schaufenster bis auf den letzten Fleck voll waren, schritt die Häuser entlang, in denen die Massagesalons betrieben wurden, mit ihren wie eine defekte Ampel blinkenden Lichtern, bog in die Straßen ein, die von der Fußgängerzone abzweigten, blieb neben Menschenansammlungen stehen, die ihm verdächtig erschienen, sperrte seine Ohren auf und versuchte zu verstehen, was dort gesprochen wurde, wandte sich an Leute, die wirkten, als verstünden sie Hebräisch, und beschrieb ihnen seinen Soldaten – doch es kam nichts dabei heraus.

Was hatte er dort zu suchen? Auch wenn der Junge vor einiger Zeit dort gesehen worden war, hatte er sich sicher schon auf die Suche nach einem anderen Versteck gemacht, vielleicht sogar in einer anderen Stadt. Welche geheime Macht zog ihn an diesen Ort? Er wanderte langsam die Fußgängerzeile entlang, blieb hin und wieder stehen, hob den Kopf, betrachtete prüfend die Fassaden der Häuser, die Ladeneingänge und Kioske, musterte die Leute, die an ihm vorbeigingen, drehte sich um, betrachtete wieder die Gebäude und die Leute auf der anderen Seite, kniff die Augen zusammen und legte die Stirn in Falten, als mühte er sich ab, ein Rätsel zu lösen – wenn er das Rätsel dieses Ortes entschlüsseln könnte, würde sich ihm vielleicht auch das

Rätsel seines Sohnes erschließen, und vielleicht sogar sein eigenes.

Er blieb vor dem Imbiß der rumänischen Arbeiter stehen, wo Eyal laut Aussage des Nachbarn aus Pardes Katz auf dem Bürgersteig sitzend gesehen worden war. Der Besitzer schenkte ihm einen müden Blick, erkannte in ihm wahrscheinlich nicht den einen der beiden Männer, mit den kurzen Hosen und den Badelatschen, die ihn gestern abend nach dem Soldaten gefragt hatten. Ezras Blick wurde von dem großen Schild des Massagesalons *Klein-Paris,* etwa zwanzig Meter weiter, angezogen, auf dem der Turm abgebildet war, der die Stadt berühmt gemacht hatte, und gleichzeitig mit der Sorge um seinen Sohn, dieser Seelenpein, die Tag und Nacht nicht von ihm wich, versetzten ihm plötzlich fremde Sehnsüchte und ein unklares Bedauern, dessen Ursache er lieber gar nicht wissen mochte, einen Stich ins Herz.

Er näherte sich dem Eingang des Hauses, in dem dieses Etablissement untergebracht war, und spähte in das dunkle Treppenhaus. Der Gestank nach Urin scheuchte ihn wieder hinaus. Er kehrte auf den Gehsteig zurück, stand neben dem angrenzenden Naschwarenladen und beobachtete den Eingang des Gebäudes. Ein fetter junger Mann saß hinter Kernen und Nüssen, die den Sorten nach in Metallfächern angeordnet waren, und schaute in einen kleinen Fernseher. An der Wand hinter ihm hing das Bild eines berühmten chassidischen Wunderrabbis, darüber ein Aufruf, der verkündete: »Bereitet euch auf die Ankunft des Messias vor!« Und daneben etwas weniger große Bilder von Rabbinern, Kabbalisten und Wundertätern. Neben dem Knabberzeug stand eine Spendenbüchse, die ebenfalls das Bild eines vollbärtigen Chassidenrabbis trug.

Ezra stockte der Atem: Aus dem Hauseingang von *Klein-Paris* kam ein blondes, blauäugiges Mädchen mit klarem Gesicht und zarter Figur, in einem kurzen Röckchen und hauchdünnem Top und passierte den Knabberladen. Für eine Sekunde trafen sich ihre Augen, und Ezra schien, als hätte die Andeutung eines verlegenen Lächelns in ihrem Blick gelegen, bis sie die Wimpern senkte. Sie überquerte die Straße und wurde von einem der gegenüberliegenden Geschäfte verschluckt, und an Stelle des unklaren Bedauerns überfiel Ezra ein herzhaftes Verlangen. Er spürte, daß ihn der fette Verkäufer mit einem Lächeln beobachtete.

»Ist die von dort?« fragte ihn Ezra und wies mit einer Kopfbewegung in Richtung des Instituts.

Der Fette nickte. Es war seltsam, sich das blonde, zarte Mädchen mit den zurückhaltenden Bewegungen als so eine vorzustellen, die an einem solchen Ort arbeitete.

»Warum gehst du nicht rein da? Es ist gut!« sagte der Verkäufer.

»Warst du mal?« fragte ihn Ezra.

»Nein«, erwiderte der junge Mann, »ich darf nicht.«

»Warum?«

»Ich bin nicht gesund.«

»Woher weißt du dann, daß es gut ist?«

Der Verkäufer lächelte kummervoll: »Klar ist es gut. Jeder weiß das. Jetzt haben sie neue Mädchen aus dem Ausland geholt.«

»Gib mir eine Cola«, sagte Ezra und heftete seinen Blick auf den Laden gegenüber, auf sie lauernd. Er trank langsam in kleinen Schlucken, und als er beinahe fertig war, überquerte das Mädchen wieder die Straße. Sie strebte eilig auf den benachbarten Eingang zu, ohne ihren Blick noch einmal auf Ezra zu richten. Als sie an ihm vorüberging, sog er tief den Dunst des reinen Körpers ein, erfrischend wie eine eben gereifte Frucht. Er beschloß, in das Etablissement hineinzugehen und sie dort zu verlangen. Während er noch mit dem Rücken zur Straße vor dem Eingang stand, für einen Moment schwankend, ob er hineingehen sollte oder nicht, befiel ihn urplötzlich die Angst, sein Sohn könnte ihm von einem Versteck aus zuschauen, wie er das *Klein-Paris* betrat. Ezra floh in das stinkende Treppenhaus, stieg hastig in das erste Stockwerk hinauf und klingelte an der Tür des Massagesalons.

Sehr geehrte Frau Schifra Barzilai,
nach dem Brief, den ich von Ihrem Mann erhielt, möchte ich mit ihm lieber kein Wort mehr wechseln. Ich hatte davon einen solchen Blutdruck, daß man mich auf der Stelle ins Ichilov brachte, wo ich fast gestorben bin und erst im allerletzten Moment gerettet wurde, wobei ich gar nicht von den anderen Sorgen reden will, die ich habe, und was ich am Körper herumschleppen muß. Ich habe mit allem Respekt ein Thema unseres Hauses bei ihm angesprochen, das auch Ihr Eigentum ist, und er macht sich über mich lustig, wie ich in Hebräisch schreibe, und beleidigt meine Tochter, die jetzt mit den kleinen Kindern als Witwe lebt. Sie wohnen in Ihrer eigenen Villa, und Schwarz muß sich für alle darum kümmern, das Haus zu erhalten, damit keine Ruine daraus wird. Wozu muß ich mir das antun, das hätte schon längst jemand anderer übernehmen müssen, ich habe keine Kraft mehr, alles allein zu machen, aber ich habe niemanden, zu dem ich gehen kann, fast alle sind Nachbarn zur Miete, und diejenigen, die hier wohnen geblieben sind, sind entweder Hausbesitzer oder Witwen, die nicht mehr wissen, was mit ihnen geschieht, oder Invaliden oder sonderbare Menschen, die nicht normal sind, es ist niemand da, der hilft, weshalb muß man sich also über Schwarz lustig machen, anstatt danke zu sagen. Jetzt schreibe ich Ihnen, Frau Schifra, weil ich Sie seit langen Jahren als eine feine Dame in Erinnerung habe. Es gibt ein großes Problem mit unserem Haus. Es sind Leute gekommen, die wir nicht kennen, Leute aus der Unterwelt, und haben das Lager neben dem Schutzkeller gekauft, von den Erben Friedbergs, haben Arbeiter hergebracht, dort eine Wohnung im Keller gebaut, machen mit dem Gelände, was sie wollen, als sei es ihr Privateigentum und nicht der Grund und Boden aller. Sie haben die Treppe zerstört, die zum Keller hinunterging, haben dort Bequemlichkeiten und ein Bad gebaut, haben ein Loch unter der Mauer des Hauses aufgegraben und

dort eine Tür mit einem Balkon herum gemacht und werden das an ihre Leute vermieten. Ich habe es unverzüglich der Stadtverwaltung und der Polizei gemeldet, aber sie haben nichts gemacht. Die Stadtverwaltung ist angekommen, als es schon zu spät war, und man macht ihnen einen Prozeß, weil sie gegen das Gesetz gebaut haben auf einer Fläche, wo es verboten ist zu bauen. Diese Leute machen das an allen möglichen Orten in der Umgebung und verdienen damit viel Geld. Sie lachen über die Stadtverwaltung und über das Gericht, sie haben einen Anwalt, der die ganze Zeit für sie arbeitet. Sie haben noch nicht vermietet, vielleicht warten sie, bis der Prozeß vorbei ist, sie wollen sich nichts kaputtmachen, und sicher wird der Rechtsanwalt es so hinkriegen, daß es gut für sie ausgeht. Ohne jemanden zu fragen, haben sie die Müllecke auf die andere Seite des Hofes verlegt, damit sie ihre Wohnung nicht stört, und sie legen sich schon einen Garten an neben dem Balkon auf unserem Hofplatz. Und niemand kann etwas zu ihnen sagen, die Frau, die das Lager gekauft hat, flucht die ganze Zeit und sagt, sie werde Araber und Verbrecher herbringen, um dort zu wohnen, und daß für uns Lebensgefahr besteht, wenn man sie nicht tun läßt, was sie wollen. Und jetzt hat ihr Rechtsanwalt uns einen Brief geschrieben, daß er den Schlüssel fürs Dach verlangt, als ob jemandem, der ein Lager hat, auch der Schlüssel fürs Dach zustünde, garantiert wollen sie auch dort eine Wohnung bauen. Wir brauchen dringend einen Rechtsanwalt, der für uns vor Gericht geht und nicht zuläßt, daß sich unser Haus in eine Räuberhöhle verwandelt. Jeder Wohnungsbesitzer muß dringend 3000 Schekel zahlen, und es kann sein, daß das nur der Anfang ist. Das ist viel Geld für uns alle, aber was soll man sonst machen, unser ganzes Haus wird eine Ruine, und nicht nur, daß wir hier nicht mehr wohnen werden können, sondern auch nicht vermieten und verkaufen schon gar nicht, denn wer kauft einen solchen Ort. Ich bin sicher, Frau Schifra,

Sie verstehen die schwierige Lage, man muß unseren Besitz vor diesen Leuten retten, die am Ende das ganze Haus nehmen werden, nichts wird sie daran hindern, und es gibt Leute, die helfen ihnen, an gewissen Stellen, und sicher nicht umsonst, und sie machen sich einen Witz aus Gesetz und Anstand. Ich bitte darum, dringend das Geld zu schicken, andernfalls lasse ich alles sein, soll unser Haus eben eine Ruine werden. Ich kann nicht alles für alle allein machen, wenn niemand hilft und man sich auch noch lustig macht über mich.
Hochachtungsvoll
Schwarz Arje

Am Telefon erklang wieder die leise Stimme mit dem anonymen Tonfall, in dem er ihr aus seinem Zimmer den Termin ihres Treffens mitteilte: »Heute, um sechs.« Obwohl sie sich so sehnlichst gewünscht hatte, von ihm zu hören, verstrich ein ganzer Augenblick, bis ihr klar wurde, daß er tatsächlich wieder anrief, und sie den Inhalt der Mitteilung verdaut hatte, worauf sie ihm wie vereinbart antwortete: »Okay.« Die Zeit der Treffen war wieder angebrochen.

Sie empfand nicht die mindeste Aufregung. Als er etwa eine halbe Stunde später an der Glastüre des Sekretariats vorbeiging, bildete sie sich ein, in seinem Blick das Versprechen von Versöhnung zu lesen.

In der Mittagspause fuhr sie zur Wohnung. Eine seltsame Gelassenheit herrschte in ihrem Herzen, wie die Ruhe alltäglicher Routine. Sie ging an einem Laden vorbei und kaufte ein paar Sachen für ein kleines Abendessen ein. Am Hauseingang sah sie die Rothaarige, die Besitzerin des Lagers, das in eine Kellerwohnung verwandelt worden war, und den Ehemann mit der roten Schirmmütze vor der Tür stehen. Die Frau drückte auf die Klingelknöpfe sämtlicher Wohnungen, einen nach dem anderen, und aus der Sprechanlage antworteten etliche Stimmen auf einmal: »Wer ist da? Hallo! Hallo!«

»Wir sind es, eure neuen Nachbarn aus der Wohnung im Hof!« schrie die Frau. »Kommt runter, wir wollen mit euch reden!«

Die Stimmen aus den Wohnungen verstummten.

»Sehen Sie, meine Dame«, sagte der Mann zu Gabi, »sie wollen nicht einmal mit uns reden, als ob bloß sie Juden wären und wir Hunde.«

Seine Frau wandte sich an sie: »Wie heißt dieser Alte vom Beirat? Wir müssen mit ihm reden!«

»Ich weiß nicht«, sagte Gabi, »ich wohne nicht hier.«

»Was treibst du dich dann hier herum?« fragte die rothaarige Frau und warf ihr einen angewiderten Blick zu.

»Ich komme nur, um einer alten kranken Frau zu helfen, die nicht vom Bett aufstehen kann. Sie hindern mich am Hineingehen.«

Gabi zog den Schlüssel aus ihrer Handtasche, die Frau rückte ein bißchen beiseite, und als die Tür offen war, drängte sie sich hinter ihr hinein, ihren Mann im Schlepptau.

»Wir werden alle Türen durchläuten, bis sie aufmachen!« verkündete die Rothaarige.

Als Gabi schnell zur Wohnung hinaufstieg, war an den Türen im Stockwerk darunter bereits Geklingel zu hören, und die Stimme der Frau schallte durchs Treppenhaus: »Kommt raus! Kommt raus! Hört euch das an! Es kann sein, daß ihr in einer Woche nichts mehr zum Wohnen habt! Das ganze Haus hier wird explodieren, nichts wird übrigbleiben. Wir kennen Leute, die für hundert Dollar hier saubere Arbeit leisten. Fangt an, eure Sachen aus dem Haus zu räumen, alles verbrennt! Kommt raus! Alter Irrer vom Beirat, wo bist du? Raus mit dir! Komm raus, bevor du tot bist!«

In der abgeschlossenen Wohnung stand der Geruch von Chlor und Fußbodenputzmittel. Das Bett war gemacht und die bunten Kissen darauf verteilt. Gestern hatte die Filipina dort gearbeitet, die Chazi angestellt hatte. Gabi legte einige der Lebensmittel, die sie für abends gekauft hatte, in den Kühlschrank, andere in den Küchenschrank, und wollte gerade wieder gehen, doch da hatte die Frau ihre Tür erreicht und klingelte. »Kommt raus! Was versteckt ihr euch dort wie die Mäuse? Wir wollen mit euch reden!« rief sie. »Wir haben eine wichtige Nachricht für euch!«

Die Stimme ihres Ehemanns erklang: »Sie sind nicht zu Hause, man hört dort nichts.« – »Was willst du denn hören?« fragte ihn seine Frau. »Spielende Kinder? Eine Mutter, die Essen macht? Ein junges Paar, das verliebt lacht? Es gibt hier keine Kinder, es gibt hier keine Familien, bloß Leute, die alleine wohnen, jeder für sich allein, wie in einem Grab!«

Das Gebell des Nachbarhunds war zu hören. Gabi ging zur Tür und schaute durch den Spion. Der Nachbar kam die Treppen herauf, und sein Hund bedrohte mit lautem Gebell die ungebetenen Gäste.

»Nimm den Hund zurück!« rief ihm die rothaarige Frau zu, und sie und ihr Mann zogen sich ans Ende des Treppenabsatzes zurück. Der Nachbar betrachtete sie schweigend. Sie versuchten, sich den Hund vom Leib zu halten, und traten mit den Beinen in seine Richtung, wodurch sie sein Gebell und seine Drohgebärden nur noch provozierten.

»Wir müssen mit dir reden!« rief die Frau dem Nachbarn zu. »Halt ihn zurück!«

Er ergriff den Hund am Halsband und zerrte ihn hinter sich.

»Ich habe nichts mit Ihnen zu tun. Was wollen Sie von mir? Gehen Sie zum Beiratsvorsitzenden.«

»Wo ist seine Wohnung, wie heißt er?«

Der Nachbar gab ihr keine Antwort.

»Wieso bellt und springt er die ganze Zeit?« fragte der Ehemann. »Sagen Sie ihm, er soll aufhören.«

»Er duldet es nicht, daß fremde Menschen das Haus betreten«, sagte der Nachbar.

Der Mann mit der roten Schirmmütze, der das Gebell offenbar nicht mehr ertragen konnte, wandte sich ab und ging die Treppe hinunter.

»Fremde Menschen!« schrie die Frau. »Was soll das? Sind

wir Araber? Für was hältst du dich? Ein Mensch, der allein mit einem Hund lebt!«

Gabi beschloß, den Streit zu nutzen, und trat schnell aus der Wohnung.

»Da ist noch so eine üble Nummer!« rief die Frau.

»Wie reden Sie denn von ihr!« eilte Aviram zur Verteidigung der Ehre seiner Nachbarin herbei, und hinter seinem Bart blitzte eine Art Lächeln auf, beruhigend und komplizenhaft, das Gabi galt. »Achten Sie nicht darauf, was sie sagt«, wandte er sich an sie, »so redet sie mit allen hier. Sie weiß nicht anders zu reden.«

»Ha! Du bist scharf auf sie!« lachte die Frau. »Da wirst du bei ihr nicht landen. Siehst du nicht, daß sie lesbisch ist? Die wird im Leben nie wissen, was die Liebe eines Ehemanns ist, was das heißt, ein Baby auf den Armen!«

»Halten Sie Ihren Mund!« rief Aviram. »Wenn Sie nicht augenblicklich von hier verschwinden, lasse ich den Hund los und sage ihm, er soll auf Sie losgehen!«

Gabi suchte das Weite, und der Wortwechsel zwischen der Frau und Aviram hallte weiter im Treppenhaus wider.

»Du hältst deinen Mund, du dreckiger Kerl!« schrie die rothaarige Frau. »Was machst du denn mit deinem Hund in der Nacht im Bett? Wir haben von solchen Leuten gehört. An diesem Ort wohnen lauter kranke Menschen! Du willst mir Angst einjagen mit deinem Hund? Ich kenne jemanden, der diesen Hund für zwanzig Dollar in zwei Sekunden erledigt!«

Am Hauseingang wartete der Ehemann. »Haben Sie gesehen, was das für Leute sind?« beklagte er sich bei Gabi. »Wie sie mit uns reden. Wir sind ihre Nachbarn, benimmt man sich so? Was hassen sie uns so? Meine Dame, glauben Sie mir, wir sind ruhige Menschen, wir machen niemandem Probleme. Aber wenn das Gericht sagen sollte, wir müssen das, was wir für unsere Tochter gebaut haben, abreißen, dann bleibt uns keine Wahl, dann wird nichts von dem Haus stehenbleiben. Wie man so schön sagt: Wir wollen sterben mit den Philistern!«

Im Autobus, auf dem Rückweg ins Büro, fragte sich Gabi, weshalb sie die Wiederaufnahme der Treffen, die sie sich doch so sehnlichst gewünscht hatte, nicht in Aufregung versetzte. Sollte das Feuer in ihr wirklich erloschen sein? Sie stellte sich im Geiste ihre Begegnung in der Wohnung am frühen Abend vor, die Momente ihres Liebesakts, Chazi danach, wie er sich das Laken bis über die Hüften hochzog, auf dem Rücken lag und an die Decke starrte, seine Brust sich langsam hob und senkte, sein weißes Haar auf dem weißen Kissen – gerade in diesen Augenblicken der Zurückgezogenheit, wenn er so fern und entfremdet war, hatte sie ihn am allermeisten geliebt. Und jetzt erweckte all das in ihr nur Zufriedenheit. Vielleicht hatte Ada recht, und es war »überhaupt keine Liebe, sondern kindische Obsession«, und dieser Kampf, wer wen fertigmacht, war tatsächlich, mit ihren Worten, »Flucht vor der echten Bewältigung des wirklichen Lebens«. Doch was war das wirkliche Leben? Das Leben der Menschen in dem Autobus, bei denen man allesamt, studierte man ihren Gesichtsausdruck, speziell der älteren unter ihnen, die Fingerabdrücke der Verzweiflung entdecken würde? War das wirkliche Leben der Kampf der schrecklichen Frau und ihres armseligen Ehemanns, eine Wohnung für ihre Tochter zu bauen, ausgerechnet im Keller jenes Hauses, in dem Menschen wohnten, deren Lebensweise sie derart verabscheuten?

»Liebe, die keine Projektion in die Zukunft hat, ist keine Liebe«, zitierte Ada *Die Pest* von Camus – noch eines der Bücher, von denen sich ihre Freundin seit ihrer Jugendzeit nicht getrennt hatte. »Die Pest hatte alle der Fähigkeit zur Liebe und sogar zur Freundschaft beraubt. Denn die Liebe verlangt ein wenig Zukunft, und für uns gab es nichts mehr als Augenblicke.«

Adas Predigten zugunsten des Sichabfindens und der Kompromißbereitschaft mit dem Leben riefen in ihr sofortigen Widerstand hervor. In ihren Augen war das nichts als ein Bemühen ihrer Freundin, die Erbärmlichkeit ihres Lebens mit einer Ausrede zu rechtfertigen. Jetzt allerdings, in dieser Stunde relativer Seelenruhe, tat es Gabi leid, daß sie damals, wie auch bei den übrigen Malen, dem Drang, ihrer Freundin weh zu tun, nicht hatte widerstehen können. Anscheinend hatte auch sie irgendeine mysteriöse Seuche der Fähigkeit zu Freundschaft und Liebe beraubt. Sie ermahnte sich immer wieder, nicht Opfer dieses Oppositionsdrangs zu werden, der verletztem Stolz entsprang und mit der Betrachtung der Dinge an sich nichts zu tun hatte.

Sie stieg aus dem Bus aus und ging zu dem Imbiß nahe dem Büro, den sie gemieden hatte, seitdem sie Chazi dort gesehen hatte. Wenn er wieder dort wäre, beschloß sie, werde sie sich an einen freien Tisch setzen, sich das Sandwich und ihren Kaffee bestellen und sich nicht aus der Ruhe bringen lassen. Er war nicht da, und sie war überrascht von dem Gefühl der Erleichterung, das sie empfand.

Als sie am frühen Abend in die Wohnung kam, war er schon da, kaute an etwas, das er im Kühlschrank gefunden hatte. Er war gut gelaunt, sogar eine Spur scherzhaft aufgelegt. Er redete bereitwilliger als üblich. Diese Neuerung in seinem Verhalten erschien ihr als ein weiterer Trick in der Schlacht, deren Regeln sie bereits zu kennen geglaubt hatte. Seine Entspanntheit hatte auch etwas Demütigendes für sie, angesichts der Seelenqualen, die sie seit der Unterbrechung ihrer Treffen erduldet hatte, bis sie zu glauben begann, daß Ruhe in ihrem Inneren eingekehrt sei. Für ihn war es also keine große Affäre gewesen. Und auch jetzt trieb ihn keine Gier, sich auf sie zu stürzen und sie zu erlegen. Er saß ihr gegenüber, blickte sie an und lächelte.

»Was bist du so mies gelaunt?« fragte er.

Die Antwort war klar, die Regel vertraut und bekannt, wie ein physikalisches Gesetz, das Gesetz der kommunizierenden Röhren zum Beispiel; wer weniger liebt, wird mit mehr Liebe bedacht, und umgekehrt. Daher beantwortete sie seine Frage nicht, sondern versuchte zu lächeln: »Wieso denn? Ganz und gar nicht!«

»Was hast du gemacht, als wir uns nicht getroffen haben?«

»Gelebt«, sagte Gabi, »so wie in der Zeit, in der wir uns schon getroffen haben.«

»Wenn ich dich in der Arbeit gesehen habe, hätte ich dir immer gerne rübergefunkt: Siehst du, es geht auch ohne Chazi.«

»Das stimmt«, erwiderte Gabi, doch sie konnte sich nicht enthalten hinzuzufügen: »Aber mit Chazi geht es besser.«

Er brach in Lachen aus. Das war das erste Mal, daß sie ihn wirklich lachen sah, und dieses Lachen wirkte künstlich.

»Man kann unmöglich sagen, daß du mies gelaunt aussiehst«, sagte sie zu ihm, »und was hast du gemacht, als wir uns nicht getroffen haben?«

»Ich habe an dich gedacht.«

»Aber klar!«

»Glaubst du's nicht?«

»Für dich bin ich nicht mehr als ein Fick hin und wieder. Bis es dir reicht.«

»Und was bin ich für dich?« fragte er mit seinem versteckten Lächeln.

Sie wußte nicht, welches die richtige Antwort darauf war, und zog es vor zu schweigen.

»Sei nicht dumm, ich habe Pläne, was dich angeht.«

»Und ich darf sie nicht wissen.«

»Noch nicht.«

Er stand auf, näherte sich ihr und begann sie zu streicheln und zu küssen, alles mit überlegter Langsamkeit. Sie spürte, wie er sich zunehmend erwärmte, sich jedoch zügelte, um nicht wie üblich über sie herzufallen, und sie fragte sich, wann der Moment käme, in dem er die Selbstbeherrschung verlöre. Doch er umarmte sie, führte sie sanft ins Schlafzimmer und begann, ganz langsam ihre Kleider abzustreifen.

Der Hund des Nachbarn stand bereits auf seinem Posten hinter der Wand, und obwohl außer dem Knarzen des Bettes noch kein Geräusch im Zimmer laut wurde, brach er in wutentbranntes, vorwurfsvolles Gebell aus, und sein Besitzer war zu hören, wie er versuchte, ihn zu beruhigen und zum Schweigen zu bringen, jedoch vergebens. Das Bellen dröhnte so stark und nah in ihren Ohren, als stünden der Nachbar und sein Hund neben dem Bett und beobachteten sie. Chazi schenkte dem offenbar keine Beachtung, denn er hatte das Zartgefühl des geübten Liebhabers vergessen, das er vorher an den Tag gelegt hatte, und fiel wieder mit überstürzter Gier über sie her. Gabi drückte ihn mit aller Kraft an sich, als suchte sie Zuflucht unter ihm, und gab kein einziges Stöhnen der Lust von sich. Nachdem er gekommen war, löste er sich nicht wie sonst von ihr, um auf dem Rücken neben ihr zu liegen, das Laken bis über die Hüften hinaufzuziehen und an die Decke zu starren, sondern richtete seinen Oberkörper auf, stützte sich auf die Ellbogen und musterte verblüfft ihr Gesicht. »Du bist nicht gekommen?« äußerte er schließlich halb mißtrauisch, halb enttäuscht.

»Macht nichts.«

»Was ist los?«

»Dieser Hund, der dort die ganze Zeit bellt«, sagte Gabi.

»Er bellt immer da, das hat dich doch nie gestört.«

»Es gibt jemanden, der für zwanzig Dollar diesen stinkenden Hund erledigt«, sagte Gabi.

»Wer?« fragte er überrascht, doch beim Anblick ihres Gesichtsausdrucks begriff er, daß es ein Witz war, und furchte seine Stirn in dem Bemühen, die Bedeutung zu verstehen.

»Wir werden uns jedesmal zu einer anderen Zeit und nicht an bestimmten Tagen treffen«, sagte er danach, »das ist besser so.«

Als sie in die Küche ging, um eine Kleinigkeit zum Essen für sie zuzubereiten, sagte Chazi: »Nein, nein, ich esse jetzt nichts, ich habe keinen Hunger. Außerdem muß ich schon gehen.«

3

Am Morgen, bevor mich das Mädchen zum Spaziergang nach draußen mitnahm, ist plötzlich Pedro gekommen. Arbeitet er nicht? Seinen einzigen freien Tag verbringt er doch bei mir. Dieser Kerl hat mir nie gefallen. Ich weiß nicht genau, was mich an ihm beängstigt, aber wenn er bei mir ist, auf dem Sofa sitzt und fernsieht, bin ich die ganze Zeit angespannt, als könnte er jeden Moment aufspringen und über mich herfallen, ohne jeden Grund, wie ein bösartiges Tier, oder aufstehen und die gesamte Wohnung zertrümmern.

Das Mädchen war von diesem Besuch ebenfalls überrascht, ihrem Gesichtsausdruck nach zu schließen, und sie stritten ein bißchen. Er war fröhlich, lachte andauernd, und sie schimpfte mit ihm. Als wir dann aufbrachen, ging er mit. Im Park saßen schon ihre Freundinnen mit ihren jeweiligen Alten, und Pedro setzte sich dazu. Sein Auftauchen wirkte sich auf die Mädchen aus: Sie redeten lauter, mehr durcheinander, und lachten ungestümer. Er erzählte ihnen etwas, offenbar etwas Aufregendes. Auch Linda lachte mit ihnen, und ich begriff, es machte ihr nichts aus, daß er mitgekommen war.

Der Alte, der früher immer alles auf der Straße einsammelte, was in den Häusern weggeworfen wurde, blickte auf seine Knie und seufzte, und die zwei anderen erzählten sich gegenseitig von ihren Krankheiten, was ich abstoßend finde. Einer der beiden, ein Religiöser, der nie seinen Hut vom Kopf nimmt, spricht mit sephardischem Akzent und wird der Franzose genannt. Und der zweite, ein Aschkenase, von dem ich den Namen nicht weiß, hat einen rumänischen Akzent, und sein eines Auge ist die ganze Zeit geschlossen, und laut dem, was er dem Franzosen erzählt, hat er von Zeit zu Zeit epileptische Anfälle, abgesehen von einigen anderen Krankheiten, doch diese Anfälle dauern seinen Worten nach nicht länger als ein bis zwei Augenblicke.

Ich weiß genau, wie ich aussehe, und glücklicherweise habe ich nicht oft Gelegenheit, mich anzuschauen. Aber es stört mich trotzdem, daß ich die ganze Zeit von Häßlichkeit umgeben bin. Das ist das allerschwerste. Linda, ihre Freundinnen und Pedro sind nicht schön, obwohl sie jung sind. Und die Alten waren im Prinzip schon häßlich, bevor sie alt geworden sind, auch wenn man dem Franzosen noch ansehen kann, daß er in seiner Jugend ein gutaussehender Mann gewesen sein muß. Und dieser Park? Gerade mal ein paar kümmerliche Bäume und ein Flecken Gras, das im Sommer grau wird, und zwei, drei Bänke, von denen eine zusammengebrochen ist. Und bei mir sehnt sich alles danach, ein wenig Schönheit zu sehen, ein letztes bißchen Licht vor dem Untergang.

Die Pflegerin des Franzosen malt sich die Lippen rot an, man sieht, daß ihr Geschlechtstrieb stärker ausgeprägt ist als bei ihren Gefährtinnen. Sie hatte ein Transistorradio in den Park mitgebracht und schaukelte ihren Körper im Takt der Tanzmusik, die daraus ertönte. Pedro, der heute früh in einer besonderen Laune gekommen ist, hat ihr das Transistorradio aus der Hand genommen und die Musik lauter aufgedreht, sie von ihrem Platz hochgezogen und angefangen, mit ihr zu tanzen, unter dem Freudengeschrei der ganzen Mädchen. Ein paar von ihnen tanzten mit, und Linda saß am Rand, lachte und rief ihnen etwas in ihrer Sprache zu, offensichtlich Anfeuerungsrufe. Der Franzose wackelte im Takt und schnippte mit den Fingern, wie es die Sephardim eben können, aber es war keine Freude dabei, keinerlei Schönheit. Es war erbärmlich, so wie wir alle, die wir dort saßen.

Und dann, mitten in der Tanzveranstaltung, tauchte im Park ein Junge mit einem Hund auf. Ein hochgewachsener, extrem dünner Junge, das Gesicht von einem ein bis zwei Wochen alten Bart verdunkelt, verstörte Augen, wirres schwarzes Haar, unsaubere Kleidung, und der Hund war ebenfalls mager und heruntergekommen, sein schwarzes Fell wies an verschiedenen Stellen des Körpers kahle Flecken auf. Der Junge fragte: »Was ist das? Was ist das hier?«, und in seinen verwirrten Augen sprang eine Freude auf, als habe er einen Schatz entdeckt.

Der religiöse Franzose sagte zu ihm: »Es ist verboten, hier Hunde mitzubringen. Hast du es nicht gelesen? Da steht von der Stadtverwaltung, daß es verboten ist.«

Worauf der Junge erwiderte: »Das ist kein Hund, das ist meine Mamele, sie ist eine Hündin.«

Der Franzose sagte: »Bring ihn hier weg.«

Der Junge schenkte dem keine Beachtung, sein Blick war von Pedro und den Mädchen gefesselt, die weiter zu der Radiomusik tanzten.

Der Franzose fragte ihn:« Verstehst du kein Hebräisch?«

Und der Rumäne mit dem geschlossenen Auge entgegnete ihm: »Laß ihn in Ruhe, siehst du's denn nicht?« Und er tippte sich mit dem Finger an die Stirn.

Der Franzose sagte: »Ich ertrage keine Hunde, das widert mich an.«

Der Rumäne bemerkte: »Ich kenne den Jungen, ich glaube, ich habe ihn in unserer Straße herumlaufen sehen. Er war dort in einer Jeschiva.«

Der Franzose sagte: »Ein Jeschivastudent, der mit einem Hund spielt? Das wäre unrein!«

Der Rumäne rief dem Jungen zu: »Hast du nicht in einer Jeschiva studiert?«

Der Junge näherte sich dem Rumänen und fragte ihn mit hoffnungsvollem Blick: »Du kennst mich? Ich kenne dich?«

»Lernst du nicht mehr dort?«

»Sie haben mich rausgeworfen.«

»Warum das?«

»Mangelnde Anpassung. Jetzt treibe ich mich rum, ich habe keine Bleibe.«

»Hast du keine Familie?«

»Die wollen mich nicht.«

»Was wirst du tun?«

»Ich will nach Eilat fahren. Ich war noch nie im Leben in Eilat.«

»Mit dem Hund?«

»Mit der Hündin! Klar! Sie kann Kunststücke aufführen, die kein anderer Hund kann. Die Leute lieben so was, zahlen Geld dafür.«

Der Franzose sagte: »Nimm den Hund hier weg und geh. Ich sag es dem da«, und er deutete auf Pedro, »daß er dich verjagen soll.«

»Wieso hast du Angst vor ihr, sie ist brav, sie liebt Menschen! Und sie hat Verstand wie ein Mensch. In ihrem früheren Leben war sie ein Mensch!«

Der Rumäne fragte: »Was kann sie machen?«

»Sie kann alles mögliche. Wenn ich ihr die Nationalhymne vorsinge, steht sie sofort auf den Hinterbeinen stramm und salutiert wie ein Soldat. Hast du je im Leben einen Hund gesehen, der das kann?«

Der Franzose sagte: »Ich war einmal in Eilat. Was für ein Ort, ekelhaft! Am Strand liegen blonde Mädchen aus Schweden, liegen einfach so im Sand, nackt, alles offen. Jeder kann zu irgendeinem Mädchen hingehen, sie anschauen und sie sich nehmen. Und die Kinder laufen dort herum und sehen alles.«

Der Rumäne forderte den Jungen auf. »Zeig mir, was dein Hund kann.«

Der Franzose widersprach: »Nein! Hier ist ein Ort für Menschen, nicht für Hunde.«

Der Rumäne sagte zu dem Jungen: »Zeig mir, was er macht.«

Der Junge rief seine Hündin: »Mamele, komm her!« Doch

sie wanderte davon, um an einem der Baumstämme zu schnüffeln. »Mamele, Mamele!« rief er. Und als sie nicht kam, ging er zu ihr und hob sie hoch, brachte sie zu den Rollstühlen, setzte sie auf dem Boden ab und sagte: »Jetzt schaut mal her.« Und er begann die Hymne zu singen: »Soho-lan-geh no-hoch i-hin deher Bru-u-ust ei-ne jü-hü-di ...«

Die Hündin rannte wieder zu ihrem Baum zurück, um den Stamm zu beschnüffeln. Der Rumäne lachte, und sein geschlossenes Auge begann zu tränen. Der Junge deutete auf den Franzosen und sagte: »Das ist alles seinetwegen, sie fürchtet sich vor ihm, sie spürt, daß er sie nicht mag.«

»Dich mag ich auch nicht, bring auf der Stelle den Hund von hier weg!« entgegnete der Franzose.

»Was kann sie noch?« fragte der Rumäne.

Der Franzose rief zu Pedro hin: »He! Jag ihn mit seinem Hund weg!«

Der Junge sagte: »Es ist eine Hündin.«

Pedro und die Mädchen ruhten sich vom Tanzen aus. Pedro lag ausgestreckt im Gras, zündete sich eine Zigarette an und hörte nicht, daß er angesprochen wurde, verstand auch nicht, was der Franzose auf hebräisch sagte. Der Junge ging zu Pedro hin: »Hast du vielleicht eine Zigarette für mich?« Pedro setzte sich auf und sah ihn an.

Der Junge wiederholte: »Zigarette, Zigarette«, und machte die Geste des Rauchens. Pedro gab ihm eine Zigarette und zündete sie ihm mit seinem Feuerzeug an. Der Junge kehrte zu den Rollstühlen zurück. Er rief seine Hündin: »Mamele! Komm sofort her und setz dich neben mich!«

Die Hündin trollte sich zum Schutzraum am Parkende.

Der Rumäne fragte ihn: »Warum haben sie dich aus der Jeschiva geworfen?«

»Ich habe den Unaussprechlichen gesehen, und sie haben mir nicht geglaubt.«

»Wie hast du ihn gesehen? Im Traum, oder ist er zu dir gekommen?«

»Wieso denn im Traum? Lebendig, so wie ich dich jetzt sehe.«

Der Franzose empörte sich: »So darf man nicht reden! Das ist Blasphemie, was er sagt!«

»Und wie hast du das überlebt, daß du ihn gesehen hast?« hakte der Rumäne nach.

»Du siehst doch, daß ich jetzt am Leben bin, oder?«

Der Franzose sagte zu ihm: »Sag, wer hat dich hierher geschickt? Der Teufel? Du bringst uns nur in Schwierigkeiten! Geh weg!«

»Ich weiß nicht, wohin.«

Der Rumäne schlug ihm vor: »Geh nach Eilat, sie warten dort auf dich mit deinem Hund, damit er ihnen was vorführt.«

»Ich habe es ihr beigebracht, solche Kunststücke zu machen, sie flippen aus, wenn sie sehen, was sie kann.«

»Warum gehst du dann nicht nach Eilat?«

»Ich habe einen ganzen Tag auf der Straße gestanden, in einem fort fahren Autos vorbei, aber niemand will mich mitnehmen. Jetzt muß ich zuerst eine Vorstellung mit ihr in Tel Aviv machen, um das Geld für die Fahrt zusammenzubringen.«

»Wenn du den Unaussprechlichen noch mal siehst, bitte ihn um ein Darlehen.«

Der Junge erklärte: »Aber ich kann ihn doch nur in der Jeschiva sehen, und dort lassen sie mich nicht mehr rein.«

Der Franzose hielt sich mit beiden Händen die Ohren zu. »Ich will nicht hören, was er sagt!«

Der Junge fuhr fort: »In Eilat wird es mir gutgehen, dort sind gute Menschen, und alle machen sich ein schönes Leben. Ich will auch ein schönes Leben haben.«

Der Rumäne sagte: »Es gibt dort nackte Mädchen am Meer, die werden dir das Leben verschönern.«

»Bestimmt!«

Der Rumäne fragte: »Warst du schon mal mit einer Frau zusammen?«

Der Junge schaute sich um und sah seine Hündin nicht. »Mamele!« rief er nach ihr. »Meine Mamele!« Er begann, im Park herumzulaufen, sie zu suchen, und man hörte ihn immer wieder von weitem rufen: »Mamele! Mamele! Wo bist du?«

Der Franzose seufzte: »Gott sei Dank sind wir ihn los! Und mir ist ärztlicherseits jede Aufregung untersagt.«

Nach ein paar Minuten war der Junge wieder da.

»Ich finde sie nicht«, teilte er mit. »Sie ist verschwunden!«

Der Rumäne meinte: »Vielleicht hat sie einen anderen Hund gesehen und ist ihm nachgelaufen.«

»Nein, sie liebt nur mich. Bestimmt hat sie jemand mitgenommen.«

Der Rumäne sagte: »Wer würde so einen schönen Hund auch nicht mitnehmen wollen, der die Nationalhymne singt und mit dem man viel Geld verdienen kann?«

»Und was jetzt? Wie komme ich nach Eilat? Wie soll ich mich jetzt ernähren? Vielleicht könnt ihr mir Geld leihen?«

»Wieviel brauchst du?« fragte der Rumäne.

»Im Ernst?«

»Ich kann dir alles Geld geben, das ich hier habe.«

»Der Herr segne dich. Ich werd's dir zurückgeben.«

Der Rumäne zog die Brieftasche aus seiner Hose und zeigte ihm, daß sie leer war. »Das ist alles, was ich habe«, und er lachte, bis sein geschlossenes Auge wieder tränte. »Wenn du den Unaussprechlichen noch mal siehst, bitte ihn auch gleich für mich um Geld!«

Der Junge schrie: »Meine Mamele! Wo bist du? Was ist dir passiert? Warum hast du mich verlassen? Jetzt hab ich nichts mehr im Leben!«

Die Pflegerinnen erhoben sich und begannen, die Rollstühle aus dem Park zu schieben. Als der Junge sah, daß wir weggingen, fing er an zu weinen, lief uns weinend hinterher, bis wir die Straße erreichten. Dort erblickte er Leute und ging auf sie zu, um ihnen zu erzählen, was ihm zugestoßen war, und um Geld zu bitten.

Pedro kam mit uns in die Wohnung hinauf. Sie setzten sich aufs Sofa und redeten. In manchen Momenten lachten sie, in manchen wurde sie böse auf ihn, und sie begannen zu streiten. Danach verließ sie das Wohnzimmer, ging in ihren Wintergarten und verschloß die Tür. Er blieb auf dem Sofa sitzen, trank Bier aus der Dose, rauchte und ließ sein Bein hüpfen. Dann versuchte er, den Wintergarten zu betreten, bat sie, ihm aufzumachen, klopfte an das Glas, doch sie ließ ihn nicht hinein. Ich hatte Angst, er könnte wütend werden, die Tür eintreten und über sie herfallen. Von diesem Kerl haben wir nichts Gutes zu erwarten. Doch er setzte sich noch einige Zeit hin, und schließlich ging er weg.

Sie trat aus ihrem Wintergarten, kam zu mir, lächelte und studierte mein Gesicht, wie um sicherzugehen, daß ich nicht gemerkt hatte, was da vorging. Vielleicht meint sie auch, wenn ich nicht spreche, verstehe ich auch nicht, was um mich herum geschieht. Sie fing an, in der Wohnung zu arbeiten, und mich schob sie auf den kleinen Küchenbalkon, der bereits nicht mehr in der Sonne lag, damit ich auf den Spielplatz und die Kinder hinunterschauen könnte, die dort herumtollten. Aber Pedros Verhalten hatte mir Angst eingejagt, und ich fand keine Ruhe. Erst als sie die Küche betrat, um das Essen zu machen, und ich sie wieder ihre Lieder vor sich hin singen hörte, kam ich zur Ruhe, und der Geruch ihrer Speisen erfüllte mich und gab mir das sichere Gefühl von Zuhause.

Sehr geehrter Herr Schwarz,
Ich habe es ungemein bedauert zu hören, daß Ihnen durch den Brief meines Mannes Kummer bereitet wurde. Er hat es doch mit freundschaftlichem Lächeln und in gutem Sinne geschrieben und sicherlich ohne die mindeste Absicht, Sie oder Ihre Familie auf persönliche Weise zu beleidigen. Erlauben Sie mir bei dieser Gelegenheit, Ihrer Tochter mein Beileid zum Tode ihres dritten Mannes aus-

zusprechen und der Anteilnahme am Schmerz der Familie Ausdruck zu verleihen. Ich hoffe aus tiefstem Herzen, daß keine allzu lange Zeit vergehen wird, bis sich ein neuer Papa für die kleinen Waisen finden wird.

Mein Mann hat mich gebeten zu betonen, wie sehr wir beide Ihren hingebungsvollen Einsatz in Hausangelegenheiten zu schätzen wissen und bewundern, was Sie alles für den Erhalt und die Pflege des Hauses tun, Ihrer zerrütteten Gesundheit zum Trotz. In der Tat, die Situation, die Sie in Ihrem Brief so anschaulich und treffend schildern, ist schrecklich. Es stellt sich die Frage: Wie konnte es so weit kommen? Sie haben völlig recht, man muß einen Rechtsanwalt beauftragen, und zwar um jeden Preis, der unsere Rechte wahrnimmt und das Gericht davon überzeugt, daß diese zweifelhaften Leute nicht unseren Besitz rauben dürfen und damit verfahren, als sei es ihrer.

Was Ihre, ganz entschieden gerechtfertigte, finanzielle Bitte angeht, die Sie an uns herangetragen haben, so können wir dieser zu unserem Bedauern nicht entsprechen, auf Grund unserer schwierigen wirtschaftlichen Situation. Denn unser dürftiges Haus als Villa zu bezeichnen ist wahrhaftig eine Verhöhnung der Armen. Unsere Wohnung in Tel Aviv ist ein Palast gegenüber diesem Haus, und nur auf Anordnung der Ärzte, wegen meiner Probleme mit dem Atmen außerhalb der Stadt zu wohnen, bleibt mir der Genuß unserer Großstadtwohnung versagt. Wir fristen unser Leben als Rentner mit knapper Not und haben keinerlei Möglichkeit, eine solche Summe aufzutreiben, nicht einmal eine um vieles geringere. Vielleicht werden wir eines Tages, wenn eine Besserung eingetreten sein sollte, die Schuld dem Eigentümerbeirat gegenüber begleichen können. Unterdessen hoffen wir, daß sich die Beauftragung eines Anwalts nicht unseretwegen verzögert, denn das Ziel des Kampfes ist heilig und duldet keinen Aufschub.

Wir reichen Ihnen die Hand, verehrter Herr Schwarz, begleiten von hier aus Ihren und unseren Kampf, das Herz

voller Hoffnung auf Erfolg, und danken Ihnen für Ihre übermenschlichen Anstrengungen zugunsten der Allgemeinheit. Wir wünschen Ihnen gute Gesundheit und ein langes Leben und senden Ihrer Gattin die wärmsten Grüße. Lesen Sie ihr doch unseren Brief vor, damit auch sie erfährt, wie sehr wir Sie schätzen.
Hochachtungsvoll
Schifra Barzilai

Was ist los mit mir? fragte er sich. Bin ich beschwipst, ohne etwas getrunken zu haben, oder passiert mir das alles im Traum? Der Schlüssel tastete nach dem Schlüsselloch und nicht hinein. Auch der Hund reagierte mit einem merkwürdig alarmierenden Gebell. Aviram bückte sich und entdeckte, daß weder Schlüsselloch noch Schloß mehr existierten. Jemand hatte sich an der Tür zu schaffen gemacht. Offenbar hatte man versucht, in seine Wohnung einzubrechen.

Am Schabbat mittag pflegte er immer einen langen Spaziergang zu machen, zu einem Wäldchen, wo er den Hund frei laufen lassen konnte, ohne den Verkehr fürchten zu müssen, nahm seine Wochenendzeitung mit, setzte sich auf eine der Bänke und las sie. Er war eine gute Stunde von zu Hause weg gewesen, und jemand hatte einzubrechen versucht und den drehbaren Teil des Türschlosses herausgerissen.

Er ging zur Wohnung von Herrn Schwarz hinunter und klingelte an der Tür. Um diese Zeit hielten der Alte und seine Frau wahrscheinlich ihren Samstagmittagsschlaf, doch Herr Schwarz war der einzige von seinen Nachbarn, zu dem er irgendeinen Gesprächskontakt hatte. Die Stimme von Frau Schwarz rief aus dem Inneren der Wohnung: »Einen Moment! Wer ist da?« Danach würde sie, wie er wußte, durch den Türspion spähen.

Die verschrumpelte Alte mit dem Vogelgesicht, anrührend in ihrer Häßlichkeit, öffnete die Tür einen Spalt, während sie sich den Gürtel ihres Morgenmantels zuband. »Was gibt's?«

»Entschuldigen Sie die Störung. Man hat versucht, in meine Wohnung einzubrechen, und meine Tür geht nicht mehr auf. Ich würde gern Ihr Telefon benutzen, um einen Schlüsseldienst anzurufen, sie sollen kommen und mir aufmachen, damit ich in die Wohnung hineinkann.«

Sie hatte nicht ein einziges seiner Worte verstanden: »Jetzt schläft er, ist krank, fühlt sich nicht gut.«

»Ich brauche Ihr Telefon.«

»Auch wir brauchen Telefon. Wie rufen wir sonst einen Arzt oder einen Krankenwagen, wenn im Haus kein Telefon ist?«

»Nein, nur jetzt, für einen Augenblick, um von Ihnen aus zu telefonieren, es ist dringend.«

Sie begriff immer noch nichts, beugte sich jedoch seiner Ungeduld und verbreiterte die Türöffnung. »Kein Hund! Kein Hund!« flüsterte sie flehend.

Die Stimme von Herrn Schwarz ertönte aus dem Schlafzimmer: »Hania! Hania!« Und er fragte etwas in ihrer Sprache.

Aviram überredete den Hund, im Treppenhaus zu warten, betrat die Wohnung und schloß die Tür hinter sich.

»Haben Sie die Gelben Seiten?« fragte er.

»Geld?« schrie Frau Schwarz und zog sich in sichere Entfernung bis zur Wand zurück. »Kein Geld!«

Ihr Mann rief aus seinem Zimmer auf hebräisch: »Wer ist da? Was ist los?«

»Telefonbuch, wo ist das Telefonbuch!« rief Aviram, und seine Ungeduld schlug in Zorn um.

Von ihrem Standort aus an der Wand deutete sie auf das Regal neben dem Telefonapparat. Auf den Büchern lag ein Häkeldeckchen. Er zog den gewünschten Band heraus, rief die erste Nummer an, die er fand, und es erklang eine automatische Ansage, die eine Telefonnummer mitteilte, unter der man Tag und Nacht anrufen konnte.

Herr Schwarz kam im Pyjama aus dem Schlafzimmer und gesellte sich zu seiner Frau.

Eine verschlafene Männerstimme meldete sich am anderen Ende.

»Jemand hat anscheinend versucht, in meine Wohnung einzubrechen, ich habe kein Schloß mehr und kann die Tür nicht mehr aufmachen und damit nicht hinein«, teilte ihm Aviram mit und bat ihn, schnellstmöglich zu kommen.

»Sie haben den Zylinder rausgenommen«, erklärte der Spezialist mit einer Selbstgefälligkeit, die sich für Aviram nach Schadenfreude anhörte, und mit einer Langsamkeit, die nur die Rache dafür sein konnte, daß man ihn aus seinem Schabbatmittagsschlaf gerissen hatte. »Das ist nicht anscheinend ein Einbruch, sondern ganz sicher einer, und nicht jemand, sondern ganz sicher zwei, und sie haben nicht nur versucht einzubrechen, sondern es ist ihnen gelungen einzubrechen, und sie haben Ihrer Wohnung einen Besuch abgestattet, haben teure, nicht allzu große Sachen mitgenommen, Sachen, die leicht zu tragen sind, wie Schmuck, Gold, Video, die man schnell verkaufen und dafür Drogen kaufen kann, und danach, als sie raus sind, haben sie die Tür zugeworfen, damit es nicht so schnell entdeckt wird und sie das Weite suchen können.«

Nachdem Aviram den Hörer aufgelegt hatte, erklärte er Herrn Schwarz, worum es sich handelte. Eine schwarze Wolke senkte sich über das ohnehin schon düstere Gesicht des alten Beiratsvorsitzenden. »Nie hat es so etwas hier gegeben«, klagte er, »seit diese Leute aus der Unterwelt gekommen sind, um hier im Keller zu bauen, treiben sich hier Verbrecher herum, wir sind nicht mehr sicher in unserem Haus. Umsonst haben wir eine abgeschlossene Tür draußen mit Gegensprechanlage gemacht, es hilft nichts, die wissen, wie man das aufmacht. Alles herrenloses Gut, und die Polizei tut nichts …«

Aviram beschloß, zum Eingang hinunterzugehen und draußen auf die Ankunft des Schlüsseldienstes zu warten, doch der Hund weigerte sich mitzukommen, schaute ihn mit fragenden Augen an ob der Umstürzung der alltäglichen

Routine und bellte heftigen Protest. Er trug ihn auf seinen Armen hinunter und setzte ihn nicht eher ab, bevor sie draußen waren auf dem Bürgersteig. Jetzt erst begann er in voller Schärfe zu erfassen, daß jemand seine Wohnung betreten und alles durchsucht hatte, alle Wertgegenstände mitgenommen und getan hatte, als sei es seine eigene Wohnung. Offenbar jemand, der seine Gewohnheiten kannte oder ihn beim Hinausgehen gesehen hatte. Er musterte die Straße und betrachtete prüfend die wenigen Passanten am Schabbat mittag. Zwei oder drei von ihnen hätten seiner Ansicht nach die Einbrecher sein können. Er legte seine Hand an die hintere Hosentasche, die Brieftasche mit der Kreditkarte war da, er pflegte sie immer mitzunehmen, wenn er die Wohnung verließ; wenigstens das war gerettet. Der Schlüsseldienst ließ auf sich warten, und Aviram fragte sich, ob er wohl wieder eingeschlafen war und den Auftrag vergessen hatte.

Als der Wagen vor dem Haus hielt, winkte ihm Aviram mit der Hand zu, um ihn wissen zu lassen, daß er derjenige war, der ihn gerufen hatte, und der Mann parkte ganz gemächlich das Auto und öffnete seinen Werkzeugkasten, um sicherzugehen, daß alles Nötige darin vorhanden war. Als sie an der Wohnungstür angekommen waren, examinierte der Mann die Tür mit dem Expertentum eines Arztes, der einen Kranken untersucht, und seine Diagnose stellte sich tatsächlich als richtig heraus. Er bereitete Aviram auf die Verwüstung vor, die er in der Wohnung zu sehen bekommen würde: Der gesamte Inhalt der Schränke und Schubladen werde in wildem Durcheinander auf dem Boden verstreut liegen, sogar das Gefrierfach des Kühlschranks werde ausgeleert sein, da es Leute gab, die dort Geld versteckten, jedes abgeschlossene Fach werde aufgebrochen sein.

»Sind Sie versichert?« fragte er, doch Aviram gab keine Antwort, denn die Angst vor dem Anblick, der ihn erwartete, schnürte ihm die Kehle zu.

Der Mann machte sich ans Aufbrechen, klemmte die Spitze eines Meißels zwischen Rahmen und Tür, bearbeitete ihn mit Hammerschlägen und veranstaltete einen Heidenlärm, und der Hund, der ihn anzufallen versuchte, bis Aviram ihn packte und festhielt, bellte in höchsten Tönen und verstärkte den Aufruhr. Einige Nachbarn aus den anderen Stockwerken kamen und schrien, was dieser Lärm am Schabbat zur Mittagszeit zu bedeuten habe, und Aviram, der all die Jahre jeglichen Kontakt vermieden und sie nicht einmal gegrüßt hatte, wenn er ihnen im Treppenhaus über den Weg lief, sah sich gezwungen, ihnen zu erklären, was passiert sei, und sich für die Belästigung zu entschuldigen. Als sich die Tür endlich öffnete, ging er hinein. Die Wohnung sah genauso aus, wie er sie verlassen hatte. Das Videogerät war an seinem Platz, ebenso wie die übrigen Wertsachen in der Wohnung.

Der Hund rannte ins Wohnzimmer und lief hierhin und dorthin, bellte wutentbrannt in den leeren Raum des Zimmers, vielleicht witterte er die Spuren der fremden Gegenwart, die zuvor dort gewesen war. Auch der Spezialist war überrascht von dem Anblick und stellte, wie um seine Berufsehre zu retten, fest: »Das ist kein Einbruch von Drogenabhängigen, die schnelles Geld gesucht haben. Das sieht nach der Arbeit von Privatdetektiven aus, die etwas in Zusammenhang mit Ihnen gesucht haben. Haben Sie einen Scheidungsprozeß laufen? Nein? Gut, ich weiß nichts über Sie, und es geht mich auch nichts an, aber möglicherweise hat man Papiere gesucht, oder etwas, um Sie in irgendeiner Sache anschwärzen zu können.«

Der Experte begann, ein neues Schloß zu installieren, das Einbrüche zukünftig erschweren werde. Jedoch, wie er sagte, nichts sei zu hundert Prozent sicher, es gebe keine Tür, die man nicht aufbrechen könne, sogar die gepanzerten mit den raffinierten Schlössern, was dann allerdings eine längere und lärmintensivere Arbeit sei, und die Einbrecher suchten sich lieber die einfacheren Türen.

Nachdem der Handwerker abgezogen war, wanderte Aviram in der Wohnung umher, versuchte, etwas zu entdecken, das von seinem Platz verrückt worden war, irgendeine Veränderung in der Ordnung der Dinge, doch er fand nichts. Er öffnete den Schrank und die Tischschubladen, in denen sich seine persönlichen Papiere und diverse Kontoauszüge befanden, doch es gab keinerlei Anhaltspunkte dafür, daß jemand sie berührt hätte. Auch das Scheckheft lag an seinem Platz, vollständig. Gerade weil augenscheinlich nichts angerührt worden war, fühlte er überall die unsichtbaren Spuren des Einbrechers (an den er trotz der Erläuterungen des Experten immer als an einen einzelnen dachte), und diese fremde Anwesenheit beschmutzte für ihn alles in seiner Wohnung, sogar die Bodenplatten, auf die er trat. Er war durstig, schreckte jedoch davor zurück, ein Glas zu berühren. Ein starker Brechreiz erfaßte ihn, er rannte zur Toilette und übergab sich.

Nachdem er sich erbrochen und sich für einen Moment zum Ausruhen hingesetzt hatte, schöpfte er wieder Kraft. Er versuchte, sich seine Wohnung wieder anzueignen, aber noch war er nicht imstande, irgend etwas anzurühren, nicht einmal den Griff des Kühlschranks, um sich kaltes Wasser herauszuholen und seinen Durst zu stillen. Er begriff, daß es eine extrem übertriebene, eigentlich krankhafte Reaktion war, aber diese Empfindung war stärker als er, und er wußte, er würde nicht eher Ruhe finden, bis er die Wohnung vollkommen gesäubert hätte. Er wischte die Böden, fuhr mit einem Lappen über alle Möbel, Elektrogeräte, den Gasherd und alle Küchengegenstände, warf den gesamten Inhalt des Kühlschranks weg und wusch ihn von außen und von innen ab, entfernte Seife, Zahnbürste und Zahnpasta aus dem Badezimmer, steckte die Handtücher in die Waschmaschine, die Kleider, die im Schlafzimmer verstreut waren, dort im Schrank hingen oder lagen, auch die Laken auf seinem Bett und im Schrank samt allen Bezügen, einschließlich der Bettwäsche für die Winterdecken, die den Sommer über weggeräumt wurden. Nachdem er das Innere der Schränke gesäubert hatte, füllte ein riesengroßer Haufen die Waschkammer und das Badezimmer. Waschmaschine und Trockner arbeiteten ununterbrochen bis in die Nacht hinein, und danach räumte er jedes trockene Teil einzeln an seinen Platz zurück. Er arbeitete wie vom Teufel besessen. Sein ganzes Denken war angestrengt darauf konzentriert, nichts zu vergessen, damit in der Wohnung nichts Entweihtes zurückbliebe.

Als die Arbeit beendet war, duschte er sich und trat aus dem Bad in seine geläuterte Wohnung. Er wußte, sämtlichen Maßstäben nach war das ein Anfall von Wahnsinn gewesen, doch nun war ihm leichter zumute. Er trank viel Wasser. Um den Heißhunger zu stillen, der ihn plötzlich überfiel, kochte er sich ein hartes Ei und öffnete eine Büchse Sardinen dazu. Das Brot, das Gemüse, die Früchte und den Käse, alle offenen Lebensmittel warf er in den Müll.

Er setzte sich an den Tisch der tiefengereinigten Küche, sein Körper erschöpft von der wahnsinnigen Arbeit, sein Geist jedoch zu wach, um an Schlaf zu denken. Er begann über das Geschehene nachzugrübeln. Wenn sie nichts gestohlen hatten, weshalb waren sie ausgerechnet in seine Wohnung eingebrochen? Wer war eingebrochen? Was hatten sie da gesucht, warum gab es keine Spuren einer Suche? Wer interessierte sich für ihn? Nur wenige kannten ihn, es gab nichts in seinem Leben, das interessant oder verdächtig gewesen wäre.

All diese Fragen blieben unbeantwortet.

Man weiß nicht, wie wohlgehütete Privatgeheimnisse immer in den Besitz vieler gelangen, auf jeden Fall sprach sich die Affäre mit Eyal im Viertel herum. Die Leute erkundigten sich bei Ezra und Ruthi, was es Neues gebe in Sachen Eyal, ob sie von ihm gehört hätten und was man in der Armee sagte. So wie es aussah, ließen die Interessierten keinerlei Schadenfreude erkennen, im Gegenteil, aus ihrer Stimme klang ehrliche Sorge um Eyals Wohlergehen und Anteilnahme an der Bedrängnis der Familie. Und trotzdem, Ezra war empört und zermarterte sich das Hirn mit der Frage, wer seine Schande offenbart hatte. Im Geiste ging er alle durch, die von der Affäre hatten hören, aus Kreisen der Armee oder auf anderen Wegen davon hatten erfahren können, und wer ein Interesse an der Verbreitung haben könnte, doch er konnte auf niemanden mit einiger Wahrscheinlichkeit deuten.

Immer war er frühmorgens, vor allen anderen Familienmitgliedern, aufgestanden, auf die Hauptstraße des Viertels gegangen und hatte eine Zeitung und frisches Brot zum Frühstück und für die Pausenbrote der Kinder gekauft. Auf dem Hin- und Rückweg war er immer der erste, der die Händler in ihren Ladeneingängen grüßte, ebenso die Nachbarn und Bekannten, denen er begegnete. Bei manchen hielt er sich kurz auf, sie fragten nach seinem Befinden, er nach dem ihren und wechselte ein paar Worte mit ihnen. Er war ein Alteingesessener im Viertel, angesehen bei vielen.

Von dem Tag an, als sich das Gerücht von Eyals Schwierigkeiten verbreitete und man sich zu erkundigen begann, ob sich der Junge noch verstecke und wann man das letzte Mal von ihm gehört habe, stellte Ezra seine Morgenrunde ein und ließ sich im Viertel nicht mehr blicken. Nur mit dem Lastwagen fuhr er durch, auf seinem Weg zur Arbeit und zurück oder sonstwohin außerhalb. Auch mit Herzl, dem Baustoff- und Installationswarenhändler, bei dem er seit Jahren alles Erforderliche für seine Arbeit bestellte, kappte er die Verbindung und zog es vor, in Tel Aviv einzukaufen, wo man ihn nicht kannte. Davor pflegten er und seine Frau donnerstags zusammen ihre Wochenendeinkäufe in den Geschäften und auf dem Markt im Viertel zu tätigen. Nun fuhren sie zum Carmelmarkt in Tel Aviv. Mehr als einmal redete Ruthi Ezra ins Gewissen, er solle es lassen, sich über seine verletzte Ehre zu grämen und sich mit der Sorge um Eyals Schicksal begnügen, doch er sagte zu ihr: »Ruthi, du hast recht, ich weiß, aber ich bin nicht imstande dazu. Ich kann es nicht ertragen, daß sie mich derart erniedrigt sehen, daß sie mich nach Eyal fragen und ich erklären muß, was mit ihm los ist. Ich kann nicht. Wollte Gott, wir würden dieses Viertel verlassen und woandershin ziehen, wo man uns nicht kennt.«

»Das ist heute nicht mehr so wie früher, Ezra«, sagte Ruthi. »Die Armee ist kein Gott mehr. Es gibt viele, die wollen überhaupt keinen Militärdienst leisten und täuschen psychische Gründe vor, und niemand macht eine Affäre daraus. Und wenn ein Soldat persönliche Probleme hat, behandelt man ihn und sieht darin keinen Verrat an der Heimat. Es gibt nichts, wofür man sich vor den Leuten im Viertel schämen müßte, du kennst sie doch nicht erst seit heute, es sind warmherzige Leute, die an unserer Sorge Anteil nehmen, alle kennen uns, wissen, wer wir sind, kennen Eyal und wissen, daß er ein wunderbarer Junge ist. Jeder kann einmal ausrutschen. Das kann in jeder Familie passieren, und es passiert auch in vielen Familien, man weiß es nur nicht.«

»Warum wissen es dann in unserem Fall alle? Wer hat das herumgetragen? Ruthi, wir werden nie wieder das sein, was wir einmal waren.«

»Wir werden es überstehen, Ezra. Jetzt dürfen wir nicht an uns selbst denken, sondern nur daran, wie wir Eyal finden und ihm helfen. Das ist das wichtigste. Ich habe schreckliche Angst, daß ihm schlimme Dinge zustoßen. Mir ist wichtig, daß er an Körper und Seele gesund bleibt. Das ist, was wichtig ist, und nicht, ob er in die Armee zurückgeht und was die Leute im Viertel denken.«

Doch Ezra ließ sich von der Stimme der Vernunft, die aus Ruthis Worten sprach, nicht überzeugen. Er sagte Dinge zu seiner Frau, die sie nie zuvor aus seinem Mund gehört hatte: »Früher habe ich einmal gedacht, daß alle wie wir sind, daß sie nur daran denken, wie man den anderen hilft, wie man Einigkeit bewahrt, den Staat und die Sicherheit voranbringt. Aber in letzter Zeit, seit diese Sache mit Eyal angefangen hat, sind mir die Augen geöffnet worden. Ich sehe es überall: Die Menschen denken nur an sich selbst, jeder will dem anderen überlegen sein, ihm das Gefühl geben, daß er eine

Null unter seiner Schuhsohle ist. Das ist es, was sie Eyal angetan haben, das hat ihn zerbrochen. Ruthi, es gibt Böses auf der Welt, und es ist stark. Es gibt viel Böses in den Menschen. Ich sehe das auch in meiner Arbeit.«

Ezra ließ sich von seinen tristen Gedankengängen über die Natur des Menschen forttragen. Vielleicht war das sein Ausweg aus den bohrenden Grübeleien über Eyals Lage und der Ungewißheit, was mit ihm los war und wie man ihm helfen konnte.

»Ein Ehepaar hat mich beauftragt, ihnen eine Wohnung im Keller eines Hauses in Nord-Tel Aviv zu bauen, der lange Jahre ein leerstehendes Lager war und den sie gekauft haben. Ihre Tochter, die auf der höheren Schule hervorragend abgeschnitten hat, wird in Kürze aus der Armee entlassen und will an der Universität studieren. Sie möchten, daß sie in einer guten Gegend wohnt, unter Leuten, die als kultiviert gelten. Du glaubst ja immer nicht, daß es Böses auf der Welt gibt, aber du hättest sehen müssen, wie sich diese kultivierten Leute aus dem Norden dagegen gewehrt haben, daß aus dem Keller dort eine Wohnung für dieses Mädchen wird. Was haben sie nicht alles getan, um zu verhindern, daß sie dort wohnt. Und wie sie mit diesem Ehepaar reden, das Groschen für Groschen zusammengespart hat, damit ihre Tochter ein besseres Leben hat, als ob die Leute aus dem Südteil der Stadt Abschaum wären, als ob sie ihnen das Haus kaputtmachen würden. Was macht es ihnen aus, wenn dieses Mädchen da wohnt? Was stört es sie? Aber jeder will den anderen erniedrigen, zeigen, daß er mehr wert, ihm überlegen ist. Wenn das nicht das Böse ist, was ist es dann?«

»Du verallgemeinerst, Ezra«, sagte Ruthi, »nicht alle sind so. Jedenfalls nicht in unserem Viertel, das ein warmherziges Viertel ist. Wir alle hier sind wie eine große Familie, und alle, die Eyal kennen und sich dafür interessieren, was mit ihm passiert, sorgen sich wirklich aus ganzem Herzen um ihn, wollen, daß es ihm gutgeht, daß er wieder aufs rechte Gleis zurückkommt und seiner Familie Ehre macht.«

»Ich bin mir da nicht so sicher, Ruthi. Ich weiß nicht, was die Leute untereinander reden. Vielleicht sagen sie: Unserem Jungen würde das nicht passieren. Ruthi, warum hat er uns das angetan? Warum hat er unsere Ehre zerstört?«

Diese Art Gespräche hätten endlos so weitergehen können, hätte nicht Eyal selbst gegen Abend angerufen. Ezra ging ans Telefon, Ruthi war nicht zu Hause.

»Eyal, mein Junge!« rief Ezra mit gebrochener Stimme. »Von wo aus rufst du an?«

»Das ist unwichtig«, erwiderte Eyal, »ich habe nicht lang Zeit zum Reden. Hör gut zu: Bring mir Zivilkleidung zu Großmutters Haus. Ist das klar?«

»Eyal! Wir werden wahnsinnig, unser Leben ist deinetwegen ruiniert! Was ist los mit dir? Wo bist du? Wir machen uns schreckliche Sorgen um dich!«

»Ich habe keine Zeit zum Reden.«

»Wo hältst du dich auf?«

»Ich komme zurecht.«

»Eyal! Wir lieben dich und wollen, daß es dir gutgeht!«

»Dann bringt mir ganz schnell die Kleider zu Großmutter. Jemand wird sie für mich abholen kommen. Ich muß jetzt aufhören.«

»Einen Moment! Nur noch eins ...«

Das Gespräch wurde unterbrochen.

Als Ruthi nach Hause kam, fand sie Ezra bleich und schwer atmend dasitzen. »Gerade hat er angerufen«, sagte er.

»Was ist mit ihm?«

»Nichts hat er gesagt. Nur daß wir Zivilkleidung für ihn zum Haus meiner Mutter bringen sollen. Jemand wird sie abholen. Was heißt das, Ruthi?«

»Wir tun, worum er uns bittet«, sagte Ruthi. »Komm, wir fahren jetzt gleich hin.«

»Verstehst du denn nicht?« fragte Ezra verwundert. »Das heißt, daß er weiter davonläuft. Mit Zivilkleidung wird es schwieriger sein, ihn als Soldat zu identifizieren. Oder vielleicht ist seine Uniform auch schon ganz schmutzig und zerrissen, und er will Kleider, die keine Aufmerksamkeit erregen. Ruthi, diese Geschichte ist noch weit davon entfernt, ein Ende zu nehmen.«

»Was ändert das?« sagte Ruthi. »Wenn er diese Kleider braucht, dann bringen wir sie ihm. Er muß wissen, daß wir zu ihm stehen, auf seiner Seite sind, und daß wir ihm immer helfen werden.«

Ezra rief Menasche an, um ihn, wie versprochen, auf dem laufenden zu halten und sich mit ihm zu beraten, wie man sich verhalten sollte: Der Armee Meldung erstatten, wie verlangt worden war? Eyals Bitte erfüllen?

Menasche ließ sich von Ezra die Einzelheiten des Telefongespräches mit Eyal schildern, und seine Schlußfolgerung glich Ezras. Er schlug vor, ihm die Kleider nicht zu bringen, um ihm die Flucht nicht zu erleichtern und ihn zu weiterer Kontaktaufnahme mit seiner Familie zu veranlassen, gleichzeitig jedoch der Armee nicht Bescheid zu geben, um sie nicht dabei zu unterstützen, ihm auf die Spur zu kommen.

»Sie interessieren sich ohnehin nicht besonders für ihn«, sagte Menasche. »Du weißt es selber. Sie haben andere Dinge im Kopf als Eyal. Sie müssen nichts davon wissen. Bevor sie ihn erwischen, falls überhaupt, brauchen wir eine Verbindung mit ihm, müssen mit ihm reden, ihn treffen, wenn möglich, von ihm hören, was sein Problem ist, ihn überzeugen, diese dumme Flucht zu beenden.«

»Ruthi meint, man soll tun, worum er bittet, damit er spürt, daß wir ihm den Rücken stärken, daß wir ihm immer beistehen, im guten wie im schlechten.«

»Frag Menasche, ob Mutter etwas von ihm gehört hat«, sagte Ruthi, »ich würde mich nicht wundern, wenn er mit ihr Verbindung aufgenommen hätte.«

Menasche hörte ihre Frage durchs Telefon.

»Ich war heute mittag bei ihr, und sie hat nichts zu mir gesagt«, sagte Menasche, »aber ich brauche euch nichts zu erzählen, bei ihr kann man nie wissen.«

Ezra sagte zu ihm: »Menasche, ich verzweifle noch! Und das ganze Viertel redet darüber!«

»Red keinen Unsinn, Ezra, es gibt nichts, wofür du dich zu schämen hast. Ich beginne mehr und mehr, diesen Jungen zu schätzen. Hör zu, er ist ein echter Mann! Ich schwör's dir! Ich habe ihn verkannt. Ich habe nie gewußt, daß er die Ausdauer und Umsicht besitzt, so allein zurechtzukommen, und was für eine Hartnäckigkeit und Hingabe an ein Ziel! Nur schade, daß sie in negative Dinge gesteckt werden. Es wäre viel besser, er würde das alles in seine Armeekarriere investieren. Aber ich muß euch sagen, er hat einen außergewöhnlichen Charakter, und wenn diese ganze Affäre ihr Ende gefunden haben wird, und das wird sie ganz sicher bald, wird ein starker Mann zu euch zurückkehren.«

Habe ich dich geweckt?«

Sie schaltete das Licht neben dem Bett an. Es war halb ein Uhr nachts. Das war das erste Mal, daß er sie in ihrer Wohnung anrief.

»Nein, ich lese im Bett, von wo aus sprichst du?«

»Von einer Telefonzelle.«

»Was rennst du zu so einer Zeit draußen herum? Hast du kein Zuhause, keine Familie?«

»Ich bin raus, um zu tanken. In der Früh ist das hier eine echte Affäre. Aber hauptsächlich, um dich anzurufen. Ich muß gleich zurück, aber weißt du, als ich heute im Sekretariat an dir vorbeigegangen bin und du die Haare offen hattest, so wie wenn wir allein sind, da hast du derart süß ausgesehen, daß ich am liebsten gleich dort über dich hergefallen wäre.«

»Es ist nicht leicht für mich«, sagte Gabi, »wenn ich nicht mit dir zusammen bin, weiß ich nichts mit mir anzufangen, außer an dich zu denken und mich nach dir zu sehnen.«

»Für mich ist es auch schwierig, ich denke auch die ganze Zeit an dich. Lauf mir nicht davon, halt durch, denn wir haben ein gemeinsames Ziel. Ich will dich nicht verlieren. Du bist mir wichtig. Sei nicht traurig. Versuch, soweit wie möglich ein normales Leben zu führen, auszugehen, Leute zu treffen, Freundinnen, Freunde, egal, bleib nicht die ganze Zeit daheim, das ist nicht gut. Sei stark. Ich muß mich jetzt vorsichtig verhalten, keine Fehler machen. Wenn du stark bist, hilft mir das. Du sollst wissen, daß ich dich liebe.«

Das war das erste Mal, daß er diese Worte vor ihr aussprach: »Ich liebe dich.« Sie bewegten sie so sehr, daß sie sich über den dummen Aberglauben hinwegsetzte, dessen Ursprung ein literarisches Zitat war, und sich nicht mehr davor fürchtete, die gefährliche Frage zu stellen:

»Wann sehen wir uns wieder ?«

»Ich weiß nicht. Ich fahre kommende Woche ins Ausland. Wenn ich kann, rufe ich dich von dort aus an, aber warte nicht darauf. Und auch nach meiner Rückkehr hängt alles davon ab, wie die Lage dann sein wird. Es wird etwas dauern. Ich baue auf dich. Wenn wir wollen, daß unser Plan gelingt, müssen wir im nächsten Stadium Geduld und einen kühlen Kopf bewahren.«

Und Gabi wünschte sich nichts mehr als das Gelingen des gemeinsamen Planes, auch wenn sie nicht die leiseste Vorstellung hatte, worum es sich handelte.

Die Worte »Ich liebe dich, du sollst wissen, daß ich dich liebe« klangen ihr mit seiner Stimme danach immer wieder in den Ohren, und sie fragte sich nicht, weshalb er das vorher nie gesagt hatte, nicht einmal in der stürmischen Anfangszeit ihrer Treffen. Hatte nicht er selbst einmal gesagt: »Wenn ich aufhöre, dich zu lieben, wirst du das sowieso sofort merken.« Und sie hatte eigentlich auch so gedacht. Warum sagte er es also diesmal, und so betont, und weshalb ausgerechnet jetzt? Doch ihre Erregung über das Gesagte an sich war stärker als alle Fragen und Erinnerungen, drängte jeden Verdacht und jede hintergründige Deutung beiseite, wovor sie sich im allgemeinen nicht scheute. Die drei Worte hatten für sie immer vom übermäßigen, billigen Gebrauch in

Romanen und Filmen abgegriffen geklungen, wie eine Art zeremonielle Erklärung, ein angelerntes moralisches Gebot, als hätten die Liebenden einander nichts Eigenes, Originelleres und Persönlicheres zu sagen als die Feststellung dieser Tatsache, die sehr wahrscheinlich beiden bereits bekannt war. Wenn sie diese Parole in irgendeinem Film hörte, hatte sie sich oftmals innerlich gesagt, daß sogar das Schweigen, eine bestimmte Art von Schweigen, das Gefühl im Herzen der Liebenden in diesem begnadeten Moment und die Gewißheit über ihre Einmaligkeit viel genauer und nachhaltiger ausdrückte. Es war nicht so, daß der Glaube an Glück die Beobachtungsfähigkeit trübte. Doch siehe da, diese abgeschmackten und abgedroschenen Worte aus dem Munde eines Menschen, über den sie noch immer fast nichts wußte, geschweige denn von seinen Absichten ihr gegenüber und der Tiefe seiner Beziehung zu ihr, glätteten für sie mit einem Mal alle Unebenheiten und trugen eine Kraft in sich, die eine Veränderung der Zukunft und vielleicht auch der Geschehnisse in der Vergangenheit bewirken konnte.

Am nächsten Tag erschien sie wieder mit offenem Haar zur Arbeit, nicht im Nacken zusammengefaßt wie sonst, und wartete darauf, ihn wieder am Sekretariat vorbeigehen zu sehen, doch er ließ sich den ganzen Tag dort nicht blicken. Als sie nach Hause kam, rief sie Ada an.

»Wenn ich eine Zeitlang nichts von dir höre«, sagte ihre Freundin, »heißt das: entweder es geht dir sehr gut, oder es geht dir sehr schlecht. Was ist es jetzt?«

»Ich brauche es dir nicht zu sagen, du weißt es sowieso schon vorher. Komm, wir gehen zusammen ins Kino. Kannst du? Ich habe schon seit ewigen Zeiten keinen guten Film mehr gesehen.«

»Wir beide sind noch nie zusammen ins Kino gegangen.«

»Ich muß aus dem Haus, Leute sehen, ich kann so nicht weitermachen.«

»Meinst du gleich heute abend?«

»Wenn du kannst.«

»Ich war auch schon seit langem nicht mehr im Kino. Wart mal einen Moment, ich frage Gadi.«

Ada legte den Hörer hin, und Gabi tat ihre Freundin leid, die sich an den Hausherrn wenden und ihn darum bitten mußte, so gnädig zu sein, ihr einen Abend freizugeben.

»Gehen wir in die frühe Vorstellung«, schlug Ada vor, »dann können wir uns nachher noch ein bißchen irgendwo hinsetzen.« Das kam Gabi entgegen. Ada ging und holte das Veranstaltungsprogramm.

»Hast du an einen bestimmten Film gedacht? Ich sehe hier nichts Interessantes, nur amerikanische Filme, die ich nicht ausstehen kann. Moment mal, was meinst du dazu? In der Cinemathek kann man *Jules und Jim* sehen, und die Zeit würde für uns passen.«

»Den habe ich schon gesehen«, sagte Gabi.

»Ich auch, und nicht nur einmal, aber er ist so schön, ich entdecke immer etwas Neues darin.«

Eigentlich hatte Gabi gerade an einen dieser neuen, erfolgreichen amerikanischen Filme mit berühmten Stars gedacht, die ein großes Publikum von einfachen, anspruchslosen Leuten anzogen. Das erschien ihr der richtige Ausweg aus der Quarantäne an die frische Luft des normalen Lebens. Sie schreckte davor zurück, so viele Jahre zurückzukehren, zu der Zeit, als sie diesen Film zum ersten Mal sah – auch damals in der Cinemathek, in Gesellschaft einer kleinen Gruppe von Ästheten, wie sie das dortige Publikum für sich bezeichnete –, als würde sie einer früheren Ausgabe von sich wiederbegegnen, was an und für sich schon kein angenehmes Erlebnis und jetzt wie ein weiterer Rückzug in sich selbst war. Doch sie konnte dem Zittern der Begeisterung nicht widerstehen, das sie in Adas Stimme hörte. Sie vereinbarten, sich am Eingang der Cinemathek zu treffen.

Gabi, die erwartet hatte, ihre Freundin wie bei ihrer letzten Begegnung zu sehen, mit blond gefärbtem Haar, gepflegter Frisur und frischem, zart geschminktem Gesicht, wurde auch diesmal überrascht, als die frühere Ada auftauchte, mit ihrer vorzeitig verwelkten Gesichtshaut, Haaren, denen die grauen Strähnen jede bestimmbare Farbe raubten, und ihrer erbärmlichen Kleidung, die ihren Hüftumfang hervorhob. Und Ada, die sofort den Blick erfaßte, den Gabi sekundenschnell über sie gleiten ließ, als sie zur Kasse gingen, um sich Karten zu kaufen, sagte, während sie die Treppe zu dem kleinen Saal hinaufgingen: »Bist du enttäuscht?« Gabi gab vor, die Frage nicht zu verstehen, und Ada fügte hinzu: »Gadi mochte es nicht. Er findet, es sei schöner, natürlich auszusehen, so zu sein, wie wir wirklich sind in jeder Phase unseres Lebens. Es war wirklich furchtbar dumm, irgendein abartiger Impuls, richtig pervers. Ich bin mir schrecklich lächerlich vorgekommen. Bis jetzt schäme ich mich noch dafür. Wieso sollte ich plötzlich mit dir konkurrieren? Du siehst aus, wie du aussiehst, und ich, wie ich eben aussehe. Ich war nie hübsch, ich habe gelernt, damit zu leben.«

»So ist das nicht, Ada, das ist keine Sache von natürlich oder nicht, wir entscheiden diese Dinge. Unsere Erscheinung ist das, was wir ausstrahlen wollen. Die Frage ist, was jeder einzelne von sich selbst den anderen, seiner Umgebung, der Welt vermitteln möchte.«

»Und was strahle ich demnach aus?«

»Du signalisierst: Beachtet mich nicht, ich bin keines Blickes würdig. Einfach nur irgendein unwichtiges Etwas, das nichts zu bieten hat.«

»Vielleicht stimmt das«, sagte Ada, »so fühle ich mich wirklich.«

»Dann ist das dein Problem, daß du nicht weißt, was du wert bist – und egal, ob du dich so oder anders anziehst oder Gesicht und Haare so oder anders behandelst.«

»Sehe ich schrecklich aus?« fragte Ada.

»Du siehst aus wie Ada, und das ist nicht wenig.«

Sie betraten den kleinen Kinosaal, und bis sie sich Plätze gesucht hatten, hatte Gabis Blick bereits alle Anwesenden kritisch erfaßt, und sie haßte sie auf der Stelle: Außer einer Handvoll junger Leute schien ihr die Mehrheit der Männer dem Hundebesitzer, dem Nachbarn der geheimen Wohnung, zu gleichen, und die meisten Frauen Ada, und in den Gesichtern aller vermeinte sie die Zeichen von Verzweiflung und Einsamkeit zu lesen.

Die verschlissenen Bilder in Schwarzweiß und die monotone Stimme des Erzählers, die den Film begleitete, machten sie von Anfang an depressiv. Sogar Jeanne Moreau war nicht mehr so schön und aufwühlend, wie sie ihr früher erschienen war. Diese Femme fatale war einfach nur gestört, eine Nervensäge, die nicht wußte, was sie wollte. Und die beiden Männer, mit denen sie ihren Mutwillen trieb, wirkten jetzt lächerlich und mitleiderregend. Wie hatte sie diesen Film bloß aufregend finden können, als sie ihn das erste Mal sah, wie hatte sie nur denken können, es sei der Gipfel des Glücks einer Frau, mit der Liebe und dem Leben dieser beiden zu spielen, die mehr aneinander als an ihr interessiert waren; die ja überhaupt nicht um ihre Liebe wetteiferten und nicht einmal gefordert waren, für sie ihre Freundschaft zu opfern. Hin und wieder warf Gabi einen Seitenblick auf Ada, deren angespannt auf die Leinwand konzentriertes Gesicht an den Gefühlen der Helden des Filmes teilnahm, ihren Ausdruck mitempfand, mit ihnen lächelte, mit ihnen traurig wurde. Ada hielt ihren alten Beziehungen weiterhin die Treue – in Literatur, Kino und Freundschaft –, als hätten weder Zeit noch Lebenswandel irgendeinen Einfluß auf sie.

Noch bevor die Lichter angingen, nahm Ada ihre Brille ab, steckte sie ins Etui in ihre Handtasche zurück, holte ein Papiertaschentuch heraus und wischte sich damit über die Augen. Schweigend gingen sie die Treppe hinunter, und im Foyer sagte Ada: »Setzen wir uns noch irgendwo hin?«

»Bloß nicht hier«, bat Gabi.

»Du erträgst diesen Ort nicht, stimmt's?« sagte Ada. »Weder die Filme noch das Publikum, das hierherkommt.«

Gabi beschloß, ihre Freundin nicht mit ihrem Unmut über den Film zu behelligen, um ihr keinen Kummer zu bereiten, und Ada, die ihre Meinung kannte, beschloß, sich mit dieser allgemeinen Bemerkung zu begnügen und keine Unterhaltung über dieses Thema anzuregen.

»Es gibt hier in der Gegend nettere Plätze«, sagte Gabi.

Sie bogen in die nächste Straße ein und betraten ein Lokal, das weniger dämmrig als andere war und wo die Musik nicht ganz so lärmte, und setzten sich an die Glaswand, die auf die Straße hinausging.

»Ich hoffe, Gadi weiß nichts von meiner Geschichte«, sagte Gabi, »das sollte nur unter uns beiden bleiben.«

»Nein, er weiß nichts. Nicht daß ich Geheimnisse vor ihm hätte, aber diese Dinge interessieren ihn einfach nicht. Er interessiert sich nur für das, was in unserer Familie, in seiner Arbeit und in der Politik passiert. Daneben – nichts. Aber komisch, warum du das gesagt hast. Was würde es dir schon ausmachen? Schämst du dich für etwas?«

Gabi sagte: »Nein, ich weiß nicht. Aber auf einmal habe ich gedacht ...«

Sie beendete den Satz nicht, und ihre Freundin vermutete, daß sie nicht den angemessenen Ausdruck für ihren Gedanken fand, doch Gabi packte sie mit aller Kraft am Arm, die Augen auf die Straße hinter der Glasscheibe geheftet.

»Ada, ich glaub's nicht! Das ist er!«

Am gegenüberliegenden Straßenrand parkte er sein Auto, stieg aus, öffnete die hintere Tür, beugte sich hinein, musterte die Sitze, als wollte er sichergehen, daß er nichts vergessen hatte. Beruhigt schloß er dann die Türen ab und blickte sich um, als suchte er irgendeine Adresse oder jemanden, mit dem er eine Verabredung getroffen hätte: Danach – drehte er sich mit dem Rücken zum Auto und ließ seinen Blick über die Läden, Restaurants und Lokale auf ihrer Seite des Bürgersteigs gleiten. Schließlich überquerte er die Straße, und Gabi, deren Hand Adas Arm nicht losließ, als wollte sie seelische Kraft aus ihr gewinnen, verstärkte ihren Druck und sagte schnell: »Hör mal, wenn er hier hereinkommt, reden wir einfach weiter, und ich benehme mich, als kenne ich ihn nicht. Niemand darf von seiner Beziehung zu mir wissen.« Beide saßen da und schwiegen. Und er schritt den Bürgersteig entlang, an ihnen vorbei, registrierte jedoch nicht, was hinter der Glasscheibe war.

Gabi erklärte plötzlich: »Der Film war wirklich so interessant!«

»Ja ...« murmelte Ada, und ihr Gesicht rötete sich aus Identifikation mit der Spannung, die Gabi im Griff hielt.

Gabis Augen wanderten vom Gehsteig zum Eingang des Lokals und wieder zurück, doch er war bereits aus ihrem Blickfeld verschwunden. Nach einem Augenblick des Schweigens fragte Ada sie: »Möchtest du, daß wir woanders hingehen?«

»Nicht jetzt!« sagte Gabi, und ihre Augen hörten nicht auf, die Umgebung abzusuchen.

Ada schwieg.

»Du schämst dich sicher für mich«, flüsterte Gabi.

»Was ist los mit dir?«

»Ich weiß nicht. Ich weiß nicht einmal, ob es mir gut- oder schlechtgeht, nur eines, die ganze Zeit, wie eine Besessenheit: Ich will ihn, ihn ganz, nur für mich allein. Ich tue, was er mir sagt, und er macht, was er will. In letzter Zeit haben wir uns überhaupt nicht mehr getroffen, er sagt die ganze Zeit, daß er aufpassen muß. Manchmal ruft er mich an, um mir zu sagen, daß er mich liebt, sagt, er hat Pläne mit uns beiden. So hält er mich bei der Stange.«

»Du hörst dich völlig verzweifelt an, und du sagst, daß du nicht weißt, ob es dir gut- oder schlechtgeht. Du mußt da raus.«

»Er war es, der zu mir gesagt hat, daß es nicht gut für mich ist, die ganze Zeit allein zu Hause zu bleiben, daß ich mit Freundinnen, Freunden, ganz egal, ausgehen, ein normales Leben führen soll. Deswegen hab ich dich angerufen und wollte, daß wir ins Kino gehen.«

»Um dich aus dieser Situation zu befreien, mußt du dich auch von ihm befreien. Vielleicht will er das auch?«

»Ich weiß nicht. Kann sein, daß er mir im Grunde sagt:

Wenn du beweisen willst, daß du mich liebst, dann hör auf, mich zu lieben.«

»Was ist mit dieser Wohnung?«

»Ich war in letzter Zeit nicht dort.«

»Woher hat er das Geld, um sich eine solche Wohnung zu leisten, die er nicht benutzt? Ist er so reich?«

»Ich weiß nicht«, sagte Gabi, »ist das so wichtig? Mich interessiert es nicht.«

»Ein Glück, daß du noch in deiner Wohnung wohnst und nicht dort.«

»Wieso sagst du das?« fragte Gabi betroffen.

»Mir ist ein Film eingefallen, den ich vor ewigen Jahren gesehen habe, ich war wirklich noch ein halbes Kind, und damals war er schon furchtbar alt. Irgend so ein rührseliges Hollywoodmelodram, das mir heute sicher entsetzlich lächerlich erscheinen würde. Aber den Eindruck, den es damals auf mich gemacht hat, werde ich nie vergessen. Ich glaube, der englische Titel war *Backstreet.* Ein junges Mädchen kommt in die große Stadt und fängt bei irgendeiner Firma zu arbeiten an. Eines Tages sieht sie der Direktor oder der Firmenbesitzer und findet Gefallen an ihr. Er lädt sie ein, es entwickelt sich eine Liebesaffäre zwischen ihnen, und er kauft ihr eine kleine Wohnung in einer der Nebenstraßen der Stadt, wo er immer, wenn er kann, hinkommt, um mit ihr zusammenzusein. Später hat er sie entweder satt, oder das Ganze fängt an, seine Ehe oder das Geschäft zu gefährden, die Einzelheiten weiß ich nicht mehr so genau, auf jeden Fall bittet er sie, auf ihn zu warten, bis sich die Dinge geregelt haben, und dann wird er zu ihr zurückkommen und sie heiraten. Und so gehen die jungen Jahre und die reiferen Jahre an ihr vorüber, so vergeht ihr ganzes Leben, allein in einer Wohnung in einer Hintergasse, darauf wartend, daß er zu ihr zurückkehrt. An den Schluß erinnere ich mich nicht mehr, nur an die Tränen kann ich mich erinnern.«

»Ein Glück, daß du mich heute abend nicht in diesen Film mitgenommen hast«, sagte Gabi.

»Komisch, daß er plötzlich daherkommt und direkt vor uns vorbeigeht«, sagte Ada. »Das ist ungut. Ich mag dieses Zusammentreffen von Zufällen nicht. Als ob wir an irgendeiner Maschine herumschrauben, von der wir keine Ahnung haben.«

»Wie wirkt er auf dich?«

Ada blickte ihre Freundin einen Moment lang schweigend an, als sei sie auf frischer Tat ertappt worden: »Gabi, er ist wirklich alt.«

»Nein«, protestierte Gabi, »das macht bloß sein Haar. Das kommt aber nicht vom Alter, Ada, sondern es ist weiß geworden, als er jung war. Er ist in unserem Alter.«

»Ich weiß nicht«, sagte Ada, und wieder rötete sich ihr Gesicht. Sie versuchte, das Thema zu wechseln: »Ich denke die ganze Zeit daran, was du über unser Erscheinungsbild gesagt hast, und was es anderen signalisiert. Und ich versuche zu enträtseln, was du ausstrahlst.«

»Und zu welchem Schluß bist du gelangt?«

»Mir scheint, du strahlst aus: Ich werde immer jung bleiben.«

Am nächsten Tag, im Büro, hörte Gabi seine Stimme am Telefon, die ihr hastig und trocken, wie üblich unter diesen Umständen, mitteilte: »Heute mittag.«

Als er die Wohnung betrat, schien er gehetzt und ungeduldig, und sie lächelte ihn auf eine Art an, die offenbar nicht seinen Gefallen fand.

»Was schaust du mich so an?« fragte er aufgebracht.

»Du hast mich heute überrascht. Ich habe nicht geglaubt, daß das passiert.«

»Wenn du willst, kann ich gehen.«

»Bist du zum Streiten gekommen?«

»Ich bin zum Lieben gekommen.«

»Warum bist du dann wütend?«

»Ich kann es nicht ausstehen, wenn man mich so anschaut, wie du mich jetzt gerade angeschaut hast, als ich reinkam.«

»Ich weiß nicht, wie ich geschaut habe.«

»Als ob du mich mit deinem Blick nackt ausziehst.«

»Ich habe dich schon nackt gesehen. Warum sollte ich dich mit meinem Blick ausziehen?«

»Du weißt genau, was ich meine.«

Gabi wußte es nicht. »Schluß jetzt, laß uns damit aufhören«, bat sie.

Er lenkte ein und versuchte zu lächeln, nahm sie in die Arme, und seine Hand glitt unter ihre Bluse, streichelte ihren Rücken und ihre Schultern, strich über ihre Brüste, ihren Hals und Nacken, seine Umarmung verstärkte sich, und als sie sich küßten, löste er sich lange nicht von ihr und erlaubte ihr nicht, das Gesicht von ihm abzuwenden.

Als sie im Bett waren, hörte sie ihn, über sie gebeugt, wieder mit dieser aufgebrachten Stimme sagen: »Daß du nicht schreist, hörst du?«

Und prompt, als handelte es sich um eine Ehrensache, um die letzte Bastion ihres Selbst, die sie auch ihn nicht erobern ließ, brach sie, als sich ihr Liebesspiel dem Höhepunkt näherte, in noch durchdringendere Schreie als gewöhnlich aus. Der Hund hinter der Wand verfiel in tobendes, erbittertes Gebell. Chazi legte ihr sofort die Hand über den Mund, um sie zum Schweigen zu bringen, doch sie kämpfte dagegen an, versuchte, sie loszuwerden, stöhnte so laut, wie es ihr zugehaltener Mund erlaubte, und ließ ihn nicht in sie eindringen. Der Hund hörte nicht auf zu bellen. Sie rollten von einer Seite auf die andere, sein Griff war stärker als ihr Widerstand, und je mehr ihre Glut wuchs, desto härter, wilder und hartnäckiger wurde ihr Ringkampf, als kämpften sie darum, einander ein Stück Leben zu entreißen, das ihren unersättlichen Heißhunger jedoch nicht würde stillen können. So dehnte sich der Augenblick des Höhepunktes in die Länge, bis sie spürte, daß sie ganz langsam aus großer Höhe in die zärtliche Schwerelosigkeit der totalen Unterwerfung stürzte, und sie biß ihn in die Hand, die die ganze Zeit nicht von ihrem Mund gewichen war, deren Griff sich jedoch gelockert hatte. Jetzt hörte sie seinen schweren Atem. Er rutschte nicht auf die rechte Seite des Bettes, bedeckte sich nicht mit dem Laken bis über die Hüften, sondern ließ die Hand unter die Decke gleiten, umarmte sie sanft und flüsterte in ihr Ohr: »Du bist schlimm, ganz schlimm.« Mit seiner keuchenden Stimme klangen die Worte wie Liebesgeflüster. Er blickte auf seine Uhr und sagte: »Ich will nicht gehen. Ich will die ganze Zeit bei dir bleiben, mit dir verbunden, mich nicht von dir wegrühren.« Und er küßte sie auf die Wange, ganz dicht an ihrem Ohrläppchen, und sog ihren Geruch ein.

»Warum warst du vorher wütend auf mich?«

»Ich weiß nicht. Meinst du denn, du bist die arme Benachteiligte bei unserer Geschichte und ich der übermächtige Bösewicht, der die ganze Zeit das Leben genießt? Mag sein, daß es bequem für dich ist, das so zu sehen, doch auch bei mir gibt es Dinge, die weh tun, Dinge, die mich ängstigen. Glaubst du, ich weiß nicht, daß dieses Arrangement zwischen uns schwierig für dich ist? Aber ich habe keine andere Möglichkeit. Absolut keine. Und bis es eine geben wird, versuch, stark zu sein. Ich habe dir bereits gesagt: Wenn du stark bist, hilft mir das und bringt unseren gemeinsamen Plan voran. Es tut mir leid, daß ich vorher so mit dir geredet habe.«

Nachher, in der Küche, fragte er sie ganz beiläufig: »Wer war diese Frau, mit der du gestern in dem Pub gesessen bist?«

»Du hast uns also gesehen.«

»Sicher habe ich euch gesehen, und auch, daß ihr mich gesehen habt.«

Sie erzählte ihm von Ada und ihrer langjährigen Freundschaft.

»Das ist selten zwischen Frauen, eine so lange Freundschaft, oder?«

»Wieso das denn!« brauste Gabi auf. »Wer hat dir das weisgemacht? Woher kommt bloß dieser ganze Schwachsinn, den die Männer über die Frauen erfinden?«

»Ich dachte nur.« Er lachte. »Ich hoffe, sie weiß nichts von uns.«

»Alle Frauen tratschen, und man kann sich auf keinen Fall darauf verlassen, daß sie ein Geheimnis bewahren können!«

»Weiß sie's oder nicht?«

»Sie weiß nichts.«

Bevor er ging, schon an der Tür, hängte sie sich an seinen Hals, umarmte ihn und sagte: »Ich liebe dich.«

»Ich weiß«, sagte er.

»Ich möchte hier wohnen.«

»Im Ernst?« Er machte sich aus ihrer Umarmung los.

»Ja. Hier ist unser Zuhause.«

Er betrachtete sie erstaunt und zweifelnd, ging ins Wohnzimmer zurück und setzte sich. »Wieso?«

»Hier wird mir immer etwas von dir bleiben, sogar, wenn du nicht zu mir kommst.«

»Ist dir das so wichtig?«

»Ja.«

Er überlegte einen Moment, musterte ihr Gesicht mit seinem Blick, in dem verzweifelten Bemühen, ihren Wunsch zu verstehen. »Aber du behältst all unsere Regeln bei, redest mit niemandem in diesem Haus, weder mit den Nachbarn noch mit den Leuten, die hier vorbeikommen, bringst niemanden hierher mit und erzählst niemandem, wo du wohnst, auch nicht deiner besten Freundin, benützt das Telefon nicht, kriegst keine Post, machst keinen Namen an die Tür, auch nicht unten. Ist dir das alles recht so?«

»Ja.«

»Wie kannst du so leben?«

»Ich kann.«

»Es wäre besser, du würdest soweit wie möglich ein normales Leben führen, ausgehen, Menschen treffen, nicht die ganze Zeit darauf warten, etwas von mir zu hören. Das ist ungesund.«

»Das wird mich nicht daran hindern, normal zu leben.«

»Jeden Sonntag nachmittag kommt die Filipina zum

Saubermachen her. Sie hat von mir den Schlüssel gekriegt. Komm nicht vor fünf, halb sechs nach Hause. Sie wird deine Sachen in der Wohnung sehen und merken, daß jemand hier wohnt, aber sie braucht dich nicht zu kennen.«

»Wann fährst du weg?«

»In drei Tagen.«

»Danach ziehe ich hierher.«

»Ich werde dich hier anrufen.«

4

Von dem Moment an, da er den Warteraum betrat, befiel ihn ein Gefühl qualvoller Bedrängnis, dessen Grund er nicht zu benennen wußte. Er setzte sich auf einen der beiden freien Plätze auf der Bank nahe dem Eingang. Zwischen den zwei Bänken hatte sich bereits eine lebhafte Unterhaltung entwickelt – ein Zeichen dafür, daß sich die Wartezeit hinzog –, und er überlegte, ob er bleiben oder gehen sollte. Die Frau rechts von ihm erzählte, wie sie im Autobus bestohlen worden war. Sie würde die Geschichte sicher noch ein paarmal wiederholen. Am linken Ende der Bank hatte sich ein glatzköpfiger Kraftprotz hinter seinem Schweigen verschanzt, der in seiner linken Hand einen gußeisernen Aschenbecher hielt, ihn mit den Stummeln der Zigaretten füllte, die er eine nach der anderen rauchte. Auf der Bank gegenüber, nahe der Wand, saß rechts ein grauhaariger Mann mit grauen Hosen und Jackett, eine Lesebrille hing an einer Kette um seinen Hals, auf seinen Knien lag eine aufgeschlagene Zeitung. Sein Auto war in der Nacht gestohlen worden, und er beklagte sich erbittert über die Polizei, die ihren Aufgaben nicht ordentlich nachkam. Neben dem Herrn in Grau saß ein Tourist mittleren Alters, der den Anwesenden in einer Mischung aus Spanisch und Englisch unter verzweifeltem Gestikulieren mit seinem Kummer in den Ohren lag und beschrieb, wie ihm im öffentlichen Park, den er zufällig in der Nacht auf seinem Weg ins Hotel passiert hatte, seine Brieftasche entrissen worden war. Zur Linken des Touristen befand sich eine junge Frau, die sich ihre geschädigte Wange hielt, und an ihrer Seite die gute Nachbarin, die mitgekommen war, um sie moralisch zu stärken und als Augenzeugin die Klage gegen ihren prügelnden Ehemann zu unterstützen. Auf dem einzelnen Stuhl zwischen den beiden Bänken saß eine Prostituierte, die ihrer Behauptung nach bei ihrer Arbeit geschlagen und ausgeraubt worden war. An dem Tisch, der den Weg zu einem breiten Korridor versperrte, saß ein alter Polizist, der einige Papierbögen vor sich liegen hatte und strengstens darüber wachte, daß die Reihenfolge eingehalten und jeder einzelne von den Wartenden in das richtige Zimmer verwiesen wurde. In der Ecke, wo sich der Gang zu den Toiletten hin öffnete, gluckte ein junges Paar zusammen wie verängstigte Vögel, demonstrativ abgesondert von der Gruppe der Wartenden, miteinander tuschelnd und bedrängte, ungeduldige Blicke auf den Polizisten hinter dem Tisch werfend. Kreuz und quer durch den Raum marschierte ständig ein merkwürdiger Junge, wie in die Lösung eines schwierigen Problems vertieft, der pausenlos undeutliche Worte vor sich hin murmelte.

Es gab Eingänge zu Bürozimmern im Warteraum, und zu Korridoren, die wieder zu anderen Büros führten. Die Türen waren mit dunkelgrüner Ölfarbe gestrichen, die hier und dort abblätterte und die darunterliegende, frühere Farbschicht, ein helles Braun, freigab. Auch die Wände waren mit Ölfarbe gestrichen, die untere Hälfte im gleichen Dunkelgrün wie die Türen, der obere Teil in Weiß, grau geworden im Laufe der Jahre. Ab und zu passierten Polizistinnen und Polizisten sowie Leute in Zivilkleidung den Warteraum, traten aus einem der Korridore und wandten sich einem anderen Gang oder einem der Bürozimmer zu. Aus einem nicht sichtbaren Raum hörte man eine Frau rufen: »Sami! Wo ist Sami? Hat jemand Sami gesehen?« Man vernahm jedoch keine Stimme, die auf die Frage geantwortet hätte. Nach einem Augenblick hörte man sie wieder nach Sami rufen, die

Stimme eines Mannes ertönte aus dem Korridor: »Ist zum Essen!«, und die Tür eines der unsichtbaren Zimmer klappte zu.

»Ich habe diesen Menschen gesehen, ich würde ihn wiedererkennen«, erzählte die bestohlene Frau zu Avirams Rechten erneut und beschrieb noch einmal, was ihr zugestoßen war, als sage sie den Text einer Beschwörung auf, die vielleicht den Lauf der Zeit zurückdrehen und alles reparieren könnte. »Wenn man mir bloß sein Bild zeigt, dann erkenne ich ihn sofort. Er hat die ganze Zeit neben dem Ausgang gestanden, und er hat sich im Autobus so komisch an mich gedrängt, als ich aussteigen wollte. Ich habe gedacht, das ist so einer, der die Gelegenheit auszunützen versucht, um sich an Frauen zu drücken. Und draußen sehe ich, daß die Handtasche offen und der Geldbeutel weg ist. Und der Autobus ist weggefahren, ich habe mir nicht einmal seine Nummer aufschreiben können.«

»Und wozu sollte es gut sein, wenn sie die Nummer hätten aufschreiben können?« fragte der Besitzer des gestohlenen Autos. »Würde das dabei helfen, den Taschendieb zu finden?«

»Nach meinen Angaben könnten sie ein Phantombild von ihm machen«, schlug die Bestohlene vor, »und das den Leuten zeigen, bis jemand wüßte, wer es ist.«

»Aber meine Dame, was reden Sie denn da«, wunderte sich der Herr in Grau, »gar nichts machen sie. Dafür interessieren sie sich nicht, für all diese Dinge, die dem Bürger Ärger machen. Was tun sie denn, außer Falschparken zu bestrafen und darauf zu warten, daß irgendein Fahrer bei Gelb über die Ampel fährt oder den weißen Strich übersieht? Das interessiert sie!«

Jemand kam aus einem der Zimmer und machte sich auf den Weg nach draußen. Das junge Pärchen näherte sich dem Tisch des Polizisten, der sein Gesicht in Richtung jenes Zimmers wandte, als wartete er auf ein Zeichen, und sie dann anwies hineinzugehen.

»Jetzt hör endlich auf, hier so herumzurennen, auf und ab und ab und auf, mir brummt schon der Schädel!« donnerte plötzlich die tiefe, zigarettenheisere Stimme des schweigsamen Kraftprotzes vom linken Ende der Bank durch den Raum. Der Aschenbecher in seiner Hand war bereits bis an den Rand gefüllt. Der Polizist, dessen Tisch neben dem Sitzplatz des Kraftprotzes stand, sprang vor lauter Überraschung vom Stuhl hoch, und wie um seine Reaktion zu kaschieren, die einem altgedienten Polizisten nicht angemessen war, schalt auch er den seltsamen Jungen: »Wirklich, was läufst du die ganze Zeit so rum, setz dich wo hin, du störst auch mich bei der Arbeit«, und er deutete auf die Papierbögen, die auf seinem Tisch lagen, obgleich man nicht wußte, zu welchem Zweck. Der Junge rannte erschreckt zu dem freien Sitzplatz auf der Bank links neben Aviram und fuhr fort, vor sich hin zu murmeln. Die Prostituierte in ihrem Minirock schlug die Beine übereinander und brachte die Diskussion auf das Thema der Funktion der Polizei zurück: »Wenn man sie braucht, kommen sie nicht. Was bedeutet die Nummer eins-null-null? Nichts!« Sie lachte bitter auf. »Einer ist mal bei mir daheim aufgetaucht, hat ein Messer rausgezogen und wollte mich abstechen. Ich drücke die Eins-Null-Null, damit sie mich retten kommen – da hört man Musik, und eine Maschine sagt die ganze Zeit, ›alle Leitungen sind besetzt‹, soll das vielleicht ein Witz sein? Und danach, wenn dann schon mal einer drangeht, sagen sie: ›Es gibt keine freie Streife, man muß noch fünf Minuten warten.‹ Was heißt hier fünf Minuten? Soll ich zu dem Verbrecher, der mir gerade ein Messer reinrammt, sagen, daß er noch fünf Minuten wartet, bis eine Streife kommt, um ihn mitzunehmen?«

Der Polizist am Tisch fiel ihr ins Wort: »Jetzt reicht's! Hör auf! Fängst du schon wieder mit dem Gequake an? Du hast versprochen, daß du heute ruhig wartest, bis du an der Reihe bist, ohne den Mund aufzumachen. Wenn du redest, werfe ich dich raus hier, hörst du?«

Die Prostituierte streckte anklagend die Hand nach ihm aus und musterte die Sitzenden mit stechendem Blick, als sagte sie: Da habt ihr den Beweis, daß ich recht hatte mit meinen Worten.

»Hast du nichts zu tun, daß du jeden Tag hierherkommst, um hier rumzusitzen und allen auf den Geist zu gehen? Ich hab's satt, dich zu sehen!« sagte der Polizist und schüttelte dabei den Kopf vor Verzweiflung.

Die Bestohlene betrachtete die Prostituierte, die ihr auf dem einzelnen Stuhl zwischen den beiden Bänken gegenübersaß, mit einem beunruhigten Blick, den diese mit einem freundschaftlichen Lächeln beantwortete. Dann zog sie ein Päckchen Marlboro aus der großen Handtasche auf ihren Knien, zündete sich eine Zigarette an, nahm kurze, regelmäßige Züge und stieß mit zusammengekniffenen Lippen den Rauch aus. Ihre Augen wanderten auf der Suche nach einem Aschenbecher umher. Der einzige Aschenbecher jedoch, der sich in der Hand des Kraftprotzes befand, war voll, nicht einmal mehr eine Prise Asche hätte darin Platz gefunden. Sie warf einen hastigen Blick auf den Polizisten und die Wartenden, verbarg ihre Hand hinter dem Rücken und streifte die Zigarettenasche unter ihrem Stuhl ab.

»Ich weiß nicht, was die da daherredet«, sagte die gute Nachbarin der geprügelten Frau zu dem Herrn in Grau, der seine Brille aufgesetzt hatte und seine Zeitung hochhielt, und deutete dabei mit einer Kopfbewegung in Richtung der Prostituierten, »und ohne irgendeinen Zusammenhang. Aber sie«, und sie zeigte auf ihre Nachbarin neben sich, »ist schon ein paarmal zur Polizei gegangen und hat ihnen erzählt, was los ist, doch sie haben nichts gegen ihn unternommen. Sie ist am Leben verzweifelt. Sie war kaum noch bereit, heute mit mir hierherzukommen, um Anzeige zu erstatten. Worauf warten sie denn? Daß er sie umbringt?«

»Soll sie ihn umbringen!« brach die Prostituierte den Schweigebefehl. »Na und? Dem Gesetz nach darf sie!«

Der Herr in Grau ließ seine Brille von der Nase rutschen

und legte die Zeitung wieder auf seine Knie. »Bei allem sagen sie, daß sie weder das Personal noch die Mittel dazu haben, da sie mit anderen, wichtigeren Dingen beschäftigt seien. Nu, wenn sie es nicht schaffen, Autodiebstähle zu bewältigen, was machen sie denn dann? Haben sie die Verkehrsunfälle schon unterbunden? Die Drogenprobleme beseitigt? Das organisierte Verbrechen erledigt? Die ganzen Terroristen schon erwischt? Ich möchte wirklich wissen, welches die Dinge sind, die sie erfolgreich bewältigen.«

Der Junge links von Aviram stand plötzlich auf und fing wieder an, im Raum hin und her zu laufen. Der Polizist, der wahrscheinlich die Reaktion des Kraftprotzes fürchtete, der schon mit unheilverkündendem Blick seinen Rücken straffte, erhob sich vom Tisch, trat zu dem Jungen, legte ihm eine Hand auf die Schulter und hielt ihn auf. »Warum läufst du so herum?« fragte er ihn mit sanfter Stimme. »Was hast du? Warum setzt du dich nicht hin wie alle anderen und bewirfst zusammen mit ihnen die Polizei unseres Staates mit Dreck?«

Und er führte ihn zu seinem Platz und klopfte ihm beruhigend auf die Schulter.

Eine Frau verließ eines der Zimmer, und der Tourist, der nun an der Reihe war, erhob sich von seinem Platz, doch der Polizist bedeutete ihm mit der Hand, sich wieder zu setzen, ging selbst in das Zimmer und schloß die Tür hinter sich. Der Tourist protestierte gegen die Verzögerung, setzte sich jedoch wieder hin. Gleich darauf kehrte der Polizist zurück und dirigierte die geprügelte Frau und ihre gute Nachbarin in das Zimmer. Nur kurze Zeit später kam die Nachbarin heraus, nahm wieder ihren Platz auf der Bank ein und sagte: »Sie lassen mich nicht bei ihr bleiben. Sie werden sie wieder bearbeiten.«

Das quälende Unbehagen, das Aviram beim Hereinkommen befallen hatte, wuchs, je länger er dort saß. Und nicht die Kümmernisse der Anwesenden gingen ihm zu Herzen, auch nicht der deprimierende Anblick der Örtlichkeit, von der Sorte, die man in Fernsehberichten über Länder der

Dritten Welt zu sehen bekam, verstörte ihn, nicht einmal die Zeitvergeudung und Zwecklosigkeit seines Kommens, sondern das Empfinden, daß er sich selbst auslieferte, kam, um seine Strafe abzubüßen, und die anderen waren seine Zellengenossen.

Die geprügelte Frau trat weinend aus dem Zimmer und wandte sich schnell dem Ausgang zu, die gute Nachbarin rannte ihr hinterher. Der Hüter der Reihenfolge entfernte sich wieder, um sich in einem der Zimmer zu beraten, und als er zurückkam, brachte er den Touristen in das Zimmer, das die geprügelte Frau verlassen hatte, und den murmelnden Jungen verwies er in ein anderes. Die Prostituierte stand auf und trat an seinen Tisch: »Ich war vorher da, was wird hier gespielt?«

»Du kommst sowieso her, um rumzusitzen und mit den Leuten zu quatschen, weil du zu dieser Tageszeit nichts zu tun hast«, sagte der alte Polizist, »also setz dich gefälligst ruhig hin und warte!«

Die Prostituierte hängte sich ihre große Handtasche über die Schulter und strebte dem Gang zu.

»Wo gehst du hin?« fragte der Polizist und stand auf, um sie auf ihren Platz zurückzuverweisen.

»Aufs Klo!« verkündete die Prostituierte. »Was ist? Möchtest du mitkommen?«

»Dann bist du jetzt an der Reihe«, sagte der Polizist zu dem Kraftprotz mit dem eisernen Aschenbecher in der linken Hand, »gleich.« Und jener hob für eine Sekunde seinen zornigen Blick, nachdem die Mitteilung bei ihm angekommen war.

Die Bestohlene blickte ungeduldig auf ihre Uhr. »Bis sie mich drannehmen, ist er auf und davon und sie erwischen ihn nicht mehr«, sagte sie. »Ich werde mein Geld nicht wiedersehen. Und es ist nicht nur das Geld, da ist auch mein Ausweis drin und ein Bild von meiner Enkelin im Ausland, und wenn er das Geld rausgeholt hat, wird er alles wegwerfen und es fliegt auf der Straße herum.«

»Wenn sich Ihr Ausweis darin befand«, sagte der Herr in Grau hinter seiner Zeitung hervor, »dann kann es sein, daß ihn jemand findet und Ihnen nach Hause schickt, weil ja die Adresse daraufsteht.«

»Ausgelöscht sei sein Name«, sagte die Bestohlene, »solche Leute müßte man lebenslänglich ins Zuchthaus stecken!«

Wieder rief es aus einem der nicht zu sehenden Zimmer: »Sami! Wo ist Sami?« Und Samis Stimme erwiderte: »Ich geh gerade ins Zimmer, was willst du?« – »Ich geh zum Essen!« – »In Ordnung, ich bin da.«

Ein paar Polizistinnen und Polizisten durchquerten den Warteraum auf ihrem Weg nach draußen, offenbar zum Mittagessen. Ein Mann mit Hut, eine große Plastiktüte in der Hand, kam herein und meldete sich bei dem Polizisten an. Bisher war Aviram der letzte in der Reihe gewesen. Nun, als die Zahl der Wartenden abnahm und nach ihm noch jemand dazugekommen war, empfand er mit überdeutlicher Schärfe, daß der Zeitpunkt seines Eintretens nahe rückte. Es wurde ihm klar, daß sein quälendes Unbehagen nichts anderes als Angst war; eine undefinierbare Angst, die seine Eingeweide zusammenpreßte, die aus ihrer Unbestimmtheit herauszukommen und sich zu materialisieren verlangte.

In jenem Augenblick öffnete sich irgendwo an einem Korridorende eine Zimmertür, und eine wohlbekannte Stimme ertönte, die in kreischendes Gelächter ausbrach: »Du meinst, ich kenn dich nicht, Sami? Du Irrer, mich kannst du nicht verarschen!« Und das Lachen ihres Gesprächspartners, der sagte: »Morgen bring ich's dir, und dann wirst du schon sehen.« Die Tür dort wurde geschlossen, und kurz darauf tauchte die rothaarige Frau, die Besitzerin des Lagers, im Warteraum auf.

Sie trat schnurstracks an den Tisch des alten Polizisten. »Wie steht's, Baruch?« fragte sie. Ist Schaul heute nicht zur Arbeit gekommen? Sami sagt, er hat ihn nicht gesehen.«

»Warum? Ich habe ihn heute früh gesehen«, entgegnete Baruch. »Vielleicht ist er rausgegangen.«

»Ich finde ihn nirgends«, sagte die Frau und steuerte auf die Toilette in der Ecke des Gangs zu. Auf der Bank nebenan saß jetzt nur noch der Besitzer des gestohlenen Autos, in seine Zeitung vertieft.

»Wart mal einen Moment, Jafa, da ist jemand drin«, sagte Baruch. Er stand auf, ging zur Toilette und schlug mit der Faust an die Tür. »Was hockst du da stundenlang, was machst du da?« rief er gegen die verriegelte Tür: »Komm raus jetzt! Es gibt hier noch mehr Leute, die mal da reinmüssen!«

»Ist gut, ist ja schon gut, was brüllst du so?« hörte man die Stimme der Prostituierten. »Gleich.«

Die Lagerbesitzerin, die bis dahin mit dem Rücken zu Avirams Bank gestanden hatte, drehte sich um und entdeckte ihn. »Ein Nachbar!« johlte sie in den höchsten Tönen. »Hier ist ein Nachbar! Wie schön! Was machst du denn hier? Das ist unser Nachbar!« verkündete sie Baruch. »Kommst du, um eine Klage gegen uns einzureichen?« fragte sie Aviram und brach in tosendes Gelächter aus. »Er redet nicht mit mir, der Wahnsinnige. Er hat einen Hundewahn, lebt allein mit seinem Hund, statt einer Frau benutzt er den Hund«, erklärte sie dem Polizisten. »Keine Sorge, Nachbar, wir wissen alles, was hier läuft, wir kennen alle, stimmt's, Baruch?«

Baruch schwieg.

»Nimm ihn außer der Reihe dran, Baruch«, befahl sie dem Polizisten. »Ich wart auf dich«, sagte sie zu Aviram. »Du kriegst eine Mitfahrgelegenheit in meinem Auto bis vors Haus. Ja was? Ein Nachbar ist ein Nachbar, oder?«

Die Prostituierte kam aus der Toilette und kehrte zu ihrem Platz auf dem Stuhl zwischen den zwei Bänken zurück. Die Lagerbesitzerin verschwand in der Toilette, und Aviram nutzte den günstigen Augenblick und flüchtete sich hinaus. Er blickte zurück, um zu sehen, ob ihm vielleicht Polizisten nachliefen, um ihn wieder einzufangen. Sein Hals brannte vor Durst. Er hielt ein Taxi auf und fuhr ins Büro.

Bevor er jedoch zum Büro hinaufging, betrat er ein Café und trank eine Flasche kühles Bier, um seine Kehle zu befeuchten und seinen Durst zu stillen. Ganz allmählich spürte er, wie der Alkohol seine Qual zerrinnen ließ.

Ilan führte ein Gespräch mit einem Kunden, und Aviram setzte sich an den Computer, um die Arbeit aufzuholen, die er sich für diesen Tag vorgenommen hatte. Doch es fiel ihm schwer, sich zu konzentrieren, wobei er nicht wußte, ob das auf die einlullende Wirkung des Alkohols zurückzuführen war, oder vielleicht im Gegenteil, auf jene Angst, die sich, genährt von der Erinnerung an den Einbruch und durch das Warten auf der Polizeiwache verstärkt, wie eine Schlinge um seinen Hals legte und sich immer weiter zuzog.

Nachdem der Kunde gegangen war, fragte Ilan: »Nu, hast du's gut überstanden? Du siehst, es ist gar nicht so schlimm.«

»Nein«, erwiderte Aviram, »ich konnte nicht mehr länger warten.«

»Wegen der Arbeit?«

»Nicht nur deswegen. Ich hatte es satt, dort zu sitzen und zu warten, bis ich an die Reihe komme, und wofür? Damit ich von der Versicherung das zurückbekomme, was ich für das Auswechseln des Türschlosses bezahlt habe?«

»Du hast nicht die richtige Einstellung«, sagte Ilan, »das ist eine Frage des Prinzips. Du hast eine Versicherung? Dann mußt du von ihnen kriegen, was dir zusteht, und es spielt keine Rolle, ob das eine kleine oder große Summe ist. Einen anderen Schaden gab es nicht in der Wohnung?«

»Nein, sie haben nicht einmal Chaos angerichtet. Das Problem besteht darin, daß ein fremder Mensch bei mir in der Wohnung herumgelaufen ist und alle meine Sachen angerührt hat. Du kannst dir nicht vorstellen, was das bei mir ausgelöst hat. Die ganze Nacht habe ich die Wohnung geputzt, alles gewaschen, was in den Schränken war. So sehr hat es mich bei dem Gedanken daran geekelt. Es war der reine Wahnsinn. Das bezahlt keine Versicherung.«

»Vielleicht war es eine Frau?« Auf Ilans Gesicht erschien das Lächeln, das er für gewöhnlich aufsetzte, wenn er einen schmutzigen Witz erzählte. »Heutzutage gibt es auch Frauen, die in Häuser einbrechen, um Geld für Drogen zu beschaffen. Man braucht dafür nicht viel Kraft, nur eine spezielle Kombizange, mit der man den Zylinder dreht und aus dem Schloß reißt.«

»Daran habe ich nicht gedacht«, Aviram bemühte sich um ein Lächeln.

»Das ist wirklich komisch«, sagte Ilan, »brechen in die Wohnung ein und nehmen nichts mit. Was haben sie bei dir gesucht?«

»Ich habe keine Ahnung.«

Ilan strengte seinen Kopf an, um das Rätsel zu lösen. Wenn er sich so konzentrierte, schien sein rosiges Gesicht ganz besonders zu glänzen, nachdem es ohnehin sommers wie winters vor Schweiß oder irgendeiner fetthaltigen Lotion glänzte, mit der er sein Gesicht nach der Rasur einrieb. Aviram stellte sich insgeheim vor, was er empfinden würde, wenn er wüßte, daß die junge Frau hinter der Wand, über die er sich immer häufiger Gedanken machte und der sein Streben galt, in seine Wohnung eingebrochen war.

»Hör zu!« sagte Ilan. »Sie haben irrtümlich bei dir eingebrochen. Ich sag's dir, man hat sie geschickt, um nebenan einzubrechen, und sie haben sich in der Wohnung vertan. Als sie drinnen waren, haben sie den Fehler entdeckt und sich sofort aus dem Staub gemacht. Deshalb haben sie nichts durchsucht und dir die Wohnung nicht auf den Kopf gestellt. Das waren keine Leute, die Geld für Drogen suchen. Man hat sie geschickt, um nach was anderem zu suchen. Nachdem sie aus deiner Wohnung raus sind, haben sie entweder sofort in der zweiten Wohnung eingebrochen, oder sie haben gedacht, zwei Wohnungen auf einmal sind ein zu hohes Risiko, und haben das Haus verlassen. Was sagst du dazu?« Ilans Gesicht war ganz selig.

»Und was haben sie dort gesucht?« fragte Aviram.

»Dokumente, Avi, Briefe, Verträge, Rechnungen, alle Arten von Papieren in Zusammenhang mit den Aktivitäten, die dort laufen, und eigentlich, warum nicht ein Abhörgerät am Telefon anbringen? Ich hab's dir ja gesagt, diese Wohnung ist keine Bumswohnung, wie wir dachten, das ist eine Deckadresse für irgendein Geschäft, und jemand, der wissen will, was dort läuft, hat die Einbrecher geschickt.«

Ilan, ermutigt von seinem Erfolg bei der Lösung des Rätsels, ließ sich in die Gefilde seiner Sehnsucht forttragen – die Welt der großen Geschäfte, der verworrenen und dunklen Intrigen, die mit feiner List und Geschicklichkeit in der Grauzone zwischen Erlaubtem und Verbotenem, zwischen Loyalität und Verrat betrieben wurden, eine Welt, in der es weder Gefühle noch Moral gab.

»Vielleicht hat die Firma, in der er arbeitet, etwas entdeckt und hat ihn im Verdacht, daß er für sich privat gegen ihre Interessen arbeitet, vielleicht haben Konkurrenten diese Adresse herausgefunden, vielleicht ist dieses ganze Geschäft illegal und man sucht nach Beweisen gegen ihn? Vielleicht ist es die Polizei, die es in bestimmten Fällen vorzieht, von privaten Profis einen Einbruch mit Durchsuchung durchführen zu lassen ohne richterlichen Befehl. Es gibt die verschiedensten Möglichkeiten. Du weißt nicht, ob sie dort auch eingebrochen haben?«

»Nein.«

»Interessant. Versuch's herauszufinden.«

Menasche rief an: »Kommt zu Mutter, bringt die Kleider.«

»Ist er dort?« schrie Ezra.

»Ja.«

Ezra legte den Hörer auf, starrte schweigend vor sich hin, sagte nichts.

»Was ist los, Ezra?« fragte Ruthi erschrocken.

Er fand seine Sprache wieder: »Er ist bei meiner Mutter. Wir fahren hin.«

»Warum machst du dann ein solches Gesicht, als wäre das ein Unglück, Ezra? Komm, laß uns fahren, damit wir ihn sehen!«

»Ruthi, er will seine Zivilkleider.«

»Dann bringen wir sie ihm. Schluß jetzt, Ezra, wir haben schon genug darüber geredet.«

»Er denkt nicht daran, sich zu stellen, Ruthi, die Geschichte ist noch nicht zu Ende.«

Ruthi holte die Kleider.

»Es ist seltsam, Ruthi. Als ich mit Menasche gesprochen habe, nach Eyals Anruf, da war er einer Meinung mit mir, daß wir ihm die Kleider nicht bringen sollten«, sagte Ezra, »und jetzt sagt er zu mir, wir sollen sie ihm schon bringen.«

»Siehst du, Ezra, auch er hat verstanden.«

Sie fuhren nach Pardes Katz. Während der ganzen Fahrt schwieg Ezra in Gedanken versunken, schaltete das Radio nicht ein, zündete sich keine Zigarette an, blickte nur mit angespanntem, besorgtem Gesicht auf die Straße. Ruthi brach die Stille nicht. Bevor sie aus dem Auto ausstiegen, sagte Ezra: »Vorläufig lassen wir die Kleider hier. Wir werden sehen, was wird.« Ruthi gab keine Antwort.

Menasche öffnete ihnen, und mit klopfendem Herzen betraten sie die kleine, ebenerdige Wohnung, in der früher Ezra und all seine Geschwister mit ihrer Mutter gewohnt hatten. Eyal saß auf dem Sofa, neben seiner Großmutter, barfuß, in Shorts, die ihm zu groß waren, offenbar Menasches. Bei ihrem Eintreten blieb er auf seinem Platz sitzen und betrachtete sie mit einer merkwürdigen Gleichgültigkeit. Schließlich fragte er in sachlichem Ton: »Habt ihr die Kleider mitgebracht?«

»Eyal!« schrie Ezra. »Was ist los mit dir?«

»Schrei ihn nicht so an«, schalt ihn die Großmutter.

»So lange habe ich dich nicht gesehen!« Ezras Stimme zitterte, und seine Augen wurden feucht. »Mein Leben ist zerstört«, sagte er, drehte sich zur Wand und wischte sich die Tränen ab.

»Habt ihr die Kleider nicht mitgebracht?« fragte Eyal.

»Sie sind im Auto, ich bringe sie dir«, sagte Ruthi.

»Wofür brauchst du sie?« fragte Ezra.

»Wo ist deine Uniform?« fragte Ruthi. »Ich werde sie waschen.«

»Sie hängt schon auf der Leine«, sagte die Großmutter, »trocknet gerade.«

»Ich brauche die Uniform nicht«, sagte Eyal.

»Weshalb brauchst du sie nicht?« schrie Ezra.

»Wieso schreist du?« schimpfte die Großmutter. »Bist du hergekommen, um ihn anzuschreien? Wenn du die Kleider nicht mitgebracht hast, dann besorge ich ihm welche. Ich weiß, wo ich sie herkriege.«

Ezra gab Ruthi die Wagenschlüssel, und sie ging hinaus, um die Kleider zu holen.

»Was ist dir zugestoßen, Eyal?« fragte Ezra. »Was ist denn bei der Armee plötzlich schiefgelaufen? Du warst doch so begeistert bei der Einberufung, du wolltest zur Aufklärung gehen.«

»Wofür hat man dich zu Gefängnis verurteilt?« fragte Menasche, der praktischere der beiden Brüder, dazwischen.

»Es gab einen wahnsinnigen Ausbilder bei der Grundausbildung, der es die ganze Zeit auf mich abgesehen hatte und mich nicht in Ruhe ließ. Ich habe mich mit ihm geprügelt.«

»Dafür wird man ins Gefängnis geschickt?«

»Er ist Feldwebel.«

Ruthi kam zurück und brachte die Plastiktüte mit den Kleidern.

»Gib sie ihm«, sagte die Großmutter. »Er braucht sie.«

Sie gab ihm die Tüte, und er legte sie auf seine Knie.

»Was hast du vor?« fragte Ezra.

»Ich gehe mich anziehen«, sagte Eyal, stand auf und verließ den Raum.

Die Großmutter begleitete ihn mit zufriedenem Blick.

Von all ihren vielen Enkeln verband sie mit Eyal eine besondere Seelenverwandtschaft, obwohl er nicht der erste von ihnen war. Diese Beziehung zwischen ihnen bestand seit seinem Kleinkindalter, und auch als Eyal allmählich erwachsen wurde, tat das ihrer Verbundenheit keinen Abbruch: Er kam häufig zu ihr nach Pardes Katz und saß lange Stunden mit ihr zusammen. Was hatten sie miteinander zu reden? Welches Interesse konnte ein solcher Junge, aufgewachsen in einem modernen Zeitalter, daran haben, sich so häufig in Gesellschaft einer alten Frau aufzuhalten, die weder lesen noch schreiben konnte und deren Welt der seinen so fern war? Ruthi hatte sich das schon öfter gefragt und ihr Erstaunen darüber Ezra mitgeteilt, doch Ezra schätzte es als einen Ausdruck von Achtung, die der Junge seiner Großmutter erwies, und betrachtete seine Besuche bei ihr mit wohlwollendem Auge.

Eyal kehrte in Zivilkleidung in den Raum zurück und setzte sich wieder neben seine Großmutter.

»Wann denkst du, zur Armee zurückzugehen?« fragte Ezra.

»Ich denke nicht daran, zur Armee zurückzugehen«, sagte Eyal.

»Zuerst einmal mußt du die Affäre mit dem Gefängnis erledigen. Du wirst jetzt als Deserteur betrachtet.«

»Ich habe nicht vor, ins Gefängnis zu gehen.«

»Menasche hat Beziehungen in der Armee, Eyal, er kann dafür sorgen, daß du das Gefängnis gut überstehst und zur Grundausbildung zurückkannst«, verkündete Ezra.

»Ich werde weder ins Gefängnis noch zum Militär zurückgehen«, entgegnete Eyal.

»Was wirst du dann machen?« fragte Ruthi.

»Ich komm schon zurecht«, sagte Eyal, »keine Sorge.«

»Wo treibst du dich herum? Mit den Nutten und den Junkies, beim zentralen Busbahnhof?« fragte Ezra.

»Ich weiß, daß Mordechai mich gesehen hat. Und was hatte er eigentlich dort zu suchen? Ich bin sofort abgehauen. Ich habe gewußt, daß er es erzählt und ihr mich suchen kommt.«

»Und du wolltest nicht, daß man dich findet?«

»Nein.«

»Warum?«

»Weil ich allein sein wollte.«

»Warum? Was hast du dort gemacht?«

»Das Leben studiert.«

»Das ist nicht das Leben von Menschen wie uns.«

»Na und?« Eyal schaute auf seine Uhr.

Ezra fragte: »Bist du in Eile?«

»Ja.«

Sein Vater schluckte seinen Zorn hinunter. »Sag mal, denkst du überhaupt nicht an uns? Verstehst du nicht, was du uns angetan hast?«

Eyal gab keine Antwort.

»Wovon lebst du? Hast du Geld fürs Essen?«

»Ich komme zurecht«, sagte Eyal.

»Wie? Woher hast du Geld?«

Eyal schwieg. Ezra warf einen mißtrauischen Blick auf seine alte Mutter. »Du nimmst nichts von Großmutter an! Du weißt, daß sie unter keinen Umständen bereit ist, daß wir sie unterstützen, und sie lebt von der Sozialhilfe! Weißt du, wieviel das ist? Hast du wirklich das Herz, Geld von ihr anzunehmen?«

Die Alte antwortete an Stelle des Jungen: »Was willst du von ihm? Er hat mir kein Geld genommen, und wenn er welches braucht, hab ich was für ihn.«

»Wieso hältst du ständig zu ihm?« fragte Ezra. »Er ist von der Armee weggelaufen, er muß wieder dorthin zurück.«

»Es paßt ihm nicht in der Armee, also soll er nicht in der Armee sein«, stellte die Alte fest.

»Und was wird er jetzt machen?«

»Er weiß, was er macht, er hat Verstand, und er hat viel Kraft.«

»Er ist dir ähnlich«, sagte Ezra.

Die Alte lachte. Sie legte ihren Arm um die Schultern des Jungen und drückte ihn an sich.

»Warum bist du nicht ein einziges Mal nach Hause gekommen?« fragte Ezra. »Dann hätten wir wenigstens gewußt, daß du am Leben bist.«

»Zu Hause würden sie mich suchen.«

»Wer würde dich suchen?«

»Die Militärpolizei.«

»Niemand sucht dich, Eyal! Die Armee interessiert sich gar nicht für dich. Du bist ihnen ganz egal. Du fliehst, und niemand verfolgt dich. Wollte Gott, sie hätten dich gesucht und erwischt und auf den normalen Weg zurückgebracht, und dieses ganze Durcheinander wäre schon zu Ende! Aber das ist nicht die Armee, die wir einmal gekannt haben, jeder dort denkt an sich selbst und nicht an den Staat.«

»Und wenn sie dich fassen, was dann?« fragte Menasche.

»Werde ich wieder davonlaufen.«

»Ein zweites Mal wird das wohl kaum gehen«, sagte Menasche.

»Es gibt Wege, aus der Armee entlassen zu werden«, sagte Eyal.

»Was soll das heißen?« fragte Ezra.

»Ich kann mich als Psycho ausgeben oder mich zur Orthodoxie bekehren und in eine Jeschiva gehen oder sagen, ich sei ein Homo.«

»Ich glaube, ich höre nicht richtig!« rief Ezra. »Hast du gehört, was er gesagt hat?« fragte er seine Mutter. »Hast du gehört? Was für Worte? Und du hältst dermaßen zu ihm. Das ist nicht mein Junge!«

»Das ist mein Junge«, sagte die Großmutter.

Ruthi sagte: »Eyal, ich möchte einen Augenblick mit dir allein sprechen.«

Der Junge erhob sich ohne sonderliche Begeisterung und ging mit ihr nach draußen. Sie standen auf dem Gehsteig, mit dem Gesicht zum Haus und dem Rücken zur Straße an Ezras Laster gelehnt.

»Eyal, bist du bereit, mir zu erklären, was passiert ist? Ich verstehe rein gar nichts.«

»Was gibt es da zu verstehen?« fragte Eyal. »Ich will nicht in der Armee sein.«

»Warum? Jeder geht zum Militär und übersteht das irgendwie.«

»Dann bin ich eben nicht wie jeder. Für mich paßt das nicht.«

»Möchtest du nicht wie alle sein?«

»Nein, ich will sein, wie ich bin.«

»Sag mir, als du dich an all diesen Orten herumgetrieben hast, hast du dich auf Drogen eingelassen?«

»Ich rauche nicht mal Zigaretten.«

»Du mußt dich vorsehen, daß du nicht unter den Einfluß solcher Leute gerätst, Drogenabhängige, Perverse, Kriminelle. Hast du genug Kraft, um auf dich selbst aufzupassen?«

»Das geht in Ordnung. Mach dir keine Sorgen.«

»Du sollst wissen, was auch immer passiert, wir lieben dich, wir sind immer an deiner Seite.«

»In Ordnung«, sagte Eyal.

»Und gib uns hin und wieder ein Lebenszeichen, solange das dauert, damit wir wenigstens wissen, daß du zurechtkommst.«

»In Ordnung.«

Als sie in das Zimmer zurückkamen, verstummten Ezra und Menasche sofort, anscheinend war ein Streit zwischen ihnen ausgebrochen. Eyal nahm wieder seinen Platz auf dem Sofa, neben seiner Großmutter ein, und Ezra heftete einen forschenden Blick auf ihn. »Schau mal, Eyal, ich verstehe doch. Ich gebe zu, du bist schon achtzehn, du bist erwachsen, es ist dein gutes Recht, dir deinen eigenen Weg im Leben zu wählen, wir können dich nicht zwingen, unseren Weg zu gehen. In Ordnung. Aber ich möchte begreifen, einfach bloß wissen, was in deinem Kopf vorgeht. Spürst du keinerlei Verpflichtung, Militärdienst wie alle zu leisten? Hast du keinerlei Gefühl für unsere Armee?«

»Die ganze Armee kann mich mal ins Knie ficken«, sagte Eyal.

Ezra riß die Augen auf und schaute Menasche an, als wollte er wissen, ob sein Bruder das auch gehört hatte. Menasche legte ihm die Hand auf die Schulter, denn er spürte, daß sein Bruder nahe daran war, aufzustehen und sich auf Eyal zu stürzen.

»Wie redest du mit deinen Eltern! Vor deiner Großmutter!« schrie Ezra. »Wir haben in unserem ganzen Leben nicht einmal ein Prozent davon vor unserer Mutter in den Mund genommen. Hast du vor gar nichts Respekt? Das hast du von den Kriminellen und Junkies dort gelernt, wo du dich versteckt hast, das ist deine Gesellschaft. Wie kannst du es wagen, so schmutzig von unserer Armee zu sprechen! Gehörst du nicht zu diesem Staat?«

»Der ganze Staat kann mich mal ins Knie ficken«, sagte Eyal.

Ezra erhob sich keuchend, mit roten Gesicht. »Komm, Ruthi, wir fahren nach Hause. Ich will nichts mehr von ihm hören. Das ist nicht mein Sohn, das ist ein Stück Dreck! Ich habe nichts mehr mit ihm zu tun!«

»Nein«, sagte Ruthi, »ich bin nicht bereit, so zu gehen. Ich möchte mit Eyal reden, ihn verstehen, er ist unser Sohn, und ich liebe ihn, auch wenn ich nicht mit allem einverstanden bin, was er tut oder sagt.«

»Du ermutigst ihn noch, nach den Sachen, die er über die Armee und den Staat gesagt hat? Und ich bin nicht bereit, auch nur einen Augenblick länger mit ihm hier zu bleiben. Wenn du nicht mitkommst, fahre ich allein nach Hause.«

Von seinem Platz aus neben der Großmutter sah Eyal ihnen zu, wie sie sich stritten, und er hatte diesen Ausdruck seltsamer Gleichgültigkeit im Gesicht, als ginge es nicht um ihn.

Sie hatte es bereits den ganzen Tag über probiert, und offenbar hatte sie beschlossen, es auch in der Nacht weiter zu versuchen. Nach elf war das Schnarren der Gegensprechanlage zu hören, zu wiederholten Malen, das die Stille in einem Augenblick verhaltenen Schweigens zerriß, das in dem Film im Fernsehen eingetreten war, und der schlafende Hund erwachte, raste zur Tür und begann zu bellen. Ihre Stimme drang aus der Muschel, spannungsgeladen vor Hoffnung.

»Sind sie zu Hause?«

»Wer?«

»Wohnung 17 – kennen Sie meine Stimme immer noch nicht?«

»Ich bin nicht Wohnung 17.«

»Ich weiß, aber sie antworten dort nie.«

»Was kann ich für Sie tun?«

»Gibt es dort kein Telefon? Wohnt dort niemand? Hier steht Familie Neumann, wo ist die Familie Neumann?«

»Ich weiß nicht. Ich kenne die Nachbarn nicht.«

Er hörte wütendes Schnarren von der benachbarten Wohnung. »Hallo! Hallo!« rief die Stimme aus der Muschel. »Sehen Sie«, sagte sie zu ihm, »keine Antwort.«

Er legte den Hörer an seinen Platz zurück, schaltete den Fernseher aus, ging ins Schlafzimmer und legte sein Ohr an die Wand. Kein Laut drang aus Wohnung 17. In letzter Zeit hatte die junge Frau begonnen, dort zu wohnen. Morgens ging sie zur Arbeit, und Aviram paßte die Zeit ab, wartete, bis er sie ihre Tür abschließen hörte, um hinauszugehen und sie im Treppenhaus zu treffen und gemeinsam mit ihr auf dem Weg zur Arbeit hinunterzugehen. Ein paarmal hatte er versucht, mit ihr ein Gespräch anzuknüpfen. Sie hatte nicht geantwortet, doch er bildete sich ein, in ihrem Gesicht irgendein mißtrauisches Interesse entdeckt zu haben. Beide kamen sie in der Mittagszeit mehr oder weniger zur gleichen Zeit nach Hause. Die Stimme des Mannes war dort schon lange nicht zu vernehmen gewesen. An den Abenden war sie allein, und hinter der Wand konnte man Musikklänge oder Fernsehgeräusche hören. Jetzt war entweder niemand da, oder sie hatte die Geräusche abgestellt, um ihre Anwesenheit vor der Statistikerin zu verbergen.

Wieder schnarrte die Gegensprechanlage wütend, und der Hund reagierte mit Gebell.

»Was ist jetzt wieder?«

»Machen Sie mir auf, ich möchte hinein.«

Er drückte auf den Türöffner und schaute durch den Spion, wartete darauf, sie zu sehen. Als sie seinen Treppenabsatz erreicht hatte, blickte sie sich um, ging auf die Tür der Nachbarwohnung zu und verschwand aus seinem Blickfeld. So hatte er sie sich nicht vorgestellt, als sie ihn die vorigen Male angerufen hatte. Er tätschelte den Hals des Hundes, der unentwegt bellte, versuchte, ihn zum Schweigen zu bringen, obwohl er wußte, daß es nutzlos war. Sie klingelte drüben, klopfte an die Tür, klingelte wieder, kehrte in sein Blickfeld zurück, stand am Treppengeländer und blickte zu seiner Tür hin. Auch durch die Verzerrung der Spionlinse war zu sehen, daß sie relativ hübsch war. Im Moment drückte ihr Gesicht eine gewisse Ratlosigkeit aus, nahm jedoch sofort einen Ausdruck von Entschlossenheit an. Sie näherte sich seiner Tür und klingelte.

Damit ihr nicht der Verdacht kam, er hätte durch den Spion geschaut, kehrte er, den Hund auf den Fersen, ins Zimmer zurück und wartete kurz, ging dann zur Tür und öffnete sie einen Spalt, um dem pausenlos bellenden Hund den Weg zu versperren. Sie warf dem Hund einen Blick zweifelnder Sympathie zu und musterte dann neugierig seinen Besitzer. Mit einer Gebärde, von der er selbst überrascht wurde, forderte er sie zum Eintreten auf und packte den Hund am Halsband. Sie ignorierte die Einladung.

»Das ist höchst seltsam«, sagte sie. Sie zog ein Klemmbrett mit gelben Papierblättern aus der großen Umhängetasche über ihrer Schulter. »Wie kann das sein, daß sie nie zu Hause sind?«

Eine relativ hübsche Frau, in den Vierzigern, groß, nicht zu dünn, Kurzhaarfrisur, dezente Schminke, nur eine zarte schwarze Umrandung zur Betonung der etwas tief in den Höhlen liegenden Augen.

»Ich habe Ihnen schon ein paarmal gesagt, daß ich Ihnen nicht helfen kann. Ich habe keinerlei Kontakt mit irgendwem hier.«

»Entschuldigen Sie, mein Herr, ich habe kein persönliches Interesse an diesen Leuten. Ich muß mit ihnen einen statistischen Fragebogen ausfüllen, es ist für die Regierung.«

Etwas an ihrer Hartnäckigkeit rührte an sein Herz, als kämpfte sie um ihr Leben.

»Es gibt hier noch mehr Nachbarn«, sagte er, »vielleicht findet sich jemand anders bereit, das an ihrer Stelle zu machen. Ich wäre zum Beispiel bereit dazu. Wenn Sie der Hund stört, sperre ich ihn im anderen Zimmer ein.«

»Nein!« Sie stieß ein nahezu verweifeltes Lachen aus. »Unmöglich. Es wird alles nach einem exemplarischen Modell gemacht! Und diese Wohnung ist als repräsentatives Beispiel aufgeführt, verstehen Sie nicht? Es ist uns bekannt, daß hier ein Paar wohnt, aber weder gelingt es uns, sie anzutreffen, noch, den Wohnungsbesitzer zu erreichen. Die ganze Arbeit zu der Mustererhebung ist beendet, und nur diese Wohnung fehlt noch.«

»Wenn Sie wollen, lassen Sie mir Ihre Telefonnummer da, und wenn ich etwas weiß, werde ich es Ihnen mitteilen.«

Sie überlegte einen Augenblick und notierte schließlich schnell etwas auf die Ecke eines ihrer gelben Blätter, riß es ab und reichte es ihm: Schula, und eine Telefonnummer in Ramat Hascharon.

»Was ist denn eigentlich los«, beschwerte sie sich, »warum reagieren sie nicht? Haben sie etwas zu verbergen? Auf sämtliche Benachrichtigungen, die ich ihnen in den Briefkasten unten und auch durch ihre Tür eingeworfen habe, reagieren sie nicht, melden sich nicht. Verstehen die nicht, daß sie von Gesetzes wegen verpflichtet sind mitzumachen?«

»Vielleicht sollte man Einbrecher in die Wohnung schicken, um zu sehen, was dort vor sich geht?« schlug Aviram vor, und sie musterte sein Gesicht, als versuchte sie herauszufinden, ob er scherzte oder im Ernst sprach.

Er schloß die Tür, spähte wieder durch den Spion und sah, wie sie sich erneut der Nachbarwohnung zuwandte, aus seinem Blickfeld verschwand, nicht klingelte oder klopfte, sondern offenbar einen weiteren Zettel schrieb, den sie in den Türschlitz stecken würde.

Vor dem Zubettgehen ging er noch mit dem Hund zum Abendspaziergang hinunter, und im Hof draußen sah er eine Gestalt im Dunkeln stehen, die Augen zu dem Stockwerk erhoben, in dem sich die Wohnung Nummer 17 befand. Er trat auf sie zu, und der Hund, der keine außerplanmäßigen Änderungen mochte, bellte laut vor erstauntem Verdruß und rührte sich nicht vom Bürgersteig weg. Es war ihr keine Verlegenheit darüber anzusehen, daß sie sozusagen auf frischer Tat ertappt worden war, im Gegenteil, als führte sie eine frühere Argumentation ihres Gesprächs weiter, deutete sie auf das Fenster jener Wohnung. »Schauen Sie, durch den Rolladen sieht man, daß im Zimmer Licht ist.«

»Ihr Name ist bestimmt nicht Schula«, sagte er.

»Jael – ist das besser?«

»Ja, ganz entschieden. Und diese Ergebenheit dem zentralen Statistikamt gegenüber, zu einer solchen Zeit zu arbeiten, was ist damit?«

Sie gab keine Antwort, und er kehrte zum Bürgersteig zurück und machte sich mit seinem Hund auf die gewohnte Runde. In den kleinen Straßen, die sie passierten, waren die meisten Wohnungen bereits dunkel und die Rolläden heruntergelassen. Ab und zu war ein Auto zu hören, das auf der großen Straße vorüberfuhr. Man sah kaum Passanten. In der Allee angekommen, setzte er sich auf eine Bank und beobachtete den Hund, der zwischen den Sträuchern und Bäumen herumrannte. Diese Augenblicke waren die kostbarsten seines ganzen Tages. Nach etwa zwanzig Minuten stand er auf und kehrte, mit dem Hund auf den Fersen, auf dem gleichen Weg nach Hause zurück.

Sie stand immer noch dort am Haus, blickte zu den Fenstern der Wohnung hinauf. Wieder trat er zu ihr.

»Wie lange wollen Sie hier so stehenbleiben?«

»Bis dort das Licht ausgeht.«

Er ging in seine Wohnung hinauf, betrat das Schlafzimmer und begann sich auszuziehen. Das Telefon in der Nachbarwohnung läutete. Dreimal und Stille. Gleich darauf wieder ein Klingelzeichen und ihre Stimme, deutlich hörbar:

»Ja! Von wo aus rufst du an?«

»Wieviel Uhr ist es jetzt dort?«

»Wann kommst du zurück?«

Chazis Stimme klang ihr klar und kräftig aus dem Hörer entgegen, als stünde er neben ihr.

»Ich weiß nicht«, sagte er, »das hängt von verschiedenen Dingen ab, die in der Arbeit passieren, und auch von meinen Plänen, die ich mit uns beiden habe.«

»Ich habe Sehnsucht nach dir«, sagte Gabi.

»Ich auch. Wie kommst du in der Wohnung zurecht?«

»Das ist mein Zuhause, denn hier warte ich auf dich. Nur das ist mir wichtig.«

»Bist du vorsichtig? Jeder Fehler von dir kann alles für uns kaputtmachen.«

»Keine Sorge, es ist alles in Ordnung. Ich vergesse nichts.«

»Wenn ich dich von hier aus nicht mehr anrufe, dann sehen wir uns in Israel wieder. Ich liebe dich.«

Wie gewöhnlich legte sie sich auf die linke Seite des Doppelbettes, seinen leeren Platz zu ihrer Rechten, wie in den Augenblicken nach ihrem Liebesakt. Liebe kann nicht existieren, wenn sie nicht von einer Zukunftsprojektion genährt wird, und Gabis Herz sagte ihr, daß er anders zu ihr zurückkehren werde, denn er hatte es ihr schließlich wieder gesagt: »Ich liebe dich.« Und in den letzten wachen Augenblicken stellte sie sich vor, wie er die ganze Nacht bei ihr bliebe und sie in seinen Armen einschliefe, eingehüllt in die Wärme seines Körpers und seine Liebesworte, und danach würden sie sich beide ganz allmählich, ohne es zu merken, voneinander lösen, jeder mit seinem Schlaf vereint, und auch dann noch würde seine Anwesenheit hinter ihr atmende Wärme abgeben, ein ganz leichtes, leises Atmen, das ihren Nacken in stetem Rhythmus streichelte, dem Takt ihrer Herzschläge angeglichen, und sie versprach sich selbst, daß sie mit dem ersten Morgengrauen erwachen werde, um ihn schlafen zu sehen, das Laken bis über die Hüften hochgezogen, sein Kopf nach links geneigt, zu ihrer Seite hin, sein weißes Haar auf dem weißen Kissenbezug, seine Wange ins Kissen gepreßt, gefangen von Mächten, die stärker waren als er, hilflos und besiegt.

Das Haus steht an der Ecke von zwei Straßen. Die eine Straße ist größer und breiter, mit starkem Autoverkehr, dort ist das Geschäftszentrum des Viertels; in der zweiten, die klein und ruhig ist, gibt es nur Wohngebäude. Die Vorderseite der Wohnung mit Schlaf- und Wohnzimmer geht auf die kleine Straße hinaus, und die große Straße läuft an der Küche, dem Bad und der Toilette vorbei. Als wir diese Wohnung gekauft haben, hätte es auch eine Wohnung im obersten Stockwerk eines Hauses am Meer gegeben. Sie wollte sie nicht, fand alles mögliche daran auszusetzen. Es gab keinen Aufzug dort. Schon damals fiel ihr das Treppensteigen schwer. Und noch ein Nachteil: Die Wohnung war alt, der Salzwind vom Meer her zerfraß die Wände, machte die Möbel kaputt, und man mußte jedes Jahr weißeln. Sie brauchte keine Schönheit, sie wußte gar nicht, was das ist. Sie wollte eine Wohnung in einem neuen Haus. Die Möbel interessierten sie, der Teppich, der Kühlschrank, der Herd. Und Hauptsache, es würde eine »gute Gegend« sein. Ich gab nach. Heute, wenn ich auf dem kleinen Küchenbalkon sitze und auf den Spielplatz, die Bank, den Supermarkt und die Häuser in der anderen Straße hinunterschaue, frage ich mich, wie es wohl wäre, so dazusitzen und nur das Meer zu sehen, ohne Häuser, ohne Menschen, ohne Kinder, ohne das Leben. Vielleicht wäre es angenehm gewesen zu spüren, wie der salzige Wind, der die Wände zerfrißt, auch den Körper zerfrißt, ganz langsam und allmählich, bis nichts mehr von ihm übrigbliebe, nur die Knochen. Aber wie lange könnte ich das Meer anschauen? Vielleicht hätte ich genug davon gehabt und wäre dann gezwungen gewesen, mir selbst einzugestehen, daß meine Sehnsucht nach Schönheit nichts als Lug und Trug ist, daß die Menschen keine Schatten sind, wie ich denke, daß ich das Bedürfnis habe, sie in ihren Häusern und auf der Straße herumlaufen, die Bank und den Supermarkt betreten zu sehen, während sie Schwachsinn reden, Mädchen nachschauen, davon träumen, daß ihnen im Leben etwas passiert, das noch nie jemandem passiert ist oder wenigstens nichts Schlimmeres als das, was sie glauben, das anderen zustößt. So aber kann ich weiterhin in der Welt der Schatten leben und mich nach der wahren Schönheit sehnen.

Jetzt ist das Mädchen nicht da, sie ist zum Einkaufen gegangen und wollte mich nicht mitnehmen. Sie hat gesagt, sie habe keine Zeit, aber ich weiß, daß sie nicht gerne mit mir dorthingeht. Man hört eine Krankenwagensirene. Der Krankenwagen kommt oft hierher. Vom Wohnzimmerbalkon aus hätte man eine Möglichkeit, die gesamte kleine Straße und einen Teil der großen zu überblicken, um zu erfahren, zu wem sie kommen. Aber jetzt, wo dieser Wintergarten das Zimmer des Mädchens ist, sitze ich nur auf dem Küchenbalkon, und von dort aus kann ich die Krankenwagen nur sehen, wenn sie auf der großen Straße fahren, an der Bank, dem Supermarkt und dem Spielplatz vorbei, oder wenn sie in die kleine Straße einbiegen und vor einem der ersten Häuser anhalten. Häufig kommen sie zu dem Eckhaus, das meinem gegenüberliegt. Dort gibt es eine fette Frau, die, seitdem ich in dieser Straße wohne, immer mit dem Krankenwagen abgeholt wird. Schon damals fiel ihr das Gehen schwer, doch in den letzten Jahren geht sie überhaupt nicht mehr. Es gibt keinen Aufzug dort im Haus, und sie wohnt oben. Sie bestellt einen Krankenwagen, zwei Leute wuchten sie auf einen Stuhl und karren sie so alle Stockwerke die Treppen hinunter. Ich weiß nicht, woher sie die Kraft nehmen, ein solches Gewicht zu schleppen. Draußen, beim Wagen, stemmen sie sie vom Stuhl hoch und setzen sie aufs Bett, und sie schreit: »Mit Zartgefühl, mit Zartgefühl!« Ihr Geschrei ist bis zu meinem Balkon hinauf zu hören. Nach einigen Stunden kommt der Krankenwagen zurück, sie holen sie heraus, und bis sie sie auf den Stuhl gesetzt haben, den sie dann wieder die Treppen hinauf bis nach oben schleppen müssen, schreit sie erneut: »Mit Zartgefühl, mit Zartgefühl!« Man sagt über sie, daß sie so zum Friseur fährt, um sich das Haar machen zu lassen, aber ich weiß nicht, ob das stimmt. Die Leute reden alles mögliche.

Der Krankenwagen, der jetzt in die Straße einbiegt, hält vor einem Haus, das ich nicht sehen kann. Ich werde den Wagen auch nicht zurückkommen sehen, denn es ist eine Einbahnstraße. Einmal ist mir etwas Merkwürdiges untergekommen, offenbar im Halbschlaf, ich hörte die Sirene, sah den Krankenwagen in unsere Straße hineinfahren, und plötzlich war ich sicher, daß sie mich holen kommen, daß ich schon tot bin. Es gab kein Bedauern, keinen Schmerz. Nur die Hoffnung, es so schnell wie möglich hinter mich zu bringen. Sie würden mich auf eine Bahre legen, mit einem Laken zudecken, mich an einen Ort bringen, wo man eben hingebracht wird, was würde das ausmachen? Vielleicht wird es mir wirklich so passieren, und von meiner Seite aus ist das vollkommen in Ordnung. Es kann sein, daß das Mädchen hereinkommt und mich tot in meinem Stuhl auf dem kleinen Balkon findet. Anfangs wird sie erschrecken, wird nicht wissen, was sie tun soll vor lauter Angst. Danach wird sie die Tochter anrufen, daß sie sofort kommen soll. Sie hat ihre Telefonnummer und die vom Sohn, doch sie weiß, daß sie die Tochter anrufen muß, wenn etwas passiert. Und sie wird bei jemand anderem Arbeit finden.

Gerade ist mir das wieder eingefallen, und jetzt warte ich darauf, daß sie nach Hause zurückkommt, und dann werde ich mich totstellen. Als ich höre, wie sie die Tür aufschließt, schließe ich die Augen, lasse den Kopf seitwärts sinken, auf die Schulter und nicht auf die Brust wie sonst, wenn ich schlafe, und das Gesicht muß ich nicht verzerren, das ist es seit dem Vorfall ohnehin schon, bloß die Zunge lasse ich ein bißchen aus dem Mund hängen. So sieht ein toter Mensch aus. Ich höre sie in die Küche gehen, die Einkaufstüten rascheln auf der Ablage, und als sie auf den kleinen Balkon zu mir hinaustritt, atme ich nicht. Sie steht mir gegenüber, ich spüre, daß sie mich anschaut, ich höre ihren Atem, und einen Augenblick herrscht Stille. Danach: »Hey, hey!« Sie versucht, mich aufzuwecken, doch ich rühre mich nicht. »Hello! Hello! You sleep?«

Sie rüttelt an mir, und mein Kopf fällt noch weiter hinunter, und die Zunge baumelt ganz aus dem Mund. Ich höre sie seufzen. Ich stelle mir vor, wie sie aussieht, vielleicht bekreuzigt sie sich vor lauter Angst, so wie sie es gewohnt sind. Ich kann es nicht sehen, aber ich male mir aus, was mit ihr passiert. Dieser Gedanke gefällt mir so ungemein, daß ich mich nicht mehr beherrschen kann, mein Körper beginnt zu zittern, und ich muß lachen. Meine Augen öffnen sich. Als sie das sieht, wird sie wütend und fängt an, mit ihren Fäusten auf meine Schultern einzuschlagen, und das erheitert mich nur noch mehr. »You are bad, very bad!« schreit sie mich an. »I hate you!« Und geht erzürnt in die Küche.

Warum hatte sie Angst? Ist das die Angst an sich, den Tod zu sehen, oder empfindet sie vielleicht irgend etwas für mich? Warum genieße ich das so? Ist das meine natürliche Bösartigkeit? Auch nachher ist sie noch wütend auf mich. Sie stellt das Essen vor mich hin und kehrt mir sofort den Rücken zu. Ich sage zu ihr: »Linda, Linda«, und sie dreht sich um, schaut mich an. In solchen Augenblicken liegt mit einem Mal eine Art von Weiblichkeit in ihrem Gesicht, sogar eine gewisse Anmut, die sie normalerweise nicht an sich hat.

Was hat er«, sagte Frau Schwarz, »kann er nicht ruhig im Bett sein?«

Sie hielt ihren Mann am Arm, und langsam stiegen sie die Treppen hinunter. Aviram stieß beim Hinausgehen auf sie, auf seinem Rückweg zur Arbeit nach der Mittagspause. Herr Schwarz, der sehr mager geworden war und dessen eingeschrumpeltes Gesicht wie vergilbt wirkte, trug einen dicken dunkelblauen Morgenrock über dem gestreiften Flanellpyjama, dessen weite Hosen bis unter die Wade reichten. Darunter hervor guckten lange, beigefarbene Unterhosen, die eng an seinen dürren Beinen anlagen, und die Ränder waren in die grauen Socken in den Filzpantoffeln gestopft.

»Ich muß mit Ihnen reden«, sagte Herr Schwarz zu ihm und versperrte ihm den Weg.

»Ich bin gerade auf dem Weg zur Arbeit.«

»Auch ich gehe zur Arbeit!« erwiderte Herr Schwarz erzürnt.

»Er raucht im Bett, will nicht. Schläft nicht mal. Die ganze Zeit nur Haus, Haus, Haus. Ich sage: Genug, du hast Rat schon fertig gemacht, sind zwanzig Jahre nicht genug? Jetzt macht jemand anders Rat. Er ist krank, hat keine Kraft.«

»Es gibt niemand anderen!« sagte Herr Schwarz. »Alles Mieter. Wie viele Besitzer sind hier übrig? Drei bis vier kranke oder nicht mehr ganz normale alte Frauen, und wenn es einen oder zwei Normale gibt, dann will keiner. Warum für andere arbeiten? Jeder denkt nur an sich, und Schwarz macht die Arbeit für alle. Wollte Gott, jemand würde mir das abnehmen! Habe ich Kraft dafür?« Er versuchte, seinen Morgenrock zurückzuschlagen, um Aviram wieder seinen Urinbeutel zu zeigen, doch seine Frau beeilte sich, seine Hand von dort wegzunehmen.

»Wollen Sie Hausbeirat sein?« fragte Herr Schwarz, als sie das Erdgeschoß erreicht hatten, und Aviram reagierte nicht auf die seiner Ansicht nach rethorische Frage, ließ Frau Schwarz den Alten hinausführen. Herr Schwarz blieb vor dem Eingang stehen, damit ihm Aviram nicht entwischen konnte. Er packte ihn am Ärmel: »Ich will, daß Sie jetzt mit mir dorthin kommen, um etwas zu sehen.«

»Was gibt es zu sehen«, beklagte sich seine Frau, »tausendmal geht er dort, und sieht man nichts.«

»Sie versteht überhaupt nichts«, erklärte Herr Schwarz Aviram, während sie ihren Weg zum Hof in dem schlurfenden Tempo der Pantoffeln des Alten machten, »sie weiß überhaupt nichts. Eine Zeitung lesen kann sie auch nicht.«

»Polnisch schon«, sagte Frau Schwarz.

Herr Schwarz blieb stehen, wandte seinen Kopf Aviram zu, blickte ihm direkt in die Augen und pendelte mit seinem Kopf von einer Seite auf die andere, um ihre Behauptung zu widerlegen: »Stimmt nicht! Nichts, gar nichts.«

Sie bestand nicht auf ihrer Meinung und senkte den Blick. Zu dritt erreichten sie die neue Kellerwohnung, blieben an dem Eck stehen, wo früher die Mülltonnen gestanden hatten, umgeben von einer niedrigen, bröckelnden Betonmauer, bis sie, ohne Zustimmung des Eigentümerbeirats, auf die andere Seite des Hauses verlagert worden waren und dort nur der aufgeplatzte Betonboden übriggeblieben war. Herr Schwarz näherte sich der Kellermauer, die geweißelt worden war, und bückte sich zu den beiden geschlossenen Fenstern hinunter, um durch die Scheiben in das dunkle Rauminnere zu spähen. Nachdem er es aufgegeben hatte, dort etwas zu entdecken, schlurfte er mit Hilfe seiner Frau zur Vorderseite des Kellers und blieb vor den Stufen stehen, die zu dem neuen, versenkten Balkon hinunterführten.

»Gehen Sie, läuten Sie an der Tür, vielleicht macht jetzt jemand auf«, sagte Herr Schwarz zu ihm.

Aviram ging hinunter, drückte auf die Klingel neben der Tür und wartete. Keine Reaktion.

»Vielleicht sind sie drinnen und wollen nicht aufmachen«, sagte Herr Schwarz.

»Nichts ist«, sagte seine Frau, »siehst du nicht?« Und sie wandte sich an Aviram: »Die ganze Zeit – wo sind sie, wo sind sie. Was hat er mit ihnen? Sollen sie zum Teufel gehen! Nur wir kommen mit dem Krankenwagen vom Ichilov, statt ausruhen, im Bett schlafen, ein kranker Mensch, muß er noch mal und noch mal hier drin sehen und ihnen an der Tür klingeln.«

»Dort ist niemand«, sagte Aviram.

»Wo sind sie dann?« verlangte Herr Schwarz von Aviram eine zufriedenstellende Erklärung. »Einfach ganz plötzlich verschwunden? Was ist los? Tag und Nacht sind sie hier herumgerannt, warum sieht man sie jetzt nicht?«

»Ich weiß nicht«, sagte Aviram. »Solange ihr Prozeß mit der Stadtverwaltung dauert, dürfen sie die Wohnung nicht benutzen und keine Mieter hineinlassen.«

»Wissen Sie, wie lange das mit solchen Prozessen gehen kann? Jahre, Jahre!«

»Was macht es Ihnen dann aus? Soll es dauern, je länger, desto besser. Inzwischen steht die Wohnung leer. Wozu brauchen Sie sie hier?«

»Sind das vielleicht Leute, die dem Gesetz und dem Gericht folgen? Glauben Sie, ein Gericht macht auf die Eindruck? Sie sind zu mir gekommen und haben an der Tür geschrien, wenn sie den Prozeß verlieren und abreißen müssen, was sie gebaut haben, werden sie unser ganzes Haus in die Luft sprengen. Meinen Sie, daß sie das nicht tun könnten? Da kennen Sie diese Leute schlecht! Aber sie werden unser Haus nicht in die Luft sprengen müssen. Sie werden den Prozeß nicht verlieren. Sie haben einen Rechtsanwalt, der sich darum kümmert, und er wird mit dem Rechtsanwalt der Stadtverwaltung einen Kompromiß schließen, und alles wird zu ihren Gunsten ausgehen. Maximal werden sie vielleicht irgendeine Strafe zahlen. Und an Geld, glauben Sie mir das, fehlt es ihnen nicht. Und wir haben kein Geld für einen Rechtsanwalt, der uns vertritt. Ich habe jeden unserer Eigentümer um 3000 Schekel gebeten, damit wir uns auch einen Rechtsanwalt nehmen können, der etwas für unseren Besitz tut. Haben Sie gezahlt, mein Herr?«

»Ich hatte tatsächlich vor, Ihnen zu sagen, daß ich keine Möglichkeit habe, das zu zahlen. Nicht zur Zeit.«

»Niemand hat gezahlt! Keiner! Alle haben in der Versammlung dafür gestimmt, aber jeder hat gedacht, die anderen zahlen. Auch Sie waren dafür.«

»Nun gut«, sagte Aviram, »vorläufig steht fest, daß sie nicht hierherkommen.«

»Ach wirklich? Sie kommen nicht!« Herr Schwarz zog seine Trumpfkarte aus dem Ärmel: »Und wer gibt ihren Anpflanzungen hier Wasser? Sie etwa? Ich? Schauen Sie doch hin, es ist noch ganz feucht!«

Tatsächlich gab es in den Pflanzgruben, die rund um den versenkten Balkon angelegt worden waren, Spuren einer Bewässerung.

»Ihrem Plan nach wird das hier ein Balkon mit Garten werden, auf unserem Hofplatz!«

Herr Schwarz begann, vor Wut zu zittern, und seine Frau erschrak: »Sehen Sie, jetzt kriegt er einen Blutdruckanfall und muß wieder mit dem Krankenwagen ins Ichilov.«

Aviram entschlüpfte ihnen und rettete sich auf die Straße. Vom Bürgersteig aus wandte er sich um und sah Schwarz und seine Frau, die ihn stützte, erneut an den Kellerfenstern, und der Alte bückte sich wieder und preßte sein Gesicht gegen die Fensterscheibe, um vielleicht trotz allem dort noch seine Feinde zu entdecken, die sich im Halbdunkel verbargen.

Die neue Angestellte, Mali, die von einer »Adressenpatrouille« zurückkehrte, wie Ilan, inspiriert von seiner Wehrübungserfahrung, das zu nennen pflegte, legte die Schlüssel der leeren Wohnungen, die sie Kunden gezeigt hatte, an ihren Platz zurück und setzte sich in ihr Eck.

»Was ist?« fragte Ilan sie.

»Sie haben gesagt, sie wollen es sich überlegen«, erwiderte Mali, »sie arbeiten bestimmt auch mit einem anderen

Büro zusammen und wollen erst sehen, was die anzubieten haben. Und die Alte in der Ein-Gedi-Straße sagt jetzt auf einmal, daß sie noch nicht entschieden hat, ob sie vermietet oder verkauft. Ich habe den Eindruck, daß sie überhaupt nicht vorhat, das Haus zu verlassen.«

»Ich werde ihren Neffen anrufen. Soll er vorher die Sache mit der Alten aushandeln und erst zu uns kommen, wenn es ernst wird.«

»Und sie ist dermaßen taub, daß man sich sogar mit fürchterlichem Gebrüll kaum mit ihr am Telefon unterhalten kann«, sagte Mali. »Meiner Meinung nach ist das reine Zeitverschwendung mit dieser Wohnung.«

Ilan kannte Mali aus den Tagen, als sie beide im gleichen Büro gearbeitet hatten, bevor er seine Partnerschaft mit Aviram aufgezogen hatte. »Sie ist alleinerziehende Mutter«, hatte Ilan ihm erzählt, als er ihm seine Entscheidung mitteilte, sie einzustellen (»ist das akzeptabel für dich?«). Ilans Tonfall entnahm Aviram, daß keine Geschiedene oder Witwe gemeint war, die ihre Kinder allein großzog, sondern eine Ledige, die Mutter wurde, ohne zu heiraten.

Mali war um die Vierzig, eine angenehme Erscheinung, jedoch nicht anziehend. Die Zeichen der Zeit – und die Bürde des Alleinerziehens, so vermutete Aviram – hatten Spuren in ihrem Gesicht hinterlassen, und sie machte sich nicht die Mühe, sie zu verbergen. Fleißig und erfahren bei der Arbeit, wußte sie mit den Kunden umzugehen und bei ihnen Vertrauen zu erwecken. »Eine richtige Fachkraft, ein echter Gewinn fürs Büro«, hatte Ilan gesagt, »im Gegensatz zu Ronit, die vielleicht nett anzuschauen war, wenn sie hier herumlief und ihre sieben Sachen zur Schau stellte, aber außer unser Telefon für endlose Privatgespräche zu benutzen und ihre Forderungen in Sachen Gehalt und sonstige Bedingungen aufzustellen, hat sie uns keinen Nutzen gebracht.«

Mit der Zeit vergaß Aviram seinen Groll gegen Ronit, wie demütigend ihre Behandlung für ihn gewesen war und welch belastende Atmosphäre ihr Verhältnis mit Ilan im Büro verbreitet hatte. Jetzt gedachte er mit Sehnsucht ihrer jungen, sinnlichen Gestalt, die Freiheit und Spontaneität, gepaart mit nicht wenig Vulgarität ausdrückte. Sogar ihre derben Lachanfälle und die Sticheleien, mit denen sie Ilan provoziert hatte, riefen nun eine unbestimmte Erregung in ihm hervor. Aviram bestritt keineswegs die echte Notwendigkeit einer Hilfe für Ilan bei der »Adressenpatrouille«. Diese Last entfiel allein auf seinen Partner, der ihn von dieser Aufgabe entbunden hatte, sei es auch deshalb, weil er seinerzeit die Ausflüge und Gespräche mit den Kunden genossen hatte, oder weil er dachte, daß Aviram auf sie keinen guten Eindruck machte.

Die Verstärkung durch Mali kam also zur rechten Zeit und entsprang, wie es aussah, keinen anderweitigen Beweggründen. Doch wer garantierte ihm, daß hinter all dem nicht wieder der alte, für eine Weile stillgelegte Plan stand, ihm das Gefühl einzuflößen, derart überflüssig zu sein, daß er aus eigenem Antrieb die Partnerschaft aufkündigte? Allerdings kränkte und erzürnte diese Möglichkeit Aviram heute nicht mehr, denn seit Mali ihre Arbeit bei ihnen aufgenommen hatte, war sie immer liebenswürdig zu ihm und behandelte ihn freundschaftlich, und in ihrer Art und ihrem Benehmen waren keine Anzeichen einer gemeinsamen Sache gegen ihn zu entdecken. Und abgesehen davon war er in letzter Zeit von dem quälenden, wenn auch bisweilen erregenden Empfinden beherrscht, daß sein Leben kurz vor einem Scheideweg stand, und demgegenüber war die Zukunft seiner Partnerschaft im Büro eher nebensächlich.

Wenn er in die Mittagspause gehen wollte und Mali von ihren Besichtigungen mit den Kunden schon zurück war und ihre Halbtagsarbeit abgeschlossen hatte, bot sie ihm immer an, ihn in ihrem roten Fiat Uno heimzufahren, obwohl das ihren Weg nach Hause verlängerte, wo ihre Tochter, aus der Schule zurückgekehrt, auf sie wartete. Sie gingen zum Parkplatz, und von dort aus reihten sie sich in die kriechenden Autoschlangen ein, die die Straße verstopften. Wäre er zu

Fuß gegangen, wäre er viel früher nach Hause gekommen, doch er wollte sie nicht durch die permanente Ablehnung ihres freundlichen Angebotes kränken.

»Ilan ist ein Fachmann, es ist ein Vergnügen, mit ihm zu arbeiten, nicht wahr?« hatte Mali beim ersten Mal, als sie ihn nach Hause fuhr, gesagt. Die Unterhaltung zwischen ihnen war ziemlich künstlich, und der Zwang, sich daran zu beteiligen, brachte Aviram in Verlegenheit.

»Ja«, erwiderte er, »man kann sich immer auf ihn verlassen.«

»Er hat immer gute Laune, und es herrscht eine angenehme Atmosphäre mit ihm, so zwanglos. Er mag Sie schrecklich gern, er sagt von Ihnen, Sie seien ein ganz besonderer Mensch.«

»Ich denke, er würde es vorziehen, wenn ich weniger besonders und ihm etwas ähnlicher wäre.«

»Im Gegenteil!« sagte Mali. »Er sagt, es sei gut, daß ihr nicht gleich seid, und auch bei der Arbeit ergänzt einer den anderen.«

»Es tut mir leid, daß Sie meinetwegen einen Umweg machen müssen und Ihre Tochter daheim auf sie wartet.«

»Sie ist schon groß, sie findet sich zurecht, bis ich komme. Das ist nicht schlimm. Und außerdem, ich habe Ihnen angeboten, Sie mitzunehmen, niemand hat mich dazu gezwungen. Was machen Sie in dieser Pause, essen Sie zu Hause?«

»Ja«, sagte Aviram, »und ich habe einen Hund, den ich ein bißchen ausführe. Wenn ich in der Arbeit bin, ist er allein daheim eingesperrt. Und er wartet auf mich. Er spürt, wann ich kommen muß.«

»Auch Sie haben jemanden, der mittags zu Hause auf Sie wartet.«

»Ja.«

Mit der Zeit, nachdem sie mehrere Male zusammen gefahren waren, unterhielten sie sich bald sehr frei, und Mali weihte ihn vollkommen unbefangen in ihre persönlichen Angelegenheiten ein. Bei einer der Fahrten sprach sie sogar über ihr Alleinerziehen. Aviram dachte mit Zuneigung, Bedauern und Sorge über sie nach. Er spürte, daß sie seine Nähe suchte, vielleicht sogar eine Beziehung zwischen ihnen erwog. Es war sehr gut möglich, daß sie in ihrer Jugend hübsch und anziehend gewesen war, sogar leicht vorstellbar, daß sie Ronit ähnlich gewesen war. Heute sah sie wie eine verwelkte, erloschene und besiegte Ausgabe von ihr aus. Sie war klug und offenherzig, besaß ein freundliches Gemüt und strahlte eine angenehme Schlichtheit aus, die Vertrauen erweckte. Doch er fühlte sich zu einer solchen Beziehung nicht hingezogen, dafür würde er seinen heimlichen Traum nicht opfern, an dem er mit jeder Faser seines Wesens hing – den Traum von der weißen Katze, die hinter der Wand seines Zimmers stöhnte, und das Verlangen, sie zu erobern, sie zu besitzen, und sei es nur für ein einziges Mal, um dadurch sein Leben, das sich bis dahin ohne Grund und Hoffnung dahingeschleppt hatte, von aller Nichtigkeit und Banalität zu erlösen, wie auch immer es endete.

Die Frauen, mit denen er Gelegenheit gehabt hatte zu schlafen, und das nur gegen Bezahlung, waren im allgemeinen jünger als Mali, doch nicht alle hübscher und anziehender als sie. Der Gedanke an ihre Verdorbenheit machte für ihn ihre Anziehungskraft aus, die, wenn er befriedigt war, in Ekel und Haß ihnen und sich selbst gegenüber umschlug, und er kehrte niemals zur gleichen zurück. Er wußte, sogar Mali gegenüber würde er so empfinden, wenn ihre Beziehung das Stadium der Intimität erreichen würde und er mit ihr schliefe. Er könnte weder ihre Nähe noch ihre Freundschaft weiter ertragen, würde sich von ihr distanzieren und ihr weh tun. Auch das gemeinsame Arbeiten würde zu einem ernsten Problem für sie beide werden und die Atmosphäre im Büro vergiften.

Die wütende Sirene eines Krankenwagens heulte hinter den Autokolonnen auf, die langsam vorwärts rückten und alle Fahrbahnen verstopften. Einige Fahrer in den Wägen vor ihnen hielten an, offenbar aus Gehorsam irgendeiner gesetzlichen Bestimmung gegenüber, daß man Notfahrzeugen die Vorfahrt einzuräumen hatte, und die Kolonne kam zum Stehen.

»Dummköpfe«, seufzte Mali, hupte und winkte ihnen mit der Hand zu, um ihnen zu signalisieren, daß sie weiterfahren sollten, »wieso bleiben sie stehen? Wie soll er denn durchfahren können? Jetzt setzt euch schon in Bewegung, damit er uns überholen kann.«

»In dringenden Fällen müssen sie Hubschrauber benutzen«, sagte Aviram.

»Man muß eben fahren können in der Stadt«, lautete Malis Ansicht.

Unabhängig, selbstsicher und bodenständig, bescheinigte ihr Aviram innerlich.

Der Fahrer des Krankenwagens rief tatsächlich über Lautsprecher die Fahrzeuge dazu auf, sich so schnell wie möglich zur Kreuzung zu bewegen, die Kolonne rückte wieder vorwärts, und der Krankenwagen überholte sie dort mit Sirenengeheul.

»Gehen Sie gerne ins Kino?« fragte Mali, noch bevor die Sirene verstummt war. »Wenn Sie wollen, könnten wir uns zusammen einmal einen guten Film anschauen.«

»Ja, bei Gelegenheit«, erwiderte Aviram, »aber im allgemeinen bleibe ich nach der Arbeit zu Hause.«

»Mit dem Hund.«

»Ja.«

Schien es ihm nur so, oder hatte er einen leisen Ton von Ironie in ihrer Stimme gehört, als sie fragte »mit dem Hund«? Begann sich bereits die verschmähte Frau zu rächen?

»Mali mag dich schrecklich gern und schätzt dich«, hatte Ilan eines Morgens zu ihm gesagt, »es würde sich für dich lohnen, sie näher kennenzulernen. Sie hat ein Herz aus Gold.«

»Ja«, erwiderte Aviram, »sie ist in Ordnung. Nicht so ganz mein Geschmack«, fügte er hinzu, »von ihrem Aussehen her, meine ich. Aber sie ist wirklich in Ordnung.«

»Was ist an ihrem Aussehen nicht in Ordnung?« wunderte sich Ilan, und Aviram hörte unausgesprochen aus seinen Worten heraus: Und dein Aussehen, wie ist das, deiner Meinung nach?

Ob Ilan mit ihr geschlafen hatte, fragte sich Aviram, und vielleicht der Vater ihrer Tochter war? Diese Möglichkeit rief aus irgendeinem Grunde eine Neugier in ihm hervor, der er nicht widerstehen konnte.

»Wer ist der Vater ihrer Tochter?« fragte er.

»Ich habe keine Ahnung«, sagte Ilan, blickte ihn einen Moment an und fragte mit regelrechtem Groll, wie es sonst nicht seine Art war: »Ist es das, was dich an ihr stört?«

»Aber nein, wieso denn? Gerade das schätze ich an ihr.«

Kein Zweifel, Ilan war der Kuppler, der sie bei dem Versuch, sich ihm zu nähern, ermutigte, und jetzt fühlte er bei ihm vor.

»Übrigens, ihre Tochter ist sehr nett«, fügte Ilan hinzu und steckte sein Gesicht wieder in das Wirtschaftsblatt.

»Wie alt ist sie?«

»Elf.«

»Wie geht das eigentlich?« fragte Aviram. »Eine Frau, die beschlossen hat, ohne Heirat ein Kind zu kriegen, läuft schließlich nicht einfach auf der Straße herum, sucht sich einen aus und sagt zu ihm: Komm, mach mir ein Kind, ich will eine alleinerziehende Mutter sein. Das war doch sicher ihr Freund, oder ein Mann, der eine Beziehung mit ihr unterhielt, sie schwängerte und nicht heiraten wollte oder konnte. Existiert denn überhaupt irgendein Kontakt zwischen dem Mädchen und ihrem Vater?«

»Was ist los, Avi? Was für Fragen stellst du mir? Bin ich etwa Spezialist in Sachen Alleinerziehung? Wieso beschäftigt dich das so?« fragte Ilan ungeduldig. »Und wenn sie Witwe wäre, wäre das besser?«

Jetzt hegte er keinen Zweifel mehr, daß Ilan der Vater war.

»Reine Neugier«, sagte Aviram. »Ich habe keinerlei persönliches Interesse an dem Ganzen.«

Sie war damals um die Dreißig, hübscher, frisch und anziehender gewesen, als sie und Ilan im gleichen Büro arbeiteten. Ilan, bereits Familienvater, hatte sie geschwängert, vielleicht in einer der leeren Wohnungen, um deren Vermietung sie sich kümmerten. Er kannte das genaue Alter der Tochter und wußte, daß sie nett war, besuchte sie offenbar hin und wieder, und nun suchte er einen Vater für die kleine Familie. Das war charakteristisch für Ilan und durchaus nicht ehrenrührig – auch im Geschäft liebte er es nicht, Sachen unerledigt liegenzulassen.

Sehr geehrte Frau Schifra Barzilai,
ich schreibe Ihnen mit letzten Kräften kaum kann ich den Stift halten so krank und schwach bin ich. Diesen Brief-schreibe ich in persönlicher Weise in der Eigenschaft als langjähriger Nachbar und nicht in der Eigenschaft als Beirat weil ich vom Beirat zurückgetreten bin. Jeder weiß, daß der ganze Beirat immer nur ich allein war es gab niemand der mit mir zusammenarbeiten wollte und jetzt gibt es niemand um mir das abzunehmen einem kranken Menschen im Alter von achtzig. Jeder kümmert sich nur um sich also gibt es jetzt keinen Hausbeirat mehr und fertig. Man wird kein Hausgeld mehr nehmen und es wird nichts geben für den Jungen der die Treppen wischt und neben dem Abfall sauber macht und nichts für den Menschen der die Zweige im Garten schneidet und die Dornen rauszieht und nichts für Reparaturen an der Installation die es die ganze Zeit an den Rohren und am Abfluß gibt weil das nach so vielen Jahren verfault ist und nichts um Lampen im Treppenhaus auszuwechseln damit man in der Nacht gehen kann und nicht einmal um jedes Jahr Steuer an das Büro in Jerusalem zu zahlen was man dem Gesetz nach muß. Es sind nur ein paar wenige Besitzer geblieben aber alle die in diesem Haus wohnen sind zur Miete junge Leute die nichts kümmert das ist nicht ihr Haus heute hier

und morgen woanders und sie lachen über einen wenn man mit ihnen redet machen Lärm in der Nacht und werfen Zigaretten und Papier auf die Treppen und beim Abfall schmeißen sie alles auf den Boden und nicht in die Tonnen. Bald wird unser Haus so schön sein daß es alle anschauen kommen. Nach ein paar Monaten werden die Zweige groß wie im Dschungel sein und den Weg versperren alles ist voller großer Dornen man kann nicht zum Eingang und nicht zum Hof durch auf der Treppe ist es dunkel und schmutzig und der ganze Hof und Garten ist voll mit Überschwemmung von der Kanalisation und verstinkt die ganze Straße und die Tür mit der Gegensprechanlage ist kaputt und die ganze Zeit offen und das ist eine große Gefahr und Ratten kommen aus dem Abfall herein ins Treppenhaus und in die Wohnung. Die Mieter gehen woanders hin zum Wohnen wer kann flieht von diesem Ort. Wer bleibt sind ein paar Besitzer die nirgendwohin gehen können alte Leute die meisten nicht normal. Wer daran verdient sind kriminelle Menschen aus der Unterwelt die gekommen sind um hier im Lager und im Hof zu bauen und Geld machen aus dem Platz den sie uns gestohlen haben. Jetzt gibt es einen Prozeß den die Stadtverwaltung ihnen macht Jahre kann das dauern. Sie haben einen Rechtsanwalt der für sie regelt daß alles zu ihren Gunsten ausgeht. Für uns gibt es keinen Rechtsanwalt der sich um uns kümmert. Was immer bei dem Prozeß herauskommt wird nichts Gutes für uns sein. Wenn sie mit ihnen einen Vergleich machen oder ihnen irgendeine Strafe geben bauen sie in allen Lagern und im Hof und am Dach und vermieten an Verbrecher und Menschen die Drogen rauchen und die paar alten und kranken Besitzer die im Haus noch geblieben sind können hier nicht mehr leben. Aber wer wird von ihnen eine Wohnung bei solchen Zuständen kaufen also was tun sie gehen zu diesen Menschen den Dieben und verkaufen ihnen den Besitz für Groschen was weder zum Leben noch zum Sterben reicht aber Hauptsache ist von hier zu fliehen. Dann nehmen die neuen Besitzer das ganze Haus und machen Reparaturen und Renovierungen damit das Ganze schön und modern wird an Geld fehlt es ihnen nicht und dann vermieten und verkaufen sie alles für Millionen Dollars. Und was wird sein wenn sie den Prozeß verlieren obwohl sie einen Rechtsanwalt haben und Beziehungen zu gewissen Orten auch dann ist das nicht gut für uns. Sie haben schon an meiner Tür geschrien daß wenn das Gericht sagt sie müssen es abreißgen was sie dort gebaut haben dann werden sie unser ganzes Haus in die Luft sprengen. Sosehr wie sie Betrüger sind das glaube ich ihnen man muß sie kennen um zu wissen daß sie alles können. Aber wenigstens muß man machen was möglich ist nicht auf die Stadtverwaltung warten und auf diesen Prozeß der noch Jahre dauern kann und einen Rechtsanwalt für uns nehmen der einen Prozeß gegen sie führt und nicht dasitzen und darauf warten daß alle diese Dinge kommen die ich geschrieben habe. Und wenn es einen Rechtsanwalt gibt der Experte ist kann er sie daran hindern die Dinge zu tun von denen ich sagte daß sie sie tun werden. Aber die Eigentümer wollen kein Geld für einen Rechtsanwalt ausgeben nachdem sie selber bei der Versammlung dafür gestimmt haben daß das sein muß jeder will daß andere etwas geben und Schwarz wird sich allein den Kopf zerbrechen was man tun soll. Niemand hat Geld gegeben jeder hat gesagt warum er nicht kann keiner will in dieser schwierigen Situation helfen. Das ist das Ende Frau Schifra das ist das Ende unseres Hauses das immer schön war und ordentlich und in dem gute Menschen gewohnt haben und sogar wenn es manchmal Ärger gab nicht schlimm das kommt vor unter Menschen aber es war gut hier zu wohnen und es war Ruhe für alle. Jetzt ist alles zu Ende. Deswegen Frau Schifra bin ich zurückgetreten es gibt keinen Hausbeirat mehr die Eigentümer wissen das schon vom Telefon wo ich es ihnen gesagt habe und jetzt sage

ich es Ihnen mit diesem Brief und auch um mich von Ihnen zu verabschieden die ich Sie immer als eine gute und gebildete Frau in Erinnerung habe ich habe immer Achtung Ihnen gegenüber und ich bin auch nicht im Zorn über Ihren Mann ein ehrenwerter und gebildeter Mensch sogar wenn er über mich Dinge gesagt hat die ich jetzt vergessen möchte. Ich weiß nicht wieviel Zeit ich noch zu leben habe mein Zustand ist nicht gut Ihnen diesen Brief zu schreiben hat mich eine Woche gekostet und ich habe keine Kraft mehr übrig.
Hochachtungsvoll
Schwarz Arje ehem. Vorsitzender des Eigentümerbeirats

5

»Wo bist du? Was ist los mit dir? Ich erwische dich nie zu Hause. Ich mache mir schreckliche Sorgen. Laß nur deine Stimme hören und sag, ob alles in Ordnung ist.«

Adas Stimme auf dem Anrufbeantworter in der Wohnung in Givatajim. Ihr vierter Anruf. Und noch ein paar unbedeutende Nachrichten. Nachdem sie das Band abgehört hatte und schnell die Post durchgegangen war, die sie im Briefkasten vorgefunden hatte, stand sie da und blickte sich um. Die Möbel, die sie sich ausgesucht hatte in den Jahren, die sie hier wohnte, die Bilder, die an den Wänden hingen, in die sie ihren bestmöglichen Geschmack investiert hatte, die Teppiche, das Bücherregal, ihre Schallplatten und die überall verstreuten Kleinigkeiten – all die Dinge, die dazu bestimmt waren, der Wohnung ihren persönlichen Stempel aufzudrücken und die sie im Lauf der Zeit aufgehört hatte wahrzunehmen. Das alles rief jetzt Haß und Ekel in ihr hervor, einen echten körperlichen Brechreiz. Sie schreckte sogar davor zurück, ans Regal zu treten und ein paar Bücher und Schallplatten herauszuholen, die sie in ihr neues Domizil hatte mitnehmen wollen, und beeilte sich hinauszukommen.

Draußen herrschte die Dämmerung des Sommerendes, und Gabi ging zum Autobus, der nach Tel Aviv fuhr. Die Putzfrau, die Chazi angestellt hatte, hatte ihre Arbeit in der Wohnung längst beendet, und sie konnte zurückkehren. Während sie an der Haltestelle wartete, breitete sich Müdigkeit in ihrem Körper aus, begleitet von einer Empfindung quälender Absurdität. Plötzlich hielt ein Auto neben ihr, und der Fahrer, dessen Gesichtszüge im Halbdunkel verschwammen, rief: »Gabi!« Die Stimme war ihr unbekannt. Vorsichtig näherte sie sich dem Wagen, und aus dem Fenster lächelte ihr Odeds Gesicht entgegen. »Kann ich dich mitnehmen?«

Aus den Lautsprechern im Auto erklang klassische Musik, und als Gabi sich neben Oded in den Wagen setzte, stellte er sie etwas leiser. »Wo mußt du hin?«

»Malchei-Israel-Platz, wenn du dort in der Gegend vorbeikommst«, sagte Gabi.

Das Auto fuhr los. »Und wenn ich nicht dort vorbeikomme, kann ich dich nicht trotzdem dorthin bringen, wo du hinmußt?«

Während der Fahrt warf er ihr hin und wieder einen Seitenblick zu, musterte ihr Gesicht. In seinen Augen lag ein zögerndes, vielleicht auch ein ironisches Lächeln, das er zu unterdrücken versuchte.

»Fahr hin, wo du hinmußt«, sagte Gabi, »und ich steige da aus, von wo aus ich am bequemsten dorthin komme, wo ich hinmuß.«

»Ist gut. Ich fahre am Malchei-Israel-Platz vorbei.«

Die Stimmen der Sängerin und der beiden Sänger, begleitet von alten Musikinstrumenten, erfüllten das Wageninnere mit unendlicher Sehnsucht nach Heilung und Seelenruhe.

»Komisch, daß ich dich heute treffe«, sagte Oded. »Freitag abend war ich bei Ada und Gadi, so wie an diesem Abend, als du dort warst, und habe Ada nach dir gefragt. Sie hat gesagt, daß sie lange nichts von dir gehört hat. Ist etwas vorgefallen zwischen euch?«

»Nein«, sagte Gabi, »ich arbeite den ganzen Tag, und wenn ich nach Hause komme, bin ich völlig erschlagen. Und am Wochenende ohne Ende Betrieb und Verpflichtungen. Ich komme zu gar nichts. Ich muß sie wirklich anrufen.«

»Ich bin in der Hoffnung dorthin gegangen, dich zu treffen.«

»Was ist das für eine Musik, die wir da hören?«

»Magst du klassische Musik?«

»Ja.«

»Monteverdi, *Nisi Dominus.*«

Da sie schwieg, fügte er erklärend hinzu: »Psalm hundertsiebenundzwanzig. ›Wenn der Herr nicht das Haus baut, so arbeiten umsonst, die daran bauen. Wenn der Herr nicht die Stadt behütet, so wacht der Wächter umsonst. Es ist umsonst, daß ihr früh aufsteht und hernach lange sitzet und esset euer Brot mit Sorgen; denn seinen Freunden gibt er es im Schlaf. Siehe, Kinder sind eine Gabe des Herrn, und Leibesfrucht ist ein Geschenk. Wie Pfeile in der Hand eines Starken, so sind die Söhne der Jugendzeit. Wohl dem, der seinen Köcher mit ihnen gefüllt hat! Sie werden nicht zuschanden, wenn sie mit ihren Feinden verhandeln im Tor.‹ Das ist der gesamte Psalm.«

»Und du kannst diesen Psalm auswendig«, sagte Gabi.

»Das ist mir nicht fremd«, erwiderte er, »ich bin aus einem religiösen Haus. Und es gibt auch ein kleines, wunderbares Werk von Vivaldi nach diesem Psalm. Ich hab es mir sehr oft mit dem hebräischen Text in der Hand angehört, so ist es mir in Erinnerung geblieben. Wenn du klassische Musik magst, lohnt es sich, dir das *Nisi Dominus* von Vivaldi anzuhören. Ich habe eine sehr schöne Ausgabe davon, mit einem ausgezeichneten Kontratenor.«

Er wartete auf ihre Reaktion, und als sie ausblieb, fügte er hinzu: »Wenn du magst, würde es mich wirklich freuen, dich zu mir nach Hause einzuladen, um es dir vorzuspielen.«

»Danke«, sagte Gabi, »bei Gelegenheit, wenn ich mal eine Möglichkeit dazu finde.«

»O.k.«, äußerte er zweifelnd, zog aber dennoch eine Visitenkarte aus der Innentasche seines Jacketts und reichte sie ihr.

»In der nächsten Zeit habe ich wirklich nicht eine freie Minute, aber vielleicht irgendwann einmal.« Sie überflog die Karte einen Augenblick, mehr aus Höflichkeit denn aus Interesse an seiner Arbeitsstätte (ein Anwaltsbüro – offenbar war das seine Verbindung zu Adas Gadi), seine Adresse und seine Telefonnummer. Die Kassette war zu Ende, er nahm sie aus dem Gerät, und im Radio erklang »Stimme der Musik«: Klavierkonzert von Mozart.

»Ich gehe viel ins Konzert«, sagte er, »ich habe ein Zweierabo für die Philharmonie, wenn dich das also interessiert, würde ich mich freuen ...«

Sie passierten den nördlichen Bahnhof und fuhren auf der Arlosoroffstraße weiter. An der Ecke Blochstraße sagte sie zu ihm: »Hier ist es gut für mich. Ich steige hier aus.«

»Willst du nicht, daß ich dich bis vor die Haustür bringe? Das macht mir nichts aus.«

»Nein, danke, das ist schon gut so.«

»Wie du willst.«

Er hielt das Auto an, sie bedankte sich bei ihm, und während sie ausstieg, sagte er leise zu ihr: »Ruf an, in Ordnung?« Und seine Stimme klang wie ein Schrei, den der Wind aus weiter Ferne herantrug. »Gib mir eine Chance, du kennst mich nicht.«

Sie überquerte die Straße und spähte kurz nach hinten. Sein Auto stand immer noch an der Stelle, wo sie ausgestiegen war, und sie wußte, daß er sie beobachtete. Nachdem sie in die Blochstraße hineingegangen und dann in eine der Seitenstraßen abgebogen war, blickte sie wieder zurück, um zu sehen, ob er sie nicht vielleicht verfolgte.

Am nächsten Morgen, als sie ins Büro kam, fand sie auf ihrem Tisch einen Brief von ihrem Vorgesetzten, der ihr die Beendigung ihres Arbeitsverhältnisses mitteilte, wegen mangelnder Eignung und Personalkürzungen. Sie beschloß, nicht bis Ende des Monats zu warten, wie in ihrem Brief vorgeschlagen, verabschiedete sich nicht von ihren Zimmergenossinnen, die mehr als sonst in ihre Arbeit vertieft waren, sondern verließ sofort das Büro.

Der Aufzug ließ auf sich warten, und sie hatte es eilig, von dort wegzukommen. Sie empfand keinerlei Enttäuschung,

Wut oder Sorge in ihrem Inneren, nicht einmal Überraschung. In ihren Augen war das alles nebensächlich. Als sie gerade die Treppe nehmen wollte, kam der Aufzug und öffnete sich, Chazi trat heraus und verschwand schnell wie ein Geist an ihr vorbei in seinem Büro.

Bis sie sich von der Überraschung erholt hatte, schloß sich der Aufzug und fuhr wieder hinunter.

Gabi ging die fünf Stockwerke hinunter, trat auf die Straße hinaus und stieg in einen Autobus. Ihr gegenüber saßen zwei Frauen, eine jung, in Jeans und schwarzem Pullover, und ihre Gefährtin, älter als sie und orthodox, der Kleidung und dem Hut nach zu schließen.

»Woche um Woche hat sie daheim gesessen und hat geweint«, sagte die junge Frau, »sie wollte nicht mehr leben. Sie haben zu ihr gesagt: Du bist jung und hübsch, es wird einen anderen geben, der dich liebt, der dich gut behandelt. Ein Glück, daß es so geendet hat, was wäre gewesen, wenn ihr geheiratet hättet, Kinder gehabt, und plötzlich wäre er weggegangen, ohne zu sagen, warum. Und sie: Nur Rami, Rami und wieder Rami, ich habe nie einen anderen Mann in meinem Leben gehabt, und es wird keinen anderen geben. Wenn nicht Rami, dann sterbe ich lieber. Und nach einer Weile merkt sie, daß sie schwanger ist.«

»Haben sie ihn nicht gesehen, wußten sie nicht, was für ein Mensch er ist?« fragte die Ältere.

»Was heißt hier, nicht gesehen! Er kam zu ihnen nach Hause, gehörte praktisch zur Familie, ein guter Junge ohne Flausen, alle mochten ihn. Sie fingen schon an, von Hochzeit zu reden. Und mit einem Mal, da will er nichts mehr von ihr hören. Und sie, die Ärmste, weiß nicht, warum, versteht nicht, was plötzlich los ist, ruft ihn an, und er hört bloß ihre Stimme – und schon legt er auf. Und jetzt schwanger. Der Vater ist losgegangen, um mit ihm in seiner Arbeit zu reden, und der Junge sagte zu ihm: Es ist nicht von mir. Das war jemand anderes. Ich liebe sie nicht mehr. Sie soll mich vergessen. Und sie schwört bei ihrer Mutter und bei ihrem Bruder,

der Soldat ist, daß sie außer Rami nie jemand anderen gehabt hat. Nach einiger Zeit gibt er die Arbeit auf und zieht um, und keiner weiß mehr, wo er ist. Und sie, auch nachdem er sie so in den Dreck gezogen hat, sie liebt ihn immer noch, betet, daß er zu ihr zurückkommt und will von nichts was hören. Sie hat aufgehört, zur Arbeit zu gehen, hat das Haus nicht mehr verlassen, wollte nicht einmal mehr fernsehen, weinte nur die ganze Zeit und rief nach ihm: Rami, Rami, komm zu mir zurück. Vor lauter Weinen und Verzweiflung hatte sie einen Abgang. So brauchte sie wenigstens keine Abtreibung.«

»Gott bewahre!« sagte die Fromme.

»Um ihre Zukunft zu retten und die Ehre der Familie«, erklärte die junge Frau.

»Was für eine Ehre denn, wenn sie schwanger wurde und auch noch abtreiben wollte!« ereiferte sich ihre Gesprächspartnerin.

»Ungefähr ein halbes Jahr war sie die ganze Zeit zu Hause, ging nicht zur Arbeit, ging nicht hinaus, weinte den ganzen Tag und rief nach ihm, daß er zu ihr zurückkehren solle. Sie wußten nicht mehr, was sie mit ihr anfangen sollten. Am Ende haben sie sie gezwungen, wieder arbeiten zu gehen, sie haben gedacht, daß sie das ins Leben zurückbringen würde und sie ihn ganz allmählich vergißt.«

»Sie hätten sie in die Anstalt, ins Abrabanel, bringen sollen«, sagte die Orthodoxe, »wenn sie zu Hause nicht aufpassen konnten, daß sie sich benimmt, wie es sich für ein Mädchen gehört. Alles kommt von der Erziehung, von der Familie.«

»Nein, es ist eine gute Familie, saubere Leute. Meine Eltern wohnen bis heute nebenan. Wir sind zusammen aufgewachsen, haben von einem Teller gegessen. Aber sie hat kein Glück gehabt, vielleicht weil sie so hübsch ist. Sie hat also wieder zu arbeiten angefangen, und einmal fährt sie mit dem Autobus von der Arbeit nach Hause und schaut zum Fenster hinaus, und da sieht sie plötzlich in irgendeinem Hof in der

Herzlstraße an der Mauer stehen: ›Bringe verlorene Liebe zurück. Eingang im Hof‹. Vorher ist ihr das nie aufgefallen. Am nächsten Tag hat sie es noch mal gesehen, und dann noch mal, und das hat sich in ihrem Kopf eingenistet. Am Ende hat sie sich Geld besorgt und ist dorthin gegangen.«

»Niemand weiß, was er gemacht hat, dieser Mensch, der Hexer, und was dort vor sich ging. Er sagte ihr, wenn sie irgend jemandem dieses Geheimnis verrate, funktioniere sein ganzer Zauber nicht und es sei schade um ihr Geld. Aber als sie nach Hause zurückkam, war sie ruhiger, hat nicht mehr geweint, hat angefangen, sich wie früher zu benehmen. Sie haben sich gesagt, wenn dieser Mensch ihr Rami ausgetrieben hat, dann war es das auch wert.«

»In der Nacht hat sie schon besser geschlafen, und in der Früh ging sie fröhlicher zur Arbeit. Und nach der Arbeit wollte sie in irgendeinem Laden etwas kaufen, geht die Allenbystraße hinunter, und auf einmal sieht sie diesen Rami auf dem Bürgersteig vor ihr stehen, als hätte er darauf gewartet, daß sie vorbeikommt. Sie ist stehengeblieben, völlig geschockt, bringt kein Wort heraus. Und er sagt zu ihr: ›Ich liebe dich, Riki, nur dich, ich kann nicht ohne dich leben.‹ Und sie fragt ihn: ›Warum hast du mich dann einfach so verlassen, wo warst du die ganze Zeit, warum hast du dich nie gemeldet?‹ Und er sagt: ›Ich wollte, daß du mich vergißt, daß du jemand besseren als mich findest, jemanden, der dir ein gutes Leben bieten kann, wie du es verdienst. Ich habe die ganze Zeit gelitten und mich nach dir gesehnt, aber ich hatte die Hoffnung, daß du mich vergessen hast, daß es dir gutgeht, und das gab mir die Kraft, es durchzustehen. Aber vor ein paar Tagen ist mir etwas passiert, das mir noch nie im Leben passiert ist. Am Nachmittag saß ich im Zimmer, und plötzlich war es, als ob mein Herz explodierte. Ich dachte, ich sterbe. Ich verlor das Bewußtsein, und als ich wieder aufwachte, spürte ich, daß ich dich sehen muß, daß ich nicht mehr leben kann vor lauter Liebe und Sehnsucht nach dir. Ich wollte dich sofort anrufen, aber ich hatte schreckliche Angst, daß du mich vielleicht schon vergessen hast und glücklich bist und ich dir alles zerstöre. Die ganze Nacht konnte ich nicht schlafen, und heute, nach der Arbeit, wollte ich nicht nach Hause gehen. Ich wußte nicht, wie mir geschah, ich fing an, durch die Straßen zu laufen, ohne zu wissen, wohin ich gehen wollte, und meine Füße trugen mich hierher, als ob mich jemand mit Gewalt dazu drängte, und plötzlich sehe ich dich vor mir.‹

›Wann war das, als du diese Explosion im Herzen gespürt hast?‹ fragt sie ihn.

›Gestern nachmittag, so gegen fünf‹, sagt er.

Und das war genau der Zeitpunkt, als sie bei diesem Menschen war, der verlorene Lieben zurückbringt.«

Die Orthodoxe, die bis dahin still und geduldig der Geschichte gelauscht hatte, konnte nicht mehr schweigen. »Wie kannst du so einen Unsinn glauben, woher weißt du, daß das alles wahr ist, warst du vielleicht dort?«

»Sie selbst hat es meiner Schwester erzählt«, erwiderte die junge Frau.

»Dann hat sie das Ganze erfunden.«

»Warum sollte sie solche Dinge erfinden, was hätte sie davon?«

»Ich weiß nicht, aber das ist Unsinn, diese ganze Zauberei, und es ist auch gegen die Thora. Was glaubst du solchen Geschichten? Es kann ja sein, daß sie sich wirklich per Zufall auf der Straße begegnet sind, und er, kaum hat er sie gesehen, plötzlich wieder Lust verspürte, sich mit ihr einzulassen, nach allem, was er ihr angetan hat, also erzählt sie zu Hause diese Geschichte, damit sie ihm verzeihen und bereit sind, ihn wieder aufzunehmen.«

»Aber es ist genau umgekehrt. Hör zu«, sagte die Junge.

Während der ganzen Fahrt befürchtete Gabi, die beiden würden aussteigen, bevor sie das Ende der Geschichte gehört hätte. Und dann erreichte der Bus die Haltestelle, an der sie selbst aussteigen mußte, und so große Lust sie auch hatte, schnell nach Hause zu kommen, in der Hoffnung auf einen Anruf, der ihr eine Erklärung liefern, vielleicht sogar irgendein Versprechen andeuten werde, sie konnte sich einfach nicht von ihrem Platz und von der Geschichte losreißen, die sie in Bann schlug, und sie fuhr weiter, ohne zu wissen, wohin.

»Er sagte zu ihr«, fuhr die Jüngere mit ihrer Geschichte fort, »›komm, wir setzen uns hier in irgendein Café und reden.‹ Sie gehen also in ein Café und reden, er fragt sie, wie es ihr während der ganzen Zeit so ergangen ist, in der sie ihn nicht gesehen hat, und erzählt ihr, wie es ihm ergangen ist, und sie schaut ihn an und sagt sich: Er sieht genau aus wie Rami, redet genau wie Rami, kennt die ganze Geschichte mit allen Einzelheiten, aber trotzdem, das ist nicht er, das ist irgendwie jemand anderer. Alles ist genau gleich, außer dem Blick in seinen Augen, als sähe jemand anders aus ihnen heraus. Er redet liebevoll mit ihr, bittet sie um Verzeihung für das, was sie seinetwegen durchgemacht hat, möchte, daß sie zueinander zurückkehren und alles von neuem beginnen, will, daß sie heiraten, doch sie sieht in seinen Augen etwas Schlechtes, das niemals in den Augen des echten Rami war, den sie als einen guten Menschen in Erinnerung hat, auch wenn er sich ihr gegenüber auf solche Art benommen und sie in den Dreck gezogen hat. Und sie spürt, daß sie ihn überhaupt nicht liebt, nicht zu ihm zurückkehren will, ihn nicht mehr sehen, ihn bloß für den Rest ihres Lebens vergessen möchte. Er fragt sie, wann er sie wiedersehen wird, sie sagt, sie weiß es nicht, aber er gibt nicht auf. Läßt sie nicht gehen. Er sagt zu ihr: ›Du bist meine Frau, und ich bin dein Mann. Wir können nicht getrennt leben.‹ Als sie schließlich das Café verlassen und sie zum Bus geht, um nach Hause zu fahren, steigt er hinter ihr ein, setzt sich in die Bank auf der anderen Seite und schaut sie die ganze Zeit mit diesem schlechten Blick in seinen Augen an. Sie geht nach Hause, und er neben ihr, redet in einem fort auf sie ein, will sie nicht allein lassen. Sie betritt das Haus, und er bleibt draußen. Er bleibt die ganze Nacht dort, sitzt auf der Erde und wartet.

Sie hat nichts zu Hause erzählt, aber sie haben gesehen, daß ihre Fröhlichkeit vom Morgen vorbei und sie wieder traurig ist.

Am nächsten Morgen hat sie Angst, in die Arbeit zu gehen, falls er immer noch dasteht, auf sie wartet. Am Ende nimmt sie ihren Mut zusammen, verläßt das Haus, geht an ihm vorbei. Er folgt ihr und sagt: ›Wenn du mich nicht heiratest, bringe ich dich um. Ich habe nichts zu verlieren, wenn du nicht bei mir bist, lohnt es sich für mich nicht mehr zu leben.‹ Und sie sagt zu ihm: ›Ich liebe dich nicht, du bist nicht der Rami, den ich einmal hatte, du bist jemand anders, ich will nichts mit dir zu tun haben. Ich werde mich bei der Polizei beschweren, daß du mich bedrohst.‹ Und er sagt: ›Das macht mir doch nichts, sollen sie mich ins Gefängnis werfen. Ohne dich ist mein Leben wertlos.‹

So hat er sie die ganze Zeit verfolgt, vor ihrer Arbeit, bei ihrem Haus auf sie gewartet, geweint, geflucht und gedroht, ihr keine Ruhe gelassen. Sie hat ihrer Familie davon erzählt, und sie haben gesehen, was da ablief, daß das wirklich eine Gefahr war. Ihr Bruder, der Soldat, wollte ihn totschlagen, aber sie hat es nicht zugelassen. Sie haben zu ihr gesagt, sie würden mit ihr zur Polizei gehen, um sich über ihn zu beschweren, aber sie wollte nicht. Vielleicht tat er ihr trotz allem noch ein bißchen leid. Sie sagte ihnen, sie sollten noch einen Tag warten. Sie hatte nämlich beschlossen, noch einmal zu diesem Mann, dem Hexer, zu gehen.

Der Junge ist ihr auch bis dorthin gefolgt. Als er gesehen hat, wo sie hineingehen will, hat er angefangen zu weinen: ›Riki, tu mir das nicht an, geh nicht da hin, ich werde daran sterben, bring mich nicht um.‹ Und er hat ihre Hand festgehalten, hat sie nicht hineingehen lassen. Fast hätte sie sich seiner erbarmt, als sie gesehen hat, wie er leidet und Tränen vergießt. Aber im letzten Moment, als sie fast schon nachgegeben hat, gelang es ihr, sich von seiner Hand zu befreien, und sie ist schnurstracks in das Haus des Hexers gerannt. Als dieser Mann sie noch einmal kommen sah, ist er erschrocken, und sie hat ihm erzählt, was los war. Er hat zu ihr gesagt: ›Es kann wirklich sein, daß das nicht der echte Rami ist, nur irgendein Dämon, der sich für ihn ausgibt und dich auf einen schlechten Weg bringen will, von dem man nie mehr zurückkehren kann. Ein Glück, daß du nicht auf ihn gehört hast, sonst hättest du in großer Gefahr geschwebt. Ich werde jetzt tun, was nötig ist, und es kommt in Ordnung, hab keine Angst.‹ Ich weiß nicht, was er gemacht hat, auch das will sie nicht erzählen, damit ihr nichts passiert, aber als sie wieder hinausgegangen ist, war der Junge nicht mehr da, und sie hat ihn nicht wieder gesehen. Zwei Tage später stand über ihn in der Zeitung, daß er bei der Arbeit umgekommen ist. Er hat mit Strom gearbeitet, war irgendwo unvorsichtig und ist praktisch auf der Stelle verkohlt. Man weiß nicht, ob es aus Versehen war oder mit Absicht.«

Die Orthodoxe brach in ein häßliches Gelächter aus und fragte ihre Gesprächspartnerin höhnisch: »Und der getötet wurde, wer war das, der Dämon oder der echte Rami?«

»Ich weiß nicht«, murmelte die junge Frau, verstummte, und nagender Zweifel verdüsterte plötzlich ihr Gesicht.

An der nächsten Station stiegen die beiden Frauen aus, und Gabi, fern von ihrem Bestimmungsort, fuhr weiter. Von Haltestelle zu Haltestelle leerte sich der Autobus zunehmend, bis sie als einzige übrigblieb. Hin und wieder musterten die Augen des Fahrers sie im Rückspiegel, und schließlich rief er nach hinten: »Wohin müssen Sie?«

»Zur Endhaltestelle.«

Jetzt, wo ich nicht rede und mich nicht von der Stelle rühren kann, kann es sein, daß ich weniger Möglichkeiten habe, Fehler zu machen, denn je weniger ich mich in das einmische, was mit mir geschieht, desto näher komme ich meinem wahren Zustand. Warum also gibt es Dinge, die mich ärgern? Wieso macht es mir was aus? Die Tochter versucht weiterhin, mich davon zu überzeugen, daß es besser für mich sei, ins Invalidenheim zu gehen (»Institution« nennt sie es, um es würdiger, verlockender erscheinen zu lassen), anstatt allein in der Wohnung mit dem Mädchen zu bleiben. Ich mache mir keine Sorgen um das Mädchen, sie wird woanders Arbeit finden. Aber ich habe mich an sie gewöhnt. Die Tochter sagt, es sei nicht gut für mich, allein zu sein, man müsse mit anderen Menschen zusammensein. Aber ich bin nicht an anderen Menschen interessiert. Ich habe mich nie für andere Menschen interessiert. Sie sind wie Schatten für mich. Mich selbst kann ich schon nicht verstehen, da fehlt mir gerade noch, daß ich Schatten um mich herum sehe.

Am Nachmittag ist die Tochter mit Vicky gekommen – Sozialarbeiterin, so hat sich die große junge Frau vorgestellt. Als erstes hat Vicky mit Expertinnenblick das Mädchen begutachtet, und man hat ihr angesehen, daß sie sofort nach Fehlern bei ihr suchte. Das allein schon hat mich geärgert. Noch bevor sie den Mund aufgemacht hat, wußte ich, daß ich das Gegenteil von dem tun werde, was sie sagt. Und dann hat sie den Mund aufgemacht:

»Hörst du mich?« plärrte sie. »Verstehst du, was ich zu dir sage?«

Ich nickte mit dem Kopf, ja, ja. Aber sie fuhr mit dem Geschrei fort. Und die Tochter saß dabei und schwieg, sagte ihr nicht, daß es auch ohne Schreien geht. Ich habe sie schreien lassen, sollte sie sich doch die Kehle wund schreien.

»Wie ist sein Name?« fragte sie die Tochter in normaler Stimmlage, von der sie annahm, daß ich sie nicht hörte.

»Jakov«, sagte die Tochter.

»Jakov! Wie fühlst du dich?« brüllte Vicky. »Geht es dir gut so zu Hause?«

Ich nickte mit dem Kopf: ja, ja.

»Kann sie dich pflegen? Ist sie gut, macht sie alles für dich, was du brauchst?«

Ja, ja.

»Fehlt dir nichts?« schrie Vicky.

Nein.

»Jakov! Du weißt, daß sie keine Schwester ist und nichts von Medizin versteht und daß sie dir, wenn etwas passiert, nicht helfen kann?«

Ja, ja.

»Also wäre es besser für dich, an einem Ort unter ärztlicher Aufsicht zu sein, mit einem Arzt und Schwestern, die die ganze Zeit an deiner Seite sind.«

Nein, nein.

»Jakov!« schrie Vicky. »Du weißt, daß deine körperliche Verfassung nicht gut ist. Wenn du Schmerzen hast, kann sie nichts für dich tun. Und wenn noch ein Anfall kommt, kann es sein, daß es schon zu spät ist, bis du ins Krankenhaus kommst.«

Mit ihrer normalen Stimme fragte sie die Tochter: »Ist sie schon lange bei ihm?«

»Fast ein Jahr«, sagte die Tochter.

»Er hat eine Beziehung zu ihr entwickelt«, sagte Vicky beunruhigt. Und wieder fing sie an, aus vollem Hals zu brüllen: »Jakov! Und was ist, wenn sie in ihr Land zurückkehrt, vielleicht möchtest du dann doch in eine ordnungsgemäße Pflegeinstitution übersiedeln, die deiner Situation angemessen ist?«

Nein, nein.

»Was dann, willst du, daß eine andere wie sie genommen wird?«

Ja, ja.

»Jakov!« brüllte Vicky. »Du und nur du allein entscheidest, wo du sein willst. Aber ich möchte dir einen vernünftigen Vorschlag machen, mit dem du sicher einverstanden sein wirst: Wir bringen dich für eine Woche oder sogar bloß für ein paar Tage in eine Einrichtung, nur damit du weißt, was das ist und aus dem Wissen heraus entscheiden kannst.«

Nein, nein.

»Was hast du zu verlieren, Jakov? Du kannst immer nach Hause zurück, und das Mädchen bleibt hier. Nur damit du siehst, was das ist.«

Nein, nein.

»Wir bringen dich nur für einen Tag dorthin, zu einem Besuch vor Ort, und am Abend kommst du wieder heim.«

Nein, nein.

»Jakov!« schrie Vicky. »Tu es für mich! Nur auf Besuch dorthin fahren, anschauen und wieder heimfahren!«

»Das wird nichts«, sagte die Tochter zu ihr. »Wenn er auf etwas beharrt, bringt ihn nichts davon ab. Vater!« Auch sie hat zu schreien angefangen, sie lernt schnell. »Wir haben nicht vor, dich zu etwas zu zwingen, was du nicht willst. Wenn du nicht willst, bleibst du mit diesem Mädchen zu Hause. Ich habe nur an dein Bestes gedacht, daß du unter ärztlicher Aufsicht bist, daß du die nötige Behandlung erhältst, damit du nicht leidest, wenn etwas passiert. Aber wenn du es so vorziehst, in Ordnung.«

Ich nickte: Ja, ja.

»Ich will mit ihr reden«, sagte Vicky zur Tochter.

Wir waren im Wohnzimmer, und während des ganzen Besuches saß das Mädchen auf dem Bett in ihrem Wintergarten, ohne etwas zu tun, als warte sie auf die Urteilsverkündung. Ich hatte das Gefühl, daß sie verstand, wovon sie sprachen: Sie wirkte angespannt, vielleicht würde man sie entlassen und sie müßte sofort die Wohnung verlassen. Jetzt ging Vicky zu ihr in den Wintergarten hinaus und fing an, sie zu befragen, in einem Englisch, das nicht besser als das des Mädchens war: Was sie tun konnte und was nicht, wie lange sie im Land bleiben durfte, wie ihre Verbindung mit der Agentur war, die sie ins Land gebracht hatte. Das Mädchen antwortete leise, als würde sie von der Polizei verhört. Eine kleine Kindfrau, nicht schön, arm, die in einem fremden Land Tag und Nacht mit einem alten Invaliden lebte, anstatt ihr Leben zu leben, und ihr gegenüber die große, starke Kommandantin.

Es läutete an der Tür. Die Tochter ging aufmachen. Pedro kam herein. In letzter Zeit kommt er oft, um das Mädchen zu sehen. Allem Anschein nach arbeitet er nicht, außer sonntags, wenn er sie bei mir vertritt. Er ißt mit ihr, was sie sich kocht, und einmal habe ich sie sogar in ihrem Wintergarten reden gesehen, und sie ist zu dem Platz gegangen, an dem sie ihr Geld versteckt, das sie beiseite legt und nicht ins Ausland schickt, und hat ihm etwas davon gegeben. Er hat garantiert zu ihr gesagt, das sei nur geliehen, aber sie wird nicht einen einzigen Schekel davon wiedersehen. Und er hat den Platz gesehen. Ich würde mich nicht wundern, wenn er ihr eines Tages alles klaut, was sie hat.

Die Kommandantin musterte ihn mit Expertinnenblick.

»Wer ist das?« fragte sie die Tochter.

»Er arbeitet sonntags hier für sie, wenn sie frei hat.«

»Heute ist nicht Sonntag«, sagte Vicky, »was macht er also hier?«

Mehr konnte ich nicht ertragen. Ich stieß den Rollstuhl dicht an die Kommandantin heran, schrie und fuchtelte mit den Händen, sie solle die Wohnung verlassen. Am Anfang gab sie vor, nicht zu verstehen, und die Tochter sagte: »Vater, was ist los mit dir, warum bist du wütend?«

Ich wiederholte die Vorstellung, es war sonnenklar. Ich weiß nicht, ob diese Frau wirklich vom Sozialdienst oder eine Freundin der Tochter war, die sie zu mir mitgenommen hat, um auf mich einzuwirken, ins Invalidenheim zu gehen, damit ich dann die Wohnung verkaufen muß. Beide sind schleunigst gegangen, das Mädchen ist von ihrem Bett aufgestanden und hat mich mit fragendem Blick angeschaut – vielleicht wußte sie nicht, was jetzt aus ihr wird. Ich machte ihr mit der Hand ein Zeichen herzukommen. Als sie neben mir war, habe ich ihre Hand in meine genommen und sie fest gedrückt, ihr direkt in die Augen geschaut und gesagt: »Linda, Linda.« Und im Inneren meines Herzens rief ich ihr lautlos ganz stark zu: Ich will, daß du immer bei mir bleibst. Und dann habe ich ihr die Hand geküßt. Als ich die Augen hob, lächelte sie, und ihr Gesicht, das normalerweise keinen Ausdruck hat und daher so traurig wirkt, auch wenn sie gar nicht traurig ist, nahm eine Art weiblichen Charme an, wie damals, als sie wütend auf mich war, nachdem ich mich totgestellt hatte.

Pedro sagte: »You love Linda?« Und er brach in Lachen aus. »You know what is Linda? Linda is beautiful.« Er hat mir das schon einmal gesagt.

Sie hat ihn in ihrer Sprache beschimpft, und ich habe ihm mit der Hand bedeutet, zu mir zu kommen, habe seine Hand genommen und sie auch gedrückt.

»But please you don't kiss me«, sagte Pedro und lachte wieder.

Das Mädchen und Pedro setzten sich aufs Sofa und unterhielten sich, und ich blieb vor ihrem Wintergarten, mit dem Versprechen der Tochter und ihrer Gefährtin, daß mich Leiden und Schmerzen erwarten. Es gibt Worte, die sich wie Würmer direkt ins Herz hineinfressen. Alle anderen Dinge, die gesagt worden sind, versinken langsam und allmählich wie Staub und lassen nur diese Worte übrig, und die Furcht, die sie mit sich bringen. Und ich hatte mich schon an den Gedanken gewöhnt, daß ich eines Tages so ende, wie eine Kerze erlischt. Das ist der Gedanke eines gesunden Menschen und nicht von jemandem in meinem Zustand.

Das Mädchen machte Anstalten, zum Einkaufen zu gehen, und war damit einverstanden, mich mitzunehmen. Wir fuhren mit dem Aufzug hinunter, gingen auf die Straße hinaus, Pedro schob meinen Rollstuhl, und das Mädchen ging neben mir, und ich wollte, daß es immer so wäre und wir drei zusammenblieben. Wir erreichten den Supermarkt, sie ging hinein, und er blieb mit mir draußen, stand hinter mir, über mir die Rauchwolke von seiner Zigarette. Ich wartete, bis sie herauskam, und bedeutete ihnen, zum Spielplatz weiterzugehen. Sie schoben mich hin. Meinen Rollstuhl stellten sie neben die Bank, und sie setzten sich neben zwei junge Frauen, die ihre Kinder im Blick behielten. Ich hatte noch nicht einmal feststellen können, wer die Kleinen waren, die dort spielten – einige kannte ich vom Sehen, einige waren mir neu –, da betrat der Junge, der den Unaussprechlichen erblickt hatte, den Platz, führte seine Hündin an einem Strick um ihren Hals.

Eine der beiden jungen Frauen, die neben uns saßen, im Stadium fortgeschrittener Schwangerschaft, mit einem Männerhaarschnitt, sagte zu ihrer kleinen, blauäugigen Freundin: »Schau dir das an.« Und sie erhob sich von ihrem Platz und rief dem Jungen zu: »Geh nicht mit dem Hund da rein, es gibt hier kleine Kinder, das macht ihnen Angst.«

»Nein«, sagte der Junge, »keine Angst, sie ist brav, sie liebt Kinder.«

Das Mädchen und Pedro lächelten, erinnerten sich an ihn von seinem Auftritt her im Park.

»Das ist schrecklich, wie diese Hündin aussieht!« entsetzte sich die Schwangere. »Wo hast du sie gefunden? Vielleicht hat sie Tollwut? Bring sie raus hier! Es ist überhaupt verboten, hier Hunde mitzubringen.«

Ihre Freundin stand ebenfalls auf, näherte sich der Hündin und betrachtete sie: »Wie kannst du sie so rumzerren, am Strick. Siehst du nicht, daß sie das in den Hals einschneidet? Die Arme! Hast du kein Mitleid mit ihr?«

»Ihr kennt sie nicht. Sie hat die Seele eines Gerechten«, sagte der Junge, »in einem anderen Leben war sie ein berühmter Zaddik, der für unsere Vorfahren Wunder gewirkt hat.«

Der Junge zog am Strick, trat schnurstracks auf den rauchenden Pedro zu und bat ihn um eine Zigarette. Pedro tat so, als verstünde er nicht.

»Bring sie raus, und nimm ihr diesen Strick ab«, sagte die junge Frau.

»Sie rennt weg«, sagte der Junge.

»Natürlich rennt sie weg, wenn du so mit ihr umgehst.«

»Sie leidet«, erklärte ihm die Schwangere, »es tut ihr weh. Verstehst du, was ich zu dir sage? Man muß sie schnell zum Tierdoktor bringen, damit er sie behandelt!«

»Kannst du mir eine Zigarette geben?« fragte der Junge Pedro wieder.

Die Kleinere flüsterte ihrer Freundin etwas zu, und die fragte ihn: »Wo wohnst du?«

Pedro gab ihm eine Zigarette und hielt ihm das brennende Feuerzeug hin. Der Junge nahm einige Züge von der Zigarette, ließ sie zwischen seinen Lippen hängen, bückte sich und band den Strick an der Bank fest, setzte sich auf den Boden zu unseren Füßen, und die Hündin kam und ließ sich neben ihm nieder. Ich sah die Wunde an ihrem Hals, es saßen Fliegen darauf, und sie drehte den Kopf von einer Seite zur anderen, um sie zu verjagen.

»Das ist schrecklich, ich kann das nicht mit ansehen!« sagte die Schwangere.

Sie und ihre Freundin gingen zu den Spielgeräten, holten ihre Kinder und verließen mit ihnen den Spielplatz.

Es begann zu dunkeln, der Spielplatz leerte sich, am Schluß blieben nur wir zurück, zu unseren Füßen die Hündin und der Junge. Der Lärm der Autos und die Stimmen der Leute von der Straße und den Häusern her klangen fern, als sei unser leerer, dunkler Platz eine Welt für sich. Die Spielgeräte wirkten jetzt wie Schatten erstarrter Giraffen und riesiger Vögel, die zu Boden gefallen waren und sich nicht mehr erheben konnten. Ein leichter Wind, vielleicht vom Meer her, erfrischte die Luft nach den langen Stunden feuchter Hitze, streichelte die Gesichter. Diesmal hatte es das Mädchen nicht eilig, nach Hause zu kommen. Sie und Pedro saßen neben mir und unterhielten sich ruhig, ein Austausch von kurzen, sachlichen Worten, mit langen Pausen der Übereinstimmung dazwischen. So reden Menschen miteinander, die schon lange Zeit zusammen sind und sich verstehen. Mein Herz füllte sich mit Liebe zu ihnen, und wie ein Schatten, der die Liebe begleitet – die Angst, sie zu verlieren. Wann hatte ich je solche Augenblicke? Ich spürte, wie sich die Seele vom Körper lösen wollte, von seinen Fesseln, von seiner Schwere, aufsteigen und in der Luft schweben wie ein zarter Flaum, überallhin, wohin der Wind sie tragen würde.

Der Junge, der den Unaussprechlichen gesehen hatte, kam

auf die Füße und drehte sich zu uns um. Die an die Bank gebundene Hündin erhob sich sofort nach ihm. Er stand nicht sicher auf den Beinen, blickte uns mißtrauisch und furchtsam an, offenbar war er eingeschlafen gewesen und erinnerte sich nicht mehr, wo er war.

»Habt ihr vielleicht etwas zu essen für mich?«

Er stand schwankend da, wartete auf Antwort, aber von uns konnte ihm keiner eine Antwort geben.

»Ich habe keine Kraft«, seufzte er, setzte sich wieder auf den Boden vor meinen Füßen, und die Hündin ließ sich ebenfalls wieder neben ihm nieder. Sein Kopf sank herunter, als schliefe er wieder ein.

Ich streckte die Hand aus und zeigte auf die kleine Tasche des Mädchens, die sie immer umhängen hatte, wenn sie das Haus verließ, an dem schräg über ihre Brust verlaufenden Riemen. Sie verstand nicht, was ich wollte. Ich wiederholte die Bewegung, sie deutete auf die Tasche: »You want it?« Ich nickte. Sie nahm die Tasche ab und gab sie mir. Ich kämpfte mit dem Verschluß, und es gelang mir nicht, sie zu öffnen. Sie half mir. Es gibt ein kleines Fach darin, mit Reißverschluß, wo sie die Geldbörse versteckt. Sie sah, daß ich versuchte, den Reißverschluß aufzuziehen, begriff und nahm mir die Tasche aus der Hand, holte die Geldbörse heraus, öffnete sie und gab sie mir. Pedro blickte mich mit einem neugierigen Lächeln an und sagte etwas zu ihr, und sie nickte. Ich entnahm einen Geldschein und gab ihr die Tasche zurück. Ich klopfte dem Jungen auf den Rücken.

»Ich kann nicht«, seufzte er, »ich kann jetzt nicht. Laßt mich. Tut mir den Gefallen.«

Ich klopfte ihm wieder auf den Rücken. Er erschrak, hob den Kopf und sah den dunklen Spielplatz vor sich.

»Wo sind sie?« fragte er. »Sie warten schon darauf hinauszugehen.« Dann drehte er sich im Sitzen um, löste den Strick von der Bank, stand auf, und die Hündin nach ihm. Er stand einen Augenblick da, bis er sich sicher fühlte, bevor er zu gehen anfing. Pedro nahm den Geldschein von mir, trat zu ihm und hielt ihn ihm entgegen, doch der Junge starrte in die Dunkelheit und beachtete ihn nicht. Das Mädchen stand auf und begann, meinen Rollstuhl zu schieben. Pedro rief etwas, um seine Aufmerksamkeit auf sich zu lenken, versuchte wieder, ihm das Geld zu geben, doch der Junge schenkte ihm keine Beachtung. Pedro steckte den Schein in die Tasche, und sie sagte nichts. Der verwirrte Junge blickte uns drei einen Augenblick lang schweigend an, als wartete er darauf, daß wir in die Dunkelheit zurückkehrten, aus der wir gekommen waren, drehte sich um und ging zum Ausgang des Spielplatzes. Wir folgten ihm auf die Straße. Er schwankte wie ein Betrunkener, ich stellte mir vor, daß er nichts hatte, wohin er gehen konnte, und in dieser gnädigen Stunde konnte ich nicht anders, als auch ihn und seine Hündin zu lieben, die mit einem Strick an ihn gebunden war, an ihrem Hals die Wunde der Liebe.

Sehr geehrter Herr Schwarz,
mein Gefühl nach der Lektüre Ihres Briefes läßt sich in einem Wort zusammenfassen: Erschütterung. Zuallererst ist da die Sorge um Ihre Gesundheit und die Hoffnung, die nicht aus dem Herzen weicht – vielleicht haben Sie übertrieben, vielleicht ist Ihre Situation doch weniger ernst, als Sie sie schildern. Auf alle Fälle, mein Mann und ich wünschen Ihnen aus tiefstem Herzen die Kraft, Ihre Krankheit zu überwinden, vollständige Genesung und ein langes Leben.

Wir sind Ihnen sehr dankbar dafür, daß Sie sich trotz Ihrer Schwäche die Mühe gemacht haben, uns einen Brief zu schreiben, um uns über die Situation des Hauses in Tel Aviv in Kenntnis zu setzen und die bedenklichen Entwicklungen zu beschreiben; die in Zukunft bevorstehen. Die Aussichten sind in der Tat hart und sehr besorgniserregend, auch wenn wir einmal annehmen, daß die tatsächliche Situation nicht ganz so düster ist wie das Schrek-

kensszenario, das Sie in Ihrem Brief entworfen haben – denn es ist ja kaum möglich, daß das Bild gänzlich schwarz ist und es nicht auch Flecken von Licht und Schönem darin geben soll.

In Ihrem Brief betonen Sie wiederholt das finanzielle Problem, und es besteht kein Zweifel, daß dies ein lästiges Problem ist, aber Geld, geehrter Herr Schwarz, samt all seiner Bedeutung, ist nicht das Zentrum des Lebens. Der Mensch ist die Hauptsache! Die entscheidendste und dringlichste Frage, die ansteht, auf die wir in unserem vorigen Brief bereits hingewiesen haben, ist die: Wie sind die Dinge so weit gediehen? Weshalb wurde der Niedergang nicht aufgehalten, bevor es zu spät war? Wer hat auf seinem Posten geschlafen? Zunächst gilt es, diese Fragen zu klären, damit die Verantwortlichen die Rechnung präsentiert bekommen.

Trotz Ihrer Erschöpfung und Ihrer zerrütteten Gesundheit meinen wir nicht, daß dies die Zeit ist, um das Steuer zu verlassen und das Schiff dem Untergang preiszugeben, sondern im Gegenteil, nicht zu verzweifeln, sich nicht zu beugen, mit letzten Kräften durchzuhalten und den Kampf fortzuführen, bis wir das rettende Ufer erreichen. Ich kann also Ihre Mitteilung über Ihren Rücktritt von der wichtigen Aufgabe, die Sie seit so vielen Jahren nach bestem Können erfüllen, nicht akzeptieren. Kein Zweifel, daß sie zu dieser übereilten Entscheidung in einem Augenblick der Verzweiflung und des Zorns gelangt sind, doch nachdem wir Sie nicht erst seit heute kennen, sind wir sicher, daß Sie sich bereits von Ihrer momentanen Ermattung erholt haben und sich mit erneuten Kräften gerüstet wieder an die Erfüllung Ihrer wichtigen und schwierigen Mission machen. Wir wünschen Ihnen eine rasche Genesung und versichern Ihnen, daß unsere moralische Unterstützung jedem Ihrer Schritte vorauseilt, die Sie zur Behebung der Zerstörung unternehmen, die Sie in Ihrem Brief in so grellen Farben geschildert haben.

Mein Mann und ich senden Ihnen die wärmsten und herzlichsten Grüße, auch an Ihre liebenswürdige Gattin, Ihre Tochter und deren Familie.
Schifra Barzilai

Mali hielt den Wagen neben seinem Haus an, und noch bevor er sich bei ihr zum Abschied bedankt hatte und ausgestiegen war, sagte sie:

»Werden Sie nicht manchmal gefragt, warum Sie nicht geheiratet haben?«

»Als ich jünger war, hat man mich danach gefragt. Jetzt nicht mehr. Die gleiche Frage könnte man auch Ihnen stellen.«

»Stimmt.«

Ein Krankenwagen bog in die Straße ein, und die geübte Fahrerin zog mit ihrem Auto sofort auf die linke Straßenseite hinüber, fuhr auf den Bürgersteig und machte ihm den Weg frei. Der Krankenwagen hielt vor Avirams Haus. Der Fahrer und ein zweiter Mann, seiner Kleidung nach ein Krankenpfleger, stiegen aus dem Wagen, luden eine Trage aus und strebten auf den Hauseingang zu. Vom Autofenster aus sah Aviram sie ein paar Sekunden an der Tür stehen, bis sie sie aufstießen und hineingingen.

Mali stellte den Motor ab.

»Es hat nicht geklappt«, sagte sie. »Wen ich wollte, der wollte mich nicht, jedenfalls nicht, um eine Familie zu gründen, und wer mich wollte, den wollte ich nicht. Und so ging die Zeit dahin, bis ich unter Druck geriet, daß ich bald kein Kind mehr kriegen könnte, wenn ich noch länger wartete, also beschloß ich, alleinerziehende Mutter zu werden. Ich habe es nie bereut. Ich habe das Richtige getan.«

»Und der Vater des Mädchens?«

»Darüber wird nicht gesprochen«, sagte Mali.

»Wie bei mir«, sagte Aviram, »die ich wollte, die wollten mich nicht, und wer mich wollte, den wollte ich nicht. So wie ich aussehe, nun nicht gerade ein Paul Newman, hatte ich nicht viele Chancen, eine zu finden, die mir gefällt und der ich gefalle.«

»Weshalb sagen Sie das? Ihr Aussehen ist völlig in Ordnung. Wenn Sie nur diesen Bart abnehmen würden.«

»Was haben alle gegen meinen Bart?« fragte Aviram, halb gekränkt, halb belustigt.

Mali musterte ihn mit kritischem Blick: »Das ist wie eine Maske für Sie, Sie verstecken sich dahinter. Ohne den Bart fühlen Sie sich sicher nackt.«

»Nein, er ist ein Teil von mir, wie die Hände, die Füße.«

»Vielleicht sind Sie gerade von Frauen angezogen, bei denen Sie von vornherein wissen, daß Sie keine Chance haben?«

»Ich könnte das gleiche ebenso zu Ihnen sagen, aber ich glaube nicht an den Unsinn der Psychologen.«

»Menschen, die nicht heiraten, bleiben ihr Leben lang Kinder«, sagte Mali.

»Und die, die heiraten, bleiben keine?«

»Nicht die Frauen. Die Männer bleiben wirklich Kinder bis ans Ende.«

Woher hatte sie all diese Ammenmärchen? Die Unterhaltung begann ihn zu ermüden. Er blickte auf seine Uhr.

»Der Hund wartet«, sagte Mali.

»Ja.«

Noch bevor er die Eingangstür geöffnet hatte, sah er die Sanitäter die Treppe ins Erdgeschoß herunterkommen, auf der Trage lag Herr Schwarz, und seine Frau folgte dicht dahinter mit einem Infusionsbeutel in der Hand, dessen Schlauch unter der Decke endete. Aviram hielt ihnen die Tür auf. Herr Schwarz hatte die Augen geschlossen, doch auf seinem von weißen Stoppeln überzogenen Gesicht lag der grimmige Ausdruck eines alten Kriegers, der sich auch jetzt noch nicht geschlagen gibt. Als sie ihn passierten, heftete Frau Schwarz einen anklagenden Blick auf Aviram und wackelte mit dem Kopf in seine Richtung, als sagte sie: Ja, ja, ja.

Er stand vor seiner Wohnungstür, und die Stille ließ sein Herz erstarren. Er drückte ein paarmal auf den Klingelknopf, um das Freudengebell des Hundes auszulösen, das ihn bei seiner Rückkehr immer empfing, doch es folgte keine Reaktion. Seine Hände zitterten, er hatte Schwierigkeiten, den Schlüssel ins Schloß zu stecken.

Ein unangenehmer Geruch stand in der geschlossenen Wohnung. Der Hund lag in seiner Ecke, daneben eine dunkle Lache, eine Mischung aus Urin und Durchfall. Aviram bückte sich zu ihm hinunter, und er hob seinen Kopf ein wenig, öffnete ein Auge, stieß ein kurzes, ersticktes Jaulen aus und ließ den Kopf wieder fallen.

Aviram rief den Tierarzt an. Dieser beruhigte ihn und wies ihn an, dem Hund Wasser hinzustellen, ihn zum Trinken zu bewegen und ihn herzubringen. »Trink, mein Liebling, trink bitte«, bat Aviram den Hund. Er streichelte seinen Kopf, »trink, das wird dir guttun«, hielt ihm die Schüssel hin, tauchte seine Schnauze ins Wasser, doch vergebens. Mit letzter Kraft wandte der Hund seinen Kopf ab, drehte ihn von der Schüssel weg, öffnete zur Hälfte ein trübes Auge, aus dem der ganze Schmerz der Welt und seine Ohnmacht blickten, als sagte er zu ihm: Schade um die ganze Mühe, es hilft nichts mehr.

Aviram bestellte telefonisch ein Taxi und trug den Hund auf seinen Armen die Treppen hinunter. Ihm entgegen kam die schöne Nachbarin die Stufen hoch, in den Händen die Plastiktüten mit ihren Einkäufen. Er grüßte sie mit einem Kopfnicken, und sie, wie üblich, ignorierte ihn mit verschlossenem Gesicht. Als er ihr auf der Treppe auswich, damit sie ihn passieren konnte, heftete er einen protestierenden Blick auf sie. »Man hat meinen Hund vergiftet!« sagte er, und nachdem sie ein paar Stufen weiter hinaufgestiegen war, rief er ihr nach: »Jemand hat meinen Hund vergiftet!« Er war von seinen eigenen Worten überrascht: Warum sagte er das? Wie war er auf die Möglichkeit verfallen, daß der Hund vergiftet worden war? Aber mit dem Moment, in dem er die Worte ausgesprochen hatte, setzten sie sich fest und wurden zur unumstößlichen Tatsache, die sein Herz mit Wut auf seine Verfolger und Mitleid mit sich selbst erfüllte. Es blieb ihm nichts anderes übrig, als herauszufinden, wer der Schuldige war.

Er wartete auf dem Bürgersteig mit dem Hund in seinen Armen auf das Taxi. Aus dem Hof trat die Lagerbesitzerin. Sie und ihr Mann hatten sich in letzter Zeit nicht mehr dort blicken lassen. Als sie ihn bemerkte, kam sie näher, brach in Lachen aus und schrie in Richtung des Hofes: »Mosche, komm schnell, schau dir das an!«

Damit hatte Aviram die Antwort auf seine Frage gefunden. Sie hatte ihm ja gedroht, daß sie jemandem zwanzig Dollar zahlen werde, um den Hund zu vergiften.

Der Mann mit der roten Olympiakappe trat aus dem Hof zu ihr.

»Laß ihn, Jafa«, bat er sie. »Du hast versprochen, daß du nicht mehr mit ihnen redest.«

»Was hast du, wer redet denn mit ihm? Ich rede mit dir«, sagte sie. »Schau dir an, wie er sein Baby hält. Schade, daß hier keiner vom Fernsehen da ist, um ihn so zu filmen.«

»Schluß, genug«, sagte ihr Mann. »Komm jetzt«, und er zog sie zurück zum Hof.

Der Taxifahrer fragte, ob etwas mit dem Hund nicht in Ordnung sei. »Er ist krank«, erwiderte Aviram.

»Hör mal«, sagte der Fahrer, »daß er mir bloß nicht aufs Polster kotzt. Vor einiger Zeit ist mir das nämlich mit einem Hund passiert, den jemand dabeihatte. Das geht bei keiner Reinigung raus, ich mußte den Polsterbezug im Wagen austauschen.«

»Wenn er das Polster schmutzig macht, werde ich Ihnen das bezahlen, was immer es kostet«, sagte Aviram.

Im Spiegel sah er das besorgte Gesicht des Fahrers, der immer wieder einen prüfenden Blick auf den Rücksitz warf, um nachzuschauen, ob sich der Hund bereits übergab.

»Jemand hat ihn vergiftet«, sagte Aviram, und er wußte

nicht, weshalb er das zu ihm sagte. Er hatte noch nie im Leben mit Taxifahrern ein Gespräch angefangen.

Der Fahrer erwiderte nichts darauf. Sein Gesicht, das ab und zu im Spiegel auftauchte, musterte ihn beunruhigt.

»Und ich weiß, wer es getan hat.«

»Er sieht tot aus, der Hund.«

»Er ist nicht tot.«

Auch der Tierarzt nahm Avirams Vermutung in Sachen Vergiftung nicht ernst, zog es vor, aus Achtung vor seinem Klienten nicht darauf zu reagieren, sondern begnügte sich mit der konventionelleren Diagnose einer Viruserkrankung, die eine Störung im Verdauungssystem bewirkte.

»Er ist schon alt«, sagte der Tierarzt zu Aviram, »gewöhnen Sie sich an diese Tatsache. Er wird immer schwächer werden und öfter erkranken.«

Doch Aviram hielt an seiner Behauptung fest, die sich genau in das größere Muster der Zeichen einfügte, die in letzter Zeit in seinem Leben auftauchten.

»Deine Theorie entbehrt jeder vernünftigen Grundlage. Aus dir spricht die Hysterie«, sagte Ilan zu ihm. Der Hund, den Aviram vom Tierarzt mit ins Büro genommen hatte, lagerte zu seinen Füßen und schien zu schlafen, wohl unter dem Einfluß der Medikamente, die ihm verabreicht worden waren.

»Wer würde in eine Wohnung einbrechen, und noch dazu zweimal, um einen Hund zu vergiften?« fragte Ilan.

»Jemand, der Drogen braucht und von diesen Leuten Geld bekommt, um das zu tun.«

»Und weshalb sollten diese Leute für so etwas Geld zahlen? Wozu brauchen sie ein solches Risiko? Wenn man diesen Junkie faßt, hat der doch kein Problem damit zu erzählen, wer ihn zum Einbrechen geschickt hat und zu welchem Zweck. Lohnt es sich für sie, das dafür zu riskieren?«

»Tatsache ist, daß sie gesagt hat, sie würden es tun«, beharrte Aviram auf seinem Standpunkt, »und heute, als sie gesehen hat, wie ich mit dem Hund auf das Taxi wartete, da hättest du hören sollen, wie sie gelacht hat. Das war das Lachen von jemandem, der es geschafft hat, seinen Plan auszuführen.«

»Avi, du bringst mich um mit deiner Naivität. Die haben genug Probleme mit ihrem illegalen Bau, und sie müssen beim Gericht einen guten Eindruck machen, wieso sollen sie sich da mit so einem Unsinn Schwierigkeiten einhandeln?«

»Du kennst diese Leute nicht. Wenn du gehört hättest, wie sie die ganze Zeit geschrien und geflucht hat – sie ist nicht zurechnungsfähig. Sie ist zu allem imstande.«

»Hör mal, Avi, du mußt dich da nicht hineinsteigern. Es mag ja sein, daß sie keine sympathischen Menschen sind und ihre Art von Umgangsformen nicht unbedingt unserem Geschmack entspricht, aber na und? Was tun sie Schreckliches? Was für ein Unglück ist das schon, wenn in einem Keller, der da nutzlos leersteht, eine kleine Wohnung gemacht wird, in der jemand drin wohnt? Und wenn es nicht für ihre arme Tochter ist, wie sie sagen, und es kann durchaus sein, daß sie so etwas an allen möglichen Orten in der Stadt bauen, zu Vermietungs- oder Verkaufszwecken, und damit gutes Geld machen – ja und? Wohl bekomm's! Gebe Gott, viele Leute würden das tun. Diese Viertel im Norden, vier Stockwerke mit einem Vorgarten, den niemand nutzt, mit diesem blöden Ehrentorbogen, zu dem sie die Bäume am Eingang zurechtstutzen, und der Hinterhof voll Unkraut, Dornen und Mülltonnen. Das alles war vielleicht zur Mandatszeit angemessen, als man festgelegt hat, daß Tel Aviv eine Gartenstadt werden soll, und diesen Baustil beschloß, der für alle verpflichtend war. Aber heute, wo eine derartige Parkplatznot herrscht, daß die Leute heimkommen und nicht wissen, wo sie ihren Wagen abstellen sollen – wer braucht da diese blöden Gärten? An Stelle der Gärten und Hinterhöfe könnte man einen ordentlichen Parkplatz für die Autos der Wohnungsinhaber einrichten. Und weshalb sollen sie auf die Dächer kein fünftes und sechstes Stockwerk bauen und irgendeine Regelung für einen Aufzug finden? Und wer braucht diese Lager und Keller? Warum sollten dort keine Menschen wohnen? Glaub mir, wenn man das in geordneter und schöner Form machen würde, wäre das hier eine unserer Zeit viel angemessenere Stadt, und es wäre um vieles angenehmer, darin zu wohnen.«

Während Ilan vor Aviram in seinen urbanen Visionen schwelgte, betrachtete Aviram den Hund und sah, wie sich sein Körper mit regelmäßigen Atemzügen hob und senkte.

»Ich glaube, es geht ihm besser«, sagte Ilan, der merkte, daß Avirams Aufmerksamkeit weniger seinen Worten als dem Hund galt. »Er schläft.«

»Ich habe schreckliche Angst ausgestanden«, sagte Aviram, »ich dachte, er stirbt mir.«

Ein Kunde betrat das Büro, Ilan wandte sich ihm zu, und Aviram versuchte sich auf seine Arbeit zu konzentrieren, doch der ruhige Schlaf des Hundes linderte nicht seine Seelennot. Er war alt, und das war es, was ihn in den kommenden Tagen erwartete. In dieser ganzen Stadt, sagte eine leise, unvertraute Stimme in seinem Inneren – aber vielleicht war es auch eine alte Stimme, die er längst vergessen hatte –, in dieser ganzen Stadt, dieser fröhlichen und genußfreudigen Stadt mit ihren Lokalen, die jede Nacht voll waren, mit den hübschen Mädchen, die Licht um sich herum verstrahlten, den gesunden, starken Jungen und den erfolgreichen, wohlhabenden Männern, die alles kriegen konnten, was sie wollten, und den Theatern, Konzerten und Ausstellungen, den Intellektuellen und Journalisten, Soldaten und Sportlern – ist es, als habe mich allein irgendein böser Zauber befallen, und wohin ich auch schaue, immer und überall, sind nur Armseligkeit und Alter, Krankheit und Schmutz.

In den Nächten vertrieben Angst und Verzweiflung seinen inneren Glauben, den er am Tag hegte, daß es eine Erlösung von diesem Zauber gäbe. Bis Mitternacht spielte das Radio neben ihrem Bett leise klassische Musik, und diese Klänge fluteten streichelnd die Glätte ihres weißen, katzenhaften

Körpers und tränkten die mysteriösen Schatten, die das Geheimnis ihrer reifen, hochmütigen Nacktheit küßten, bevor sie durch die Wand sickerten und an seine Ohren drangen. Manchmal hörte er ein Stöhnen oder einen Seufzer aus ihrem Schlaf aufsteigen, Laute von Verweigerung und Behagen. Und am Morgen rieselte der rhythmische Klang ihrer elektronischen Weckuhr kühl seinen Rücken hinab, wieder ging das Radio an, und es kam das Morgenmagazin. Die Stimme des Mannes war dort drüben seit langem nicht mehr zu hören gewesen, auch kein Telefonklingeln, seit jenem nächtlichen Anruf aus dem Ausland. Ein paar Zentimeter ziemlich brüchiger Wand trennten sie voneinander, doch der Weg zu ihr war unendlich weit.

Menasche rief sie kurz nach ihrem Eintreffen zu Hause an: »Nachdem ihr gegangen seid, habe ich mit ihm gesprochen. Ich habe zu ihm gesagt: ›Dein Vater liebt dich so sehr und sorgt sich schrecklich um dich, deshalb hat er sich aufgeregt und so mit dir geredet.‹ Und er hat gesagt: ›Wieso denn, er liebt den Staat und die Armee, das ist ihm wichtig und nicht, daß es mir gutgeht.‹ Nach dem, was du zu ihm gesagt hast, hatte ich Angst, daß er mit dir keine Verbindung mehr haben will und man mit ihm, wie man so sagt, einen ›Kommunikationskanal‹ offenhalten muß. Wenn Mutter ein Telefon hätte, hätte er sicher direkt bei ihr angerufen, denn nur auf sie verläßt er sich. Aber er kann sie nur über mein Telefon um etwas bitten, und so kann ich die Hand am Puls halten, denn wenn es irgendein Problem geben sollte und er Hilfe braucht, wird er mich anrufen.«

Ezra lauschte angespannt Menasches Erklärung, doch sie stellte ihn offenbar nicht zufrieden. »Man muß ihn zum Militär zurückbringen, Menasche, das ist die beste Lösung für ihn persönlich, und das ist auch das richtige Verhalten. Es gibt keinen anderen Weg. Wo ist er jetzt? Ist er bei Mutter geblieben?«

Menasche schwieg.

»Du verbirgst etwas vor mir, Menasche. Du hast ihm versprochen, mir nichts zu erzählen.«

»Ezra, ich brauche sein Vertrauen, um zu wissen, was wirklich mit ihm los ist. Verläßt du dich nicht auf mich? Wir haben das gleiche Ziel, man muß es auf dem klügeren Weg erreichen.«

»Ich weiß, ich hätte nicht so mit ihm reden sollen, das war nicht gut. Aber ich hatte einen Schock, verstehst du mich, Menasche, in meinem ganzen Leben habe ich ihn nie solche Sachen sagen hören. Hört man bei uns daheim vielleicht solche Worte? Und noch dazu über den Staat und die Armee? Und wie kann er es wagen, so vor seiner Großmutter zu sprechen, vor seinen Eltern. Ich verstehe das nicht. Ich glaube es bis jetzt noch nicht, daß ich das wirklich gehört habe.«

»Schau, Ezra, dieser Junge weiß genau, was er will und was er nicht will, und das funktioniert bei ihm nicht mit gewaltsamem Drill und Gebrüll.«

»Wie dann?«

»Er muß selber dahin kommen.«

»Das heißt, ihn so herumlaufen und sich verstecken lassen und warten, bis er zusammenbricht?«

»Ja.«

»Er kann an allen möglichen Orten in Schwierigkeiten geraten, wo er sich da versteckt, mit Junkies und Gaunern, er wird kriminell werden, er wird sein Leben und unseres zerstören.«

»Ezra, er ist kein Kind mehr, er ist nicht dumm, er hat einen starken Charakter, er wird nur tun, was er will.«

»Er hat keine Ehre, kein Gewissen, du hast gehört, wie er redet: Er würde sich als Homo ausgeben, um entlassen zu werden.«

Nachdem Ezra den Hörer aufgelegt hatte, setzte er sich hin und vergrub sein Gesicht in den Händen. Ruthi, die die ganze Zeit während des Gesprächs neben ihm gestanden hatte, dachte, er sei wegen irgendeines neuen Details, das ihm sein Bruder während ihrer Unterhaltung mitgeteilt hatte, in Angst und Sorge.

»Was ist passiert, Ezra«, sagte sie, »was ist denn los?«

»Ruthi, ich habe schreckliche Dinge zu Eyal gesagt, die ein Vater nicht zu seinem Sohn sagen darf. Du hattest recht mit dem, was du gesagt hast. Ich werde es mir mein Leben lang nicht verzeihen. Das war, weil er die Dinge mit Füßen getreten hat, die für mich am heiligsten sind. Und die Worte, die er sagte – ich stand unter Schock. Aber auch die Liebe eines Vaters zu seinem Sohn ist etwas Heiliges. Er ist kein Kind mehr, er ist ein Mann, und ich habe mich noch nicht daran gewöhnt.«

»Was denkst du also zu tun, Ezra?« fragte Ruthi.

Er reckte seinen Kopf, und sein Gesicht nahm einen entschlossenen Ausdruck an. »Morgen früh rufe ich als erstes die Nummer bei der Armee an, die sie uns hinterlassen haben, und ich werde keine Ruhe geben, bis ich diesen Chagi gefunden habe, damit er mit mir spricht, und ich werde ihm erzählen, wo er sich da herumtreibt, in der Fußgängerzone beim zentralen Busbahnhof. Ich werde nicht erzählen, daß wir ihn bei meiner Mutter gesehen haben, um sie und Menasche nicht in Schwierigkeiten zu bringen. Und ich werde diesen Chagi fragen, warum die Armee nichts tut, um ihn zu fassen. Ruthi, das ist ihre Pflicht.«

»Und wie denkt Menasche darüber?«

»Er meint, man müßte ihn zerbrechen lassen, warten, bis es ihm reicht, sich so zu verstecken, und er sich selber stellen will. Ruthi, wenn schon zerbrechen, dann ziehe ich es vor, daß er im Militärgefängnis zusammenbricht und nicht zwischen Huren und Junkies. Das ist um einiges sicherer für ihn.«

»Und ich denke, Ezra, daß du das nicht tun darfst. Wir müssen auf Eyals Seite sein und nicht gegen ihn. Du hast selbst gesagt, daß er kein Kind mehr ist und du dich noch nicht daran gewöhnt hast. Wenn er seine Flucht fortsetzen möchte, weiß er schon, was gut für ihn ist. Und auch wenn er sich irrt, es ist sein Recht, das zu tun, was seiner Meinung nach gut ist. Wir müssen ihm nur helfen, wenn er um etwas bittet, ihm die Sicherheit geben, daß er sich auf uns verlassen kann.«

Am nächsten Tag in der Früh wählte Ezra wieder die Nummer, die ihm damals am Anfang gegeben worden war. Es antwortete ihm Chagi persönlich, der sofort wußte, wovon die Rede war, und sich Ezras Geschichte anhörte, wie Eyal am Busbahnhof gesehen worden war und wie er und Menasche ihn gesucht hatten.

»Sag mal, machst du Witze mit uns?« fragte Chagi. »Das fällt dir jetzt ein, uns das mitzuteilen? Was nützt uns das? Es muß auf der Stelle gemeldet werden, wenn man weiß, wo er ist, und nicht nachher. Vom gesetzlichen Standpunkt aus hast du einen Deserteur unterstützt, denn du hast gewußt, wo er ist, und nicht umgehend Meldung erstattet.«

»Schau mal, Chagi«, erklärte ihm Ezra, »ich bin mehr als ihr daran interessiert, daß ihr ihn findet, aber ihr tut nichts.«

»Glaubst du, die Armee hat Personal, um jeden Soldaten, der was ausgefressen hat oder aus dem Militärgefängnis getürmt ist und sich irgendwo versteckt, in ganz Tel Aviv von Haus zu Haus suchen zu gehen oder das ganze Land nach ihm zu durchkämmen? Darum brauchen wir die Kooperation der Familie. Beim nächsten Mal, wenn es irgendeinen Kontakt mit ihm gibt, meldest du es umgehend, und wenn unter dieser Nummer niemand hingeht, dann meldest du es der Zivilpolizei.«

Ezra verpflichtete sich, dies zu befolgen, und drückte die Hoffnung aus, daß die Affäre bald beendet sei und Eyal ins Militärgefängnis zurückkehren werde, um dort seine Strafe zu verbüßen und danach wieder in seine Einheit eingegliedert zu werden.

Ruthi sagte: »Ich bin sehr böse darüber, was du tust, Ezra. Du hörst nicht auf mich und machst bloß, was deiner Meinung nach richtig ist. Ich will diese Diskussionen nicht wieder von vorn anfangen, aber du mußt wissen, daß das, was du getan hast, Verrat an unserem Eyal ist, Verrat an seinem Glauben. Ich habe ihm versprochen, in unserer beider Namen, daß wir zu ihm stehen, daß er sich auf uns verlassen kann. Jetzt wird er uns nicht mehr glauben.«

Ezra schwieg, es war ihm anzusehen, daß ihm die Worte seiner Frau weh taten, doch er hielt sich zurück, um nicht wieder eine Diskussion auszulösen.

Einige Tage später rief der Junge an. Ezra hob ab, und als er seine Stimme hörte, ließ er ihn gar nicht erst zu Wort kommen, sondern rief: »Eyal, ich muß dich um Verzeihung bitten für das, was ich bei Großmutter zu dir gesagt habe. Du bist mein Sohn, und ich liebe dich, und nur weil ich einen Schock hatte wegen der Dinge, die du gesagt hast, bin ich so explodiert.«

»In Ordnung«, sagte Eyal, »kann ich mit Mama sprechen?«

»Wo bist du?« fragte Ezra.

»Ich muß mit Mama sprechen«, sagte Eyal.

»Warum antwortest du mir nicht, Eyal?«

»Meine Karte geht zu Ende.«

Ezra hielt Ruthi den Telefonhörer entgegen und verschloß mit der Hand die Hörmuschel. »Er will nicht mit mir reden«,

»Mama«, sagte Eyal, »ich brauche ein bißchen Geld. Bring es Menasche, ich will nicht ...«

Das Gespräch wurde unterbrochen, offenbar war die Telefonkarte leer. Eyals Stimme hatte sich wie in Luft aufgelöst, und Ruthi ahnte Schlimmes. Sie präsentierte Ezra den Hörer, aus dem das Freizeichen ertönte, mit einem Ausdruck der Verzweiflung in ihren Augen.

»Was hat er zu dir gesagt?« fragte Ezra. »Warum bist du blaß geworden?«

»Er braucht Geld. Er hat sicher nichts zum Essen.«

»Wohin soll man es ihm bringen?«

»Zu Menasche.«

»Er hat nicht gesagt, wo er ist.«

»Nein.«

»Wenn wir nicht wissen, wo er ist, dann habe ich der Armee nichts zu melden. Ruthi, hast du gehört, ich habe ihn um Verzeihung gebeten, und er, anstatt sich auch zu entschuldigen für die Dinge, die er dort gesagt hat, war nicht einmal bereit, überhaupt mit mir zu reden«, klagte Ezra.

»Was sollen wir machen, Ezra?« fragte Ruthi. »Er braucht Geld zum Essen. Und wenn er kein Geld für eine Telefonkarte hat, wie soll er uns dann anrufen?«

»Du meinst, wir sollen ihm helfen, weiter ein Deserteur zu bleiben?«

»Ja, Ezra, ich meine, daß wir ihm helfen sollten, wie er es möchte.«

Und sie sann über die Worte nach, die Eyal zu ihr gesagt hatte, bevor die Verbindung abriß, versuchte, ihre Bedeutung zu entschlüsseln, als läge in ihnen ein Hinweis auf das Kommende verborgen: »Ich will nicht ...« Was hatte er zu sagen versucht und nicht mehr geschafft – was wollte er nicht?

Am Vormittag, nachdem sein Herr zur Arbeit gegangen war, heulte der Hund des Nachbarn jenseits der Schlafzimmerwand. Sie saß auf ihrem Bett und lauschte gespannt wie ein Musikliebhaber der Neuaufführung eines bekannten Werkes. Ein gewaltiges Wolfsgeheul der Sehnsucht und Einsamkeit, das ausbrach, anschwoll und mit Ende des Atemzugs erstarb, danach einen Moment Schweigen und noch einmal, langgezogen und durchdringend, wobei es vorkam, daß die Stille länger anhielt, und nur vom erstickten Jaulen verzweifelter Hoffnung unterbrochen wurde. Und wie in dem Gedicht, das ihr Ada in dem Buch von Dalia Ravikovitch gezeigt hatte, schien es, als krümmten sich die Wände vor Schmerz im Kalk.

Am Mittag wechselte das Geheul mit einem Schlag zu dankbarem Freudengebell. Die Tür der Nachbarwohnung fiel ins Schloß, und der Nachbar, der nach Hause kam, war zu hören, wie er seinen Hund mit liebevollen Worten überschüttete. Und nach einer längeren Weile fiel die Tür wieder ins Schloß, und im Treppenhaus hallte das stolze Triumphgebell des Hundes wider, der mit seinem Herrn zum Spaziergang aufbrach, und die Geräusche entfernten sich, immer weiter, bis wieder Stille im Haus einkehrte.

Das Telefon, das seit vielen Tagen stumm geblieben war, läutete plötzlich, und das Geräusch schreckte sie von ihrem Platz auf dreimal Klingeln, Pause, und noch ein Klingelzeichen.

»Wie geht's?«

»Gut geht's«, erwiderte sie ihm mit kühlerer Stimme, als sie sich vorgenommen hatte.

»Wieso bist du so sauer?« Er klang überrascht, wenn nicht gar enttäuscht.

Sie unterdrückte die in ihr aufsteigende Gegenreaktion. Es war besser, bei seinem Spiel mitzumachen, und nicht die Rolle der beleidigten Verstoßenen aufzuführen: »Aber nein, überhaupt nicht! Ich freue mich, dich zu hören. Wie war's im Ausland?«

»Es ging, aber viel Arbeit. Und auch seit ich zurück bin, hatte ich nicht einmal eine freie Minute, um dich anzurufen.«

»Nicht so tragisch«, sagte Gabi. »Wir sind alle vielbeschäftigte Leute. Hauptsache, bei dir ist alles in Ordnung. Sprichst du von der Arbeit aus?«

»Nein, von einer Telefonzelle. Hör mal, ich habe gerade entdeckt, daß du aufgehört hast, bei uns zu arbeiten.«

»Ja«, sagte Gabi, »es war nichts für mich.«

»Schade. Jetzt schau mal, es gibt ein Problem mit der Wohnung. Sie muß bis Ende des Monats geräumt werden.«

»Gut, in Ordnung«, sagte Gabi.

»Also wann gehst du raus?«

»Bis zum Monatsende sind es noch zwei Wochen, worum geht's denn? Ist es derart dringend, daß ich auf der Stelle gehen muß?«

»Nein, aber welchen Unterschied macht das für dich? Du hast deine Wohnung. Hast du sie vermietet?«

»Nein, aber ich habe noch alles mögliche zu erledigen.«

»Was denn?«

Schweigen.

»Du bist böse. Glaub mir, das ist das letzte, was ich wollte.«

»Nein, wieso denn? Ich bin nicht böse, ich habe keinen Grund dazu.«

»Soll ich zu dir kommen, und wir reden nett und freundschaftlich darüber?«

»Nicht nötig. Du bist beschäftigt, es ist schade um deine Zeit. Auch ich bin beschäftigt.«

»Womit bist du beschäftigt?«

Schweigen.

»Also gut. Ich komme jetzt. Mach was Nettes zum Mittagessen, das kannst du so gut.«

»Vielleicht ein andermal? Heute paßt es mir nicht so ganz.«

»Auf Wiedersehen, bis gleich.«

Sie setzte sich wieder aufs Bett, und vor ihrem geistigen Auge lief eine Folge von Bildern ab, denen sie sich des öfteren überließ, wenn sie das Gefühl hatte, daß sie ihn verlor und ohne ihn nicht weiterleben konnte:

Ohne Vorankündigung taucht er in ihrer geheimen Wohnung auf wie ein Mann auf der Flucht vor seinen Verfolgern. Bleich und schwer atmend bricht er auf dem Bett zusammen, glühend vor Fieber. Schüttelfrost erfaßt seinen Körper. »Mir ist schrecklich kalt«, murmelt er. Sie zieht ihm die Schuhe aus, hebt seine Beine ins Bett, zieht langsam an seinen Schultern, bis sein Kopf auf dem Kissen zu liegen kommt, und deckt ihn mit ihrer Steppdecke zu. Er versucht einzuschlafen, doch der Schüttelfrost läßt nicht nach. Sie breitet noch Wolldecken über die Steppdecke. Es scheint ihr, als komme sein Körper zur Ruhe, als schlafe er gleich ein. Sie sitzt vor dem Bett und betrachtet sein bleiches Gesicht, das ein unfaßbares Staunen ausdrückt. Plötzlich öffnen sich seine Augen – verengt, von fremdem Glanz verschleiert. Er dreht ihr leicht sein Gesicht zu, blickt sie mißtrauisch an, als frage er sich, was er und sie miteinander zu tun haben, bis ihm die Schwere der Lider die müden Augen wieder zufallen läßt. Eine lange, nicht meßbare Zeit verstreicht so, während sie vor dem Bett sitzt und ihn betrachtet, bis er von Unruhe erfaßt wird und die Decke bis zu den Hüften abwirft. Sie beugt sich über ihn, um zu sehen, was er hat. Der Geruch seines Körpers, der schon zum Geruch ihrer Liebe geworden ist, schlägt ihr scharf und aggressiv entgegen, überflutet sie. Er ist schweißüberströmt. Seine Kleider sind naß, ebenso der Kopfkissenbezug und das Laken, auf dem er liegt. Sie holt ein Handtuch und wischt damit sein Gesicht und seinen Hals ab, entfernt die Decken und zieht ihm sein verschwitztes Hemd aus. Mit geschlossenen Augen ist er ihr dabei behilflich, dreht seinen Körper von einer Seite auf die andere. Als sie ihm das Unterhemd über den Kopf zieht, richtet er sich auf, hebt gehorsam die Arme, öffnet die Augen und blickt sie direkt an. Dann zieht sie ihm Hose und Unterhose aus, trocknet ihm mit dem Handtuch den Schweiß am ganzen Körper ab, schiebt ihn auf die andere Bettseite, nahe der Wand, die noch trocken ist, bedeckt seine Blöße mit einem sauberen Laken, und darüber eine Wolldecke. »Ich habe Durst. Hast du vielleicht ein kaltes Bier?« fragt er. Sie holt ihm eine Dose Bier aus der Küche. Er setzt sich im Bett auf, öffnet die Dose und nimmt ganz langsam einen Schluck nach dem anderen. »Ah, das tut gut«, sagt er. Nach einigen Schlucken streckt er die Hand nach ihr aus, und sie rückt näher, ergreift sie. Er zieht ihren Handrücken an seine Lippen und küßt ihn, läßt nicht los. Sein Blick wandert forschend durchs Zimmer. »Hier werden wir sein, bevor wir ins Ausland fliehen, an einen Ort, wo sie uns nicht finden können. Wir werden weit weg und frei sein.« – »Wann wird das sein?« fragt sie. »Früher als du denkst, ich arbeite ständig daran.« Er trinkt aus und gibt ihr die leere Dose.

»Komm, komm ins Bett«, schlägt er lächelnd vor, »ich bin schon bereit.«

Der Schlüssel drehte sich im Schloß durch und sperrte nicht. Hatte er sich im Schlüssel vertan, vergessen, den Wohnungsschlüssel mitzunehmen? Er klingelte, und sie wartete noch ein bißchen, ging dann zur Tür und erspähte sein Gesicht durch den Spion. Man konnte Schweißtropfen auf seiner Oberlippe erkennen. Sie öffnete ihm, und er lächelte freundlich, doch mit dem Schließen der Tür erlosch das Lächeln auf seinem Gesicht: »Warum ist alles zu? Es riecht hier nach Essen.« Er ging und machte die Fenster in den Zimmern und in der Küche auf. Bei seiner Rückkehr ins Wohnzimmer war das höfliche Lächeln auf sein Gesicht zurückgekehrt. Gabi war zufrieden mit sich, daß sie sich für sein Kommen nicht schön gemacht, sondern die Kleider angelassen hatte, die sie am Morgen angezogen hatte. Er setzte sich in einen der beiden Sessel am Tisch und unterzog den Raum einer Musterung, als wollte er sich vergewissern, daß alles an seinem Platz geblieben war. Sie stand ihm gegenüber auf der anderen Seite des Tisches. Ein Mann mit gewöhnlichem Gesicht und weißhaarigem Kopf saß ihr gegenüber und lächelte in dem Versuch, seine Befürchtung zu kaschieren, daß ihm die Kontrolle über die Situation entglitt.

»Warum wolltest du nicht, daß ich komme?« fragte er mit verwundertem Lächeln.

»Und wozu wolltest du kommen?«

»Was für eine Frage! Ich wollte dich sehen!«

»Du bist gekommen, um mich aus der Wohnung zu werfen.«

»Wir haben vereinbart, daß du bis Ende des Monats hierbleiben kannst.«

»Keine Sorge, ich habe nicht die Absicht, dich mit Gewalt festzuhalten. Du wirst nichts mehr von mir sehen und hören.«

»Warum? Die Beziehung möchte ich schon aufrechterhalten.«

»Aber ich bin nicht daran interessiert. Die einzige Beziehung, die ich mit dir hatte war körperlich. Ich fühle mich jedoch überhaupt nicht mehr von dir angezogen. Du hast aufgehört, mich zu interessieren. Ich mag nicht einmal mehr an Sex mit dir denken. Es stößt mich ab.«

»Du willst mich bestrafen.«

Er erhob sich aus seinem Sessel und näherte sich ihr, zog sie gewaltsam an sich und umarmte sie.

»Ich will nicht«, sagte sie, »laß mich, ich will nicht.« Sie versuchte, seine Hände von ihrem Körper zu lösen, doch er kämpfte mit ihr und ließ nicht los. Der Geruch seines Körpers hüllte sie ein. Und wie ein Warnschrei stieg es in ihr auf, zog hallende Kreise: Es ist unmöglich, diesem Geruch zu widerstehen! Er vergrub sein Gesicht zwischen ihrem Hals und ihrer Schulter, seine Hände tasteten sich unter ihre Bluse, streichelten ihren Rücken, ihre Hüften, sein Atemdunst blies warm auf ihren Hals, und seine Stimme, befehlend und inständig flehend, klang, als bräche sie aus seiner Kehle heraus: »Du willst mich schon, du willst mich jetzt.«

Hinter der Wand zur benachbarten Wohnung stieg plötzlich das Wolfsgeheul der Sehnsucht und Einsamkeit auf, schwoll an, langgezogen, und erstarb mit Ende des Atemzugs, danach Stille. Wut erwachte in ihr, und sie kämpfte mit erneuter Kraft, um sich aus seiner Umarmung zu befreien. Überrascht von ihrem wachsenden Widerstand, stellte er das Streicheln ein und hob seinen Kopf. Einen Augenblick lang betrachtete er ihr Gesicht, dann legte er seine Hände auf ihre Schultern und stieß sie gewaltsam von sich weg. Sie stolperte zurück, bis zum Ende des Zimmers, und er setzte sich wieder in den Sessel, keuchend, mit abgewandtem Gesicht, und musterte erneut die Wände und Möbel. Sie blieb an der Stelle stehen, zu der er sie gestoßen hatte, und betrachtete ihn neugierig. Schließlich hob er sein Gesicht ihr zu:

»Du hättest vielleicht gerne, daß ich dich schlage. Von mir kriegst du das nicht.« Danach prustete er ein gekünsteltes Lachen in ihre Richtung: »Was hast du heute?«

»Glaubst du vielleicht, du hast es mit irgendeinem dummen Ding zu tun?«

»Wo lebst du eigentlich? Ein kleines Lächeln von einem jungen Dummerchen auf der Straße erregt mich viel mehr als alles, was mir irgendeine alternde kultivierte Junggesellin geben kann.«

»Hast du also beschlossen, mich rauszusetzen und irgendein Dummerchen hierherzubringen, oder kannst du einfach kein Geld mehr von der Firma klauen, um für die Wohnung zu zahlen?«

»Du bist völlig gestört, was redest du da für einen Schwachsinn?«

»Keine Angst. Ich habe nicht vor, irgend jemandem davon zu erzählen. Nicht davon und nicht von deinen Konten im Ausland. Es besteht keine Gefahr, daß sich die rächende Geliebte gegen dich stellen wird.«

Er blickte auf seine Uhr.

»Hast du es eilig? Ich halte dich nicht auf.«

»Nein, ich habe Zeit.«

»Weißt du, als ich beschlossen habe, in der Firma das Arbeiten anzufangen, haben sie zu mir gesagt, daß ich mich vor dir in acht nehmen soll, du seist ein mieser Typ. Genau das waren die Worte.«

»Denkst du das auch?«

Sein Gesicht zeigte einen gekränkten Ausdruck, und sie war überrascht, daß es ihn überhaupt kümmerte, was ihre Meinung über ihn war.

»Macht das einen Unterschied für dich?«

»Du haßt mich wirklich«, murmelte er.

»Die Wahrheit ist, nein.« Sie ging zu dem gegenüberliegenden Sessel und setzte sich: »Hör zu, was mir passiert ist, ist einfach, daß ich mich mit einem Mann eingelassen habe, den ich in Wahrheit nie geliebt habe, mit dem ich nichts gemeinsam habe.«

»Und es ist dir nie mit ihm gutgegangen?«

»Ich habe mehr gelitten als genossen.«

»Immer muß dieser Augenblick kommen«, sagte er leise, halb zu ihr, halb zu sich selbst, »das läßt sich nicht vermeiden.« Kränkung spiegelte sich in seinen Augen, und aus irgendeinem Grund brachte sie das in Verlegenheit.

»Es gibt trotzdem etwas, das ich an dir geliebt habe«, sagte sie. Sein Gesicht fragte: Was?

»Deinen Körpergeruch.«

»Ist das nicht genug?«

»Die kultivierte alternde Junggesellin braucht mehr als das.«

Er erhob sich zum Gehen, stand einen Moment da und blickte sie mit einem etwas fragenden Gesicht an, vielleicht in der Erwartung, daß sie ebenfalls aufstehen, zu ihm kommen und es dennoch irgendeinen Abschied geben werde. Doch sie blieb an ihrem Platz, mit abgewandtem Gesicht, und wartete darauf, daß er endlich ginge. Der Hund des Nachbarn brach in Freudengeheul aus, was seinen Herrn ankündigte, der die Treppen heraufkam zu ihrem mittäglichen Treffen. Chazi ging und warf die Tür ins Schloß, und Gabi eilte zum Spion. Es gelang ihr noch, ihn ein paar Sekunden nachdenklich vor der Tür auf dem Treppenabsatz stehen zu sehen, dann trat er aus ihrem Blickfeld und verschwand. Und nur sein Haar, wie ein Komet am dunklen, hohlen Firmament, prägte auf die Fischaugenlinse für den Bruchteil eines Augenblicks einen weißen Schweif, der wie Dunst verblaßte. Ihr Herz wußte, sie würde ihn nie wiedersehen. Und in dem Lidschlag zwischen seiner Anwesenheit und seinem Verschwinden erkannte sie, daß sie nun in Wahrheit zu fühlen begann, was Liebe war.

Das Gebell des Hundes übertönte Avirams Schritte auf der Treppe. Er kam zur Mittagspause nach Hause, und vor der Tür der Nachbarin sah er den Mann, es war nicht ersichtlich, ob er kam oder ging. Jener warf ihm einen betroffenen Blick zu, als hätte man ihn beim Fluchen ertappt, und schlüpfte schnell davon. Dieser Bärtige kam dem Mann sicher von irgendwoher bekannt vor, sagte sich Aviram innerlich, doch vielleicht hatte er noch Schwierigkeiten, ihn unterzubringen. Nach einer Stunde, ein, zwei Tage später, würde in seinem Gedächtnis vielleicht plötzlich das Bild dieses fertigen Typen wieder aufsteigen, der da in der Ecke hinter dem Computer saß, im Büro des *Nordstern,* während Ilan zu Ehren seines Kunden das Gesicht des großen Generaldirektors aufgesetzt hatte, der diffizile internationale Geschäfte abwickelte. Von Avirams Ecke aus hatten die beiden damals wie zwei verkleidete Hochstapler gewirkt, die versuchten, sich gegenseitig zu täuschen. Seitdem die Nachbarwohnung vermietet worden war und als Treffplatz für das Liebespaar diente, war ihm Aviram noch nie über den Weg gelaufen. Schon lange war die Stimme des Mannes dort nicht mehr zu hören gewesen, bis er ihm heute zufällig auf dem Treppenabsatz begegnete und sich als der Nachbar hinter der Wand entpuppte.

Dieser ganze Vorfall, den ein oberflächlicher Blick wohl für ein Zusammentreffen gewöhnlicher Zufälle erklärt hätte, war ein weiterer Wegweiser, eine der Markierungen auf dem Pfad, der in die Falle führte. Er folgte ihm in immer enger zulaufenden Kreisen, und jeder Kreis brachte ihn ihr näher – und seinem ausweglosen Sturz.

Herr Schwarz, in seinem dicken Morgenrock, die Filzpantoffeln an den Füßen, stieg aus dem Taxi, das vor dem Haus hielt, und seine Frau half ihm dabei, das Gleichgewicht zu finden. Das Taxi fuhr davon, und sie schlurften langsam zum Eingang. Aviram verließ mit dem Hund das Haus zu seinem Spaziergang, und bis er sich dazu entschlossen hatte, sich aus dem Garten über den Seitenpfad hinauszustehlen, hatte Herr Schwarz ihn entdeckt und winkte ihm mit der Hand zu. Der Hund brach in Gebell aus, und Aviram war gezwungen, ihn am Halsband festzuhalten, damit er die beiden Alten nicht ansprang. Er erkundigte sich nach dem Befinden von Herrn Schwarz, doch der Alte ignorierte die Artigkeiten und kam umgehend zu der Sache, die ihn beschäftigte:

»Was tut sich dort, haben Sie sie gesehen?«

»Wen?« stellte sich Aviram dumm. »Wovon sprechen Sie?«

»Sie wissen nicht, wovon ich spreche?«

Seine Frau hielt die Tür vor dem Alten auf und drängte ihn hineinzugehen, doch er weigerte sich.

»Kommen Sie mit mir dorthin!« sagte Herr Schwarz zu ihm.

»Ich muß mit dem Hund spazierengehen.«

Der Alte schwieg, und sein Gesicht wurde rot vor Zorn.

Aviram sah die schöne Nachbarin die Treppen herunterkommen. Sie grüßte sie, blieb neben ihnen stehen und strich mit ihrer Hand über den Rücken des Hundes, der zu bellen aufhörte und auf ihr Streicheln reagierte. Der Alte kämpfte mit seiner Frau, die versuchte, ihn zur Haustür zu schieben, und die Nachbarin fragte: »Kann ich helfen?«

»Was wollen Sie?« schleuderte ihr Herr Schwarz entgegen. »Was machen Sie hier?«

»Jetzt kommt er mit dem Taxi vom Ichilov«, beklagte sich die Alte bei ihr.

Der Alte beschimpfte seine Frau in ihrer Sprache, doch sie ignorierte ihn und erzählte Gabi weiter:

»Er ging sterben dort im Ichilov. Jetzt muß er im Bett – und er, bloß in den Hof gehen, das Lager von Friedberg anschauen. Er will sterben? Ich gehe vorher sterben. Ich habe keine Kraft mehr, ich bin auch krank.« Ihr Vogelgesicht verzerrte sich, und ihr Mund öffnete sich, als wollte sie schreien, und der Schrei erstickte in ihrer Kehle.

Gabi legte ermutigend ihre Hand auf die Schulter der Alten. Herr Schwarz durchbohrte sie mit einem anschuldigenden Blick, und seine Lippen zitterten: »Was habt ihr aus diesem Haus gemacht, ha? Was wollt ihr von unserem armen Haus? Seid ihr jetzt glücklich? Alles ist uns ruiniert worden!« Er ergriff Avirams Arm und ließ ihn nicht mehr los. »Kommen Sie mit mir dorthin, helfen Sie mir beim Gehen, sie läßt mich nicht. Sie versteht überhaupt nichts. Haben Sie sie gesehen? Was machen sie?«

»Sie waren nicht hier«, sagte Aviram, »seien Sie unbesorgt.«

Der Alte schüttelte den Kopf, und sein Gesicht drückte ungläubige Verzweiflung aus: »Sind Sie hingegangen, wenigstens einmal, um nachzuschauen, was sie dort machen? Seit sie den Abfall auf die andere Seite verlegt haben, sind Sie überhaupt hier vorbeigegangen? Das interessiert Sie nicht. Vielleicht ist jemand dort eingezogen? Aber was stört Sie das? Unser ganzes Haus kann zum Teufel gehen!«

»Dort ist niemand!« beharrte Aviram. »Sie kommen nicht mehr her.« Er blickte seine Nachbarin an, suchte in ihrem Gesicht nach der Andeutung eines verständnisinnigen Lächelns bezüglich der Verrücktheit des Alten. Sie fuhr fort, den Hund zu streicheln.

»Er erlaubt nicht jedem, ihn zu streicheln«, sagte Aviram zu ihr.

»Und weshalb erlaubt er es dann mir?«

»Vielleicht meint er, Sie seien Teil seines Territoriums.«

Herr Schwarz hob seinen Blick zum dunklen, mit schweren Wolken verhangenen Himmel. »Gebe Gott, daß es viel regnet«, sagte er zu Aviram, »eine Sintflut soll kommen! Die den ganzen Winter nicht aufhört! Und wissen Sie, warum? Nicht nur für unseren Staat, nicht nur für die Landwirtschaft und den See Genezareth« – er warf einen mißtrauischen Blick auf die junge Frau, die den Hund streichelte, zog Aviram zu sich heran und näherte ihm seinen Kopf; ein listiges Lächeln erhellte seine erloschenen Augen, und er flüsterte ihm das Geheimnis ins Ohr: »In den Jahren, in denen es viel Regen gab, hatte Friedberg Probleme mit seinem Lager. Sie wissen, was das ist, Grundwasser? Wenn es einen guten Winter gibt und es viel regnet, füllt sich die Erde mit Wasser, und das steigt dort unterm Fußboden hoch, und der ganze Keller ist voll wie ein Schwimmbecken. Was hat Friedberg nicht alles probiert: Alle möglichen Fachleute sind gekommen, haben unten gegraben, haben oben gegraben, haben Beton drauf, Teer, Plastik, alle Arten von Patenten – nichts hat geholfen.

Wissen Sie, welche Kraft das Wasser hat? Es läßt sich durch nichts stören. Und jetzt, wo die auch die Mauer nach unten hin freigelegt und da einen Balkon unterhalb des Erdbodens gemacht haben, wird ihnen das Wasser auch von dort hereinlaufen, unter der Tür durch. O Gott! Laß es einen guten Winter werden, daß eine Sintflut kommt!«

Wie ein Jugendelixier belebte diese Vision Herrn Schwarz' Kräfte. Wieder schubste er seine Frau in Richtung Hof, die sich dagegen wehrte und versuchte, ihn zur Haustür zu stoßen, doch die Kraft seines sturen Eigensinns überwand ihren Widerstand, sie gab sich geschlagen und führte ihn ganz langsam zum Ziel seiner Wünsche.

Aviram flüsterte seiner Nachbarin, die noch dastand, zu: »Haben Sie das gesehen? Ich war sicher, daß er bereits im Jenseits ist. Und plötzlich erscheint er mir hier und macht mit dem Ganzen weiter. Mit einem Fuß schon dort – und er gibt nicht auf. Das ist es, was ihn am Leben erhält – sein Krieg gegen diese Leute.«

»Der Haß verleiht Kraft«, sagte sie.

Avirams Stimme gewann zunehmend an Sicherheit: »Nicht, daß mir diese Schurken, die dort im Keller gebaut haben, leid täten; verstehen Sie mich nicht falsch; wollte Gott, sie würden dazu gezwungen, das einzureißen, was sie dort gemacht haben, und würden von hier verschwinden. Aber bei ihm ist das wirklich zur Obsession geworden. Als ob er auf diese Art gegen den Tod kämpft.«

»Und seine arme Frau, was kann sie dafür?«

»Niemand kann etwas dafür. Sogar die Schurken sind nicht schuld – jeder ist so, wie er ist, und so ist das.«

Sie streichelte wieder den Hund. »Wenn er allein zu Hause bleibt«, sagte sie, »höre ich, wie er vor lauter Sehnsucht nach Ihnen heult, richtig weint.«

»Das habe ich nie gehört«, sagte er zu ihr. »Wenn ich komme, wittert er mich von weitem und bellt vor Freude. Auch ich sehne mich nach ihm, wenn er nicht bei mir ist. Auch bei mir, tief im Herzen, höre ich manchmal ein solches Weinen.«

Der Hund richtete seinen Kopf auf, und seine traurigen Augen sagten: Wozu die ganze Mühe?

Sie traten auf die Straße hinaus, und Aviram sagte zu ihr: »Ich gehe ein wenig mit ihm spazieren.«

»Ich gehe zum Laden.«

»Wir begleiten Sie dorthin.«

Doch der Hund brach in Protestgebell aus und weigerte sich mitzukommen. Aviram redete ihm gut zu und zog ihn am Halsband, aber ohne Erfolg.

»Was hat er?« fragte die Nachbarin.

»Er duldet es nicht, wenn man seine feste Route ändert. Wir kommen erst auf dem Rückweg vom Spaziergang am Laden vorbei. So ist das immer bei ihm, er ist schrecklich eigensinnig wie alle alten Leute.«

»Ist er alt?«

»Mit den Maßstäben eines Menschenlebens gemessen ist er fast achtzig.«

»Wie der Alte vom Eigentümerbeirat«, sagte sie.

»Ja«, sagte Aviram, überrascht, denn dieser Vergleich war ihm nie in den Sinn gekommen, und er gefiel ihm nicht.

»Gut, ich komme ein bißchen mit Ihnen mit«, sagte sie, und sie machten sich auf den Weg in die Richtung, die der Hund gewöhnt war.

»Wie kommt es, daß Sie plötzlich mit mir sprechen und sich so ganz unbefangen verhalten?«

»Ich ziehe bald aus.«

»Nein!«

»Welchen Unterschied macht das für Sie?«

»Alles bei mir hat sich verändert, seit Sie angefangen haben, hierherzukommen, und noch viel mehr, nachdem Sie hier eingezogen sind.«

»Ich verstehe nicht, wovon Sie reden.«

»Wann gehen Sie?«

»Am Ende des Monats.«

»Ich weiß nicht einmal, wie Sie heißen.«

»Gabi.«

»Ich bin Aviram.«

»Also, was hat sich bei Ihnen geändert meinetwegen?«

»Zu wissen, daß Sie sich hinter meiner Wand befinden, so nah und so weit weg.«

»Das klingt beinahe wie eine Liebeserklärung.«

»Genau das ist es.«

Sie lächelte und musterte ungläubig sein Gesicht. Der Himmel verfinsterte sich zunehmend, und abendliches Dämmerlicht stahl sich in den Mittag. Sie gingen schweigend dahin, und mit einem Mal zerriß ein gewaltiger Donnerknall die Stille. Der Hund erschauerte und brach in Geheul aus. Aviram kniete sich neben ihn, umarmte ihn und redete ihm liebevoll zu, um seine Furcht zu besänftigen und ihn zum Weitergehen zu bewegen. Donner rollte heran, explodierte in ohrenbetäubenden Salven, und der Hund heulte auf vor Entsetzen, zitterte am ganzen Leib und weigerte sich zu gehen. Aviram packte die Wut. Er trat ihn, doch der Hund stand nicht auf. Er zog ihn am Halsband, zerrte mit aller Kraft. Die Pfoten des Hundes kratzten über den Bürgersteig, sein Bauch schabte am Boden.

»Was machen Sie denn mit ihm?« fragte Gabi, eher verblüfft als protestierend.

Es begann zu regnen, und Aviram hob den Hund hoch und trug ihn auf den Armen. Sie rannten zu einem der Hauseingänge, um Schutz zu suchen. Das Donnern hörte auf, der Regen wurde heftiger. Er setzte den Hund auf dem Boden ab – der Bauch flach auf dem Pflaster, am ganzen Leibe zitternd, die Augen geschlossen. Aviram beugte sich zu ihm hinunter, streichelte seinen Kopf und brummte: »Ich habe die Geduld verloren, ich weiß nicht, was mit mir los ist. Mein Herzchen, was habe ich dir angetan.« Gabi warf einen neugierigen und mitleidigen Blick auf den Hund. Lange Zeit standen sie schweigend in dem fremden Hauseingang. Ringsherum wirkte alles wie ein Traumgespinst, kein konkreter Ort. Plötzlich sprachen sie miteinander, mehr noch, schwiegen miteinander in völliger Natürlichkeit wie alte

Freunde. Er wagte nicht zu glauben, daß dies in Wirklichkeit geschah. Der Regenschleier und das Dämmerlicht, das den Mittag verdunkelte, verwischten das Realitätsgefühl des Augenblicks. Traurigkeit drückte Aviram schier das Herz ab, die gleiche Traurigkeit, die sich über ihn senkte, wenn er nicht auf der Hut war und sich dem Bild seiner Versäumnisse und Fehlschläge aussetzte, das sich gestochen scharf vor ihm auftat.

»Was arbeiten Sie?« brach sie das Schweigen.

»Ich bin Angestellter.«

»Wo?«

»In einem Büro.«

Sie verzichtete auf weitere Einzelheiten.

»Was ist mit dieser Frau, der Statistikerin?« fragte sie. »Haben Sie in letzter Zeit nichts von ihr gehört?«

»Nein, sie hat aufgehört zu kommen. Sie ist sicher verzweifelt.«

»Wie kann man sie finden?«

»Jetzt, wo Sie gehen, wollen Sie in ihre Statistik aufgenommen werden?«

Gabi antwortete nicht, sie hing eine Weile ihren Gedanken nach.

»Ich hatte ihre Telefonnummer«, sagte Aviram, »sie hat sie mir einmal aufgeschrieben.«

»Würden Sie versuchen, sie zu finden?«

»Ich hoffe, ich habe diesen Zettel nicht weggeworfen. Sie haben damals nicht viel Interesse an ihren Besuchen gezeigt.«

»Suchen Sie sie für mich, in Ordnung?«

Der Regen ließ nach, und sie traten wieder auf die Straße. Der Hund erhob sich und folgte ihnen auf dem Fuß, den Blick zu Aviram erhoben, als fragte er, was nun. Er trottete langsam hinterdrein, blieb jedoch nach einer kurzen Weile stehen und legte sich hechelnd auf den Gehsteig. Gabi hatte es eilig, in den Laden zu kommen. Sie trennte sich von ihnen und beschleunigte ihren Schritt. Aviram sagte zu seinem

Hund: »Alter Schurke, deinetwegen werde ich es nicht mehr schaffen, zu Hause zu essen.« Er fuhr mit der Schuhspitze unter den Bauch des Hundes und rüttelte ihn: »Steh auf!« Der Hund erhob sich torkelnd und legte sich nach ein paar Metern wieder bäuchlings hin, blickte dabei auf den Bürgersteig zu seiner Seite, als wäre dort etwas, das ihn am Gehen hinderte. Aviram sagte sich: Ich weiß, nichts geschieht umsonst, doch ich kann diese Zeichen nicht lesen. Das Problem ist, daß ich, anstatt den Versuch zu machen, sie zu entziffern und ihre Botschaft zu begreifen, irgend etwas tue, ganz egal was. Ich bin wie jemand, der einen schweren Text liest und, anstatt sich um Verständnis zu bemühen, die schwierigen Sätze wegstreicht und andere, einfach alles mögliche an ihre Stelle hinschreibt, Hauptsache, es ist in einer verständlichen Sprache.

Der Regen verstärkte sich wieder. Aviram nahm den Hund erneut auf seine Arme und rannte nach Hause. Auf dem gepflasterten Pfad, der zum Hauseingang führte, setzte er ihn ab. Der Hund ging zur Tür und folgte ihm auch ins Treppenhaus, doch er sprang nicht wie sonst immer die Treppe hinauf, sondern blieb vor der ersten Stufe stehen und sah Aviram mit einem Blick an, der besagte: bis hierher und nicht weiter. Aviram trug ihn in die Wohnung hinauf.

6

Ezra schrie ganz jämmerlich im Schlaf. Ruthi schaltete die Lampe neben dem Bett an und sah, daß sein Gesicht schmerzverzerrt war, und er schnaufte wie jemand, der von einem Dauerlauf zurückkehrte. Sie rüttelte ihn, und er öffnete mühsam die Augen, blickte sie einen Augenblick an, legte seine Hand auf ihre Schulter und sagte atemlos mit brüchiger Stimme: »Ich hatte einen schrecklichen Traum, Ruthi. Ich habe unseren Eyal tot gesehen.« Er brach in Tränen aus: »Mein Junge lag tot auf dem Bürgersteig.«

Er erhob sich langsam vom Bett und ging auf die Toilette, danach wusch er sich im Badezimmer sorgfältig das Gesicht und die Augen, ging in die Küche, holte sich ein Glas Wasser, nahm die Zigaretten mit und kehrte ins Schlafzimmer zurück. Er zog einen Stuhl an Ruthis Kopfende heran, setzte sich darauf und trank schlückchenweise das Wasser. Ruthi hatte sich im Bett aufgesetzt und betrachtete ihn, ohne etwas zu sagen. Ezra zündete sich eine Zigarette an, und ganz allmählich beruhigte sich sein Atem.

»Ich bin ihn suchen gegangen in einer Straße neben dem Busbahnhof, und ich habe ihn auf dem Bürgersteig liegen gesehen, das Gesicht nach oben, und die Leute sind an ihm vorbeigegangen, keiner hat darauf geachtet, daß er dort liegt.« Ezra seufzte: »Er war in Lumpen gekleidet, seine Hände und sein Gesicht waren schwarz vor Dreck. Ich beugte mich zu ihm hinunter und rüttelte an ihm, weil ich dachte, er habe vielleicht etwas getrunken, Drogen genommen oder sei vielleicht einfach in Ohnmacht gefallen vor Hunger. Ich nahm seine Hand, sie war ganz kalt, und seine Augen standen offen, die Augen eines Toten.«

Ezra bedeckte sein Gesicht mit den Händen, und Ruthi befürchtete, er werde gleich wieder in Tränen ausbrechen. Sie streckte die Hand aus und ergriff seinen Arm.

»Ich setzte mich neben ihn und schrie den Leuten zu: ›Das ist mein Junge, er ist tot!‹ Aber die Leute ringsherum gingen weiter, Ruthi, sie sind an uns vorbeigegangen, ohne uns zu beachten, sie haben uns überhaupt nicht angeschaut, als sähen sie uns nicht und hörten meine Schreie nicht, nichts, als wären wir Luft. Ich stand auf, stellte mich vor sie hin und rief ihnen zu: ›Ich bin der Mörder! Ich habe meinen Jungen getötet!‹ Und da hast du mich aufgeweckt. Vielleicht ist unserem Jungen wirklich etwas Schreckliches passiert! Was bedeutet dieser Traum der Psychologie nach?«

»Dieser Traum besagt, daß du dich schuldig fühlst, Ezra. Aber das brauchst du nicht. Auch wenn du dich irrst, so hast du doch bei allem, was du tust, nur die Absicht, ihm zu helfen und ihn zu retten«, sagte Ruthi.

»Nein, Ruthi, ich kämpfe die ganze Zeit gegen ihn: Ich habe ihm kein Geld geschickt, als er darum bat, ich wollte, daß es nach meinem Kopf geht und nicht nach seinem. Ich dachte an unsere Ehre, ich dachte an den Staat und an die Armee und nicht an sein Leiden. Ich habe nicht auf dich gehört. Du hattest recht. Ich habe meinen Jungen verraten. Ich werde mir das nie im Leben verzeihen. Wer weiß, wo er jetzt ist und was ihm zustößt. Ich würde am liebsten zu jemandem gehen, der Träume deuten kann, damit er mir anhand meines Traumes sagt, was mit Eyal ist, wo er ist, ob er heil und gesund ist und wie diese ganze Geschichte ausgehen wird.«

»Mit Eyal ist alles in Ordnung, Ezra, keine Angst«, sagte Ruthi, »er ist heil und gesund, und er weiß, wie er zurechtkommt. Hör zu, das Herz einer Mutter weiß viel mehr als diese Leute, die aus Träumen und im Kaffeesatz lesen und dieser ganze Unfug. Such nicht nach solchen Wegen.«

»Ich bin schon zu einem solchen Menschen gegangen. Ich habe es dir nicht erzählt, weil ich mich so geschämt habe. Als diese ganze Sache mit Eyal anfing, bin ich zu einem Rabbi gegangen, von dem mir gesagt wurde, daß er groß in der Kabbala ist und die Macht hat, Dinge zu sehen, die wir nicht sehen können. Und er hat in seinen Büchern geblättert, die Augen zugemacht und zu mir gesagt, er sehe Eyal, er sei in Ordnung und daß die ganze Angelegenheit in Kürze ein gutes Ende nehme. Das hat er zu mir gesagt. Ich habe ihm viel Geld gegeben und auch der religiösen Schule, die er empfahl. Das ist alles Blödsinn, ich weiß. Aber vielleicht gibt es etwas Ernsthaftes, Wissenschaftliches, das es möglich macht, anhand der Träume zu erfahren, was in Wahrheit geschieht.«

»Geh ins Bett, Ezra«, sagte Ruthi, »der Traum hat dich zu sehr mitgenommen. Wenn du morgen früh aufstehst, wirst du ruhiger und realistischer sein, und dann denken wir darüber nach, was zu tun ist.«

»Ja, sicher!« Ezra fand wieder zu sich. »Ruthi, man muß einen Weg finden, ihm zu helfen, ihm zu geben, was er braucht, daß er existieren kann, wie er möchte. Ich werde nach seinem Kopf gehen, ich werde nicht versuchen, ihn zu einem Verhalten zu zwingen, von dem ich meine, daß es richtig ist. Morgen in aller Frühe versuche ich, Menasche zu erreichen, bevor er in die Arbeit geht. Er hat irgendeine Verbindung zu ihm, und ich schäme mich nicht, ihm zu sagen, daß ich mich geirrt habe, mich schrecklich geirrt habe.« Er zündete sich noch eine Zigarette an. »Ruthi, hör gut zu, ich leiste einen Schwur: Wenn unser Eyal heil und gesund zu uns zurückkehrt und diese ganze Affäre beendet ist, höre ich auf zu rauchen und rühre mein ganzes Leben lang keine Zigarette mehr an!«

Schon seit vielen Nächten hatte Ezra nicht mehr so ruhig geschlafen wie in dieser Nacht, nachdem er wieder eingeschlafen war. Nach seinem schrecklichen Traum und der Schuld, die er auf sich geladen hatte, gestand er sich seinen

Irrtum ein, und in seinem Herzen reifte die Bereitschaft, Eyal bedingungslos zu lieben. Er spürte, daß er endlich auf dem richtigen Weg war, der ihn zu seinem Sohn zurückführte, und kostete bereits eine Art Vorgeschmack der besänftigenden Erleichterung, die sich mit dem guten Ende der Affäre einstellen würde.

Am Morgen stand er früher auf als gewöhnlich und rief Menasche an, den er aus dem Schlaf riß.

»Ich rufe dich am Abend an«, sagte Menasche, »vorher werde ich ihn auf keinen Fall erreichen können.«

»Menasche, wo ist er, ist alles in Ordnung mit ihm, ist er gesund? Er soll bloß sagen, was er braucht, und ich tue für ihn, was er will.«

»In letzter Zeit hatte ich keinen Kontakt mit ihm«, antwortete Menasche, »aber es ist alles in Ordnung mit ihm, keine Sorge. Du weißt, Ezra, wenn du ihm bei der Flucht hilfst, anstatt ihn sofort bei der Polizei oder der Armee zu melden, brichst du das Gesetz und kannst dafür vor Gericht gestellt werden.«

»Du stehst vor dem gleichen Problem, Menasche. Doch im Vergleich zu dem, was er auf sich genommen hat, kann ich das Risiko sicher eingehen.«

Da Ezra aufgehört hatte, gegen Eyal zu arbeiten, und seine Liebe zu ihm von keinen Bedingungen mehr abhängig machte, beschloß er, sich seines Sohnes nicht mehr zu schämen und sich wieder zu seiner vollen Größe aufzurichten. Er ging so wie vorher auf die Hauptstraße, um die Zeitung und frisches Brot zu kaufen. Er hatte diese Stunde immer geliebt, wenn ein Teil der Geschäfte noch nicht geöffnet hatte, nur schwacher Verkehr herrschte, wenige Passanten unterwegs waren und alles noch ruhiger und sauberer war. Im Lokal der Brüder Scharoni wischten sie schon den Fußboden und den Gehsteig, auf den Menachem, der ältere der Brüder, jetzt Tische und Stühle hinausstellte, und das Schawarma drehte sich bereits am elektrischen Grill, um die ersten Kunden zu bewirten. Ezra rief ihm zu: »Guten Morgen, Menachem!« Und Menachem erwiderte: »Guten Morgen, Ezra! Was gibt's Neues bei dir? Man sieht dich in letzter Zeit gar nicht mehr im Viertel.«

»Ich war nicht in der Stimmung herumzulaufen. Mein Sohn macht ein wenig Probleme.«

»Ja«, sagte Menachem, »was ist denn jetzt mit ihm?«

»Er ist davongelaufen und will nicht in die Armee zurück, es geht Kopf gegen Kopf.«

»Ich habe auch solche Dinge durchgemacht bei der regulären Ausbildung«, sagte Menachem. »Nimm's dir nicht zu Herzen. Wenn es Kopf gegen Kopf geht, dann ist er sicher ein starker Junge. Er wird es überstehen.«

Alkalays Herrenfriseur war noch geschlossen, und vor der Metzgerei von Schirazi stand das Auto des Fleischlieferanten, der die schweren, blutigen Stücke hineintrug und sie vor dem Metzger ablegte, der sie hochstemmte und an Haken in seinem riesigen Eisschrank aufhängte. Ezra zögerte zuerst, ob er eintreten sollte und Schirazi bei seinem schweren Geschäft vielleicht störte, doch gleich darauf überwand er seine Hemmungen und ging hinein. Schirazi wandte sich ihm zu, überrascht von seinem Anblick.

»Wie steht's, Ezra?« fagte er. »Ich habe euch lange nicht mehr gesehen.«

»Ich habe Sorgen mit meinem Sohn. Aus der Armee davon. Er hat mit seinem Vorgesetzten gestritten, ist ins Gefängnis gekommen, hat es geschafft zu fliehen, und jetzt versteckt er sich. Hast du nichts davon gehört?«

»Nein, das wußte ich nicht«, sagte Schirazi. »Was soll man machen, in jeder Familie machen die Kinder manchmal Probleme, aber mit Gottes Hilfe findet sich am Ende alles, und sie sind erwachsen und machen der Familie Ehre.«

Im Kiosk gab es bereits frische, warme Brotringe, und die Zeitungen lagen noch in Packen verschnürt vor dem Eingang. Avram machte ihm den ersten Stapel auf und gab ihm die Zeitung. »Was hört man von Eyal?« fragte er.

»Nichts Neues«, erwiderte Ezra. »Ich weiß nicht, wo er

ist, und ich mache mir Sorgen. Ich hoffe, er weiß, was er tut.«

»Er war immer ein ruhiger, braver Junge, was ist los mit ihm?« fragte Avram.

Danach kehrte Ezra nicht, wie er es sonst immer tat, nach Hause zurück, sondern setzte seinen Weg zum benachbarten Geschäft fort, Herzls Baustoff- und Installationswarenhandlung. Herzl saß hinter der Theke, sprach am Telefon mit einem Kunden. Elijahu, sein Gehilfe, zog Gitternetzrollen und Eisenstangen für eine Zaunkonstruktion aus dem Laden, die offenbar zur Lieferung bestimmt waren. Da sich das Telefongespräch hinzog, bat Herzl seinen Gesprächspartner, einen Augenblick zu warten, und fragte Ezra nach seinen Wünschen. Ezra erwiderte, er sei gekommen, um Baumaterial zu bestellen, und werde warten, bis er sein Gespräch beendet hätte, doch als es sich immer länger hinzog, sagte Ezra zu ihm, er werde später wiederkommen. Daraufhin beendete Herzl hastig das Gespräch und wandte sich ihm zu.

»Ich war in der letzten Zeit nicht mehr bei dir«, sagte Ezra.

»Warst du verreist?«

»Nein«, erwiderte Ezra, »ich habe Probleme mit meinem Sohn, bestimmt hast du davon gehört.«

»Nein, was ist passiert?« fragte Herzl, und Ezra wußte nicht, ob er nur so tat, weil es ihm peinlich vor ihm war, oder ob er fast der einzige war, der noch nichts von seinem Unglück gehört hatte.

»Er ist bei der Armee in Schwierigkeiten geraten, ins Militärgefängnis gekommen, von dort geflüchtet, frage nicht. Mir war ganz finster zumute, ich war nicht in der Verfassung, hier auf der Straße herumzulaufen.«

»Und was ist jetzt aus ihm geworden?« fragte Herzl.

»Es ist noch nicht zu Ende. Er versteckt sich irgendwo. Wir haben keinen Kontakt mit ihm.«

Herzl schüttelte den Kopf. »Das ist unangenehm«, sagte er und fügte sofort hinzu, »hör mal, das ist heute nicht mehr so wie früher. Es gibt viele Kinder, die wollen überhaupt nicht eingezogen werden, die machen auf Psycho, um freigestellt zu werden oder irgendeinen Job in der Nähe von zu Hause zu kriegen, damit sie sich ein schönes Leben machen können und die anderen auf den Golanhöhen umgebracht werden. So ist die Jugend heutzutage.«

Ezra bestellte alles Nötige, und Herzl verabschiedete sich von ihm: »Halt durch, und hoffentlich nimmt das Ganze ein gutes Ende.«

Auf dem weiteren Weg lag ein Obst- und Gemüseladen, der vor kurzem an arabische Besitzer übergegangen war, und die Händler waren mit dem Arrangieren ihrer Ware im Schaufenster beschäftigt. Danach kam der Damenfriseur *Jafit,* der um diese Zeit noch nicht geöffnet hatte. Ezra überquerte die Straße und trat seinen Rückweg auf der gegenüberliegenden Seite an. Die Lotteriebude war ebenfalls noch zu. Neben der Synagoge *Nachalat Avot,* die sich an das Altersheim gleichen Namens anschloß, standen einige Alte und warteten darauf, daß sie für das Morgengebet die vorgeschriebene Anzahl von zehn erreichten. Eyal hatte dort seinen Abschnitt aus der Thora vorgelesen, als er seine Bar-Mizwa hatte. Er wäre liebend gerne hineingegangen, um mit ihnen zu beten, sein Herz dürstete geradezu nach Läuterung, doch er mußte sich beeilen, um das Brot zum Frühstück zu bringen und den Kindern, die bereits aufgestanden waren, Brote herzurichten und sie bald darauf in die Schule zu fahren. Auf dieser Straßenseite waren die meisten Läden noch geschlossen – das Sportbekleidungsgeschäft *Orly* vom alten Herrn Salzmann, einem Holocaustüberlebenden, die Schulbücher, Spielzeug und Schreibwaren von Batja Daniel, der Witwe von Schlomi, der im Sechstagekrieg gefallen war und den Ezra gut gekannt hatte, die Apotheke von Lewi und seiner Frau. Nur der Laden von Reuven und Chaim – Autozubehör und Fahrradreparaturen – war bereits geöffnet, aber Ezra begnügte sich damit, ihnen zuzurufen: »Guten Morgen!« Und damit eilte er nach Hause.

Am Abend wartete Ezra ungeduldig darauf, von Menasche zu hören, aber das Klingeln ließ auf sich warten. Nach den Nachrichten im Fernsehen konnte sich Ezra nicht mehr beherrschen und rief ihn von sich aus an.

»Ich habe ihm eine Nachricht hinterlassen und warte darauf, daß er sich mit mir in Verbindung setzt«, sagte Menasche. »Er kann jeden Moment anrufen, komm, wir machen die Leitung frei.«

»Moment mal, Menasche, du hast ihm irgendwo eine Nachricht hinterlassen, weißt du, wo das ist? Vielleicht gehen wir jetzt dorthin?«

»Ezra, du hast gesagt, es geht jetzt nach seinem Kopf, also laß uns das so machen, wie er es will. Ich werde dich sofort anrufen, wenn ich von ihm gehört habe.«

»Ich möchte ihn endlich sehen!« rief Ezra.

Doch Menasche hatte aufgelegt, und es war zweifelhaft, ob er ihn gehört hatte.

Ezra rauchte eine Zigarette nach der anderen, das Zimmer stand voller Rauch, und Ruthi sagte zu ihm: »Ezra, es würde sich lohnen, daß du schon jetzt anfängst, dich daran zu gewöhnen, weniger zu rauchen, falls du einmal aufhören mußt, wie du gesagt hast.«

Es wurde immer später, Ruthi ging ins Bett, und er schaltete den Fernseher aus, löschte das Licht im Zimmer und versuchte, im Sessel zu dösen.

Es war nach Mitternacht, als das Telefon klingelte und ihn aus seinem Halbschlaf hochschreckte.

»Ezra, ich habe gerade mit ihm gesprochen. Er hat gesagt, daß er nichts braucht und daß man sich keine Sorgen um ihn machen soll.«

»Warum hat er dich nicht früher angerufen?«

»Er ist erst jetzt nach Hause gekommen und hat meine Nachricht erhalten«, sagte Menasche.

»Nach Hause? Er wohnt irgendwo?«

»Er wohnt bei irgend jemandem, der ihn bei sich wohnen läßt.«

»Wer ist dieser jemand?«

»Jemand, der sich seiner erbarmt und ihn von der Straße aufgelesen hat.«

»Menasche, ich verstehe gar nichts. Wann kann ich ihn sehen?«

»Das hängt von ihm ab«, erwiderte Menasche. »Es ist schon spät. Ezra. Ich habe auch den ganzen Abend auf seinen Anruf gewartet, ich bin furchtbar müde und muß morgen früh aufstehen. Hauptsache, er ist heil und gesund und hört sich in Ordnung an. Mach dir keine Sorgen um ihn. Gute Nacht.«

Pedro hat eine große Tasche mit all seinen Kleidern und Sachen mitgebracht, er wird bei uns wohnen. Ich habe gewußt, daß es passieren wird, und ich habe darauf gewartet. Er arbeitet nicht mehr, und offenbar hat er keinen Platz zum Wohnen. Als er seine Sachen im Wohnzimmer untergebracht hat, ist das Mädchen zu mir gekommen und hat mir mit einem bittenden Lächeln in die Augen gesehen. Sie hat gefragt: »Okay?« Und natürlich habe ich mit dem Kopf genickt, daß ich einverstanden bin. Und sie hat wieder ihr kleines Handpolster, das sich so angenehm anfühlt, auf meine Hand gelegt. Im stillen habe ich mir gesagt: Daß er nur gut zu dir ist. Denn ich empfinde immer noch eine gewisse Furcht vor ihm.

Als er anfing, sonntags immer an ihrer Stelle zu kommen, dasaß und die ganze Zeit fernsah, ohne mich zu beachten, Bier trank, eine Zigarette nach der anderen qualmte, pausenlos vor lauter Nervosität mit dem Knie wackelte, die Hand in seine Hose schob, mit ungeheurer Begeisterung dort herumfummelte und kratzte – da hatte ich immer das Gefühl, daß dieser kleine, stämmige Kerl ganz plötzlich explodieren könnte, auf alles losgehen, zerstören, wer weiß welch schreckliche Dinge anstellen könnte. Auch nachdem ich mich an ihn gewöhnt und ihn vielleicht auch mögen gelernt hatte, war ich immer noch nicht sicher bei ihm, wußte nicht, woher die Probleme kommen würden. Aber ich habe mich gefreut, daß sie einen Mann hat, und es hat mir gefallen, wenn wir drei zusammen waren wie eine Familie. Und jetzt dachte ich auch gerade: Gebe Gott, die Tochter käme und sähe, daß er hier wohnt, vielleicht auch noch zusammen mit ihrer ›Sozialarbeiterin‹. Nur ein Wort möchte ich dagegen hören, und schon würde mein Geschrei losgehen. Das allein wäre es schon wert.

Am Mittag hat sie mir das Essen zubereitet, so wie die Tochter sie instruiert hat, hat das Tablett, das als Tisch dient, am Rollstuhl befestigt und mir das Essen ins Wohnzimmer gebracht. Ich wollte es nicht einmal probieren. Sie versuchte, mich zu füttern, doch ich preßte den Mund zu. Mit der gesunden Hand deutete ich auf die Küche und danach auf sie, auf Pedro und auf mich. Sie begriff, was ich meinte, war aber nicht damit einverstanden, offenbar hatte sie Angst, gegen die Anweisungen der Tochter zu handeln. Sie blieb stur und ich auch. Ich ließ nicht zu, daß sie mir den Löffel mit dem Essen, das sie für mich gekocht hatte, in den Mund steckte. Sie redeten miteinander, und aus den Bewegungen, dem Gesichtsausdruck und der Stimme schloß ich, daß Pedro sie zu überreden versuchte und sie ihm erklärte, warum nicht. Am Ende gab sie nach.

Als ihr Essen fertig war, fuhr sie meinen Stuhl in die Küche, und ich saß mit ihnen zusammen am Tisch, vor dem Essen, das sie für sich gekocht hatte. Einen fremden Geschmack hatte dieses Essen, und scharf war es, was ich nicht gewöhnt bin, aber ich konnte diesen Geschmack nachempfinden, und ich wollte ihn mögen. Es war angenehm, sie in ihrer Sprache reden zu hören, von der ich nie auch nur ein Wort verstehen werde, und ich dachte mir wieder: Die wenige Zeit, die mir hier noch bleibt, sollten wir immer so zusammensein. Und nachdem ich es mir schon eingestanden habe, an jenem Abend, als wir am Spielplatz saßen, daß ich jetzt liebe, zum ersten Mal nach so vielen Jahren, wo ich bereits vergessen hatte, daß es so etwas gibt, ergriff mich nun auch dieser Wunsch – stark wie ein Schmerz –, daß sie mich liebten.

Am Abend sahen die beiden fern, und ich saß mit ihnen im Wohnzimmer. Er saß am Sofaende, und sie lag darauf, ihr Kopf auf seinem Schoß. Im Fernsehen lief irgendein Liebes- oder Gangsterfilm auf englisch, von dem sie völlig gefesselt war, und er, der ihr zuliebe auf das Sportprogramm verzichtete, streichelte ihr Haar und ihr Gesicht. Angesichts des Geschreis, der Explosionen und des Getöses der Autoverfolgungsjagden im Film hatte das etwas Zartes, Schönes und Stilles. Ob es die normale Abendmüdigkeit war oder die angenehme Atmosphäre, die mich einlullte, mir fielen jedenfalls die Augen zu, und ich schlief trotz des Lärms im Fernsehen ein. Als ich aufwachte, spürte ich, daß mein Stuhl geschoben wurde. Ich öffnete die Augen und sah sie lächelnd vor mir stehen, und ich versuchte mit meinem verzerrten Gesicht, ihr Lächeln zu erwidern, damit sie wüßte, daß ich glücklich und zufrieden war. Pedro lag auf dem Sofa, sein Kopf auf der Lehne, sah sich irgendeine Sendung an. Sie traf die üblichen Vorbereitungen, legte mich aufs Bett und sagte wie gewöhnlich: »Now sleep. Good night.«

Sie kehrte ins Wohnzimmer zurück, und durch die offene Tür sah ich von meinem Bett aus, wie sie im Sessel saß und er auf dem Sofa. Kurze Zeit später schalteten sie den Fernseher aus, löschten das Licht im Wohnzimmer und betraten ihren Wintergarten. Ich hörte, wie die Tür geschlossen wurde, und danach sprachen und lachten sie dort, schwiegen einige Augenblicke dazwischen, und wieder wurden ihre Stimmen laut, sie ärgerlich und er lachend und umgekehrt, und dann begannen sie zu streiten. Plötzlich öffnete sich die Tür wieder, und Pedro kam in Unterhosen in mein Zimmer. Ich schloß die Augen und stellte mich schlafend. Er ging hinaus, und sie stritten wieder. Jetzt lachte sie, und er war böse. Und dann sah ich, wie er sie ins Wohnzimmer zerrte, sie versuchte sich zu wehren, doch er war stärker. Wie die Schatten von zwei kleinen Bären, die sich balgten, erschienen sie mir in dem schwachen Licht, das vom Wintergarten hereinfiel. Er legte sie aufs Sofa, und während er neben dem Sessel stand, um seine Unterhosen auszuziehen, rannte sie los, um meine Tür zu schließen. Sie war nackt. Die Tür ging zu, und in der Dunkelheit war ich mir nicht mehr sicher, ob ich das wirklich gesehen hatte, denn es war nur ein Schatten gewesen. Doch gleich darauf öffnete sich die Tür. Pedro hatte sie aufgemacht. Ich sah ihn ins Zimmer kommen, auch er nackt. Ich schloß die Augen. Er stand einen Augenblick vor mir, ich hörte ihn atmen. Danach ging er ins Wohnzimmer hinaus, ließ die Tür offen, stand mit dem Rücken zu mir, sie sagte wütend etwas, und er brach in Lachen aus, ging hin und machte alle Lichter im Wohnzimmer an. Ein Angstschrei entfuhr dem Mädchen.

Von meinem Bett aus konnte ich das Sofaende und ihre halben Körper sehen. Er lag auf ihr und verdeckte mit seinen Schultern ihr Gesicht, bis sie sich zur Seite drehten, in meine Richtung, und ihr Gesicht mich anzublicken schien. Ich wußte, daß ich im Dunkeln war und sie mich nicht sah, doch ich konnte ihren Blick nicht ertragen, ein leerer Blick, ohne jeden Ausdruck. Ich schloß die Augen und sagte mir, daß all das nicht in Wirklichkeit passiere, daß dies eine Art seltsamer Traum sei, den man hinter sich bringen müsse, einschlafen und vergessen. Aber es war ein Schmerz, der bis jetzt noch nicht nachgelassen hat. Diese ganze Nacht hindurch und in den darauffolgenden Tagen verließen mich diese Bilder nicht, und ich fragte mich, weshalb die Dinge, die ich gesehen hatte, einen derartigen Eindruck auf mich machten. Was für eine Empfindung war das, die dem Schmerz über das Zerbrechen von etwas Kostbarem glich, das nichts jemals wieder zu dem machen konnte, was es war. Was war zerbrochen? Wieviel Zeit mußte verstreichen, bis dieser Schmerz nachlassen und vergehen würde und nur noch eine ferne, unverständliche Erinnerung bliebe, die bisweilen aufsteigen und wieder wegdämmern würde?

Diese ganze Nacht habe ich nicht geschlafen. Ich wartete in einem fort darauf, daß sie aufstehen würde, um in der Küche Wasser zu trinken, wie sie es manchmal tat. Aber sie stand nicht auf. Am nächsten Morgen, als sie zu mir ins Zimmer kam, sagte sie nicht einmal »good morning« wie sonst. Sie wusch mich, kleidete mich an, alles schweigend und ernst. Danach setzte sie mich in den Stuhl, brachte mich ins Wohnzimmer und ging in die Küche, um Frühstück zu machen. Er stand an der Wohnzimmertür zum Gang, an die Wand gelehnt, und betrachtete mich von weitem, so von der Seite. Ich machte ihm ein Zeichen mit der Hand, er solle herkommen. Er ging langsam mit aufreizend wiegendem Körper, um seine Verlegenheit zu überspielen, und als er bei mir ankam, ergriff ich seine Hand und drückte sie. Er lachte, nicht sein dreistes Gelächter wie normalerweise, sondern ein kurzes Lachen der Überraschung. Sie brachte mein Essen aus der Küche. Ich zeigte wieder auf die Küche und auf unseren Tisch. Sie brachte mich dorthin.

Wir saßen am Tisch in der Küche. Es war still, sie sagten nichts. Es herrschte eine Spannung zwischen ihnen. Und plötzlich sagte das Mädchen zu mir: »You want Pedro to go away?« Ich bedeutete mit dem Kopf »nein, nein«. Pedro lächelte und blickte sie neugierig an. Sie fragte: »You want me to go away?« Ich stieß einen Schrei aus und machte wieder mit dem Kopf ein verneinendes Zeichen. Ich wußte nicht, ob sie mit meiner Antwort zufrieden war. Ich wußte nicht, wie ich ihr sonst noch mein Gefühl übermitteln könnte, daß sie an gar nichts schuld hatte, daß ich schuld bin. In der Nacht habe ich etwas gesehen, das ich nicht sehen durfte, doch ich habe weiter hingeschaut. Auch wenn er das wollte. Er hat sie ins Wohnzimmer gezerrt, hat meine Tür geöffnet, nachdem sie sie geschlossen hat, er hat die Lichter angeschaltet. Er hat alles getan, damit ich sie sehe. Aber ich hätte nicht hinschauen dürfen.

Und ich verstehe bis heute nicht, weshalb er das getan hat. Vielleicht wollte er, daß ich weiß, daß sie ihm gehört und niemand anderem? Und vielleicht wollte er, daß ich sehe, wer der wahre Herr in meinem Haus ist? Ich weiß es nicht. Er hat das Seine getan und ich das Meine. Er arrangierte es so, daß all das im Licht geschah, vor meiner Tür, aber er hat mich nicht gezwungen zuzuschauen. Ich habe die Augen keinen Moment zugemacht, vom ersten Augenblick an, als ich sie nackt sah, ich habe nicht die Decke über meinen Kopf gezogen, als sie auf dem Sofa waren, und er über ihr. Ich wollte es sehen, es war stärker als alles Denken. Und erst, als sich ihr Gesicht mir zudrehte, als sähe sie mich an, und ihr Blick mit diesen ausdruckslosen Augen auf mich fiel, erstickte ich an der Furcht, der Demütigung und dem Schmerz und konnte es nicht mehr mit ansehen.

Als wir drei beim Frühstück am Küchentisch saßen, schwiegen sie die ganze Zeit, und ich hatte Angst, sie würden mich verlassen. Ich hoffte, sie würden bei mir bleiben, daß wir drei immer zusammen wären. Ich nahm ihre Hand und sagte: »Linda, Linda.« Sie lächelte mühsam.

Der Regen trommelte, und es wurde dunkel in der Wohnung. Man mußte das Licht einschalten. Er saß schon vor dem Fernseher, eine Bierdose auf dem Tisch, in einer Hand die Zigarette, die andere Hand zwischen den Beinen, sah sich Sportsendungen an. Sie verrichtete allerlei Hausarbeiten. Danach machte sie sich fertig, um zum Einkaufen zu gehen. Ich schrie und bedeutete ihr, sie solle mich mitnehmen und daß Pedro mitkommen solle, doch sie achtete nicht darauf und ging allein. Pedro drehte seinen Kopf vom Fernseher zu mir und blickte mich eine lange Weile an, wobei ich nicht wußte, ob er mein Gesicht musterte oder irgendeinem Gedanken nachhing. Schließlich sagte er: »Perhaps in the afternoon.«

Beim Mittagessen redeten sie bereits ein bißchen miteinander, und er half ihr bei der Küchenarbeit. Es gab eine Regenpause, der Himmel klarte auf. Ich bedeutete ihr, daß ich einen Spaziergang mit ihnen draußen machen wolle. Sie sagte, Pedro werde mit mir gehen. Ich zeigte beharrlich auf uns drei. Sie willigte ein, doch sie mußte zuerst die Arbeit zu Ende bringen. Pedro schob mich auf den kleinen Balkon hinaus und kehrte in die Küche zurück, um ihr zu helfen. Als er mit dem Geschirrspülen fertig war, trat er heraus und blieb neben mir stehen. Beide blickten wir nach unten, ich von meinem Rollstuhl aus und er die Ellbogen aufs Geländer gestützt, während er eine Zigarette rauchte und die Asche hinunterfallen ließ. Der Spielplatz war leer. Vielleicht würden ja Kinder dasein, bis wir hinkämen. Und vielleicht würde wieder der Junge mit der Hündin auftauchen, den ich seit jenem Abend nicht mehr gesehen hatte. Oder vielleicht hatte er es endlich geschafft, nach Eilat zu kommen? Plötzlich hörte ich sie von der Küche her eines ihrer Lieder singen, das sie gerne während der Arbeit sang, mit den merkwürdigen Worten, bei denen man nicht sagen konnte, ob sie auf englisch oder in ihrer Sprache waren. Ich wußte, es würde eine Versöhnung geben. Ich sagte: »Linda.« Pedro drehte sich um, blickte mich an und lächelte breit. Noch nie hatte ich von so nah seine Zähne gesehen, oder vielleicht hatte ich nie darauf geachtet: kaputt und gelb, schwarze Zwischenräume, offenbar vom vielen Zigarettenrauchen. Er legte eine Hand auf meine Schulter, ließ sie lange Zeit dort liegen. Ich spürte, daß er mir so ohne Worte sagen wollte, daß er wüßte, was ich empfand.

Auf dem Spielplatz waren nur ein paar größere Jungen, die Fußball spielten. Nach uns kam eine Frau mit ihrem kleinen Mädchen und versuchte, sie zu vertreiben, zeigte ihnen das Schild am Eingang, auf dem ausdrücklich geschrieben stand, daß der Platz nur für kleine Kinder und es verboten war, dort Ball zu spielen. Doch sie stritten mit ihr und gaben ihr freche Antworten. Sie nahm ihr Kind und ging wütend weg. Pedro und das Mädchen setzten sich neben mich auf die Bank, sahen den Jungen beim Fußballspielen zu. Plötzlich stand Pedro auf, warf seine Zigarette auf den Boden und trat sie aus, ging zu den Jungen und begann mitzuspielen. Sie rief ihn, er solle zurückkommen, doch er hörte sie nicht, so sehr war er in das Spiel mit den Jungen vertieft. Sie ging hin und rief ihn noch einmal. Aber er tobte weiter mit dem Fußball herum, hatte vergessen, wo er sich befand. Sie kehrte zurück und setzte sich neben mich, sah mich an und lächelte verzweifelt, als wollte sie sagen: Was soll ich mit ihm machen? So sind die Männer, wie kleine Jungen.

Ich wußte, in diesen Momenten liebte sie ihn.

Sein weißes, schweißnasses Haar auf dem weißen Kopfkissen. Seine Augen geschlossen, seine Stirn gerunzelt und auf seinem Gesicht ein Ausdruck von Klage. Sein Körper reagiert auf ihre Hände, die ihn von einer Seite auf die andere drehen, ihn seiner nassen Kleider entledigen. Der Geruch seines Körpers – der sich von ihm abgesondert hat und zu einer eigenständigen, potentiellen und mysteriösen Persönlichkeit geworden war – verleitet dazu, mit ihm zu den Regionen seiner Blindheit zu segeln. Durch das Handtuch hindurch, mit dem sie seinen Schweiß trocknet, finden ihre Hände überrascht, wie weich und schlaff sein nackter Körper ist, die dicke Brust und der rundliche Bauch, der zu den Hüften hin abfällt, und bevor sie dem Impuls nachgibt, der sie befällt, ihr Gesicht zwischen seinen Lenden zu vergraben, spürt sie seine Hand, die plötzlich ihr Haar streichelt. Sie hebt ihren Kopf zu ihm auf – seine Lippen öffnen sich zur Andeutung eines Lächelns, und seine Augen, die halb offen sind, starren nirgendwohin.

Ein ohrenbetäubender Donnerschlag erschütterte das Haus, krachte noch einmal und verhallte rollend in der Ferne. Avirams Hund, dessen Einsamkeitsgeheul den ganzen Nachmittag nicht erklungen war, stieß hinter der Wand einen hilflosen Entsetzenslaut aus und verstummte wieder. Der Regen verstärkte sich mit heftigem Geprassel, Sturzfluten peitschten gegen die Hausmauern, drohten beinahe, in den Lichtkreis der Lampe einzubrechen, in dessen Innerem sie saß. Sie schaltete das Radio ein. Eine Sängerin und zwei

Sänger, begleitet von alten Musikinstrumenten, sangen das Werk, das sie auf der Fahrt mit Oded von Givatajim nach Tel Aviv gehört hatte, jedenfalls schien ihr, es sei die gleiche Musik, die damals das Auto mit unheilbarer und untröstlicher, endloser Sehnsucht erfüllt hatte.

Doch wenn das tatsächlich das gleiche Werk sein sollte, war es möglicherweise eine andere Version davon, denn diesmal fand sie nicht dieses herzbewegende Gefühl darin. Oder vielleicht war es die Überraschung über die Begegnung mit Oded gewesen, die Befangenheit der Nähe, als sie allein im Auto saßen, seine Anstrengung, sie für sich zu interessieren, ihr angestrengtes Bemühen, jede Reaktion zu vermeiden oder alles, das so aufgefaßt werden könnte, daß es in ihm Hoffnung erweckte, vielleicht war es all dies gewesen, was damals ihr Herz dazu bewogen hatte, das zu hören, was sie in jener Musik gehört hatte? Oder vielleicht war die Veränderung in ihr selbst vorgegangen, und ihre Erwartungen und ihre Stimmung waren jetzt nicht mehr die von damals? Denn man hört nie zweimal die gleiche Musik. Sie lauschte dem Stück bis zum Ende und fand nicht mehr als süße Töne und leere Schnörkel darin. Zu ihrer Enttäuschung verkündete der Moderator, daß es tatsächlich eben jenes Werk gewesen war.

In ihr erwachte die Sehnsucht nach Ada, und sie rief sie an.

»Gabi! Wohin bist du verschwunden?« rief Ada mit heiserer, verschnupfter Stimme.

»Was ist los mit dir? Du hörst dich krank an.«

»Ich habe die Grippe erwischt zusammen mit den Kindern. Aber was ist mit dir? Keine Antwort bei dir zu Hause. Du bist nie dort, oder gehst du nie ans Telefon?«

»Ich bin in dieser Wohnung, von der ich dir erzählt habe.«

»Was, du hast die Wohnung verlassen und bist dorthin gezogen?«

»Ja.«

»Mit dem Alten?«

»Ada, ich hab dir gesagt, daß er nicht alt ist.«

»Erlaubt er dir schon, dort zu telefonieren?«

»Ada, ich gehe Ende des Monats wieder nach Hause zurück. Die Geschichte ist zu Ende.«

»Warum gehst du dann nicht jetzt gleich?«

»Darüber reden wir, wenn wir uns treffen. Schade, daß du krank bist. Ich würde dich schrecklich gerne sehen.«

»Vielleicht kommst du heute abend her? Wenn es dich nicht stört, in die Atmosphäre eines Krankenzimmers einzutreten. Ich werde Gadi bitten, dich herzubringen.«

»Nein, das ist mir unangenehm, wenn er nach der Arbeit bei dem Wetter noch diesen ganzen Weg fahren muß, um mich zu euch zu bringen und mich danach wieder nach Hause zu fahren.«

»Er wird das gerne tun, das ist kein Problem. Aber vielleicht kannst du die Adresse von dem Ort nicht verraten.«

»Nein, ich hab dir gesagt, daß all das vorbei ist.«

»Warum gehst du dann nicht nach Hause zurück?«

»Ich muß noch hierbleiben.«

»Du hast diesen Mann noch nicht aufgegeben.«

»Eine schwache, zweifelhafte Hoffnung, wider alle Chancen. Vielleicht ist das mein Wahlspruch.«

»Oded hat erzählt, daß er dich in Givatajim gesehen und dich mitgenommen hat.«

»Was hat er noch von mir gesagt?«

»Er hat nur Grüße von dir ausgerichtet. Wenn du damals daheim in deiner Wohnung gewesen wärst, hättest du sicher meine ganzen Anrufe gehört. Ich habe mir schreckliche Sorgen um dich gemacht.«

»Du weißt doch, daß ich manchmal verschwinde.«

»Also was ist mit heute abend, paßt dir das nicht?«

»Ich würde es vorziehen, daß du hierher zu mir kommst. Warten wir, bis es dir wieder gutgeht. Möchtest du dir meine Telefonnummer aufschreiben?«

»Darf man dich dort anrufen?«

»Ja sicher, man darf alles.«

Und sie gab ihrer Freundin die Adresse der Wohnung und ihre Telefonnummer.

Nachdem sie den Hörer aufgelegt hatte, fragte sie sich, was Oded wohl über sie gesagt hatte. Denn ihre Freundin, die nicht lügen konnte, war einer direkten Antwort auf ihre Frage ausgewichen. Aber weshalb kümmerte es sie, was Oded über sie gesagt hatte? Das Telefon klingelte, sie hob sofort den Hörer ab. Chazis Stimme donnerte ihr entgegen: »Es war besetzt bei dir. Benützt du das Telefon?«

»Was willst du?«

»Daß du die Wohnung verläßt, ohne zu warten. Mit wem hast du gesprochen?«

»Mit einer Freundin.«

»Hatten wir nicht vereinbart, daß du das Telefon nicht benützt und nur ich dich anrufe und du nur nach dem ausgemachten Zeichen abhebst?«

»Diese ganzen Vereinbarungen sind gegenstandslos.«

»Dann verlaß sofort die Wohnung.«

»Ich bleibe hier bis Ende des Monats. Vorher müßtest du mich mit Gewalt raussetzen.«

»Um was kämpfst du?«

»Um dich.«

»Um mich?«

»Du bist der Mann meines Lebens, und ich habe dich noch nicht aufgegeben.«

»Aber du haßt mich! Du hast schreckliche Dinge über mich gesagt, daß ich ein mieser Typ bin.«

»Das war ein Zitat, das habe ich von den Mädchen in der Arbeit gehört.«

»Und wie du dich aufgeführt hast, als ich dich wollte. Und ich bin schließlich gekommen, um in aller Freundschaft mit dir zu reden.«

»Damit wir uns als Freunde trennen.«

»Du willst dich an mir rächen, du denkst, daß du mich ruinieren kannst. Da täuschst du dich. Ich bin ein starker Mensch.«

»Ich auch. Von wo aus telefonierst du?«

»Das gehst dich nichts an. Was hast du damit gemeint, daß du um mich kämpfst?«

»Ich will dich, aber zu meinen Bedingungen.«

»Was willst du, daß ich dich heirate?«

»Im momentanen Stadium bin ich bereit, mich mit der Rolle der Konkubine zu begnügen, aber auch eine Konkubine hat ihre Position. Sie ist kein Spielzeug, mit dem man sich amüsiert, wenn man Lust hat, und das man wegwirft, wenn man genug davon hat, bis es einen wieder danach gelüstet und man es vom Boden aufhebt. Du kannst ihr nicht von deinen Plänen erzählen, daß ihr zusammen in ein anderes Land fliehen werdet, um ein neues Leben anzufangen, sie aus dem Ausland anrufen und ihr sagen, wie sehr du sie liebst und dich nach ihr sehnst, zurückkommen, ohne einen Ton von dir hören zu lassen, jede Beziehung zu ihr abbrechen, arrangieren, daß man sie aus der Arbeit entläßt, und sie aus eurer Wohnung werfen. So geht das nicht. In dem Moment, in dem du spürst, daß du aufgehört hast, sie zu lieben, daß sie dich nicht mehr anzieht, sag es ihr, und sie wird aus deinem Leben verschwinden. Aber nicht mit Ausflüchten und Doppelbödigkeiten.«

»Ich habe nicht arrangiert, daß man dich aus der Arbeit wirft. Ich mische mich nicht in solche Dinge ein.«

»Das ändert nichts. Die Konkubine verlangt von dir weder eine Entschuldigung, noch ist sie daran interessiert, freundschaftlich auseinanderzugehen, denn zwischen euch gab es nie Freundschaft. Aber sie will, daß du sie mit Achtung behandelst. Sag ihr, ob du Interesse daran hast, die Beziehung mit ihr aufrechtzuerhalten, sie wird dir ihre Bedingungen nennen, und du wirst entscheiden, ob sie dir passen.«

»Anscheinend willst du mich zu deiner männlichen Konkubine machen.«

»Wozu hast du versucht, mich anzurufen?«

»Ist egal. Aber ich möchte nicht, daß du anfängst, dort Unfug anzustellen. Es gibt Dinge, die du nicht weißt und nicht verstehen kannst. Wenn du nicht damit einverstanden bist, die Regeln einzuhalten, die wir vereinbart haben, dann verlaß schleunigst die Wohnung. Wieso beharrst du darauf, dort zu bleiben?«

»Du hast vorher angerufen, um zu sagen, daß du kommen willst.«

Er schwieg einen Moment und sagte schließlich:

»Ja, das stimmt. Aber wenn ich mit dir rede, ärgerst du mich, und ich fange an, dich zu hassen.«

»Ich bleibe hier bis Ende des Monats, und bis dahin entscheidest du, ob du die Beziehung mit mir zu meinen Bedingungen fortsetzen willst.«

»Wenn deine Bedingungen bedeuten, mit dem aufzuhören, was du Untergrund nennst, dann kannst du deine Sachen packen und gleich heimgehen. Was verstehst du von solchen Dingen? Weißt du überhaupt, was bei mir los ist?«

»Du hast jetzt Zeit, dich selbst zu prüfen, ob du mich liebst und was du dafür zu opfern bereit bist.«

»Wer nicht liebt, das bist du. Du hast selbst gesagt, daß du mich nie geliebt hast und daß es dich ekelt, an Sex mit mir zu denken. Als ich zu dir gekommen bin, war ich schrecklich scharf auf dich, und du hast dich wie eine Jungfrau aufgeführt, die vergewaltigt werden soll, dich nicht anrühren lassen. Vielleicht sollte ich dir das nicht sagen, aber als ich im Büro angekommen bin, mußte ich mich sofort erleichtern, und ich bin auf die Toilette gegangen. Wie ein Junge in der Pubertät habe ich auf dem stinkenden Klo onaniert.«

Dieses intime Geständnis bewegte sie so sehr, daß sie sich zu ihrem Entsetzen etwas zu ihm sagen hörte, das ihr bis zu diesem Moment nie in den Sinn gekommen war: »Ich will ein Kind von dir.«

»Klar, genau das fehlte jetzt noch.«

»Aber das schuldest du mir tatsächlich nicht.«

»Gut, ich muß jetzt Schluß machen.«

»Ich bin hier bis zum Ende des Monats. Wenn du willst, ruf an oder komm und sag mir, was du beschlossen hast.«

Nachdem sie den Hörer aufgelegt hatte, setzte sie sich aufs Bett. Hinter der Wand war Avirams Stimme zu hören. »Ich habe genug von dir, ich kann dich nicht mehr sehen!« sagte er mit der gleichen sanften Stimme, mit der er seinen Hund oft mit Koseworten überhäufte, »Schluß, du alter Schurke, stirb endlich.« Er war während ihres Telefongesprächs mit Chazi dort gewesen, hatte also jedes Wort von ihr hören können. Nach einer Weile vernahm sie ein schmerzliches Aufjaulen des Hundes, gefolgt von weiteren gleichartigen Lauten, in rhythmischen Abständen, und am Ende schließlich ein langanhaltendes Jammergeheul, das kraftlos erstarb. Sie hatte gelernt, die Laute des Hundes zu verstehen, sein Jaulen vor Einsamkeit und Sehnsucht, sein Freudengebell, sein wütend rechthaberisches Gekläff, seine Kriegserklärungen gegenüber Fremden und sein angstvolles Geheul angesichts der Naturgewalten. Das hier war etwas anderes. Ob er ihn schlug?

Sie trat ins Treppenhaus und klingelte bei Aviram. Seine Schritte verharrten an der Tür, und sie wußte, daß er durch den Spion blickte. Er öffnete die Tür, und die besondere Art von Lächeln in seinem Bart kündete davon, wie angenehm er davon überrascht war, sie zu sehen: »Ich habe den Zettel gefunden, auf den sie ihre Telefonnummer notiert hat. Gerade eben wollte ich ihn rüberbringen.«

»Wunderbar, danke. Sagen Sie, was ist mit dem Hund los?«

»Es geht ihm nicht gut. Er fürchtet sich schrecklich vor Gewittern, Sie haben es heute gesehen, als wir draußen waren. Er wird krank davon. Es dauert seine Zeit, bis er sich erholt.«

»Vorher habe ich ihn vor Schmerz jaulen hören, als ob er geschlagen würde.«

»Das ist die Angst«, erklärte Aviram, »er hat sicher von Gewittern geträumt.«

»Kann man gar nichts tun, um ihm zu helfen?«

»Ich habe den Tierarzt angerufen, damit er mir sagt, was

ich tun soll, und er hat zu mir gesagt, ich solle ihn zu ihm bringen, er müsse ihn sehen. Aber bei diesem Regen ist kein Taxi aufzutreiben. Schon seit über einer Stunde rufe ich an allen Ständen an, und überall sagt man mir, daß sie keine freien Taxis haben und mir für die nächsten Stunden überhaupt nichts versprechen können.«

»Wo ist er jetzt?«

»Da, in seiner Ecke«, er deutete in Richtung Schlafzimmer, »er will sich unter keinen Umständen von der Stelle rühren. Vielleicht möchten Sie hereinkommen?«

»Wenn es nicht stört.«

»Nein, im Gegenteil, ich freue mich, daß Sie gekommen sind.«

Sie trat ein und folgte ihm in sein Schlafzimmer. Das Fenster war geschlossen, auch der Rolladen heruntergelassen. Aviram schaltete eine runde Neonleuchte an der Decke ein.

Ein Doppelbett mit blassem Holzrahmen, eine geometrisch gemusterte, grünliche Matratze, vollkommen nackt (das Bettzeug war untertags offenbar in dem Holzkasten darunter verstaut), dicht an der Wand, hinter der ihr Schlafzimmer lag. Die gesamte Fläche der Wand gegenüber (die sein Schlafzimmer vom Wohnzimmer trennte) nahm ein Schrank aus dem gleichen blassen Holz mit einer Reihe hoher Schiebetüren ein, darüber zwei niedrige, breite Schiebetüren. Zu Füßen des Bettes lag eine kleine Plastikmatte, mit geblümtem Frottee überzogen, wie man sie normalerweise im Badezimmer benutzt. Am Kopfende des Bettes stand ein weiß gestrichener Hocker mit einer blaumetallenen Nachttischlampe darauf, deren spiralförmiger Arm zwischen Fuß- und Kopfteil gebogen war, ein kleines Buch, englisch, lag mit den Seiten nach unten aufgeschlagen da, die Rückseite des weichen roten Bandes zeigte das Porträt einer jungen, lächelnden Frau mit Löckchen, offenbar die Verfasserin, und ein Wecker tickte mit fluoreszierend leuchtenden Zeigern und Zahlen auf schwarzem Zifferblatt. Über dem Ganzen hing eine Art unvergängliche Antiquiertheit.

Und in der Ecke zwischen Schrank und Fensterwand, auf dem identischen Gegenstück zur Plastikmatte am Fußende des Bettes, lagerte der Hund. Sie näherte sich ihm, hockte sich neben ihn und streichelte ihn. Sein Bauch bebte, als rumorte ein unterdrücktes Weinen darin. Er hob seinen Kopf, der auf dem Teppich lag, wandte ihn ihr zu und sah sie einen Moment an. Dann hob er ihn noch höher, richtete seinen Blick auf Aviram neben ihr, und aus seinen Augen sprach eine große, verzweifelte Frage. Und er ließ den Kopf wieder sinken.

Sie richtete sich auf und fragte Aviram: »Leiden Hunde an Depressionen?«

»Ja, auch sie haben Stimmungen wie ein Mensch, auch Depressionen.«

»Er sieht schrecklich deprimiert aus. Ermutigen Sie ihn, sagen Sie ihm nette Dinge, daß er brav ist, daß Sie ihn lieben.«

»Er ist nicht brav, und ich bin wütend auf ihn«, sagte Aviram völlig im Ernst.

»Wie bitte?«

»Er muß raus, aber er will nicht gehen. In Ordnung, er kann nicht. Ich habe ihn auf Händen nach unten getragen, neben den Eingang unters Vordach, damit er ein wenig herumläuft. Er ist so da auf dem Boden geblieben. Ich habe ihn zu den Büschen gebracht, daß er dort sein Geschäft erledigt. Er hat nichts gemacht. Ich rede ihm zu: Mach, mach schon! Ich warte und warte, aber nichts. Ich trage ihn hinauf in die Wohnung, setze ihn auf dem Boden ab, und plötzlich kann er wieder gehen, geht ins Wohnzimmer und macht dort auf den Boden. Gerade bevor Sie gekommen sind, bin ich mit dem Saubermachen fertig geworden.«

»Sie müssen es ihm nachsehen«, sagte Gabi, »er ist krank.«

»Unmöglich. Bei solchen Dingen muß man ihn kurz halten. Nur so weiß er, was erlaubt und was verboten ist.«

Sie verließen das Schlafzimmer. »Ich gebe Ihnen den Zettel mit der Telefonnummer«, sagte Aviram und führte sie zum Wohnzimmer. »Vielleicht nehmen Sie Platz, möchten Sie einen Kaffee mit mir trinken?«

»Danke, jetzt nicht«, Gabi blickte besorgt auf ihre Uhr, »vielleicht ein andermal«, und sie blieb wartend im Gang stehen. Er ging ins Wohnzimmer, und beim Zurückkommen reichte er ihr ein Stück gelb kariertes Papier. Sie warf einen Blick auf den Zettel. »Wo ist das?«

»Ramat Hascharon.«

»Hat sie gesagt, wie sie heißt?«

»Ich habe sie gefragt. Sie hat irgendeinen Namen gesagt, dann einen anderen. Einfach so. Wenn Sie mich fragen, es ist schade um Ihre Zeit. Diese Erhebung ist schon abgeschlossen.«

Hinter den zur Hälfte dunklen Brillengläsern musterten sie seine Augen, warteten auf ihre Reaktion.

»Schauen Sie, ich weiß, daß Sie alles hören und genau mitbekommen, was hier läuft. Sie brauchen sich nicht zu verstellen«, sagte Gabi.

»Dann möchte ich Ihnen etwas sagen, bevor Sie gehen, ganz ohne Verstellung: Sie müssen wissen, daß sich mein Leben verändert hat, seit Sie hierhergekommen sind.«

»Das haben Sie mir schon gesagt. Aber in welcher Hinsicht?«

»Wenn Sie wollen, werde ich es Ihnen erklären, wenn Sie Zeit haben.«

»In Ordnung. Sagen Sie mir nur eins: Hat es sich zum Guten oder zum Schlechten verändert?«

»Ich weiß es nicht. Das hängt davon ab, was am Ende dabei herauskommt.«

»Am Ende?« fragte sie verwundert.

Gegen Abend klingelte ein Armeeoffizier an ihrer Wohnungstür. Ruthi öffnete ihm, und der Anblick des Offiziers, der mit ernstem, strengem Gesichtsausdruck in der Tür stand, ließ ihr Herz aussetzen: Genau so hatten ihr ihre Ängste immer die Situation ausgemalt, in der sie kamen, um den Eltern mitzuteilen, daß ihr Sohn gefallen war. Nachdem sich der Oberleutnant vergewissert hatte, daß dies tatsächlich die Familie war, zu der er geschickt worden war, sagte er: »Es geht um Ihren Sohn, Eyal. Befindet sich der Vater im Hause?«

»Was ist mit ihm passiert?« rief Ruthi.

»Diese Frage wollte ich an Sie richten«, erwiderte der Oberleutnant, »wann haben Sie zum letzten Mal von ihm gehört?«

»Ich weiß nicht«, antwortete Ruthi, »mein Mann ist damit befaßt, er wird gleich aus der Dusche kommen.«

Der Offizier schenkte ihr einen verwunderten Blick.

Ruthi brachte ihn ins Wohnzimmer, schaltete den Fernseher aus und schickte die Kinder in ihr Zimmer. »Setzen Sie sich bitte.«

Ezra stand unter der Dusche. Er war gerade von der Arbeit zurückgekehrt. Sie ging zur Badezimmertür und rief, er solle schnell machen, da ein Oberleutnant von der Armee gekommen sei, um mit ihnen über Eyal zu sprechen. Zu ihrer Erleichterung beeilte sich Ezra, das Bad zu verlassen, mit nassem Haar, das Hemd noch nicht zugeknöpft. Der Offizier musterte ihn mit seinem strengen Blick. Aus der großen schwarzen Tasche, die er mitgebracht hatte, holte er eine dünne Mappe aus braunem Karton heraus, in der sich Papierbögen befanden, zog einen Kugelschreiber aus seiner Hemdtasche und legte alles auf den Tisch vor sich.

»Sind Sie von Eyals Einheit?« fragte Ezra.

»Einheit?« fragte der Offizier. »Welcher Einheit?«

Ezra verstand und schwieg.

»Wann haben Sie zum letzten Mal von ihm gehört?« fragte der Oberleutnant.

»Jemand hat gesagt, er habe ihn am zentralen Busbahnhof gesehen. Ich habe das dem Feldwebel Chagi gemeldet.«

»Ja, das ist hier notiert. Und danach.«

»Ich erinnere mich nicht mehr«, stotterte Ezra, »das ist länger her.«

»Hat er angerufen oder nicht?«

»Er hat angerufen, und bloß gesagt: Schalom, macht euch keine Sorgen um mich, und das war's«, sagte Ezra. »Es gab nichts zu melden.«

»Sie müssen umgehend jede Einzelheit melden, jeden Kontakt mit ihm, alles, was Ihnen irgendwie über ihn bekannt wird. Sie können nicht wissen, was uns helfen kann, ihn aufzuspüren. Jede Einzelheit ist für uns wichtig. Wenn Sie keine Meldung erstatten, machen Sie sich mit strafbar. Von wo aus hat er bei jenem Mal telefoniert?«

»Ich weiß es nicht! Er wollte nichts sagen. Der ganze Anruf hat zwei Sekunden gedauert, und er hat aufgelegt.«

Der Oberleutnant spähte in die Papierbögen vor ihm: »Als Sie gemeldet haben, daß man ihn bei der zentralen Busstation gesehen hat, haben Sie Ihren Bruder erwähnt, der mit Ihnen zusammen dort nach ihm gesucht hat. Ihn hat er nicht angerufen?«

»Warum sollte er ihn anrufen, und nicht uns?«

»Hat er angerufen, oder nicht?«

»Ich habe von ihm nichts dergleichen gehört.«

»Gibt es noch einen Onkel?« fragte der Oberleutnant.

»Auf meiner Seite?« sagte Ezra. »Es gibt noch einen Bruder, aber der ist ein Neoorthodoxer.«

»Ja und?«

»Mein Sohn hat keinen Kontakt mit ihm. Der Rest sind Schwestern, und zu denen hat er keine Beziehung.«

»Und von seiten der Mutter?«

»Er hat keinen Kontakt mit ihnen.«

»Freundin, enge Freunde?«

»Keine.«

»Wenn er Sie anruft oder Sie erfahren, daß er außer Ihnen jemanden angerufen hat, melden Sie das beim nächsten Mal umgehend.«

»Natürlich«, sagte Ezra.

»Ich brauche Ihnen wohl kaum zu sagen, daß Ihr Sohn in Lebensgefahr schwebt. Wenn Terroristen Soldaten verschleppen und ermorden, ist ein Soldat, der so auf der Straße unterwegs ist, per Anhalter fährt, sich an allen möglichen Orten herumtreibt, eine leichte Beute für sie.«

»Seit diese ganze Geschichte mit meinem Sohn angefangen hat«, sagte Ezra, »habe ich dauernd das Gefühl, daß ihr überhaupt keine Anstrengung macht, ihn zu finden. Ihr habt was anderes im Kopf. Was macht euch das aus, was mit ihm geschieht, ein armseliger, kleiner Soldat, der in Schwierigkeiten geraten ist, ins Militärgefängnis geworfen wird, davonläuft und das Ganze, wen kümmert er schon. Was ist also plötzlich passiert? Wieso ist er euch jetzt eingefallen?«

Der Oberleutnant musterte die Gesichter von Ezra und Ruthi, die am Rande dabeisaß und das Gespräch in angespanntem Schweigen verfolgte.

»Wir haben die Suche nach ihm nicht eingestellt«, erklärte er mit äußerst offizieller Strenge, »es kann Ihnen unmöglich alles mitgeteilt werden, was in dieser Angelegenheit unternommen wird. Solange er noch nicht aus dem Militärdienst entlassen wurde, nachdem er seine Gefängnisstrafe verbüßt hat – untersteht er unserer Verantwortung.«

»Wollen Sie mir sagen, daß er, nachdem er im Gefängnis gesessen ist, aus der Armee geworfen wird?« fragte Ezra mit beunruhigter Stimme. »Daß er nicht zu seiner Einheit zurückkehren und wie alle seinen Militärdienst machen kann?«

»Es unterliegt nicht meiner Kompetenz, Ihnen so etwas zu sagen«, sagte der Oberleutnant, »es gibt eine höhere Rangstufe, die solche Themen entscheidet.«

Nachdem der Oberleutnant das Haus verlassen hatte, blickten Ezra und Ruthi einander schweigend an, als warteten sie, bis sich der Militärmensch weit genug entfernt hätte und außer Hörweite wäre. Und dann sagte Ezra, zur Sicherheit flüsternd: »Man muß sofort Menasche anrufen, ihn warnen, damit er weiß, was ja und was nein. Schau, wie weit es mit mir gekommen ist, ich verwickle mich in Lügen und ziehe auch meinen Bruder mit hinein. Ich, wo ich nie gelogen habe, weder bei der Einkommenssteuer noch bei der Umsatzsteuer, keinem meiner Kunden, nicht einmal den arabischen Arbeitern gegenüber. Und wen belüge ich? Die Armee, das Allerheiligste für mich. Was soll nur werden, Ruthi?«

»Wir werden es überstehen, Ezra«, sagte Ruthi, doch ihr düsteres Gesicht besagte, daß sie ganz und gar nicht davon überzeugt war. »Um Eyal zu helfen lohnt sich alles.«

»Sie werden ihn nicht mehr dienen lassen, Ruthi. Nach dem Gefängnis werden sie ihn aus der Armee werfen, wie die Kriminellen und die Psychos. Nicht einmal den Führerschein wird er kriegen können.«

Ezra überlegte einen Moment, ein schrecklicher Gedanke ging ihm durch den Kopf: »Ruthi, vielleicht ist unser Eyal wirklich ein Psycho und ein Verbrecher? Du hast gehört, wie er bei meiner Mutter geredet hat. Wir glauben, daß wir unseren Jungen kennen, aber er ist kein Kind mehr, und wir wissen in Wirklichkeit nichts über ihn. Er ist ein fremder Mensch für uns. Wenn wir an ihn denken, denken wir an den netten Jungen, den wir hatten, der genau so sein muß, wie wir es wollen, aber das ist nicht das, was er heute ist. Er ist nicht wie wir. Was wissen wir über ihn, seinen Kopf, was in ihm vorgeht? In der letzten Zeit redet er überhaupt nicht mehr, sagt auf alles, was man ihn fragt: in Ordnung, gut, in Ordnung. Und wer ist dieser Mann, bei dem er sich versteckt, was für ein Mensch ist das, woher kennt er ihn, wieso hat er ihn zu sich mit nach Hause genommen? Ruthi, ich habe schreckliche Angst. Vorher habe ich um Eyal gefürchtet, jetzt fürchte ich mich vor ihm.«

»Und vor der Gefahr, Ezra, wie der Offizier gesagt hat, daß ihn Terroristen verschleppen, fürchtest du dich nicht?« fragte Ruthi.

»Er wollte uns Angst einjagen, Ruthi, damit wir kooperieren. Eyal hat Zivilkleider an, und er rennt nirgends herum, fährt nicht per Anhalter durch die Gegend. Er versteckt sich bei diesem Menschen, sicher in Tel Aviv.«

»So wie du jetzt über ihn redest, Ezra, ist absolut nicht herauszuhören, daß du ihn liebst«, bemerkte Ruthi.

»Hast du nicht gesehen, wie ich mich für ihn in Lügen verstricke? Ich fühle mich wie ein Verräter an unserem Staat. Ich schäme mich meiner, Ruthi, ich schäme mich ganz schrecklich. Und wer weiß, wie das enden wird. Ich helfe ihm und werde ihm weiter helfen, so wie er es möchte. Aber du weißt, ich werde Eyal nie verzeihen, niemals.«

Ezra befürchtete, der Oberleutnant könnte ihm, bis er mit Menasche geredet und seine Version mit ihm abgeglichen hatte, zuvorkommen und nach Pardes Katz fahren oder mit ihm telefonieren. Er rief also sofort dort an, doch sein Bruder war noch nicht von der Arbeit zurück. Seine Frau war am Telefon.

»Ist jemand von der Armee zu euch gekommen oder hat angerufen, um mit Menasche zu sprechen?«

»Weder noch.«

»Ich muß ganz dringend mit Menasche reden!« erklärte Ezra.

»Wenn er zur Tür hereinkommt, ruft er dich auf der Stelle an.«

»Er ist ein Bastard, dieser Oberleutnant«, sagte Ezra zu Ruthi, »mit so einem polnischen Fischgesicht, als hätte er keine Ahnung von gar nichts. Aber er hat ein kaltes Herz und den Kopf eines Rechtsanwalts. Er ist nicht von gestern. Ruthi, er hat gemerkt, daß wir ihm was vormachen. Ich habe das aus seinen Fragen ersehen. Wenn er herausfindet, daß wir uns mit Eyal getroffen und nicht sofort Meldung erstattet haben, daß er bei meiner Mutter war, daß wir ihm Zivilkleider gebracht haben, um ihm bei der Flucht zu helfen – dann stecken wir in Schwierigkeiten.«

Ruthi stand auf und schaltete den Fernseher ein. Die Kinder wurden ins Wohnzimmer zurückgerufen. Sie betrachtete sie lange und konnte beim Anblick ihrer Gesichter nur mühsam die Tränen zurückhalten. Es war ihnen anzusehen, daß sie alles gehört hatten und gemäß ihren Begriffen die

Tragweite des Unglücks verstanden, in das ihr älterer Bruder und mit ihm die ganze Familie geraten war. Längst schon hatten sie aufgehört, ihre Eltern nach Eyal zu fragen, denn sie waren mit vagen oder falschen Antworten, ungeduldig und sogar verärgert, abgespeist worden, bis sich in ihnen das Bewußtsein verankerte, daß das ein Thema war, an das nicht gerührt werden durfte.

Ezra erwartete angespannt Menasches Anruf, rauchte eine Zigarette nach der anderen, und als das Klingeln ertönte, schoß er wie von einer Viper gebissen von seinem Platz hoch. Eyals Stimme erklang in der Leitung, trocken, flach und eintönig: »Sagt Menasche, er soll mich anrufen.«

»Eyal!« rief Ezra. »Mein Eyal! Wie geht es dir, was ist los mit dir?«

»Ich kann jetzt nicht reden. Sagt es Menasche. Schalom.«

»Wo bist du?« schrie Ezra.

Die Leitung wurde unterbrochen. Ezra war wie gelähmt. Vom Sofa her, vor dem Fernseher, starrten ihn die Augen der beiden Kinder an, vielleicht sagte ihnen ihr Instinkt, daß sie wieder in ihr Zimmer geschickt würden. Ruthi gelang es kaum, aus ihm herauszubringen, was Eyal zu ihm gesagt hatte.

»Warum kann er nicht reden?« wunderte sich Ruthi.

»Es ist nicht so, daß er nicht kann, Ruthi. Er will nicht. Wenn du ans Telefon gegangen wärst, hätte er bestimmt mehr mit dir geredet. Mit mir will er nicht reden. Er hat mir noch nicht verziehen.«

»Auch du hast ihm nicht verziehen, und du hast gerade erst gesagt, daß du ihm nie verzeihen wirst. Du hast den Traum vergessen, Ezra.«

»Ich habe ihn nicht vergessen, Ruthi. Wie könnte man so etwas vergessen.«

»Hör auf das, was ich dir sage, Ezra: Eyal kehrt bald zu uns zurück«, sagte Ruthi.

Bis Menasche anrief, war das ganze Wohnzimmer von Ezras Zigarettenrauch erfüllt. Er erzählte seinem Bruder von dem Besuch der Oberleutnants. Bis zu diesem Augenblick war der Offizier jedoch nicht bei Menasche zu Hause aufgetaucht, und kein Mensch hatte ihn wegen Eyal angerufen.

»Wieso stehst du so unter Druck, Ezra?« fragte Menasche. »Du hast selbst gesagt, daß sie überhaupt nicht interessiert, was mit Eyal passiert. Weißt du nicht, wie diese Bürohengste dort in ihren Amtsstuben arbeiten? Dieser Oberleutnant muß irgendeinen Bericht zu diesem Thema abfassen und den seinem Vorgesetzten präsentieren, also kommt er und stellt euch Fragen, schreibt das auf, serviert es seinem Kommandeur und Schluß aus, alle sind zufrieden, sie haben das Ihre getan. Keine Angst, sie sollen ruhig zu mir kommen, sie werden nichts anderes von mir hören als das, was du gesagt hast. Und auch auf Mama kann man sich verlassen, wie du weißt, sie wird ihnen kein Wort sagen, das sie nicht sagen muß. Sie ist stärker als wir alle.«

»Menasche, ich habe dem, was er gesagt hat, entnommen, daß sie Eyal aus der Armee werfen werden, nachdem er seine Gefängnisstrafe abgesessen hat.«

»Warte, bis wir so weit sind, Ezra. Wenn die Stunde kommt, werde ich alles tun, was mir mit meinen Beziehungen in der Armee nur möglich ist. Zuerst soll er einmal zurückkommen, damit einverstanden sein, sich zu stellen. Dann sehen wir weiter.«

»Glaubst du, er wird am Ende zu uns zurückkehren?«

»Aber sicher, er muß. So viel Charakter, Eigensinn und Willenskraft er auch hat – es wird ihm keine andere Wahl bleiben. Alles ist gegen ihn, verstehst du, Ezra? Alles ist gegen ihn. Er kann nicht mehr lange so weitermachen.«

»Auch Ruthi meint das. Menasche, er hat vorher angerufen. Er hat nur gesagt: ›Menasche soll mich anrufen.‹ Mehr wollte er nicht mit mir reden und hat aufgelegt.«

»In Ordnung. Ich werde ihn anrufen.«

»Warum mußt du ihn anrufen, warum kann er dich nicht selber anrufen?«

»Er hat angerufen, als ich nicht zu Hause war.«

»Er hat gesagt: ›Ich kann jetzt nicht reden.‹ Darf er das Telefon dort nicht benützen?«

»Wo liegt das Problem, Ezra? Ich werde ihn gleich anrufen. Was frißt an dir?«

»Menasche, ich kenne meinen Jungen nicht, ich weiß nicht, was in seinem Kopf vorgeht, was für ein Leben er lebt, mit welchen Leuten er sich herumtreibt. Wieso hat ihn dieser Mensch zu sich nach Hause mitgenommen? Wer ist dieser Mann, was für ein Mensch ist er?«

Menasche brach in Lachen aus. »Was ist los mit dir, Ezra, was für Gedanken schwirren dir im Kopf herum? Eyal ist völlig in Ordnung, er ist der Sache gewachsen und weiß, was er tut. Hör auf, dich mit allem möglichen Unsinn zu quälen.«

»Rufst du mich an, wenn du mit ihm geredet hast, erzählst du mir, was los ist?« fragte Ezra.

»Wir werden sehen«, sagte Menasche, »falls es was zu sagen gibt.«

»Ich verstehe«, sagte Ezra.

»Und sitz jetzt bloß nicht die ganze Nacht da und warte auf meinen Anruf. Ich kenne dich. Vielleicht ist er gar nicht zu Hause, wenn ich anrufe.«

»Was, er läuft draußen herum?« fragte Ezra erstaunt.

»Was hast du denn gedacht, daß er sich die ganze Zeit im Haus einschließt und nicht hinausgeht?«

Es klingelte an der Tür, und sein Herz tat einen Freudensprung. Nachdem sie seiner Wohnung einen Besuch abgestattet und er es gewagt hatte, ihr zu erklären, daß sich sein Leben seit dem Tag ihres Erscheinens im Haus verändert hatte, hatte er sich gefragt, ob sie wiederkommen würde, um mit ihm zu reden, um so mehr, da sie die Telefonnummer, die sie so unbedingt benötigte, bereits von ihm erhalten hatte. In der Tat hatte er sie schon lange nicht mehr gesehen, sie nicht telefonieren hören, und nur die Musik zeugte von ihrer Anwesenheit hinter der Wand. Er beeilte sich, durch den Türspion zu spähen, und durch die verzerrte Linse blickte ihm das zerfließende Gesicht von Frau Schwarz entgegen.

»Sie kommen jetzt, sagt er«, verkündete die Alte ohne überflüssige Einleitung mit dem Öffnen der Tür, und machte sofort auf dem Absatz kehrt, um zu ihrer Wohnung hinunterzugehen.

Herr Schwarz saß in seinem blauen Morgenmantel auf einem Stuhl, eine zusammengefaltete Wolldecke bedeckte seine Beine bis zum Boden. Seine Frau, nachdem sie Aviram die Tür aufgemacht hatte, setzte sich auf einen Schemel, der den Eingang zur Küche blockierte, mit finsterer Miene wie eine Türhüterin.

»Was passiert dort?« fragte der Alte. »Sieht man schon etwas?«

»Herr Schwarz, dort ist niemand, nicht einmal ein Verrückter würde bei diesem Regen dorthin kommen.«

»Wissen Sie, wovon ich spreche?«

»Sicher, von dem Lager«, sagte Aviram.

»Haben Sie damals nicht zugehört, was ich Ihnen über das Wasser erklärt habe?«

»Doch, ich habe es gehört.«

»Meiner Rechnung nach müßte man die Folgen schon sehen. Gehen Sie dort nachsehen, schauen Sie sich die Lage an.«

»Jetzt, bei dem Regen?«

»Was ist? Nehmen Sie einen Schirm. Gehen Sie, gehen Sie runter, schauen Sie nach und kommen Sie, um es mir zu sagen.«

»Wieso ist es denn so brandeilig?«

»Sagen Sie mir eins, einen Juden in meinem Alter und in meinem Zustand, fragt man den: Wieso ist es brandeilig? Stimmt, bei mir brennt schon nichts mehr – aber alles ist brandeilig! Verstehen Sie, was ich meine? Wissen Sie, welche Medikamente ich erhalte? Wollen Sie meinen Katheter sehen?«

»Nein, ich habe ihn schon gesehen.«

»Was ist dann also so schwierig daran, das für mich zu tun? Als ich gesund war, bin ich da nicht für das Haus herumgerannt, für alle?«

»Gut, in Ordnung, ich nehme auch gleich den Hund mit hinaus.«

»Sicher, wenn es für den Hund ist, ist es in Ordnung, aber für Schwarz lohnt es sich nicht, das zu tun.«

Die Hüterin der Schwelle erhob sich von ihrem Schemel, um ihm die Tür aufzumachen, und versperrte sofort hinter ihm alle Schlösser und Riegel.

Der Hund hatte sich etwas von seiner Schwäche erholt und konnte schon langsam gehen, kam jedoch noch nicht die Treppen hinunter. Aviram trug ihn nach unten, stellte ihn im überdachten Eingangsbereich des Hauses auf die Füße, und der Hund streunte dort herum.

Den Weg zum Lager brachte Aviram zwischen den Pfützen hüpfend hinter sich, bis zu einer Stelle, von der aus er das Innere des versenkten Balkons einsehen konnte, in dem über einen Meter hoch das Wasser stand. Der Hinterhof ringsherum war voller großer Schlammpfützen. Aviram kehrte unters Vordach zurück, der Hund verrichtete sein Geschäft im Regen, neben den Gasbehältern einer der Wohnungen. Er wartete auf ihn, bis er fertig war, und trieb ihn an, unter das Vordach zurückzukehren. Seine Hosen waren von den Knien abwärts durchnäßt, und eine Schlammschicht klebte an seinen Schuhen. An einer Steinkante versuchte er, den Dreck von seinen Schuhsohlen zu entfernen. Danach streifte er sich sorgfältig die Schuhe auf der Matte am Treppenaufgang ab.

Nachdem sie durch den Spion das Terrain sondiert hatte, öffnete Frau Schwarz die Tür einen schmalen Spalt: »Kein Hund«, rief sie, »kein Hund!« Aviram brachte den Hund in die Wohnung hinauf, legte den tropfnassen Schirm in die Badewanne und ging wieder zum Vorstand des Eigentümerrats hinunter. Auf seinem Weg zum Stuhl des Herrn Schwarz stieß die Alte mit dem Fuß einen großen, feuchten Lumpen hinter ihm her, um die Abdrücke seiner Schuhsohlen vom Boden wegzuwischen.

»Im Balkon über einen Meter!« rief Herr Schwarz mit leuchtendem Gesicht. »Und haben Sie hineingeschaut, durch die Fenster?«

»Man kommt nicht bis zu den Fenstern, da ist alles überflutet, wie ein Sumpf. Und es ist finster dort wie in einem Erdloch, man kann nichts sehen.«

»Das Wasser sinkt nicht mehr, ha? Verstehen Sie, der Keller dort ist wie ein Loch in der Erde, und unter dem Fußboden, den sie gemacht haben, ist Grundwasser. Und dieses Wasser, je mehr es sich auffüllt, steigt und steigt nach oben. Das ist ein Witz, ihr Beton und ihre Bodenplatten. Das Wasser kommt dort schon durch den Fußboden rein und wird auf gleicher Höhe wie am Balkon sein, auch wenn sie dort eine hohe Treppe zwischen dem Balkon und dem Zimmer gemacht haben.«

Und als er Avirams Gleichgültigkeit sah, musterte er mißtrauisch sein Gesicht: »Was ist, welche Freude hat ein Mensch in meinem Alter und meinem Zustand denn noch? Mir bekommt eben das! Und glauben Sie mir, ein wenig Gesundheit wird mir jetzt nichts schaden. Oi! Ich würde liebend gerne dort stehen, wenn sie kommen, die Frau mit ihrem schmutzigen Mundwerk und ihr Mann, der sich als armer Tölpel ausgibt, um ihre neue Wohnung zu sehen. Oi! Daß ich diesen Augenblick bloß noch erleben darf!«

Herrn Schwarz' Gesicht nahm einen schelmischen Ausdruck an. Er zwinkerte Aviram zu und rief zu seiner Frau hin: »Henjale, hilfst du mir, runterzugehen, wenn sie kommen, um das Wasser in ihrer Wohnung zu sehen?«

»Du bist meschugge«, erwiderte seine Frau von ihrem Posten aus auf dem Schemel, der den Eingang zur Küche versperrte.

Menasches Stimme am Telefon: »Eyal kommt zurück!« Ezra schwieg.

»Ezra!« rief Menasches Stimme im Hörer, »hörst du mich?«

»Wann?« fragte Ezra.

»Heute abend.«

Ezras Gesicht drückte Panik und Ratlosigkeit aus. Er zog einen Stuhl heran und setzte sich.

»Was ist los, Ezra?« erschrak Ruthi bei seinem Anblick. »Was hat er gesagt?« Ihr Herz ließ sie das Allerschlimmste fürchten.

»Eyal kommt zurück«, erwiderte Ezra.

»Was geht vor, Ezra, hast du einen Schock?« fragte Menasche.

»Ich habe nicht mehr daran geglaubt, daß das passieren würde«, sagte Ezra.

»Ich habe dir gesagt, es ist nur eine Frage der Zeit.«

»Wann sehen wir ihn?«

»Kommt am Abend zu Mama, er wird dort auf euch warten und mit euch nach Hause kommen.«

»Und was wird mit ihm?«

»Morgen früh bringst du ihn zur nächstgelegenen Polizeistation, und sie werden ihn dorthin überstellen, wo er hinmuß. Ezra, hör mir gut zu: Melde es jetzt weder der Armee noch sonst jemandem. Wenn man dich nachher fragen sollte, sag, daß er spät in der Nacht zu euch gekommen ist und du ihn als allererstes in der Früh zu ihnen gebracht hast. Verstehst du, was ich sage?«

»Ja, sicher.«

»Du hörst dich nämlich verwirrt an.«

»Mit mir ist alles in Ordnung. Alles klar. Ich werde es genau so machen, wie du sagst. Warum kommt er zu Mutter und nicht direkt zu uns?«

»Er muß sich ausruhen. Er hat ein paar Nächte nicht geschlafen, er ist die ganze Zeit herumgelaufen, er hatte keine

Bleibe. Er wollte nicht, daß ihr ihn in dem Zustand seht, in dem er war, mit schmutzigen Kleidern und unrasiert.«

»Dann ist er nicht mehr in der Wohnung von diesem Menschen gewesen?«

»Nein, er ist von dort weggegangen, er wollte nicht länger bei ihm bleiben.«

»Warum?«

»Ezra, hör jetzt auf damit, was für einen Unterschied macht das für dich? Hauptsache, er kehrt zurück. Kommt so gegen zehn.«

»So spät?«

»Ja, er ist schlafen gegangen. Hör zu, Ezra, ich habe ihm versprochen, daß ihr ihn nicht fragt, wo er war und was er gemacht hat und warum und weshalb und wieso und all dieses Zeug. Keine Verhöre und keine Zensuren. Verstehst du? Ich habe mich für euch verbürgt. Ohne diese Bedingung wäre er nicht zurückgegangen. Wenn es also Dinge gibt, die du ihn fragen willst, frag mich, wenn wir dann allein sind, und nicht ihn. Er schlägt jetzt ein neues Kapitel auf, man muß ihm eine Chance geben. Ihm steht jetzt sowieso eine schwierige Zeit bevor, mit einem weiteren Prozeß und noch mal Gefängnis, und wir wollen es ihm doch nicht noch schwerer machen.«

»Hundertprozentig«, pflichtete ihm Ezra bei.

»Behandle ihn also mit Geduld, mit etwas Zartgefühl, und stürz dich auch nicht mit allzu großer Begeisterung und Überschwenglichkeit gleich auf ihn.«

»In Ordnung, Menasche, keine Sorge. Ich habe zu viele Fehler in dieser ganzen Affäre gemacht, und wärst du nicht gewesen mit deinem Verstand, wer weiß, was mit ihm und uns wäre. Verlaß dich auf mich, ich werde mich ihm gegenüber so verhalten, wie du es sagst.«

Nachdem er aufgelegt hatte, sank Ezra auf seinem Stuhl zusammen und teilte Ruthi mit, was er von Menasche gehört hatte. Danach zündete er sich eine Zigarette an und saß lange Zeit müde, schweigend und nachdenklich da. Ruthi musterte sein Gesicht und verstand nicht, was er hatte. Er spürte, daß sie ihn beobachtete, drehte ihr sein Gesicht zu, ihre Augen trafen sich, und er las ihre Frage darin.

»Es ist seltsam, Ruthi«, sagte Ezra, »seit dieser Alptraum begonnen hat, habe ich immer gedacht, wenn er zurückkehren würde, falls überhaupt, wäre das einer der glücklichsten Momente in meinem Leben. So wie ich damals empfunden habe, als die Schwester ihn vor mir hochhob, hinter der Glaswand, als er geboren worden war und ich meinen Sohn zum ersten Mal gesehen habe. Du hast gar nicht verstanden damals, weshalb mir die Tränen kamen.«

»Warum meinst du, ich hätte es nicht verstanden, Ezra? Ich habe es vollkommen verstanden, und ich erinnere mich bis heute daran, wie sehr mich das gerührt hat.«

»Dieser Augenblick war der glücklichste in meinem ganzen Leben. Und nun habe ich gedacht, wenn Eyal wieder nach Hause und zur Armee zurückkehrt, wäre das auch ein solcher Moment für mich, als würde er uns neu geboren. Und jetzt, als mir Menasche das am Telefon gesagt hat, habe ich überhaupt keine Freude empfunden. Mein Herz scheint wie ausgeleert. Sicher ist es gut, wenn er wieder auf die rechte Bahn zurückkehrt, und vielleicht laufen die Dinge dann langsam endlich wieder normal. Diese schreckliche Sorge wird von uns genommen, wir können aufatmen, ruhig schlafen. Aber Ruthi, ich weiß nicht, warum, in meinem Herzen regt sich überhaupt keine Freude.«

»Sowohl Eyal als auch wir müssen uns an den neuen Anfang gewöhnen. Er muß sich von neuem an uns und wir uns an ihn gewöhnen«, sagte Ruthi, »und das wird seine Zeit dauern.«

»Das ist es nicht, Ruthi. Schau, er kommt nicht wirklich zu uns zurück, wer zurückkehrt, ist im Prinzip nicht unser Eyal. Es ist jemand anderer, jemand Fremder. Es gibt Dinge in seinem Leben, die wir nicht wissen und vielleicht nie wissen werden. Und er hat Bedingungen: Worüber mit ihm geredet werden darf und worüber nicht. Er kommt wie ein

Gast. Weshalb kommt er zuerst zu meiner Mutter und nicht gleich nach Hause, zu uns? Wenn er verwahrlost und schmutzig aussieht, kann meine Mutter das dann schon sehen und wir nicht? Muß er sich uns zu Ehren bei ihr ausruhen, waschen, rasieren und umziehen, seine Erscheinung für die Begegnung mit uns vorbereiten? Was soll das? Das ist unlogisch, Ruthi. Weißt du, warum das so ist? Weil er überhaupt kein Familiengefühl uns gegenüber hat, das ist es. Er hat nicht das Gefühl, daß er wirklich zu uns gehört.«

»Der Liebe seiner Großmutter ist er sich sicher, Ezra. Er weiß, daß sie ihn bedingungslos liebt. Und mit dir hat er ein Problem. Du siehst einen Versager in ihm, für dich ist er ein Verräter, er hat die Familie verraten, die Armee, die Heimat, deine heiligsten Werte. Und du hast ihm das nicht verheimlicht, und auch wenn du es getan hättest, hätte er das gespürt. Die Frage ist, ob es dir gelingen wird, ihm zu vermitteln, daß du ihn liebst, so wie er ist, trotz allem, was er getan hat, trotz allem, was er vielleicht noch tun wird. Das ist die Frage. Denn Familiengefühl ist nichts Eingleisiges, es muß gegenseitig sein.«

Ezra zündete sich eine weitere Zigarette an.

Ruthi sagte: »Meiner Meinung nach mußt du jetzt zu rauchen aufhören, Ezra. Du hast schließlich einen Schwur geleistet.«

»Moment mal, Ruthi. Ich habe gesagt: Wenn Eyal heil und gesund zurückkehrt und die Affäre zu Ende ist – dann höre ich zu rauchen auf. Ich bin noch nicht sicher, daß die Geschichte ausgestanden ist. Wollte Gott! Aber keine Angst, ich werde meinen Schwur halten.«

Ruthi ging zu den Nachbarn, um deren große Tochter zu bitten, bei den Kleinen zu bleiben, während sie und Ezra zur Großmutter nach Pardes Katz fuhren. Ezra ging ins Nebenzimmer, das ihm als Büro diente, setzte sich an den Tisch und zündete sich eine Zigarette an, studierte seinen Terminkalender, notierte diverse Einzelheiten, die mit Erledigungen am nächsten Tag zu tun hatten, und rief einige Leute im Zusammenhang mit seiner Arbeit an, so wie er es jeden Tag zu tun pflegte.

7

»Grandios!« rief Ilan und musterte Aviram, der gerade das Büro betrat, mit einem Lächeln demonstrativer Überraschung. »Großartig! Hör mal, alle Achtung für Mali! Das ist schon was ganz anderes, bei Gott, ein anderer Mensch!«

»Wirklich so sehr?« fragte Aviram ungläubig.

Mali sagte: »Das ist noch nicht alles.«

»Ja, ich weiß«, seufzte Aviram, »der Bart.«

»Und die Brille«, sagte Mali.

»Die Brille? Das ist neu. Was stimmt mit der Brille nicht, seid ihr jetzt völlig verrückt geworden?«

»Warum keine hellen Gläser, damit man deine Augen sieht?« erwärmte sich Mali, ermutigt durch ihren Erfolg. »Man sieht gar nicht, daß du blaue Augen hast, sie sind klein, und dieser gelbgraue Schatten verdeckt sie völlig.«

»Die Farbe dieser Gläser verändert sich mit dem Licht. In der Sonne werden sie dunkel wie eine Sonnenbrille, und im Schatten oder am Abend sind sie hell.«

»Damit hast du Augen wie ein Kranker«, sagte Mali.

»Hör drauf, was sie dir sagt. Du siehst, daß sie Geschmack hat. Geht doch heute eine neue Brille für dich aussuchen«, schlug Ilan vor.

Aviram war älter als die beiden, doch sie behandelten ihn wie ein kleines Kind. Um das Ende der peinlichen Premierenvorstellung seiner neuen Kleider zu beschleunigen, erwiderte er nichts darauf, setzte sich an seinen Tisch und schaltete den Computer ein. Draußen war der Himmel klar nach den tagelang anhaltenden heftigen Regenfällen, und durch das große Fenster zeigte sich der Platz von winterlichem Sonnenlicht überflutet. Neben dem Eingang zur Bank stand der russische Akkordeonspieler auf seinem Posten, mit seinen alten Melodien. Es gelang Aviram nicht, sich auf seine Arbeit zu konzentrieren. Das neue Jackett beengte ihn an Schultern und Hals, war ihm bei seinen Bewegungen hinderlich, doch er konnte es nicht ablegen, da es kühl im Büro war. Die gemütliche, bequeme Wärme seiner Wolljacke mit dem Reißverschluß über dem weichen karierten Flanellhemd fehlte ihm. Als er Mali gebeten hatte, ihn zum Einkaufen neuer Kleider zu begleiten und ihn dabei zu beraten, hatte sie mit Freuden zugesagt und bemerkt, es sei tatsächlich an der Zeit, denn seine Kleidung und sein Bart ließen ihn wie einen zionistischen Siedler aussehen, es fehlten nur noch die Kippa und die Uzi über der Schulter. Er war ihr zu Dank verpflichtet für ihre Hilfe. In Kürze würde sie zu ihrer Arbeit aufbrechen, und inzwischen betrachtete sie ihn mit einem zufriedenen Lächeln. Sie war liebenswürdig und nicht dumm, und sie hatte sich bereits auf sein Verhalten ihr gegenüber eingestellt und gelernt, wie sie ihn zu nehmen hatte. Es gab ein spontanes Verständnis zwischen ihnen, ein gutes Gefühl von Nähe, gegenseitiger Wertschätzung – aber kein Feuer. Und er, einen Fuß bereits zur Falle hin ausgestreckt, die er sich selbst gestellt hatte, war nicht bereit, sich mit weniger als Feuer zu begnügen.

»Und wenn du mich fragst«, sagte Ilan, »in deinem Alter ist es auch schon erlaubt, eine Krawatte zu tragen.«

Mali brach zu ihrer Arbeit mit den Kunden auf. An der Tür fragte sie Aviram: »Gehen wir am Mittag beim Optiker vorbei?«

»Wir werden sehen.«

Das Telefon klingelte, Ilan hob den Hörer ab und antwortete. Mali machte sich auf den Weg. Aviram schaute in den Computer und begann mit der Vormittagsarbeit.

»Und haben Sie erhalten, was Ihnen gemäß dem Vertrag

zusteht?« fragte Ilan seinen Gesprächspartner, »denn es gibt einen Paragraphen für so einen Fall. Ja? Gut, dann ist es in Ordnung.«

Ilan deckte mit seiner Hand die Sprechmuschel ab und rief leise: »Avi.« Aviram hob den Blick. Sein Partner deutete auf den Hörer, was in seiner Zeichensprache so viel hieß wie: etwas, das Aviram interessieren könnte.

»Ja, ich verstehe, absolut«, sagte Ilan ins Telefon, »wir werden das genau so abwickeln, wie Sie es möchten, hundertprozentig, Sie können in aller Ruhe verreisen.«

Ilan vereinbarte mit seinem Gesprächspartner einen Termin im Büro und verabschiedete sich von ihm.

»Rate mal, worum es geht«, er lächelte Aviram sehr geheimnisvoll an.

Aviram ahnte, wovon die Rede war, doch er zuckte die Achseln und wiegte seinen Kopf hin und her.

»Die Bumswohnung! Vorzeitige Beendigung der Vermietung. Sie wollen wieder vermieten, ab nächstem Monat. Das war der Sohn. Voriges Mal kam der Alte, um das zu erledigen, aus einem Moschaw bei Netanja, kommt mir vor, dort wohnen sie. Du kennst ihn von früher, als sie im Haus gewohnt haben, du wolltest dich nicht damit befassen. Jetzt ist er krank, also wird der Sohn an seiner Stelle kommen. Was läuft dort«, fragte Ilan, »warum hören sie auf?«

»Ich weiß nicht«, erwiderte Aviram. »Ich glaube nicht, daß dort viel passiert.«

»Keine Aktivitäten in der letzten Zeit?«

»Nichts, glaube ich.«

»Man sieht nichts und hört nichts?«

»Nein.«

»Das spricht für die Richtigkeit meiner These, daß das Vögeln nur der Mehrwert der Wohnung war und ihre wahre Funktion eine andere.«

Aviram verstand nicht, was es daran zu beweisen oder zu widerlegen gab, doch er war nicht daran interessiert, sich auf eine Unterhaltung zu diesem Thema einzulassen.

»Er hat mir gesagt, daß sie die Wohnungsmiete auch für den kommenden Monat erhalten haben, unter der Bedingung, daß sie sich verpflichten, bis Ende diesen Monats niemanden in die Wohnung hineinzulassen. Er wird in zwei Tagen herkommen, denn er verreist ins Ausland und wird dann nicht da sein. Er wird die Vereinbarung seinem Vater zum Unterschreiben geben und sie uns mit dem Schlüssel bringen. Ich habe mich verpflichtet, daß wir erst Anfang kommenden Monats Interessenten dorthin schicken und den Schlüssel bis dahin zurückhalten. Ich werde das auch Mali sagen.

Verstehst du nicht, Avi? Dieser Typ spürt, daß ihm der Boden unter den Füßen zu heiß wird, und muß das Pflaster wechseln. Und es gibt dort alles mögliche bis Ende des Monats zu disponieren, die Änderung der Adresse, Telefon- und Faxnummer muß denjenigen, die es wissen sollten, rechtzeitig mitgeteilt werden, und wenn du mich fragst, die Dame wird er nicht an den neuen Ort mitnehmen. Es ist ungesund, die beiden Dinge zu vermischen.«

»Ja sicher«, sagte Aviram, »das ist richtig.« Und er malte sich im Geiste aus, wie Mali mit den Interessenten die Wohnung betrat, in der all seine Träume pulsierten, und ihnen die Küche, Badezimmer, Wohnzimmer und das Schlafzimmer zeigte.

Am Mittag gingen er und Mali ins nahegelegene Einkaufszentrum, wo er in einem der Läden, unter ihrer Anleitung und guten Beratung, seine neuen Kleider erstanden hatte. Im Optikergeschäft bot ihnen die Verkäuferin diverse Gestelle zur Auswahl an, die sie Aviram aufsetzte, und Mali unterzog sein Gesicht einer kritischen Musterung. Aviram wurde aufgefordert, zu einem Sehtest mit dem Optiker hinter den Wandschirm zu treten, während Mali weiterhin zwischen den verschiedenen Brillengestellen schwankte, die ihre Zustimmung fanden.

Als Aviram nach Beendigung der Untersuchung wieder heraustrat, zeigte ihm Mali das Gestell, das sie gewählt hatte, und die Verkäuferin sagte: »Ihre Frau hat recht, das steht Ihnen wirklich am besten.« Sein Herz zog sich zusammen, und er war zu verlegen, um Mali anzuschauen. Auch der Angestellte im Bekleidungsgeschäft hatte ihn ihr gegenüber als »Ihr Mann« bezeichnet. Aber Mali lächelte bloß, es war ihr keinerlei Verlegenheit anzumerken. Aviram wußte, daß nicht nur die Tatsache, daß sie zusammen kamen, den Betrachter zu dieser irrigen Annahme verleitete, sondern etwas in ihrem Umgang miteinander, vielleicht sogar an ihrer Körperhaltung, dem Klang ihrer Stimme, irgendeine selbstverständliche Geläufigkeit langjähriger Paare.

»Wenn du sie erst an dir gesehen hast, mit diesem Rahmen und den hellen Gläsern, wirst du dich selbst nicht mehr wiedererkennen«, versprach ihm Mali, als sie zum Parkplatz hinuntergingen, unterwegs zu ihrem Auto, mit dem sie ihn, wie üblich, nach Hause fahren würde.

Schaffensfreude hatte sie erfaßt, als sie sah, wie seine Erscheinung sich langsam immer mehr zu dem Bild rundete, das ihr Geschmack ihr diktierte. Hin und wieder warf sie ihm einen Seitenblick zu und betrachtete mit Genugtuung ihr Werk, prüfte irgendein Detail im Gesamtbild, stellte Überlegungen an, was man noch besser machen, hinzufügen oder wegnehmen könnte.

Aus dem Hof des Hauses drangen die wohlbekannten Stimmen, die man dort schon lange nicht mehr vernommen hatte. Aviram eilte sofort ins Haus und stieg schnell die Treppen hinauf. Der Besuch beim Optiker hatte seine Rückkehr nach Hause verzögert, es war schon spät. Als er an der Wohnung von Herrn Schwarz vorbeikam, öffnete sich die Tür, und der Alte, der offenbar auf sein Kommen gelauert hatte, stützte sich mit der Hand an der Mesusa am Türstock ab und machte ein kummervolles Gesicht.

»Helfen Sie mir bitte beim Hinuntergehen«, bat er mit flehender Stimme, »sie will unter keinen Umständen. Hören Sie, was dort vorgeht?«

Frau Schwarz stand ein paar Schritte hinter dem Rücken

ihres Mannes und machte Aviram mit der Hand Zeichen, der Bitte keinesfalls nachzugeben, tippte sich zur Betonung mit dem Finger an die Stirn, um ihm zu verstehen zu geben, daß der Alte nicht mehr bei Verstand war.

»Schon seit zwei Stunden sitze ich am Fenster, schaue auf die Straße und warte, daß Sie zur Mittagspause kommen«, klagte der Alte, »dort ist es lustig, aber ich sehe überhaupt nichts.«

In der Zwickmühle zwischen der flehentlichen Bitte des Herrn Schwarz und der Warnung seiner Frau, dem Wunsch, nach seinem Hund zu schauen und mit ihm hinauszugehen, und seiner Hoffnung, Gabi über den Weg zu laufen, die er nicht mehr gesehen hatte, seit sie ihn in seiner Wohnung besucht hatte, packte Aviram eine Wut, von der er nicht wußte, an wem er sie auslassen sollte. Doch bis er sich dazu entschließen konnte, kam ihm der Alte zuvor, stolperte auf ihn zu und legte ihm seine Hand auf die Schulter. »Bringen Sie mich dorthin«, sagte er mit geschwächter, jedoch befehlender Stimme. Aviram begann, in Richtung Treppe zu gehen, aber der Alte fuhr ihn an: »Nicht so!«, und erklärte ihm, wie er seinen Rücken zu umfassen und ihn unter den Achseln zu stützen habe. So stiegen sie ein paar Stufen hinunter, bis der Alte flüsterte: »Ich kann nicht«, seine Augen schloß, und, dem Schwanken seines Kopfes nach, von Schwindel erfaßt schien. Aviram blieb stehen und wußte nicht, was er mit ihm machen sollte. Er hob seinen Blick zum Treppenabsatz. Die Alte stand dort übers Geländer gebeugt und betrachtete sie mit einem bitteren Lächeln. Eine ganze Weile lang ließ sie sie so auf der Treppe umschlungen stehen, bis sie endlich zu ihnen hinunterging, Aviram beiseite schob und ihren Mann unter den Achseln packte. Schwarz schlug die Augen auf: »Gehen Sie nachschauen, und erzählen Sie es mir«, sagte er zu Aviram. Seine Frau zog ihn in die Höhe, bis seine Füße kaum mehr den Boden berührten. So schleppte sie ihn die Treppe hinauf, zurück in ihre Wohnung, ging hinein und warf die Tür hinter sich zu.

Der Hund empfing seinen Herrn, der die Treppe heraufkam, auch diesmal wieder nicht mit Freudengebell, doch Aviram überraschte das nicht. Seitdem es dem Hund wegen des Gewitters schlechtging, hatte sich sein Verhalten geändert, seine Kraft hatte nachgelassen, und er war nicht mehr sicher auf seinen alten Beinen. Doch Aviram wußte, daß er ihn kommen hörte und hinter der Tür auf ihn wartete. Und trotzdem, in den Sekunden während des Türöffnens, bis er sah, wie der Hund seinen Kopf zu ihm hob und mit dem Schwanz wedelte, hatte er jedesmal banges Herzklopfen. Ein bekannter Geruch wehte ihm vom Eingang entgegen. Er trat ein, und der Hund war tatsächlich da, neben einer Urinpfütze.

»Mein Armer, du hast so lange warten müssen und konntest es nicht mehr halten«, sagte er zu ihm und streichelte ihn, »ich bin schuld, weil ich so spät gekommen bin.« Und bevor er an der Wohnungstür aufwischte, überprüfte er, ob in den restlichen Zimmern alles in Ordnung war. Jenseits der Schlafzimmerwand war ihre Stimme zu hören. Sie sprach am Telefon. Offenbar mit einer Frau. War das der Anruf nach Ramat Hascharon? Nein, das war eine Unterhaltung mit einer Nahestehenden, und am Ende sagte sie zu ihr: »Also auf Wiedersehen, bis heute abend bei mir.« Förderte oder störte das den Plan, den er sich für diesen Abend ausgedacht hatte?

Der Hund schleppte sich langsam Stufe um Stufe hinunter und hatte noch nicht einmal ein Stockwerk bewältigt, als er stehenblieb und Aviram anblickte. Das war der Tag, die Alten die Treppen hinunterzubefördern, seufzte Aviram und trug ihn auf den Armen hinaus. Der Hund wanderte im Vorgarten herum, fand sofort sein Lieblingseck neben dem Gasbehälter und verrichtete dort seine Bedürfnisse.

Ein ständig wiederkehrendes Geräusch von Wasser, das auf den Boden plätscherte, drang aus dem Hinterhof. Die Frau und ihr Mann, die Lagerbesitzer, schöpften mit Eimern das Wasser aus dem Keller und dem versenkten Balkon und schütteten es draußen aus, beide in Stiefeln und die Hosen bis über die Knie durchnäßt. Der Höhe des noch vorhandenen Wassers nach zu schließen hatten sie noch ein gutes Stück Arbeit vor sich. Aviram stand auf der Betonfläche der ehemaligen Mülltonnenecke und hatte ein Auge auf den Hund, falls er in Versuchung kommen sollte, die große Pfütze anzusteuern. Auf den Balkonen und an den Fenstern der Häuser, die dem Hinterhof zugewandt waren, standen die Nachbarn und sahen dem Schauspiel zu. Die Frau wollte sich ein wenig von der Schufterei ausruhen, stellte den Eimer auf die Mauereinfassung des versenkten Balkons und wischte sich mit dem Handrücken den Schweiß vom Gesicht. Ihr Mann gestattete sich ebenfalls eine kurze Rast, stieg aus dem Wasser, und als er Aviram sah, trat er auf ihn zu wie auf einen alten Bekannten, um ihm sein Leid zu klagen.

»Seht ihr, was uns passiert?« sagte der Mann mit der roten Olympiakappe. »Gott hat uns gestraft. Was haben wir Schlimmes getan?«

Aviram hatte keine Antwort auf seine Frage.

»Warum wollt ihr uns hier nicht?« fragte der Mann mit niedergeschlagener Stimme. »Was haben wir euch getan, daß ihr uns so haßt?«

Seine Frau wandte sich der Zuschauergemeinde an den Fenstern und auf den Balkonen zu. »Wir sind keine Leute, die aufgeben. Es wird ihnen nichts nützen. Die glauben, wenn uns ein bißchen Wasser reinläuft, erschrecken wir und verschwinden von hier. Die kennen uns nicht. Das ist der krepierende Alte von ihrem Eigentümerrat, er hat uns verflucht, getilgt sei sein Name. Wir kennen eine Frau, die verfluchen kann, für ein paar Dollar wird sie …«

»Du kannst das aber auch nicht schlecht!« rief jemand von einem der Balkone herunter, und es folgte Gelächter.

»Was wollten wir denn schließlich schon«, sagte der Mann, »bloß daß unsere Tochter eine Wohnung hat, wenn sie aus der Armee entlassen wird.«

»Wieso denn!« schrie seine Frau. »Wir sollen unsere Tochter hier wohnen lassen? Nur über meine Leiche! Wir werden ihr eine Luxuswohnung in Ramat Aviv kaufen, direkt neben der Universität! Wieso soll sie mit denen hier zusammensein müssen? Die lieben hier doch Araber und hassen Juden. Wenn es das ist, was sie wollen, dann bringen wir ihnen eben Araber her! Bringen wir ihnen Verbrecher, Junkies, Nutten, damit sie sich hier reinsetzen und ihnen die Hölle heiß machen, bis sie am liebsten zurück nach Polen flüchten würden!«

Sie nahm den Eimer und fing wieder damit an, das Wasser aus dem Balkon zu schöpfen, und ihr Mann beeilte sich, es ihr gleichzutun, jedoch nicht bevor er von Aviram mit den bewegenden Schlußworten Abschied genommen hatte: »Gott hat uns gestraft, ich weiß nicht, warum.«

Einer der Nachbarn rief etwas, das Aviram nicht mitbekam, und wieder erschallte Gelächter aus dem Haus gegenüber. Die Frau stellte den Eimer zu ihren Füßen, im Wasser, ab. »Das werden sie alle teuer bezahlen! Und als erstes der Bauleiter, der geisteskranke Idiot, der gesagt hat, daß hier kein Wasser reinkommen kann, und nachdem er uns angeschmiert hat, mit dem Geld abgehauen ist, und gleich danach die Gauner, die uns den Platz verkauft haben, die geschworen haben, daß es hier im Winter aber auch überhaupt nicht feucht ist. Es wird Prozesse hageln, wir schicken ihnen Leute, die uns das Geld samt Entschädigung zurückbringen. Wir sind doch nicht von gestern!«

Aviram drängte die Zeit, er hatte schließlich Herrn Schwarz versprochen, vorbeizukommen und ihm die Szene zu schildern, und er mußte auch noch etwas essen, bevor er zur Arbeit zurückkehrte, doch der Anblick des Mannes und der Frau, die mit Eimern das Wasser schöpften, das ihre Wohnung überschwemmte, ließ in ihm die Erinnerung an eines der alten Märchen aufsteigen, das ihm sein Vater in der Kindheit vorgelesen hatte, über die Rache des Vogels am Meer, das sein Nest überflutet hatte. Und aus der Ferne der

Zeit brachte jene Erinnerung auch die unbestimmte Pein der Angst mit sich, die damals beim Zuhören in ihm erwacht war, und die Angst blieb undefinierbar wie einst.

Herr Schwarz lag im Bett. Die Alte führte Aviram ins Schlafzimmer, das offenbar schon lange nicht mehr gelüftet worden war, denn ein erstickender Geruch, eine Mischung aus Urin, Schweiß und Medikamenten stand darin. Sie zog ihm einen Stuhl an die Bettkante heran und setzte sich dann wieder auf ihren Schemel in der Küchentür. Aviram erzählte ihm, was sich unten abspielte, und der Alte schloß seine Augen und nickte mit dem Kopf, als wären Avirams Worte die Bestätigung seiner Erwartungen. Er deutete auf das kleine Rundfunkgerät auf dem Tischchen neben seinem Kopfende.

»Alle halbe Stunde mache ich an, um das Wetter zu hören. Sie versprechen, daß der Regen morgen oder übermorgen wiederkommt, nicht weniger stark, als er schon war. Wenn sie also damit fertig sein werden, das Wasser herauszuholen, werden sie neues Wasser kriegen. Gebe Gott, daß ich auch diesen Augenblick noch erlebe! Aber man darf kein Schwein sein, auch jetzt kann ich ruhig sterben, wo ich gesehen habe, daß es noch Gerechtigkeit und Anstand auf der Welt gibt.«

Aviram stand auf und verabschiedete sich von ihm, und der Alte hob den Kopf vom Kissen und deutete in Richtung der Küchentür, wo seine Frau auf ihrem Schemel thronte. »Sie ist eine gute Frau«, sagte er leise zu ihm, »sie hat mich immer geliebt, auch wenn ich es nicht verdient hatte. Ihr Leben hat sie mir gegeben.«

Und sein Kopf sank müde auf das Kissen.

Hier spricht die Konkubine von Chazi, aus der heimlichen Wohnung …«

Vielleicht wäre das die richtige Eröffnung des Gesprächs, wenn die Stimme einer Frau ihren Anruf erwidern würde, und dann dem Schweigen zu lauschen, das einen Moment am anderen Ende der Leitung herrschen würde.

»Sie haben uns ein paarmal gesucht, um einen Fragebogen für Ihre statistische Untersuchung auszufüllen. Ich war damals sehr beschäftigt und konnte nicht die Zeit finden, darauf zu reagieren. Jetzt habe ich Zeit. Was genau wollen Sie wissen? Möchten Sie, daß wir uns treffen, oder genügt es Ihnen, wenn ich Ihnen per Telefon antworte?«

Die Frau am anderen Ende der Leitung würde sofort den Hörer auflegen oder sagen, sie habe sich wohl in der Nummer geirrt – das war eine Möglichkeit. Die zweite Möglichkeit – die Frau würde versuchen, Gabi in ein Gespräch zu verwickeln, und ihr Fragen stellen. Oder mit ihr ein Treffen vereinbaren. Das war eine weniger angenehme Möglichkeit, die besser umgangen werden sollte.

Und während sie noch darüber nachdachte, schreckte sie das Klingeln des Telefons auf.

Als es das vierte Mal geläutet hatte, wußte sie, daß es Ada war.

»Störe ich?« fragte ihre Freundin, die aus Gabis Stimme eine restliche Spur kühler Ungeduld heraushörte.

»Nein, wieso? Wie fühlst du dich?«

»Du hast gedacht, er ist es, stimmt's? Du wartest auf einen Anruf von ihm. Soll ich ein anderes Mal anrufen?«

»Nein, Ada! Ich staune bloß immer noch jedesmal von neuem. Ich fühle mich durchsichtig vor dir.«

»Das ist sicher ein schreckliches Gefühl. Es tut mir leid, wenn du dich so fühlst.«

»Ich bin es schon gewöhnt. Was ist mit dir, geht es dir wieder gut?«

»Ja, es ist diesmal schnell vorbeigegangen. Wir haben alle bis zehn durchgezählt, wie Gadi zu sagen pflegt.«

»Ich möchte dich sehen. Kommst du zu mir in meine Backstreet?«

»Erinnere mich nicht daran. Es hat mir damals so leid getan, daß ich dir von diesem Film erzählt habe. Das war taktlos von mir. Überhaupt, dieser ganze Abend war komisch und unangenehm.«

»Wenn du taktvoll wärst, wärst du nicht Ada, und wir wären keine Freundinnen. Also kommst du her?«

»Wann?«

»Heute abend.«

»Ja, wenn das für dich in Ordnung ist«, sagte Ada.

»Aber sicher!«

»Wartest du nicht ...«

»Natürlich warte ich«, schnitt ihr Gabi das Wort ab, »ich werde immer warten! Wartest du nicht?«

»Nein, Gabi, ich warte auf nichts und niemanden.«

Sie hatten sich lange nicht mehr gesehen, und nachdem Ada Gabis Gesicht gemustert hatte, um festzustellen, ob sie sich verändert hatte, ließ sie einen neugierigen Blick durch die Wohnung schweifen, als würde sie hier vielleicht irgendeinen Hinweis finden, der ihr bei der Enthüllung des Geheimnisses helfen könnte. Gabi schlug vor, sich in die Küche zu setzen. Dort sei es wärmer. »Außerdem habe ich hier einen Verehrer«, erklärte sie, als sie sich an dem kleinen Tisch niederließen, »hinter der Schlafzimmerwand, und dort hört man jedes Wort, das hier gesprochen wird.«

Gabi servierte Kaffee und selbstgebackene Kekse.

»Warum wartest du mit dem Zurückgehen?« eröffnete Ada ohne Umschweife. »Wenn er dich suchen sollte, kann er dich doch dort anrufen.«

»Von dem Moment an, in dem ich nach Hause zurückkehre, will ich nichts mehr von ihm hören. Er muß jetzt wählen. Wenn er mich will, dann soll er mit seinen Problemen zu Rande kommen und den Preis bezahlen. Wenn er mich jetzt nicht will, verliert er mich für immer.«

»Ganz einfach!«

»Ja.«

»Aber du liebst ihn noch?«

»Er ist der Mann meines Lebens. Ich habe noch nie so geliebt. Deshalb setze ich aufs Ganze, wider alle Chancen.«

Ein schmerzliches Aufjaulen war plötzlich aus Richtung des Schlafzimmers zu hören.

»Was ist das?« erschrak Ada.

»Der Hund des Nachbarn. Ich habe den Eindruck, daß er ihn schlägt.«

»Das ist ja furchtbar«, sagte Ada. Sie schwiegen einen Augenblick und lauschten dem Jaulen. Ada runzelte die Stirn, auf ihrem Gesicht war Angst zu erkennen. »Erinnerst du dich, in *Der Fremde* gibt es einen Alten, der alte Salamano, der im Haus von Meursault wohnt. Er verflucht seinen Hund und schlägt ihn. Man hört das Jaulen im Treppenhaus.«

»Du magst diesen Ort nicht«, sagte Gabi.

»Ich mag dein Zuhause. Diese Wohnung ist kein Zuhause. Das ist wie eine Haltestelle hier, wo du darauf wartest, daß dir etwas passiert.«

»Hier habe ich die Liebe meines Lebens erfahren«, deklamierte Gabi im Ton einer dramatischen Phrase, mit einem Lächeln trauriger Ironie.

Das Jaulen war wieder zu hören.

Sie blickten einander an und schwiegen. Gabi ahnte, was ihrer Freundin durch den Kopf ging, sie sich jedoch zu sagen scheute, denn auch Adas Taktlosigkeit hatte ihre Grenzen: »Auch dieser Nachbar liebt bestimmt seinen Hund, vielleicht ist das auch bei ihm die Liebe seines Lebens. Das hast du jetzt gedacht. Stimmt's?«

Ada errötete, murmelte ausweichend: »Ich habe gewußt, daß du leidest. Du hast gesagt, das Ganze sei so, als ob du in den Krieg ziehst. Und Krieg ist Krieg, mit all der Grausamkeit, dem Leid und der Absurdität. Jetzt fühle ich mich wie eine Touristin, die dein Schlachtfeld besichtigen kommt.«

»Ich war eigentlich darauf vorbereitet«, sagte Gabi, »von dir heute abend etwas über die stille, zarte Schönheit zu hören, die im Verzicht liegt, in der Versöhnung mit dem Leben, in der Kompromißbereitschaft mit dem, was es zu bieten hat; jeden Augenblick zu segnen, der vorübergeht, ohne daß ein Unglück geschieht, ohne daß überhaupt etwas geschieht, auf nichts zu warten.«

»Ich habe dir diesen Vortrag diesmal erspart. Du kennst ihn schon, und ich bin nicht gerne diejenige, die sagt: Da siehst du, daß ich recht hatte! Ich hab's dir gesagt!«

»Warte, Ada, noch kann man nicht wissen.«

Ada sah sie mit einem verlegenen Lächeln an.

»Sehe ich einigermaßen aus?« fragte Gabi.

»Du bist reifer geworden.«

»Älter, meinst du.«

»Du siehst immer noch jung aus für unser Alter. Aber in deinem Gesicht sieht man, was du durchmachst. Oded hat gesagt, daß du angespannt und verstört auf ihn gewirkt hast.«

»Der Mann ist noch nicht geboren, dessen Annäherungsversuche von einer zurückgewiesen werden, ohne daß er nachher sagen würde, daß sie arm und einsam, gestört und frustriert ist.«

»Da kennst du Oded wirklich schlecht.«

»Er hat mir vorgeschlagen, daß ich zu ihm nach Hause komme und wir uns zusammen Musik anhören. Das hat mich angewidert.«

Ada zuckte die Achseln, als verstehe sie nicht, erwiderte jedoch nichts darauf, um den Zorn, der die Stimme ihrer Freundin nahezu entstellte, nicht noch anzustacheln.

Gabi ging mit ihrer Freundin hinunter, um sie zu ihrem Auto zu begleiten, das in einer der benachbarten Straßen geparkt war. Im Treppenhaus brachte sie sie mit einer Handbewegung zum Verstummen, und sie gingen schweigend hinunter. Draußen war der Himmel klar und kalt, und Gabi, die keinen Mantel angezogen hatte, hängte sich mit beiden Armen an Adas Mantelärmel ein, um ein wenig von ihrer Wärme einzufangen. So schritten sie langsam dahin, allein in der dunklen Straße, behielten das im Treppenhaus begonnene Schweigen bei, und Gabi spürte, daß das Empfinden dieser Nähe stärker und überzeugender war als alle Worte, die gesagt und nicht gesagt worden waren, und vielleicht fühlte das auch Ada.

»Geh mir nicht verloren«, bat Ada, bevor sie ins Auto einstieg, »sag mir Bescheid, was mit dir geschieht. Ich begreife, daß es keinen Sinn macht, dich für den Schabbatabend zu uns einzuladen.«

»Ich bin noch da, auf Posten«, sagte Gabi, umarmte Ada und küßte sie auf die Wangen, deren nächtliche Kälte auf ihren Lippen eine fröstelnde Spröde hinterließ.

Mit schnellem Schritt floh sie vor der Kälte nach Hause, schloß die Wohnungstür auf und fand Dunkelheit vor. Dabei hatte sie doch das Licht in der Küche brennen lassen. Sie drückte einmal, zweimal auf den Schalter – nichts. Auch das Heizgerät war erloschen. In den restlichen Räumen der Wohnung funktionierte das Licht ebenfalls nicht. Der Kühlschrank allerdings war noch in Betrieb. Sie ging ins Treppenhaus hinaus, ließ die Tür hinter sich offen, und machte den Verteilerkasten an der Wand gegenüber auf. Es befanden sich Porzellansicherungen von der Sorte darin, die vor ihrer Zeit in Gebrauch gewesen waren, und sie hatte keine Ahnung, was man damit anfing. Bei ihr zu Hause in Givatajim waren die neuen Sicherungen installiert, mit denen man sich leicht zurechtfand. Vielleicht hatte das Heizgerät einen Kurzschluß verursacht? Sie tastete sich in die finstere Küche zurück und zog den Stecker aus der Dose. Einen Augenblick stand sie ratlos in der dunklen Wohnung, dann ging sie auf den Treppenabsatz hinaus und legte das Ohr an die Tür des Nachbarn. Der Fernseher lief. Sie klingelte.

Die Tür ging auf, und er zeigte sich ihr zum ersten Mal in seiner neuen Metamorphose: ein graufarbenes Tweedjackett, ein zartblaues, glattes Hemd, dunkelblaue Wollhosen, glänzende schwarze Schuhe und eine neue Brille, hinter deren hellen Gläsern, von einem dünnen Metallrahmen gefaßt, kleine blaue Augen, wäßrig rötlich, hervorblickten. Sie entschuldigte sich für die späte Störung, schilderte ihm das Problem und bat um seine Hilfe. Er ging zum offenen Stromkasten. »Ah, die alten Sicherungen!« rief er überrascht mit einer merkwürdigen Stimme, die höher klang als die vorigen Male, und auch sein Gang war nicht ganz sicher. Vielleicht war er vor dem Fernseher eingeschlafen, und sie hatte ihn aus dem Schlaf gerissen? Er zog die Porzellanfassungen heraus, untersuchte sie nacheinander und zeigte ihr schließlich eine, deren dünner kupferner Verbindungsdraht zwischen zwei Schrauben in der Mitte gerissen war.

»Sie hatten einen Kurzschluß«, sagte er, ein dümmliches Lächeln auf seinem Gesicht.

Schien es ihr nur so, oder entströmte ihm tatsächlich ein Geruch nach Alkohol? Sie wäre vielleicht besser schlafen gegangen und hätte am nächsten Tag einen Elektriker geholt, um den Schaden zu beheben.

»Einen Moment«, bat er, ging in seine Wohnung zurück, und als er wieder herauskam, trug er einen kleinen Werkzeugkasten, den er unter dem Verteilerkasten abstellte. Er entnahm ihm einen Schraubenzieher, doch seine Hand tat sich schwer damit, den Schlitz einer kleinen Schraube zu treffen. Immer wieder fingerte er daran herum, bis der Schraubenzieher endlich festsaß und sich die eine Schraube und dann die zweite lösen ließ. Er zog die gerissenen Drahtenden hervor, holte aus einem der Fächer in seinem mustergültig geordneten Werkzeugkasten ein Elektrokabel heraus, schälte die Plastikummantelung von den hauchdünnen Kupferdrähten, teilte drei davon ab, schnitt sie in der erforderlichen Länge ab und drehte sie ineinander, bis sie einen Draht ergaben. Diesen Dreifachdraht spannte er zwischen die beiden Schrauben und hantierte wieder mit dem Schraubenzieher herum, bis er die Schlitze traf und fest zuschrauben konnte. Man merkte ihm an, daß er normalerweise in solchen Arbeiten geübt war, es nur dieses Mal mit der Durchführung etwas haperte. Schließlich setzte er die Sicherung wieder ein, und das Licht in der Wohnung ging an.

»Das ist sicher wegen des Heizstrahlers passiert«, sagte Gabi. »Aber ich habe den Stecker schon herausgezogen.«

»Probieren Sie jetzt mal, ihn wieder einzustecken«, schlug Aviram ihr vor und brach in Lachen aus.

Sie ging durch die offene Wohnungstür in die Küche, steckte zögernd den Stecker ein, und das Gerät begann wieder zu arbeiten und warme Luft abzugeben.

»Bei diesen Sicherungen kann es passieren, daß sich der Draht nach Jahren auflöst, vielleicht Materialermüdung, vielleicht wegen Korrosion«, lieferte er die fachmännische Erklärung nach, als sie wieder herauskam.

Sie bedankte sich bei ihm, doch er machte keine Anstalten, seinen Werkzeugkasten zu nehmen und zurück in seine Wohnung zu gehen, sondern blieb wartend vor ihrer Tür stehen. Etwas an ihm und seiner neuen Kleidung ließ ihr Mitleid erwachen. Sie schlug ihm vor, etwas Warmes zu trinken, und er lehnte nicht mit Hinweis auf die fortgeschrittene Uhrzeit höflich ab, sondern ging sofort, ohne zu zögern, darauf ein, als habe er das wie selbstverständlich erwartet.

Seine Augen spähten nach ihrem Schlafzimmer, während er sich dem Wohnzimmer zuwandte. Sie dirigierte ihn in die Küche, wo es wärmer war, und bot ihm Kaffee an, ihrer Ansicht nach das Richtige in seinem Zustand. Er zog jedoch Tee mit Zitrone vor, denn Kaffee würde ihm, wie er sagte, Schwierigkeiten beim Einschlafen bereiten. Auf dem Tisch waren noch ein paar Kekse von Adas Besuch übriggeblieben, die sie ihm anbot, und dann machte sie Tee mit Zitrone für beide. Nachdem sie den Tee serviert und sich ihm gegenüber gesetzt hatte, tranken sie einen Moment lang schweigend, und er lächelte sie mit seinem dümmlichen Lächeln an.

»Das waren Sie«, sagte sie zu ihm.

Er brach in das aufgesetzte Lachen eines Lausbuben aus, der bei einem Streich erwischt wird und immer wieder lachend alles abstreitet.

»Schämen Sie sich nicht, ein erwachsener Mensch wie Sie?«

»Was denn?« Er versuchte, das Lachen in sich zu unterdrücken, doch es gelang ihm nicht.

»Sie haben gewartet, bis ich meine Freundin hinausbegleitet habe, um mir einen Kurzschluß in der Wohnung zu verursachen.«

»Nein! Wieso denn!«

»Und damit Sie den Mut haben, das zu tun, haben Sie Wodka oder Kognak getrunken, oder was weiß ich.«

»Nein, ich trinke nie.«

»Was wollen Sie von mir?«

»Ich brauche Ihren Rat.«

»Meinen Rat?«

»Es ist für einen guten Freund von mir.«

Was amüsierte sie so an diesem kindischen Spiel? Warum war sie mit Freuden einverstanden, daran teilzunehmen?

»Welches Problem hat Ihr Freund denn?«

»Er hat sich in eine verliebt, die bei ihm in der Nachbarschaft eingezogen ist. Er weiß, daß er keine Chance bei ihr hat: Sie ist hübsch, sehr nett, mit dem Körper einer Tänzerin. Und er ist nicht mehr jung, wirklich nicht besonders anziehend, nicht erfolgreich. Von dem Augenblick an, in dem er sie zum ersten Mal gesehen hat, als sie dort eingezogen war, spürte er, daß sein ganzes Leben, das er bis dahin geführt hatte, wie eine Seifenblase zerplatzte. Er begriff, daß er wirklich nicht wußte, was das Wahre war, und daß er das offenbar auch nie erfahren würde. Seitdem kann er an nichts anderes denken. Denn er, so wie er aussieht, geht normalerweise zu Prostituierten. Aber er haßt sie und ekelt sich danach vor sich selbst. Also hat er zu mir gesagt: ›Hör mal, Avi, ich muß, ich muß es einfach einmal mit einer wie der machen, und wenn es nur ein einziges Mal in meinem Leben ist. Nur um zu wissen, wie es bei ihr ist. Aber eine wie die schaut einen wie mich ja kaum an, wer bin ich schon, was bin ich für sie?‹«

»Und was haben Sie diesem Freund gesagt?«

»Ich habe zu ihm gesagt: ›Bist du verrückt geworden? Schlag dir das aus dem Kopf. Jeder muß seinen Platz kennen. In der Liebe ist es genau wie zur Zeit des Mittelalters –

es gibt Stände, und darüber kann man sich unmöglich hinwegsetzen. Jeder wird in seinem Stand geboren und stirbt darin. Und so ist es in der Liebe – es gibt den Adelsstand der Liebe, und es gibt die Leibeigenen der Liebe, die auf der untersten Sprosse der Leiter stehen. Und letztere müssen sich mit dem begnügen, was sich ihnen bietet, mit einer, die so häßlich und erbärmlich ist wie sie selber. Also schlag dir diesen Traum aus dem Kopf, und lerne mit dem zu leben, was du kriegen kannst.‹«

»Das ist absolut richtig. Und er war davon nicht zu überzeugen?«

»Er war nicht bereit aufzugeben. Er sagte: ›Aber ich rede nicht von Heirat, von einem gemeinsamen Leben und dem allen. Ich weiß, daß das unrealistisch ist. Wenn ich zum Beispiel reich oder berühmt wäre oder ein bedeutender Mensch in der Öffentlichkeit, da sieht man des öfteren schöne Frauen, die solche Leute heiraten. Entweder zieht sie ihre Macht an, oder sie wollen ein angenehmes Leben und Luxus und sind bereit, sich selbst dafür zu geben, auch wenn der Mann alt und erbärmlich, häßlich und abstoßend ist. Aber ich‹, hat er gesagt, ›ich habe nichts anzubieten außer meiner Erbärmlichkeit und Häßlichkeit, also ist es klar, daß ich nicht das meine. Aber vielleicht hat diese Frau ein gutes Herz und würde sich dazu bereit erklären, nur damit es einem Menschen wie mir ein einziges Mal in seinem Leben vergönnt wäre, mit einer wie ihr zu schlafen.‹«

»Und was haben Sie ihm geantwortet?« fragte Gabi, die seltsamerweise ein steigendes Vergnügen an dieser Unterhaltung fand, je törichter und kindischer sie wurde, und der es schwerfiel, das Lachen zu unterdrücken.

»Ich habe zu ihm gesagt: ›Die Welt der Frau ist ein Rätsel für uns. Man muß jemanden mit Verstand und Erfahrung fragen, damit er einem sagt, ob so etwas überhaupt denkbar wäre. Und ich habe beschlossen, mich an Sie zu wenden, damit Sie mir sagen, ob es überhaupt möglich ist, eine solche Frau, von der jeder Mann träumen kann, um so etwas zu bitten, daß sie einem solchen Typ diesen einmaligen Gefallen tun würde.‹«

Gabi schwieg und betrachtete ihn mit einem Lächeln.

»Also was sagen Sie?« fragte Aviram.

»Sagen Sie Ihrem Freund, daß er mit dem Feuer spielt.«

»Das ist es genau! Er will das Feuer!«

Wieder schwieg sie und lächelte.

Die Gelöstheit und der Mut, die der Alkohol in ihm verbreitet hatte, begannen ihn zu verlassen, Düsterkeit befiel ihn. Er wurde wieder dem Nachbarn ähnlicher, den sie in seiner früheren Kleidung und seinen abgetragenen Turnschuhen zu sehen gewohnt war. Er stützte den Kopf in seine Hand und murmelte: »Was für einen Unsinn ich rede. Allmächtiger Gott!«

»Nein!« Sie stellte sich dumm und versuchte, sein Spiel fortzuführen. »Das ist doch schön, daß Sie Ihrem Freund helfen wollen, und ich kann Ihnen etwas erzählen, das ihm vielleicht helfen könnte. Auch ich habe eine gute Freundin, die vor vielen Jahren, als sie Studentin war, bei einer Zeitung gearbeitet hat, als Korrekturleserin. Es gab dort einen alten Redakteur, der hinter ihr her war und ihr die ganze Zeit mit solchem Gerede zusetzte. Eines Tages konnte sie einfach nicht mehr, also sagte sie zu ihm: ›Laß mich in Ruhe, ich will keinen Ton mehr von dir hören! Wenn du nicht aufhörst, werde ich mich über dich beschweren.‹ Und da sagte er zu ihr: ›Sag mir, wo bleibt die Gerechtigkeit? Was verlange ich denn letztendlich schon von dir? Für dich sind das bestenfalls zehn unangenehme Minuten, und für mich ist es eine große Gnade, das höchste Glück auf Erden!‹ Er erhielt von ihr eine solche Ohrfeige, daß er vom Stuhl flog und auf den Boden fiel. Danach kam er nicht mehr in ihre Nähe. Sagen Sie das Ihrem Freund.«

»Ich fühle mich nicht gut«, sagte Aviram, sein Gesicht hinter dem Bart wirkte bleich, und sein Kopf sank hinunter. Er erhob sich mit Mühe von seinem Stuhl und stützte sich mit den Händen auf dem Tisch ab: »Ich muß heimgehen.«

Sie trat zu ihm, hielt ihn an den Schultern, half ihm, sich aufzurichten, und führte ihn zu seiner Wohnungstür. Seine Hand zitterte und fand nicht zum Schlüsselloch. Sie nahm ihm den Schlüssel aus der Hand, schloß die Tür auf und brachte ihn hinein. Er lehnte sich an die Wand im Flur und flüsterte wie im Traum: »Es ist ein Mißverständnis, wir sind zwei fremde Menschen.«

Aus dem Schlafzimmer kam mühsam der Hund herausgetrottet, blieb vor ihnen stehen und bedachte seinen Herrn mit einem allem Anschein nach kritischen Blick, doch es schien, als spiegele sich auch großes Erbarmen in seinen müden Augen wider. Aviram löste sich plötzlich von der Wand, rannte ins Bad und warf die Tür hinter sich mit einem Knall zu. Gleich ertönten dort würgende Geräusche von Erbrechen. Der Hund ging ihm nach, fand sich mit der geschlossenen Tür ab und legte sich davor.

Gabi beeilte sich, in ihre Wohnung zurückzukommen, doch am Treppenabsatz sah sie seinen Handwerkerkasten, der dort offen zurückgeblieben war. Werkzeug und alle Arten von Drähten, Schrauben und Nägeln, eine Klebstofftube, Malerbürsten und Zubehör, dessen Zweck sie nicht kannte, in Abteilungen und Fächern mit obsessiver Sorgfalt, nahezu fetischistischer Liebe geordnet, die ihr einen uralten männlichen Code vermittelten, den sie niemals würde dechiffrieren können. Sie schloß den Kasten und trug ihn zu seiner Wohnung. Die Tür war offengeblieben, und sie trat ein. Aviram stand in der Tür des Badezimmers, der Hund zu seinen Füßen, und rieb sich mit einem Handtuch Flecken von dem neuen Jackett und Hemd. Sie stellte den Kasten im Flur ab.

»Fühlen Sie sich besser?« fragte sie.

Er hob den Kopf. Sein Gesicht war gewaschen, sein Haar und Bart feucht: »Verzeihen Sie mir das alles. Wir sind fremde Menschen. Ich habe keinerlei Recht.«

Als die Tür geöffnet wurde, sahen sie ihn mit dem Rücken zu ihnen im Sessel sitzen, er sah fern. Die Großmutter rief ihn von der Tür aus, und er erhob sich, kam und stand vor ihnen in seiner Uniform, die gewaschen und gebügelt worden war, mit steif gestärktem Kragen, seine Mütze zusammengefaltet unter einer der Achselklappen, die Militärstiefel glänzend schwarz, sein Gesicht frisch und ein neuer kurzer Haarschnitt. So hatte sich Ezra im Innersten seines Herzens den Anblick seines Sohnes als Soldat erträumt, bevor der Junge eingezogen worden war und das Unglück begonnen hatte. Und Ruthi kam es vor, als sei er dünner und größer geworden, seitdem sie ihn das letzte Mal gesehen hatte, denn er war nun größer als sein untersetzter, breitschultriger Vater.

Die Großmutter sagte: »Ich gehe Kaffee kochen.«

Ezra fragte: »Wo ist Menasche?«

»Kommt gleich«, erwiderte die Großmutter.

»Mein Eyal«, sagte Ruthi, näherte sich ihm, um ihn zu umarmen, doch er entzog sich der Berührung. Sie murmelte verlegen: »Ich bin so froh, daß du zurückgekommen bist, du hast uns schrecklich gefehlt, uns allen. Geht es dir gut?«

»In Ordnung«, sagte Eyal.

»Menasche hat es uns erst heute nachmittag mitgeteilt«, fuhr Ruthi schnell fort, »ich habe nicht einmal die Zeit gefunden, etwas Besonderes für dich zu kochen, irgendeines deiner Lieblingsgerichte.«

»Nicht nötig«, sagte Eyal, »Großmutter füttert mich dauernd.«

»Du mußt stark sein, Eyal.« Ezra wählte seine Worte sorgfältig, da er sich seinem Bruder gegenüber verpflichtet hatte, sich vorzusehen mit dem, was er sagte. »Du weißt, daß dich jetzt eine schwere Zeit erwartet.«

»Ich habe schon schwere Dinge durchgemacht«, sagte Eyal und lächelte plötzlich eine Art blasses Lächeln, das in den Mundwinkeln erstarrte und sich nicht auf die restlichen

Teile seines Gesichts ausdehnte, auch nicht seine müden Augen erreichte, die von den dicken schwarzen Augenbrauen überschattet waren, die er von seinem Vater geerbt hatte.

»Ich weiß, daß du Kraft hast«, bestätigte Ezra.

Eyal drehte sein Gesicht weg.

Die Großmutter servierte den Kaffee, Ezra zündete sich eine Zigarette an und wußte nicht, was er seinem Sohn noch sagen sollte.

»Gili und Janiv wissen noch nicht, daß du zurückkommst. Wir wollten ihnen eine Überraschung bereiten. Sie fragen die ganze Zeit nach dir und haben Sehnsucht nach dir. Morgen in der Früh, wenn sie aufstehen, werden sie dich daheim entdecken«, lächelte Ruthi.

»Oder möchtest du vielleicht früher aus dem Haus gehen, bevor sie aufstehen«, fragte Ezra.

»Wie du willst«, sagte Eyal.

Ein Schmerz zerriß Ezras Herz.

»Und wie willst du es?« fragte er.

»Das ist mir gleich«, sagte Eyal.

»Willst du Gili und Janiv sehen?« warf Ruthi ein.

»Wie ihr wollt.«

»Du bist noch ein bißchen müde«, sagte Ruthi.

»Vielleicht sollten wir heimfahren«, sagte Ezra.

»Menasche kommt gleich«, sagte die Großmutter.

»Was hast du im Fernsehen angeschaut, als wir hereinkamen?« fragte Ruthi.

»Irgendwas«, sagte Eyal.

Kurz darauf traf tatsächlich ein gutgelaunter Menasche ein.

»Ich bin nur auf einen Sprung vorbeigekommen, um hallo zu sagen und euch zusammen zu sehen. Ich habe Gäste und muß nach Hause zurück«, sagte er und ging zu Eyal, legte ihm eine Hand auf den Nacken und drückte ihn mit seinen Fingern so stark zusammen, daß der Junge den Kopf senkte und das Gesicht verzerrte.

»Was für Sorgen du uns gemacht hast!« sagte Menasche.

»Gut, daß es vorbei ist. Für uns ist es zu Ende, aber für dich beginnt jetzt eine andere Geschichte. Ich weiß, daß du das durchstehen kannst und nicht daran zerbrechen wirst. Du sollst bloß wissen, was ich die ganze Zeit zu deinen Eltern gesagt habe und was ich auch zu dir jetzt sage, wo sie hier sind: Du hast bewiesen, daß du ein starker Mann bist. Du hast Willenskraft, Leidensfähigkeit und Charakter, und du bist stur wie ein Esel, und wenn du das für positive Dinge nutzt, wirst du es weit bringen. Alles Gute, mein Lieber!«

»In Ordnung«, sagte Eyal.

Sie fuhren nach Hause, zu dritt in der Fahrerkabine des Lastwagens, und Ruthi wollte ihren Arm um ihn legen. Wieder zuckte er zusammen und bat: »Nicht, Mama, ich ertrage es nicht, daß man mich berührt.«

Ein quälendes Schweigen breitete sich im Lastwagen aus, das lange anhielt. Ezra schaltete das Radio ein, und die Elfuhrnachrichten überdeckten die Stille.

»Eyal«, sagte Ezra, »sag mir, wie du es möchtest – willst du allein zur Polizei gehen, oder soll ich dich hinbringen?«

»Wie du willst.«

»Dann sag mir, ob dir das paßt: Ich hätte gerne, daß wir zu Fuß dorthin gehen, wir beide zusammen, durchs Zentrum gehen, damit alle sehen, daß ich mich meines Sohnes nicht schäme, daß ich stolz auf dich bin. Du hast gehört, was Menasche über dich gesagt hat, ich denke auch so. Und ich möchte, daß alle sehen, wie schön du in deiner Uniform aussiehst. Mir täte das gut.«

»In Ordnung«, sagte Eyal.

Sie hielten vor ihrem Haus, Eyal blieb im Auto, und Ruthi und Ezra gingen hinauf, um die Nachbarstochter nach Hause zu schicken, die auf die Kinder aufgepaßt hatte. Danach holten sie Eyal herein.

»Möchtest du vielleicht irgend etwas, bevor du schlafen gehst?« fragte Ruthi.

»Nein, nichts«, erwiderte Eyal. »Ich bin müde, ich will schlafen.«

Ruthi begleitete ihn in sein Zimmer, das Bett war bereits bezogen. »Wenigstens heute nacht wirst du in einem sauberen und bequemen Bett schlafen, in deinem Bett, in deinem Zimmer«, sagte sie, »gute Nacht.«

Er streckte die Hand aus, faßte Ruthi am Ellbogen und sagte nichts. Seine Handfläche war so kalt, daß sie Ruthi einen Schauer durch den Körper rieseln ließ, und seine Mundwinkel verzogen sich wieder zu diesem seltsamen Lächeln, das den Ausdruck seines Gesichts nicht veränderte. Sie wandte ihren Kopf von ihm ab, und ein Zittern schwang in ihrer Stimme, als sie wiederholte: »Gute Nacht, Eyal.«

Er schloß sich in seinem Zimmer ein, und Ruthi ging ins Schlafzimmer. Ezra hatte auf sie gewartet, saß angezogen auf dem Bett wie ein geschlagener Mann.

»Mach die Tür zu«, bat er.

Ruthi schloß die Tür und betrachtete ihren Mann. Seinem Anblick entnahm sie, daß wieder sie die Starke und Optimistische von ihnen beiden zu sein hatte.

»Was sagst du dazu, Ruthi?« flüsterte Ezra.

»Er ist schrecklich müde, Ezra. Ich hoffe, daß er nach einem guten Schlaf in seinem Bett, zu Hause, mit neuen Kräften aufstehen wird, die ihm dabei helfen, das zu überstehen, was jetzt auf ihn wartet«, erklärte Ruthi.

»Als wir bei meiner Mutter waren, dachte ich, vielleicht spielt er uns irgendeinen Gestörten oder Beschränkten vor, der nicht weiß, was er will, und dem sein Leben egal ist, aber im Kopf hat er schon neue Pläne, wie er wieder flieht und alles mögliche anstellt. Aber als er nicht zuließ, daß du ihn umarmst, und nachher zu dir im Auto gesagt hat, daß er es nicht erträgt, wenn man ihn anrührt, da habe ich zu befürchten angefangen, daß er wirklich psychisch gestört ist.«

»Vielleicht wird ihm gerade diese Gleichgültigkeit helfen, das Gefängnis heil zu überstehen, er wird alles tun, was sie ihm sagen, ohne Widerspruch, ohne Diskussionen, und so wird er die Krise überwinden und daraus stärker und gereifter hervorgehen. Ezra, ich glaube an seine Kraft.«

»Du erinnerst dich, was er beim letzten Mal gesagt hat, daß er vom Militär befreit werden kann, wenn er sich als Psycho ausgibt. Also, vielleicht hat er schon angefangen, diese Rolle zu spielen, Ruthi?«

»Ezra, unser Eyal ist kein Schauspieler, und er hat noch nie gewußt, wie man Theater spielt. Er hat einen geradlinigen und einfachen Charakter. So wie er aussieht, so fühlt er sich.«

»Wenn es kein Theater ist, dann besteht keine Chance, daß sie ihn in die Armee zurückkehren lassen. Gleich nach dem Gefängnis werden sie ihn mit einem Psychoschein entlassen. Ruthi, das wird ihm sein Leben lang nachhängen.«

»Darum machst du dir jetzt Sorgen, Ezra?« fragte Ruthi. »Warte, bis er in der Früh aufsteht, nach einem guten Schlaf zu Hause und einem Frühstück, und dann wirst du sehen, er wird wieder der alte Eyal sein, wie wir ihn kennen.«

»Man sagt, bei den Gojim sei es nicht so wie bei uns«, fuhr Ezra fort. »In Amerika zum Beispiel, wenn ein Junge das Alter erreicht, in dem er selbständig werden muß, verläßt er das Haus, fährt irgendwohin, wo es Arbeit gibt, heiratet, und danach, einmal im Jahr, wenn sie ihr Weihnachten haben, telefoniert er mit den Eltern, um hallo zu sagen und was es Neues gibt, und wenn ein Kind geboren wird, ruft er an, um es ihnen mitzuteilen. Das ist die ganze Beziehung. Und nur wenn ein Elternteil stirbt, teilt man es ihm mit, und wenn er kann, kommt er zum Begräbnis und sieht die Familie. Das ist alles. Sie haben keine solche Beziehung, wie wir sie bei uns haben.

Vielleicht ist es ja wirklich besser so, Ruthi? Eyal ist schon über achtzehn. Ich hatte in seinem Alter schon einige Jahre Arbeit hinter mir und habe Geld nach Hause gebracht. In dem Alter ist man ein Mann. Es steht ihm zu, sein Leben zu leben, wie er möchte, und wenn er verrückt spielen will, dann soll er eben. Aber wir leben die ganze Zeit sein Leben mit, nehmen an allem teil, was mit ihm geschieht, machen uns seine Sorgen, planen seine Zukunft. Vielleicht ist das nicht gesund. Du als diejenige, die etwas von Psychologie versteht, weißt das vielleicht. Aber ich gebe zu, Ruthi, auch wenn es so nicht gut ist, ich bin nicht imstande, diese Beziehung zu beenden. Trotz allem, obwohl er jetzt wie ein Fremder ist, empfinde ich, daß er dennoch meiner ist, daß er ein Teil von mir ist, wie ein Teil meines Körpers. Ich kann beim besten Willen nichts daran ändern und nicht darauf verzichten.«

»Ein Zeichen, daß du ihn liebst, Ezra«, sagte Ruthi, »und ich bin sicher, daß er das spürt und daß ihm das etwas bedeutet.«

Ruthi zog sich aus und legte sich hin, Ezra saß noch eine Weile grübelnd auf dem Bett, bis auch er sich schließlich entkleidete, den Wecker stellte und sich neben Ruthi legte. Sie war schon eingeschlafen. Ezra betrachtete sie ehrfürchtig: Was für eine starke Frau sie war – imstande, einfach so auf der Stelle einzuschlafen, nach allem, was sie an diesem Tag durchgemacht hatten; und dankbar: Ihm war eine Gnade zuteil geworden, daß ihm eine solche Frau vergönnt war. Sie würde ihn lieben, ihm eine treue Gefährtin und ein sicherer Halt in schweren Stunden sein, und wenn ihn Angst und Verzweiflung befielen, würde sie ihn mit ihrem Verständnis und ihrer inneren Ruhe aufrichten.

8

»Was ist los?« rief Ilan alarmiert. »Avi, bist du da?«

»Ich habe gesagt, daß ich heute nicht kommen kann.«

»In Ordnung, aber sag, was los ist. Ist etwas mit deinen Eltern? Du hörst dich nicht gut an.«

»Der Hund ist heute nacht gestorben.«

»Das tut mir leid«, sagte Ilan, und aus seiner Stimme klang Erleichterung, »ich weiß, wie sehr du an ihm hängst.«

Einen Augenblick herrschte Schweigen, und dann sprach Ilan wieder: »Mali möchte dir etwas sagen.«

»Avi«, Malis Stimme, praktisch und kompetent, »wann ist es passiert?«

»Heute nacht, als ich schlief. Er ist ganz still gestorben. Als ich am Morgen aufstand, hat er nicht neben dem Bett auf mich gewartet wie sonst immer. Er lag tot auf dem Boden.«

»Er war alt.«

»Ja. Der Arzt sagt, daß es offenbar ein Herzinfarkt war. In der letzten Zeit hat sich sein Zustand verschlechtert. Am Samstag war er furchtbar schwach. Ich wollte ihn eigentlich heute zum Arzt bringen. Jetzt muß ich die Leiche dorthin bringen. Er hat zugesagt, ihn für mich zu begraben. Ich kann nicht, ich kann das nicht selber machen.«

»Wo ist dieser Arzt?«

Er erriet den Grund ihrer Frage und beschrieb ihr, wo die Praxis war.

»Gut, das ist hier, direkt neben uns. Ich komme zu dir und bringe dich hin. Wann willst du aus dem Haus gehen?«

Ein schmaler Spalt seines Privatlebens hatte sich ihr aufgetan, und sie ließ sich die Gelegenheit nicht entgehen, ihn zu erweitern, sich einen Fußbreit mehr von seiner Welt zu erobern, um ihre Nähe zu vertiefen. Doch er war ihr dankbar dafür.

»Hör zu, das wäre wirklich nett von dir. Bei diesem Regen ist kein Taxi zu bekommen, und so wie ich die kenne, will keiner eine Hundeleiche mitnehmen.«

Sie verabschiedete sich von ihm in der Art, wie man sich von einem Hinterbliebenen verabschiedet: »Sei stark, Avi, und denk daran, daß wir dich lieben.« So, in der Mehrzahl.

Er verließ die Wohnung in seinen alten Kleidern, den abgetragenen Turnschuhen und der Brille, die seine Augen braungrau verschattete, und mit dem toten Hund auf seinen Armen ging er die Treppen hinunter, hoffend, daß ihm niemand über den Weg liefe. Der Regen hörte nicht auf, und bis Malis Auto auftauchte, wartete er unter dem überdachten Eingangsbereich. Pünktlich zur vereinbarten Zeit hielt der rote Fiat Uno vor der Haustür, Mali winkte ihm grüßend zu und öffnete sperrangelweit die hintere Wagentür. Er rannte zum Auto und stieg ein, nahm den toten Hund auf seine Knie. Mali sagte: »Du kannst ihn neben dich legen.«

Sie hatte sich die Mühe gemacht, auf dem Sitz zu seiner Linken ein Handtuch auszubreiten, doch er behielt den Leichnam auf seinen Knien.

Alle Fenster des Wagens waren geschlossen. Das Prasseln des Regens und der Verkehrslärm draußen sickerten wie ein dumpfes Hintergrundgrollen herein, durchschnitten vom stetig wiederkehrenden Geräusch der Scheibenwischer. Sie fuhren in einem Schweigen, das die kluge Mali nicht durchbrach, und nur hin und wieder, wenn sie an einer Ampel stehenblieben, wandte sie ihr Gesicht und lächelte ihm in bestätigender Übereinstimmung zu.

Als sie vor dem Haus ankamen, in dem sich die Praxis des Tierarztes befand, hielt sie den Wagen an und stieg aus, um Aviram die Tür zu öffnen.

Draußen, den toten Hund in seinen Armen, wollte er sich bei ihr bedanken: »Du bist gut zu mir, du verwöhnst mich.«

»Ich weiß, was du fühlst«, sagte Mali, »ich wünschte, ich könnte mehr tun.«

Schon seit Tagen hält der Regen fast ohne Unterbrechung an, man kann kaum das Haus verlassen. Wenn sie etwas einkaufen muß, geht sie hinaus und kommt ganz naß zurück; nur ab und zu ist er bereit, sich vom Fernseher zu trennen und an ihrer Stelle zu gehen, und auch nur dann, wenn ihm die Bierdosen oder Zigaretten ausgegangen sind. Er ist ein Faulpelz. Kein Wunder, daß er seine Arbeit verloren hat.

Daß sie die ganze Zeit zusammen daheim sitzen, wirkt sich schlecht auf die Beziehung zwischen ihnen aus. Auch auf mich hat das einen schlechten Einfluß. Es spannt die Nerven an und vermittelt ein Gefühl der Unsicherheit. Sie debattieren viel, fangen häufig richtig zu streiten an. Sie schreien sich an, und auch ohne zu verstehen, was sie sagen, weiß ich, daß sie recht hat. Sie arbeitet schwer, er lebt auf ihre Kosten und will ihr bei nichts helfen. Auch wenn sie ihn bittet, sich um mich zu kümmern – das verstehe ich, denn sie deutet dabei auf mich –, wird er wütend, trinkt sein Bier, zündet sich noch eine Zigarette an und schaut wieder fern. Einmal ist sie so zornig geworden, daß sie hingegangen ist, um das Gerät auszuschalten. Er hat ihre Hand gepackt und mit ihr gerungen, bis sie gezwungen war aufzugeben. Die Frage ist, wann die Gewalttätigkeit ihr gegenüber ausbrechen wird, die er in sich hat und die ich schon beim ersten Mal, als er an ihrer Stelle zu mir kam, entdeckt habe.

Aber wenn sich die Atmosphäre wieder beruhigt, wenn sie sich versöhnen und sie ihm ihre Liebe zeigt, verzeihe auch ich ihm und empfinde Zuneigung ihm gegenüber. Denn so wie sie ist auch er ein Teil von mir geworden.

Am Sonntag in der Früh brach wieder ein Streit zwischen ihnen aus. Sie hat ihre Sonntagskleider angezogen, um in ihrer Kirche in Jafo zum Beten zu gehen, und er hat sie nicht aus dem Haus gelassen, hat die Tür abgeschlossen und den Schlüssel versteckt. Am Anfang war es im Spaß, sie suchte den Schlüssel in seinen Kleidern, er flüchtete vor ihr, und sie lief ihm durch die ganze Wohnung nach, um ihn zu erwischen. Sie rannten durch die Zimmer, zankten sich und lachten wie zwei kleine Kinder. Aber es wurde spät – sie mußte mit dem Autobus dorthin fahren und dann noch zu Fuß gehen. Sie begann, ärgerlich zu werden, doch er blieb stur und war nicht bereit, die Tür aufzuschließen. Die Diskussion zwischen ihnen wurde hitzig, sie schrie ihn an und sagte offenbar etwas, das ihn beleidigte. Sein Gesicht wurde fast unkenntlich vor Wut, er stürzte sich auf sie und schlug sie. Sie fiel hin. Ich konnte mich nicht mehr zurückhalten und schrie mit aller Kraft. Er kam und stellte sich vor mich hin, riß den Mund auf und schrie ebenfalls, imitierte mein Geschrei. Er bückte sich und näherte seinen Kopf ganz dicht dem meinen, fast Stirn an Stirn. So stand er lange Zeit da, ein kleiner, dicker Wilder, die Hände in die Hüften gestützt, zu mir hinuntergebeugt, die kleinen Augen, wie von einem bösartigen Tier, wollten meine Augen verschlingen, und alles an ihm besagte in etwa: Was willst du mir tun?

Ich drehte mein Gesicht weg und blickte sie an. Sie lag auf dem Fußboden, zusammengekrümmt, ihr Gesicht in den Armen verborgen, und weinte. In meinem ganzen Leben habe ich noch nie ein solches Weinen gehört: kurze, dünne, erstickte Schreie, dazwischen sekundenlang Stille. Ich dachte, etwas in mir müßte zerspringen vor lauter Schmerz und Zorn. Er entfernte sich von meinem Stuhl, blieb mitten im Zimmer stehen, schob die Hand in sein Hemd, zog den Schlüssel heraus und warf ihn verächtlich auf den Boden. Ohne ihr Gesicht zu zeigen, das sie mit einem Arm verdeckte, streckte sie die andere Hand aus, schnappte den Schlüssel und rannte schnell zur Tür, schloß sie auf und floh hinaus. Draußen regnete es, und sie nahm nicht einmal einen Regenschirm mit.

Er ging zum Sessel und setzte sich hinein, zündete sich eine Zigarette an und blieb lange Zeit in finsteren Gedanken versunken so sitzen. Danach stand er auf, ging in die Küche und kam von dort mit einer Bierdose zurück, die er öffnete und zu trinken begann. Ab und zu warf er mir einen fragenden Blick zu und kehrte zu seinen eigenen Gedanken zurück. Schließlich ging er in die Küche, brachte ein Glas mit, goß Bier aus seiner Dose hinein und stellte es, ohne den Kopf zu heben, auf das Tischtablett an meinem Stuhl. Und dann setzte er sich wieder in seinen Sessel und blickte mich an, darauf wartend, was ich tun würde. Als er sah, daß ich das Glas nicht anrührte, hob er seine Dose, wie um mir zuzuprosten.

In diesem Augenblick haßte ich ihn, so wie ich ihn gehaßt habe, als er sie schlug und sie zu Fall brachte und sich mir gegenüberstellte, um mir zu zeigen, wer hier der Starke war. Jetzt fürchtete er, man würde ihn aus dem Haus werfen und sein gutes Leben hätte ein Ende. Ich hegte keinen Zweifel, daß es weitere solche Ausbrüche geben würde, und schlimmere. Der Regen draußen hörte sich stark an, und meine Phantasie, wie um meinen Schmerz zu vergrößern, zeigte sie mir, wie sie immer weiterrannte und rannte, um rechtzeitig zum Gebet in ihrer Kirche einzutreffen, klatschnaß, und auch die guten Sonntagskleider verloren im Regen ihre Form. Wie konnte er es wagen, sie ihrer einzigen freien Stunden zu berauben, ein Tag in der Woche von all den Tagen und Nächten, die sie hier eingeschlossen war, und auch an diesem Tag hatte sie irgendwo noch Putzarbeiten zu machen. Und was war schon dabei, auch wenn sie ein wenig aus dem Haus wollte, sich mit den Freundinnen treffen, die aus der ganzen Gegend dorthin kamen, um ihr Herz auszuschütten vor Gott? Ich verzieh ihm nicht. Sein Verhalten ihr gegenüber, der Schmerz, die Demütigung und ihr sonderbares Weinen ließen mir keine Ruhe. Doch eine Stimme aus der Tiefe, von der ich niemals begreifen werde, was es ist, rief mir zu, sie zu verraten, mich auf seine Seite zu stellen, zu lernen, sogar das bösartige Tier in ihm zu lieben. Ich hob das Glas und nahm einen Schluck Bier.

In meinem früheren Leben habe ich gerne ein Glas kaltes Bier getrunken, vor allem im Sommer, aber dieses Bier hatte einen anderen Geschmack, bitterer und schärfer, doch vielleicht hat sich auch mein Geschmack seit damals gewandelt. Nach einem Moment begann ich, die Wirkung des Alkohols zu spüren. Das Herz fing schnell zu klopfen an, und in den noch lebendigen Teilen des Körpers breitete sich eine angenehme Müdigkeit aus, die dazu verlockte, sich der Macht des Lebens zu beugen, die offenbar einer seltsamen und schrecklichen Mischung aus Liebe und Haß, Großmut und Grausamkeit entsprang. Er schaute mich unentwegt an, jetzt erhob er sich aus seinem Sessel, kam zu mir und stellte sich neben meinen Rollstuhl, in einer Hand die Bierdose, und die andere legte er mir auf die Schulter. Lange Zeit stand er so, ohne etwas zu sagen, und seine Berührung auf der Schulter flößte mir ein echt familiäres Gefühl ein, und ich fragte mich nicht, wer hier der Vater und wer der Sohn war.

Ich erwachte aus einem tiefen Schlaf. Er klopfte mir auf die Schulter, bis ich die Augen aufschlug und ihn vor mir stehen sah. Das Mittagessen war fertig, und er schob den Rollstuhl in die Küche. Ich hatte ein Gefühl von Benommenheit, vielleicht wegen des Bieres, das ich nicht mehr zu trinken gewöhnt bin, doch ich aß mit Appetit ihr vorgekochtes Essen, das er uns aufgewärmt hatte. Er rührte das Essen auf seinem Teller nicht an, sah mit gerunzelter Stirn zur Seite. Ich gab einen Laut von mir, und er blickte zu mir her, ich zeigte auf seinen Teller, doch er schüttelte verneinend den Kopf und versank wieder in Gedanken. Er bereute, was er getan hatte, aber er würde keine Lehre daraus ziehen: Es ist unmöglich, eine Lektion zu lernen.

Als sie nach Hause zurückkam, durchquerte sie im Laufschritt an uns vorbei das Wohnzimmer, betrat ihren Wintergarten und schloß sich dort ein. Er blickte ungeduldig und besorgt dorthin. Nach kurzer Zeit trat sie in ihren gewöhnlichen Kleidern heraus, die nassen hatte sie zum Trocknen über einen Stuhl am Balkon gelegt. Mit einer Plastiktüte in der Hand, in die sie die Arbeitskleidung steckt, wenn sie dorthin geht, kam sie zu mir. »He gave you lunch?« fragte sie mich. Ich nickte mit dem Kopf. Sie lächelte mich an, und ich streckte die Hand nach ihr aus, um ihre weiche Handfläche zu spüren und zu ihr zu sagen: Linda, Linda, doch sie sah es nicht, denn sie rannte aus dem Wohnzimmer, und weg war sie.

Wieder blieben wir beide allein zurück. Er stand auf und schaltete den Fernseher ein, was er sich bis jetzt heldenhaft versagt hatte – vielleicht hatte er sich bestraft –, und die Sportgeräusche erfüllten wieder die Wohnung.

Der Regen machte eine Pause, wenigstens mußten wir uns keine Sorgen machen, daß sie wieder naß werden würde. Aber eine dumpfe Angst bedrückte mich, mein Herz prophezeite mir Schlimmes. Er sah fern, verschlang die Bilder mit den Augen. Die Bierdose vor sich, die Zigarette in einer Hand, die zweite fummelte zwischen den Beinen herum. Als sei nichts passiert. Hatte er beschlossen zu vergessen, was er getan hatte und was die Folge davon sein könnte? Wie ein blindes Tier zerstörte er, was hier geschaffen worden war, und wer weiß, ob es sich noch einmal reparieren ließ. Wieder erwachte in mir der Haß auf ihn, und gleichzeitig der Wunsch, mich an ihm zu rächen, ihm weh zu tun, ihn aus der Wohnung zu werfen. Aber ich konnte nicht ernsthaft daran denken: Auch er ist ein Teil dessen, was hier entstanden ist, wie sie, und wie sie ist auch er ein Teil von mir.

Dieses Haus hat solche Dinge bereits in meinem früheren Leben gesehen, und jener Mann war nicht besser als Pedro. Auf irgendeine seltsame Art und Weise müssen die Dinge wiederkehren. Ich habe einmal einen Artikel über den Glauben an die Seelenwanderung gelesen. Nie habe ich an solche Dinge geglaubt. Doch in letzter Zeit denke ich daran, besonders seitdem der verwirrte Junge über seine Hündin gesagt hat, daß sie in einem anderen Leben ein großer Zaddik war.

Solche Menschen wissen manchmal Dinge, die sie selbst nicht verstehen. Ich sagte mir: Diesem Glauben nach geht die Seele in eine neue Lebensform über, um für die Sünden einer früheren Metamorphose zu büßen. Wenn er also ein großer Zaddik gewesen war, weshalb ging seine Seele auf eine verlassene, armselige Hündin über, wofür diese Strafe? War die Sünde also vielleicht, ein großer Gerechter zu sein? Und wenn ich bei dieser Möglichkeit anlange, tritt das Denken auf der Stelle, von da aus kann man einfach nicht mehr weiterkommen, nirgendwohin, als wolle man mit dem Kopf durch die Wand, samt all dem Schmerz und der Angst.

Es dunkelt schon. Ich versuche, die Zeit dösend zu überbrücken, doch es gelingt mir nicht, die Furcht zu überwinden, die mich peinigt. Es wird spät. Sie müßte schon zu Hause sein. Er schaut auf seine Uhr, bietet mir an, mir etwas zum Abendessen zu machen. Ich bedeute ihm, daß ich nicht will. Auch er will nichts essen. Er bleibt, wo er ist, starrt wieder in den Fernseher. Alles Denken ist auf die Eingangstür konzentriert, um zu hören, wie sie sich öffnet und das Mädchen hereinkommt. Ab und zu blickt er auf die Uhr, am Ende erhebt er sich aus dem Sessel und schaut mich fragend, besorgt an, weiß nicht, was er tun soll.

Es ist schon spät, und er schlägt mir wieder vor, etwas zu essen. Ich will nicht und mache eine Trinkbewegung. »Tea?« fragt er. Er weiß, daß das mein Getränk ist. Ja. Er geht, um mir ein Glas Tee zu machen. Nach einer kurzen Weile kommt er und stellt das Glas auf mein Tablett, geht in die Küche zurück und bringt auch für sich ein Glas Tee. Noch nie habe ich ihn Tee trinken sehen. Normalerweise trinkt er Bier oder Kaffee.

Er schaltet den Fernseher aus und führt mit mir alle Verrichtungen vor dem Schlafengehen durch. Ich möchte nicht ins Bett, sondern im Stuhl warten, doch ich leiste keinen Widerstand, lasse ihn alles Nötige mit mir tun, und er macht alles langsam, schweigend, mit ernstem Gesicht. Sein Gesicht verrät nicht, was er fühlt. Nach sämtlichen Vorbereitungen schiebt er mich ins Schlafzimmer, hebt mich aus dem Stuhl, legt mich mit Zartgefühl ins Bett und deckt mich mit der Decke zu, löscht das Licht und verläßt den Raum. Vom Bett aus sehe ich, wie er sich das Sofa im Wohnzimmer herrichtet, das Bettzeug vom Wintergarten holt, wo sie zusammen geschlafen haben. Danach schließt er die Tür, zieht sich aus und schaltet die Lichter aus. Ich höre das Rascheln des Stoffs, als er unter die Decke kriecht, und als sich die Augen an die Dunkelheit gewöhnt haben, sehe ich, wie er den Kopf vom Kissen hebt. Er fängt zu husten an, und nachdem sich der Husten beruhigt hat, seufzt er und legt den Kopf wieder aufs Kissen. Und nichts mehr unterbricht die Stille. Alles ist zu Ende und kehrt zum Anfang zurück.

Rhythmische Schlagermusik war in der Wohnung zu hören. Wartete er dort auf sie? Hatte die Putzfrau vergessen, das Radio auszuschalten, als sie ging? War sie zu spät gekommen und hielt sich noch in der Wohnung auf? Gabi klingelte einmal, zweimal, doch keine Reaktion. Die Tür war abgeschlossen, der Schlüssel drehte sich zweimal. Drinnen brannten die Lichter. Bevor sie die Tür hinter sich zumachte, rief sie ins Wohnungsinnere: »Hey, hey!« Doch das Radio spielte weiter. Am Kleiderhaken im Gang hingen ein olivgrüner Parka, ein Regenschirm und eine Plastiktüte. Sie betrat das erleuchtete Wohnzimmer. Der Teppich lag aufgerollt an der Wand, über einem der Sessel hingen eine Jeans, ein Unterhemd, ein graues Trainingshemd. Zu Füßen des Stuhles weiße Turnschuhe und weiße Socken. Auf dem Tisch ein Schlüsselbund. Sie schaltete das Radio aus, Stille herrschte in der Wohnung. Wieder rief sie: »Hey!« Keine Antwort. Im Badezimmer der Wassereimer mit dem Putzlumpen darin, der Schrubber lehnte an der Wand. Auch in der Küche und im Klo war niemand. Sie betrat das Schlafzimmer. Zu Füßen des Bettes lag der Körper eines nackten Mädchens, mit dem Gesicht zum Boden, der Kopf mitten in einer großen Blutlache.

Sie floh aus dem Schlafzimmer, schloß die Tür, kehrte ins Wohnzimmer zurück und brach auf dem freien Sessel zusammen. Als sie ihre Augen aufschlug, wußte sie nicht, wieviel Zeit vergangen war, seit sie sie geschlossen hatte. Ihr Blick fiel auf den anderen Sessel, über dem die Kleider hingen. Nichts hatte sich dort verändert. Sie begriff, daß sie Hilfe holen mußte, und wählte die Nummer von Chazis Büro.

»Er ist aus dem Zimmer gegangen«, sagte die Sekretärin, »wer möchte ihn sprechen?«

»Von zu Hause, es ist dringend!«

»Er ist ein Stockwerk höher, wenn er zurückkommt, werde ich ihm ausrichten, daß er sofort zu Hause anrufen soll.«

»Nein, bitte rufen Sie ihn herunter und sagen Sie ihm, es sei äußerst dringend. Ich warte in der Leitung.«

In den Augenblicken, während sie auf sein Eintreffen wartete, begann sie zu spüren, wie die Angst in ihr einsetzte, nagend wie ein hungriges Tier, bis ihr schien, als schrumpfe sie mit zunehmender Geschwindigkeit, gleich würde sie sich in einen Punkt verwandelt haben. Bestand die Möglichkeit, daß sie sich vor ihm mehr fürchtete als vor dem, was sie im Schlafzimmer gesehen hatte?

»Wer ist da?« Seine wütende Stimme im Hörer.

»Man hat die Filipina umgebracht.« Entsetzen würgte ihre Stimme.

»Du bist es!«

»Ich bin gerade in die Wohnung zurückgekommen und habe sie dort auf dem Boden gefunden, ermordet.«

»Die Filipina?« fragte er verwundert, als sei dies das einzig überraschende Detail an dem, was er gehört hatte.

»Ja.«

Er schwieg einen Augenblick. »Hör zu! Ich komme gleich hin. Tu nichts, rühr nichts an und ruf niemanden.«

»Die Polizei?«

»Nein! Warte, bis ich komme. Du hast sicher einen Schock, ich werde alles Nötige veranlassen. Verstehst du, was ich sage? Warte, bis ich komme, und mach gar nichts!«

»In Ordnung.«

Sie zog das Telefon mit in die Küche und setzte sich hin. Am Spülbecken waren ein paar Lappen und Plastikbehälter mit Reinigungsmittel zurückgeblieben, sie wagte es nicht, in ihre Nähe zu kommen. Sie konnte sich nicht von ihrem Platz am Tisch rühren, auch nicht, um sich Wasser für einen Kaffee aufzusetzen. Und alle paar Minuten schaute sie auf die Uhr.

Als er nach fünfundzwanzig Minuten immer noch nicht gekommen war, rief sie wieder in seinem Büro an, doch niemand hob ab. Es ging ihr durch den Kopf, die Nummer in Ramat Hascharon anzurufen, aber dazu hätte sie das Schlafzimmer betreten müssen, wo der Zettel mit der Nummer lag. Vielleicht war es auch besser, sofort nach Hause zu flüchten, nach Givatajim, und all das hinter sich zu lassen, und wenn Chazi käme, würde er alles Nötige erledigen, schließlich hatte er die Wohnung gemietet und die Putzfrau angestellt. Doch sie war nicht in der Lage, von ihrem Platz aufzustehen, als wäre jede Verbindung zwischen ihrem Willen und ihrem Körper durchtrennt worden.

Nach vierzig Minuten, als er immer noch nicht gekommen war, rief sie Ada an.

Beim Klang der Stimme ihrer Freundin kehrte ein wenig von ihrem Realitätsempfinden zurück.

»Es ist etwas Schreckliches geschehen, Ada. Kommst du schnell her und hilfst mir?«

»Was ist passiert?«

»Ein Mord! Man hat die Filipina umgebracht, die die Wohnung saubergemacht hat. Ich bin nach Hause gekommen und habe sie tot aufgefunden, und ich weiß nicht, was ich tun soll. Komm schnell zu mir!«

»Hast du die Polizei gerufen?«

»Nein! Ich weiß nicht einmal, wie! Kommst du schnell und hilfst mir?«

Als das Schnarren der Gegensprechanlage erklang, bemühte sie all ihre Kräfte, damit es ihr gelang aufzustehen, hinzugehen und darauf zu reagieren. Ada stand unten.

Nachdem sie ihre Freundin in die Wohnung gelassen hatte und ihre Nähe spürte, brach Gabi zusammen und fing zu schluchzen an. Ada nahm sie in die Arme, versuchte sie zu beruhigen und wandte sich in Richtung Wohnzimmer, doch Gabi widersprach: »Nein, nicht da.« Und sie zog sie in die Küche.

»Wo ist es?«

»Im Schlafzimmer.«

»Ich schaue es mir an.«

»Nein! Geh nicht hin, es ist furchtbar!«

Ada ging trotzdem.

»Rühr nichts an«, bat Gabi.

Als Ada wieder herauskam, war ihrem Gesicht das Grauen anzusehen, doch sie hatte sich unter Kontrolle. »Sie ist nackt. Sie ist sicher vergewaltigt worden.«

»Daran habe ich überhaupt nicht gedacht«, sagte Gabi und brach wieder in Tränen aus.

»Gut, man muß die Polizei verständigen«, sagte Ada.

»Er hat zu mir gesagt, daß er gleich kommt.«

»Wer?«

»Ich habe ihn im Büro angerufen, und er hat gesagt, ich soll warten, bis er kommt, niemanden rufen und nichts machen. Er würde tun, was nötig ist. Das war vor fast einer Stunde.«

»Und er ist nicht gekommen«, sagte Ada, als verstehe sich das von selbst.

»Und er wird auch nicht kommen. Er ist nicht mehr im Land. Er ist geflohen. Er ist jetzt im Flugzeug, er wird verschwinden und nicht mehr zu finden sein.«

»Ich rufe die Polizei an«, sagte Ada.

»Noch einen Moment, Ada. Ich habe jetzt keine Kraft für Polizisten und Verhöre und diesen ganzen Aufruhr, ich muß zuerst eine Tasse Kaffee trinken. Aber ich kann nicht an den Wasserkessel, denn dort sind die Sachen, die sie hier am Spülbecken stehengelassen hat, und ich habe Angst, daran vorbeizugehen.«

Ada machte Kaffee unter ihrer Anleitung. »Eine Stunde ist lang«, sagte sie, »sie werden zu dir sagen, daß du sie sofort, als du das gesehen hast, hättest rufen müssen. Vielleicht war sie noch am Leben und man hätte sie retten können?«

»Nein, sie hat nicht geatmet, ich habe gesehen, daß sie nicht atmet.«

»Wie sind sie hier hereingekommen, ist eingebrochen worden?«

»Nein, die Tür war verschlossen, ich habe sie mit dem Schlüssel aufgeschlossen.«

»Also war es jemand, der einen Schlüssel hat?«

»Außer mir haben nur Chazi und die Putzfrau einen Schlüssel, und ihre Schlüssel liegen auf dem Tisch im Wohnzimmer.«

Ada brachte ihr den Kaffee.

»Ich habe nie gewußt, wie stark du bist«, sagte Gabi.

Ada zuckte mit den Schultern. »Ich wollte, daß Gadi mitkommt, aber ich habe ihn im Büro nicht auftreiben können.«

»Sind die Kinder allein zu Hause geblieben?«

»Das ist in Ordnung, du brauchst dir keine Sorgen zu machen. Also dann«, fragte Ada, »kann es Chazi gewesen sein?«

»Warum, wozu?« staunte Gabi.

»Glaubst du, daß er überhaupt so etwas tun kann?«

»Ich weiß nicht. Ich kenne ihn überhaupt nicht. Es gibt alles mögliche, was er mit den Geldern der Firma anstellt, und wenn ich den Mund aufmachen würde, könnte ihn das ruinieren. Aber er weiß, daß sie am Sonntag zu dieser Zeit hier arbeitet und ich nicht da bin.«

»Ich rufe die Polizei an.«

Hinter der Wand spielte eine andere Musik: populäre englische Schlager. Von Zeit zu Zeit wurde ein Möbelstück verrückt, etwas schlug gegen die Wand oder den Fußboden. Er entkleidete sich und ging duschen. Als er aus der Dusche kam und sich abtrocknete, war das Badezimmer voller Dampf. Die Spiegeloberfläche war beschlagen. Er öffnete die Badezimmertür und wischte mit seiner Handfläche über den Spiegel. Aus einer Plastiktüte holte er Rasierschaum und Rasierer, die er an diesem Tag gekauft hatte, bedeckte sein Gesicht mit einer Lage Schaum und ließ vorsichtig das Rasiergerät darübergleiten. Die Flocken des weißen Schaums, der sich von seinen Barthaaren grau verfärbte, zerflossen im Wasserstrom aus dem Hahn und spritzten auf das Waschbecken.

Als er die Rasur beendet hatte, spülte er sein Gesicht gründlich ab und trocknete es. Das Gesicht eines Fremden erwiderte aus dem Spiegel zornig seinen Blick: Wie konnte er es wagen, ihm seine Zuflucht zu entreißen und seine Ruhe zu stören! Neben den dunklen Ringen um die Augen hoben sich seine Wangen glänzend ab, und dieser Glanz verlieh dem Gesicht des Fremden eine Kraft und Herrlichkeit nicht von dieser Welt, ohne jedes Versprechen, ohne Pardon und Verzicht, alleinige Forderung nach Gehorsam.

Er ging ins Schlafzimmer und begann sich anzuziehen. Hinter der Wand erklangen im Radio weiterhin die amerikanischen Schlager, und ab und zu sang oder trällerte eine Stimme dort mit. In seinen neuen Kleidern und mit der hellen Brille stand er vor dem Spiegel an der Tür des Kleiderschrankes, und der Fremde musterte ihn mit befehlenden, lieblosen Augen und mit leicht gekrümmten Mundwinkeln, als bezweifelte er, daß er die Prüfung bestehen würde.

Das Treppenhaus lag im Dunkeln, niemand ging hinauf oder hinunter. Er öffnete den Verteilerkasten, drehte die Beleuchtungssicherung heraus, legte sie auf den Boden des Kastens und schloß ihn wieder. Dann holte er aus der Tasche seines Jacketts den Schlüssel, steckte ihn ins Schloß und schloß die Wohnungstür auf. Ein Angstschrei entfuhr dem kleinen Schatten, der aus dem Schlafzimmer stürzte und auf der Stelle erstarrte. Er schloß die Tür von innen ab, steckte den Schlüssel wieder in seine Jackentasche und betrachtete die Gestalt am Ende des Flurs. Und als ihm dämmerte, daß sie nicht sie war, und er nicht er, daß diese Täuschung die Falle war, hätte er vielleicht noch auf dem Absatz kehrtmachen und den Lauf der Zeit zurückdrehen können, doch eine Kraft, die nicht die seine war, erfüllte seinen schmächtigen Körper. Niemals hatte er diese Kraft gekannt, die ihn jetzt vorwärts trieb. Er näherte sich langsam der Gestalt, und sie rief ihm mit erstickter Stimme zu: »What do you want? Who are you?«

Er erwiderte flüsternd: »I love you«, und begriff nicht, weshalb er das sagte.

Doch sie verstand, schrie: »No! No!« und brach in Tränen aus.

Sie kämpften lautlos miteinander im Gang, und erst als sie spürte, daß ihre Kräfte nachließen, begann sie zu schreien. Er fürchtete sich nicht davor, daß man die Schreie draußen hören würde, und versuchte nicht, sie zum Schweigen zu bringen. Als er sie ins Schlafzimmer schleifte, biß sie ihn in die Hand, und der Schmerz breitete sich in seinem Körper aus wie ein Lebenselixier und verschärfte sein Verlangen. Und dann warf er sie aufs Bett, riß ihr das schweißnasse Hemd und die kurzen Hosen vom Leib. Sie hörte auf, sich zu wehren, lag mit geschlossenen Augen da, ihr entblößter Körper zitterte, und ihre Lippen murmelten etwas.

Erst nachdem er sich von ihr erhoben hatte und neben dem Bett stand, um seine Kleider in Ordnung zu bringen, wollte er ihr Gesicht sehen. Sie blieb auf dem Bett liegen, wie er sie hingeworfen hatte, starr vor Angst, und flüsterte ohne Unterlaß: »No, no, please, no.« Er beugte sich über sie, sah ihre Augen, die direkt in die seinen blickten, und sogar im Dämmerlicht des Zimmers konnte man in ihnen lesen, daß sie wußte, was sie jetzt erwartete.

Bevor er die Wohnung verließ, schaute er durch den Türspion. Das Licht im Treppenhaus brannte. Jemand kam mit schnellen Schritten herauf. War es sie, die nach Hause kam? Das war der erste Augenblick von Angst, den er erlebte, seit er die Wohnung betreten hatte. Sofort steckte er den Schlüssel ins Schloß und drehte ihn einmal um, damit sie die Tür von außen nicht öffnen könnte. Mit hämmerndem Herzen lauschte er den Schritten, die die Treppen heraufkamen, bis sie verharrten und das Geräusch einer sich schließenden Tür aus dem Stockwerk darunter zu hören war. Als das Licht im Treppenhaus erlosch, verließ er die Wohnung, schloß die Tür ab, öffnete den Verteilerkasten und setzte die Porzellanfassung wieder ein. Aus der Wohnung klang mit einem Schlag rhythmische, heitere Musik, und sein Herzschlag setzte aus – der Stromkontakt hatte das Radio wieder in Betrieb gesetzt, doch in den Sekunden, die vergingen, bis er das begriff, hatte er das Gefühl, als legte sich eine Hand auf seine Schulter.

In der Wohnung, bei elektrischem Licht, sah er sich die Bißwunde an seiner Hand an, die immer noch blutete und den Ärmel seines hellblauen Hemdes befleckte. Er zog es aus, ging ins Badezimmer und hielt seine Hand unter den kalten Wasserstrom, bis sie zu bluten aufhörte. Dann trocknete er die Hand ab und klebte ein Pflaster auf die Wunde. Er blickte in den Spiegel, und das Gesicht des Fremden entzog sich in weite Ferne, als hätte er es nie gesehen. Er ging ins Schlafzimmer. Hinter der Wand spielte das Radio weiterhin die englischen Schlager. Er entkleidete sich ganz, zog seine alten Sachen samt seinen verschlissenen Turnschuhen an. Aus der Jackettasche holte er den Schlüssel und versenkte ihn in seiner Hosentasche. Das blutbefleckte Hemd bündelte er mit den neuen Hosen und dem Jackett zusammen in eine Plastiktüte, die er gut zuknotete und in einen weiteren Sack steckte. Nachdem ihm der Blick durch den Spion gezeigt hatte, daß im Treppenhaus kein Licht brannte, schlüpfte er rasch hinaus.

Draußen brach die Abenddämmerung an, und die einstweilige Regenpause hielt an. Ein alter amerikanischer Schlitten, groß und braun, hielt vor dem Hauseingang, die Kellerbesitzer stiegen aus. Sie gingen an ihm vorbei, die Frau warf einen scharfen Blick in seine Richtung, sagte jedoch nichts. Vielleicht erkannte sie ihn nicht ohne Bart, oder sie hatte andere Dinge im Kopf; sie kamen wahrscheinlich nachschauen, was die Regenfälle der letzten Woche bei ihnen angerichtet hatten. In der nächsten Straße betrat er einen der Höfe und warf den Plastiksack mit seinem Kleiderbündel dort in eine Mülltonne.

Es begann zu nieseln. Er beschleunigte seinen Schritt, um schnell den überdachten Bürgersteig der Ibn-Gvirol-Straße zu erreichen. Bevor er in das Gebäude des *Nordstern* hineinging, befürchtete er plötzlich, man würde dort auf ihn lauern. Er wechselte auf den gegenüberliegenden Bürgersteig und spähte zu den Fenstern des zweiten Stockwerks hinauf. Kein Licht. Wegen der heruntergelassenen Rolläden? Oder war eher anzunehmen, daß ihm die Verfolger im Dunkel auflauerten? Er stieg die Treppen hinauf und betrat das Büro, schaltete das Licht an und schloß die Tür hinter sich zu. Kein Mensch lauerte dort. Das Büro empfing ihn mit den drei Schreibtischen, dem Stahlschrank und der Regalwand, die sich von seinen Akten geleert hatte, seitdem er dazu übergegangen war, den Computer zu benützen. Alles war durchtränkt von Erinnerungen, überzogen mit einem dünnen Sehnsuchtsfilm. Ob sich jemand so fühlte, der nach langen Jahren aus der Ferne heimkehrte, oder einer, der im Begriff war, sich auf eine Reise zu begeben, von der er nie zurückkehren würde?

Ilans Schreibtisch, neu und größer als die beiden anderen, war sauber und aufgeräumt wie immer. Unter dem schwarzen Plastikschälchen voll mit Büroklammern, die wie die Glieder einer Kette ineinanderhingen, lag ein zusammengefaltetes Blatt Papier. Er zog es hervor und glättete es auf dem Tisch. Die Seite war über und über mit dichtgedrängten, wie mit einem Lineal gezogenen Zeilen beschrieben, winzige runde Buchstaben, die aneinanderklebten und sich zu kurzen und langen – gänzlich unleserlichen – Wörtern drängten. Ilans Handschrift hatte etwas Herzergreifendes an sich, wirkte verletzlich, scheu und schutzsuchend, so völlig im Gegensatz zu seinem sicheren Auftreten. In Aviram erwachte die Zuneigung zu seinem Partner und zugleich die Dankbarkeit für die Jahre ihrer gemeinsamen Arbeit. Er faltete das Blatt wieder zusammen und legte es an seinen Platz unter dem Plastikschälchen zurück.

Über der Stuhllehne, neben ihrem Schreibtisch, hing Malis Strickjacke, eine alte, weiße Angorajacke, die sie wegen »dieses Frosts« mitgebracht hatte, der ihrer Ansicht nach zu dieser Winterzeit im Büro herrschte. Er legte seine Hand auf die langhaarige Wolle und bildete sich ein, die Wärme von Malis Körper zu spüren, die sich darin bewahrt hatte. Und mit einem Mal zog er die Jacke von der Stuhllehne und barg sein Gesicht darin.

Als er sie an ihren Platz zurückgehängt, über der Stuhllehne ausgebreitet hatte, setzte er sich an seinen Schreibtisch und stellte sich im Geiste vor, sie seien wieder zu dritt im Büro. Er hatte nie gewußt, wie gut es ihm mit ihnen gegangen war und wie angenehm ihm dieser Ort gewesen war. Das Telefon klingelte plötzlich. Mit angehaltenem Atem, ohne sich von seinem Platz zu rühren, wartete er, bis es zu läuten aufhörte, und als wieder Stille herrschte, atmete er tief durch und erhob sich von seinem Tisch. Ende der Abschiedsstunde.

Er trat an den Stahlschrank, schloß ihn auf, holte aus seiner Hosentasche den Wohnungsschlüssel und legte ihn an seinen Verwahrungsort zurück. Nachdem er den Schrank wieder abgeschlossen hatte, ging er zur Tür und ließ seinen Blick noch einmal über das Büro gleiten, bevor er das Licht ausschaltete und hinausging.

Am Maldrei-Israel-Platz hielt er ein Taxi auf und fuhr zur Wohnung seiner Eltern.

»Wer ist da?« rief sein Vater hinter der Tür.

»Ich bin's.«

»Aviram?«

»Ja.«

»Einen Moment.«

Nach Gerassel mit Schlössern und Riegeln öffnete sich die Tür einen Fußbreit, gehalten von der Sicherheitskette, das Gesicht des kleinen Mannes blickte ihm aus dem Spalt entgegen und schreckte für einen Moment bei seinem Anblick zurück. Danach wurde die Tür geschlossen und wieder weit aufgemacht. Sein Vater musterte sein Gesicht mit einem Lächeln.

»Du hast den Bart abrasiert. Im ersten Moment habe ich dich nicht erkannt.«

Als er am Spiegel im Flur vorbeiging, spähte er nach seinem Gesicht, und sein Vater, der es bemerkte, sagte: »Es macht sich gut, das steht dir viel besser so, ohne diesen Bart.«

»Wo ist sie?«

»In ihrem Zimmer«, sagte sein Vater, »sie ist dort mit allen möglichen alten Kleidern beschäftigt. Sie muß etwas tun.«

Aviram näherte sich dem Eingang des Zimmers und betrachtete sie. Sie saß auf dem Rand des Bettes, in dem er früher geschlafen hatte, beim Licht der Nachttischlampe, die ihm dazu gedient hatte, im Bett zu lesen, und sprach leise auf ein Paar schwarzer Wollsocken ein, die sie nach innen und außen stülpte, um sie zu untersuchen.

Sein Vater ging zu ihr hinein.

»Schau mal, wer zu uns kommt, unser Aviram!«

»Siehst du nicht, daß ich jetzt beschäftigt bin?« erwiderte sie. »Ich habe viel Arbeit.«

Aviram setzte sich an den Wohnzimmertisch, und sein Vater schlug vor: »Trinken wir eine Tasse Kaffee?«

»Ja, warum nicht?«

Sein Vater ging in die Küche, um Kaffee zu kochen, und

Aviram stand auf und ging in dem Raum auf und ab, in dem sich, wie in der ganzen Wohnung, seit den Tagen seiner Kindheit so gut wie nichts verändert hatte. Dieselben alten Möbel, die gleichen alten Buchrücken auf den Regalbrettern des Bücherschranks – nur der Fernseher und der lange Liegesessel hielten sich vornehm in ihrer Ecke abseits. Er ging in die Küche und stellte sich neben seinen Vater, der mit dem Kaffee hantierte und ihn wieder bestürzt anblickte: »Ich habe mich noch nicht an dein Gesicht ohne den Bart gewöhnt.«

»Ist das neu, die Panzertür und diese ganzen Schlösser?« fragte Aviram.

»In letzter Zeit gab es hier viele Fälle von Einbrüchen in den Häusern. Am Abend und am Wochenende sind die Büros, die in den Wohnräumen untergebracht sind, geschlossen, und wir bleiben hier fast allein. Wenn man schreit, würde es keiner hören. Es treiben sich hier erbarmungslose Verbrecher, vielleicht auch Perverse herum: Sie sind bereit, alte Leute und hilflose Kranke umzubringen, um an Geld zu kommen und ihre Gier nach Drogen zu befriedigen. Wir haben auch Gitter an den Fenstern und am Balkon anbringen lassen, damit sie nicht von dort einbrechen können. In der Nacht sitzen manchmal alle möglichen zweifelhaften Figuren auf der Treppe, offenbar Gestrandete und Drogenabhängige. Sie klopfen öfter an die Tür, bitten um irgend etwas. Ich mache nicht auf. Man hat uns gewarnt, keine fremden Leute in die Wohnung zu lassen. Wenn man in der Nacht aus dem Schlaf erwacht und irgendein Lärm im Haus zu hören ist, macht das angst.«

»Du hättest die Wohnung schon längst verkaufen und in eine betreute Wohnanlage umziehen sollen.«

»Das ist nicht so einfach, das weißt du doch. Aber es lohnt sich nicht, diese Diskussion jetzt wieder anzufangen.«

Der Kaffee war fertig, und sie trugen die Tassen ins Wohnzimmer. Sein Vater ging ins Schlafzimmer, um seine Mutter zu rufen, für die er ebenfalls Kaffee gemacht hatte. »Siehst du nicht, daß ich Arbeit habe?« sagte sie.

»Man kann einen Moment von der Arbeit rasten«, sagte sein Vater, »unser Aviram ist uns besuchen gekommen. Er will dich sehen. Willst du ihn nicht sehen?«

»Nicht jetzt«, sagte seine Mutter, »vielleicht ein andermal.«

Sein Vater kehrte ins Wohnzimmer zurück, und sie setzten sich an den hohen Eßtisch in der Mitte des Zimmers. Aviram fragte nicht nach ihrem Zustand, und sein Vater sprach das Thema nicht an, damit nicht wieder der alte Konflikt zwischen ihnen ausbräche.

Aviram sagte: »Als ich ein Kind war, hast du mir einmal aus einem Märchenbuch die Geschichte von dem Vogel vorgelesen, der sich am Meer rächte, das sein Nest überschwemmte. Kannst du sie finden?«

»Kein Problem«, sagte sein Vater. Er stand auf und trat an den Bücherschrank, zog den Band mit der alten jüdischen Märchensammlung heraus, legte ihn auf den Tisch und fand die Geschichte sofort. Er hielt Aviram das Buch hin, doch sein Sohn bat ihn, ihm laut vorzulesen, so wie er es in seiner Kindheit immer gemacht hatte.

»Ein Vogel baute sein Nest am Ufer des Meeres. Da stieg das Meer und überflutete das Nest. Was tat er? Er begann, etwas vom Meer in seinen Schnabel zu nehmen und es auf dem Trockenen auszuschütten, und nahm Erde vom Land und warf sie ins Meer. Sein Freund kam, stellte sich auf seinen Rücken und sagte zu ihm: Was plagst du dich ab? Er sagte: Ich weiche nicht von hier, bis ich das Meer trocken und das Land zum Meer gemacht habe. Da sagte er zu ihm: Du bist der größte Narr auf der Welt, wieviel kannst du am Ende?«

»Das ist eine schreckliche Geschichte«, sagte Aviram.

»Es ist eine Parabel«, sagte sein Vater.

»Und was besagt sie?«

Sein Vater überlegte einen Augenblick: »Vielleicht zeigt sie uns den nichtigen Wahn, der in der Rache liegt. Sie wird niemals genügen, niemals wird sie entschädigen, denn das Geschehene läßt sich nicht ungeschehen machen.«

»Und vielleicht sagt es uns, daß unser Ausgangspunkt bereits die Situation dieses Vogels nach dem Unglück ist und dieses ganze Leben wie ein Versuch, das Meer tröpfchenweise mit dem Schnabel auszutrocknen.«

»Was für eine pessimistische Anschauung!« Sein Vater war beunruhigt. »Das Leben ist ein wunderbares Geschenk, so wie es ist, trotz allem, was uns widerfährt, mit all den Sorgen und Schicksalsschlägen. Wie bist du zu einer so schrecklichen Schlußfolgerung gelangt?«

Ein schlurfendes Geräusch kündigte ihre Ankunft aus dem Schlafzimmer an.

»Unser Aviram ist hier, er ist gekommen, um dich zu sehen!« rief ihr sein Vater zu.

Sie reagierte mit einer beschwichtigenden Handbewegung, mit der man normalerweise Begeisterung zu dämpfen versucht, die fehl am Platz ist, und warf einen mißtrauischen Blick auf Aviram. Danach ging sie zur Wohnungstür, und bei ihrer Rückkehr spähte sie mit verstohlener Hast zum Spiegel und kam dann, um ihrem Mann mitzuteilen, daß diese Frau wieder dort stünde.

»Gestern«, erzählte sein Vater, »hat sie sich neben den Spiegel gesetzt und dieser Frau erzählt, wie böse ich zu ihr bin, daß ich sie den ganzen Tag allein zu Hause lasse, daß ich ihr nichts zu essen gebe und sie die ganze Zeit hungrig ist.«

Er stand auf und trat zu ihr, umarmte sie und strich ihr über den Kopf. »Wir lieben sie«, sagte er, »sie gehört zu uns, nicht wahr?«

Sie entwand sich seinen Armen. »Du redest Unsinn«, schalt sie ihn und wies mit einer Kopfbewegung in Richtung Aviram darauf hin, daß es sich nicht gehörte, sich so vor den Augen eines Fremden zu benehmen. Dann drehte sie sich um, auf ihrem Gesicht ein Ausdruck von Entschlossenheit wie zuvor, und sagte: »Mein Herr, wir haben jetzt keine Zeit.«

»Das ist unser Aviram!« schrie der kleine Mann. »Willst du ihn aus dem Haus jagen? Wir lieben ihn!«

»Ja, natürlich, stimmt«, sagte sie, nicht gerade sehr überzeugt, »aber wir müssen jetzt das Haus zuschließen, wir haben viel Arbeit.«

Aviram erhob sich vom Tisch, doch sein Vater beschwor ihn: »Nein, geh nicht. Du weißt doch, was mit ihr los ist.«

»Wo ist Ihr Zuhause, mein Herr? Haben Sie kein Zuhause? Haben Sie keine Mutter?« fragte sie und schubste Aviram an seiner Schulter in den Flur.

»Ich muß gehen«, sagte Aviram.

»Ich sehe so wenig von dir«, seufzte sein Vater.

»Ich kann nicht.«

Sein Vater begleitete ihn zur Tür, und seine Mutter folgte ihnen. Als er hinausging, wandte Aviram sein Gesicht zurück, um sie noch einmal für einen winzigen Augenblick zu sehen, bevor sich die Tür schließen würde, und seine Mutter sagte: »Oi, Gott sei Dank, daß er endlich geht!«

Die Beleuchtung im Treppenhaus brannte nicht. Aus dem darüberliegenden Stockwerk sickerte ein wenig schwaches Licht, das Geräusch von Schritten war zu hören, irgend etwas war auf der Treppe im Gange, menschliche Schatten huschten nach oben. Er stieg vorsichtig hinunter und trat auf die dunkle, menschenleere Straße hinaus.

Wie eine unendliche Ebene erstreckten sich vor ihm die Wüsten der Zeit, zogen sich flach und kahl zu einem verschwindenden Horizont hin, gingen in ihm auf, überströmt von einem inwendigen fahlen Licht unbekannten Ursprungs, und weit und breit war kein Lebenszeichen in dieser unbeweglichen Totenstille, kein Etwas, um sich daran festzuhalten, nichts, was sich ins Gedächtnis hätte eingraben können.

Manchmal, wenn ich in der Nacht aufwache, erinnere ich mich nicht daran, wo ich bin. Der Raum sieht wie ein Büro aus, mit den weißen Wänden und dem kleinen blassen Licht, das sie von unten her beleuchtet. Erst wenn ich die drei anderen Betten im Zimmer sehe, die wie Käfige wirken, in denen fremde Menschen liegen, entsinne ich mich, daß ich einer von ihnen bin, und ganz langsam kehrt der Ort zu sich selbst zurück.

Pedro ist bei mir geblieben, bis sie die Wohnung verkauft und mir einen Platz in diesem Invalidenheim besorgt haben. Er ging schweigsam und ernst in der Wohnung herum, sah mir nicht gerade in die Augen. Wenn er keine Arbeit hatte, setzte er sich in den Sessel, rauchte Zigaretten, runzelte die Stirn und starrte auf irgendeinen Punkt am Fußboden. Wenn er den Fernseher einschalten wollte, bat er um Erlaubnis. Eines Morgens, als er mich in den Stuhl setzte, ergriff ich seine Hand und drückte sie freundschaftlich, aber er zog sie blitzschnell weg, als hätte er Feuer berührt. Ich fing an, mich nach seinen Unverschämtheiten und seiner Wildheit zu sehnen; sie waren Teil unseres Lebens in den Tagen, in denen wir drei zusammen waren und es mir gutging. Wenn ich mit ihm hätte sprechen können, hätte ich ihm gesagt, daß ich ihm nicht böse bin, daß er an nichts schuld ist. Einmal war er für mich wie ein Vater, jetzt hatte er sich in einen verängstigten Jungen verwandelt. Vielleicht wollte er weiter bei mir arbeiten. Auch ich dachte, daß es so richtig sei, ich hatte mich an ihn gewöhnt. Aber die Tochter war nicht damit einverstanden. Sie hat ihn vom ersten Augenblick an gehaßt. Ich habe sie tun lassen, was sie wollte. Am Anfang dachte ich, daß er vielleicht einmal kommen würde, um mich hier an diesem Ort zu besuchen, aber weshalb sollte er eigentlich?

In der Halle, die auch das Eßzimmer ist, sitzen wir in den Rollstühlen um die Tische, sechs, sieben Männer und Dutzende von Frauen. Nahezu alle wissen sie nicht, was mit ihnen geschieht, einer neben dem anderen, die Augen geschlossen, oder man sieht fast nur das Weiße, der Mund steht offen, und keiner von ihnen merkt, daß es noch jemanden neben ihm gibt. Jeder ist allein in sich selbst vergraben. Und auch ich mache es so, gewöhne mir an, sie nicht zu sehen, sie völlig zu ignorieren, mich in das Wenige zu versenken, das von mir selbst noch übrig ist, bis es mein Selbst nicht mehr geben wird und nur noch auf etwas zu warten bleibt, das nicht ist.

Aber manchmal, wenn ich in der Nacht aufwache und mich nicht daran erinnere, wo ich bin, schreie ich nach ihr, doch sie kommt nicht. Dann wiederhole ich für mich »Lin-da, Lin-da«, als sei das eine Musik, die ich immer wieder hören möchte. Etwas ist in mir geboren, als sie in mein Leben trat, und zusammen mit ihr gestorben. Vielleicht wird sie zu mir zurückkehren, und ich werde zusammen mit ihr wiederauferstehen? Nicht daß ich an diese Hoffnung glaube, aber ich klammere mich mit aller Macht daran, wie ein Ertrinkender, strenge mich an, mich selbst davon zu überzeugen, daß ich eines Nachts aufwachen und nach ihr rufen werde, und sie wird an mein Bett treten in ihrem Mickymaus-T-Shirt, ihr Geruch wird mich wieder erfüllen, und sie wird in ihrem Englisch zu mir sagen: »Okay, now sleep, good night.«

Und das Licht ausmachen.

Die ganze Nacht fand Ezra keinen Schlaf. Unablässig grübelte er über Eyals Zustand und wälzte die Frage, ob der Junge tatsächlich aufgegeben hatte – so wie es Menasche vorausgesehen hatte, und auch er selbst, weshalb sollte er es leugnen, gehofft hatte – und dabei die Willenskraft und Lust am Leben verloren hatte, oder ob er vielleicht den festen Entschluß gefaßt hatte, einen psychisch Geschädigten vorzutäuschen, um sich von der Armee oder sogar von der Unannehmlichkeit des Gefängnisses zu befreien. Das eine Mal neigte er dazu, an die eine Möglichkeit zu glauben und sah die zu erwartenden Folgen vor seinem geistigen Auge, und das andere Mal fand er Bestärkung in der anderen Möglichkeit, deren Konsequenzen nicht weniger schwerwiegend waren.

Jedesmal, wenn er die Augen schloß in der Hoffnung, daß

ihm endlich Schlaf vergönnt wäre, marterte seine Seele von neuem Eyals matte Stimme, die ihm unaufhörlich im Ohr klang: Das ist mir gleich … in Ordnung … wie ihr wollt … wie du willst … in Ordnung … Und Ezra wußte bald selbst nicht mehr, was er wollte: Welche der beiden Möglichkeiten erhoffte er sich? Als die Nacht immer weiter fortschritt und der Schlaf ihm nach wie vor fernblieb, erwachte in seinem Herzen die Hoffnung, daß Eyal von stabilem Geist und entschlossenem Willen sei und sein ganzes Verhalten nur eine gerissene Vorstellung, mit der er die Militärbehörden und seine Eltern an der Nase herumführen wollte. Mehr und mehr klammerte sich Ezra an diese Hoffnung und fand ihre Bekräftigung in verschiedenen Anzeichen in Eyals Verhalten an dem Abend und in seinen Worten, die dazu bestimmt waren, Mitleid mit ihm zu erwecken und jeden Verdacht ihrerseits zu bannen.

So lag er stundenlang da, lauschte Ruthis ruhigen, regelmäßigen Atemzügen, die neben ihm den Schlaf der Gerechten schlief, und es tat ihm leid, daß er sie nicht in seine Gedankengänge und Schlußfolgerungen einweihen und ihre ausgewogene, kluge Reaktion darauf hören konnte. Doch die sich verfestigende Hoffnung brachte eine gewisse Beruhigung mit sich, und der Schlaf schien nun nicht mehr ganz so fern. Wenn er bloß in der wenigen Zeit, die ihm verblieb, bevor der Wecker klingelte, noch schlafen könnte.

Er mußte aufs Klo, schaltete das kleine Licht an seinem Kopfende ein und erhob sich langsam aus dem Bett. Um Ruthis Schlaf nicht zu stören, ging er barfuß auf Zehenspitzen, öffnete leise die Tür des Schlafzimmers und setzte so seinen Weg auch im Gang fort. Als er an Eyals Zimmer vorbeikam, hörte er ein merkwürdiges Geräusch aus dem verschlossenen Raum dringen. Langsam näherte er sich der Tür und legte sein Ohr daran.

Anfangs wollte sich Ezra nicht eingestehen, was er hörte: Vielleicht lachte der Junge, sagte er sich, vielleicht hustete er oder stöhnte im Schlaf. Doch die Wahrheit senkte sich wie ein unausweichliches Gewicht auf seinen Körper, von Kopf und Ohren auf sein Herz, seinen Bauch und seine Füße, und er streckte Halt suchend seine Hand nach der Wand im Gang aus. Dieses wilde Weinen schwemmte jeden einzelnen der Gedanken davon, die er wieder und wieder auf seinem Nachtlager hin und her gewälzt hatte, all die Spekulationen und Möglichkeiten, Schlußfolgerungen und Hoffnungen. Ganz langsam tastete er sich auf seinem Weg zur Toilette vor, fürchtend, seine Kraft würde nicht ausreichen, das Gleichgewicht zu bewahren. Er schaltete das Licht an, betrat die Toilette und schloß die Tür mit einem Knall. Mit Absicht tat er das, um Eyals Aufmerksamkeit auf seine Anwesenheit dort zu lenken, um ihn zum Schweigen zu bringen. Und tatsächlich, als er von der Toilette zurückkam, herrschte Stille im Zimmer des Jungen.

Als er das Schlafzimmer betrat, waren Ruthis Augen offen und sie lächelt ihn an, doch bei seinem Anblick wurde ihr Gesicht ernst und ihr Blick fragend. Er schloß die Tür, kehrte ins Bett zurück und beschloß in seinem Inneren, seiner Frau nicht zu erzählen, was er aus Eyals Zimmer gehört hatte, um ihr keinen Kummer zu bereiten.

»Ich habe die ganze Nacht nicht geschlafen, Ruthi«, sagte er. »Die Gedanken und die Sorgen haben mich nicht einschlafen lassen.«

»Du mußt bald aufstehen.«

»Ja, unser Junge muß ins Gefängnis gebracht werden.«

»Und wir, Ezra, haben auf diesen Tag gewartet«, sagte Ruthi.

»Nein, Ruthi, du hast nicht darauf gewartet, ich habe darauf gewartet. Und jetzt …«, seine Stimme erstickte. »Gebe Gott, ich könnte an seiner Stelle dorthin gehen.«

Am Morgen stand Ezra auf, ging zu seinem Auto hinaus, und während der Motor warmlief, hörte er die Nachrichten im Radio. Er fuhr ins Zentrum des Viertels, kaufte eine Zeitung und frisches Brot, und als er nach Hause zurückkam, ging er, um Eyal aufzuwecken. Der Junge wartete schon in seinem Zimmer, gewaschen, rasiert und angekleidet, bereit, dem Willen seines Vaters Genüge zu tun.

Ruthi weckte die Kleinen und verkündete ihnen, daß ihr Bruder in der Nacht nach Hause zurückgekommen sei und in Kürze zur Armee gehe. Sie sprangen sofort aus ihren Betten und kamen, um ihn zu sehen. Er saß am Tisch im Eßzimmer, seinem Vater gegenüber, der sein Gesicht in der Zeitung versteckte, über der der Rauch seiner Zigarette aufstieg. Eyal lächelte sie mit seinem seltsamen Lächeln an. Sie standen neben ihm und schauten ihn lange Zeit neugierig und schweigend an, als wäre er ein Fremder, der zum ersten Mal in ihrem Haus zu Gast war. Schließlich fragte ihn seine kleine Schwester Gili: »Was haben sie dir beim Militär getan, haben sie dich bestraft?«

Und Eyal erwiderte: »Das kommt in Ordnung, mein Schatz, sie haben mir nichts getan, mach dir keine Sorgen.«

»Werden sie dir verzeihen?« fragte Gili.

»Ja, natürlich werden sie mir verzeihen«, sagte Eyal. Er fragte Janiv: »Wie steht's, Kleiner?« und streichelte seine Locken. Der Junge war verlegen, zog den Kopf zwischen die Schultern und flüchtete sich zu seiner Mutter in die Küche.

Nach dem Frühstück brach Ezra mit den Kindern auf, um sie in die Schule zu fahren, und Eyal blieb mit seiner Mutter zurück. Sie trank langsam ihren Kaffee, den Blick auf seinem verschlossenen Gesicht.

»Ich habe das Gefühl, Eyal«, sagte Ruthi, »daß du uns etwas sagen möchtest, es aber nicht sagst.«

»Was sagen?« fragte Eyal.

»Soll ich dir noch einen Kaffee machen?« fragte Ruthi.

»In Ordnung.«

Sie ging in die Küche und brachte ihm noch eine Tasse Kaffee.

»Bist du vielleicht böse auf uns, Eyal?« fragte Ruthi.

»Nein.«

»Denn du sagst überhaupt nichts.«

»Es gibt nichts ...«

»Wenn du dort bist«, sagte Ruthi, »könntest du uns schreiben? Ist es erlaubt, von dort Briefe zu schicken? Nur damit wir wissen, was mit dir ist, wie du dich fühlst. Es gibt Dinge, bei denen man vielleicht helfen kann. Menasche hat Beziehungen, wie du weißt.«

»In Ordnung.«

Ruthi gab es auf, ihn zum Sprechen bringen zu wollen, räumte den Tisch ab und ging in die Küche, um das Geschirr zu spülen.

Als Ezra wieder zurückkam, stand Eyal vom Tisch auf, fertig zum Aufbruch, und sein Vater sagte zu ihm: »Geh und verabschiede dich von deiner Mutter.«

Der Junge ging in die Küche. Seine Mutter stand am Kühlschrank und wischte sich mit einem Papierhandtuch die Augen. Er trat zu ihr und berührte sie am Ellbogen. »Auf Wiedersehen, Mama«, sagte er.

Sie streckte ihre Arme nach ihm aus, und er ließ zu, daß sie ihn umarmte. »Paß auf dich auf, Eyal«, bat Ruthi, »sei stark, laß dich nicht unterkriegen von ihnen.«

»Mama«, sagte Eyal leise, und seinem Gesicht war anzumerken, wie schwer es ihm fiel, das auszudrücken, was er auf dem Herzen hatte, »Mama, ich bitte um Verzeihung.«

Das weiche Licht des Wintermorgens stahl sich durch den weiß verhüllten Himmel, und im Nordwesten türmten sich schwere, dunkle Wolkengebirge auf.

»Was für ein Mann, Menasche, ha? Er hat Verstand!« sagte Ezra. »Wenn er nicht gewesen wäre, hätte ich viel Unsinn gemacht, noch mehr, als ich ohnehin schon gemacht habe.«

Eyal ging schweigend an seiner Seite.

»Mit der Familie ist das schon was«, fügte Ezra hinzu, »in den schweren Augenblicken im Leben kann man sich nur auf die Familie verlassen.«

Auf der Hauptstraße herrschte zu dieser Zeit bereits geschäftiger Betrieb. Unter den Passanten befanden sich Bekannte von Ezra, die seinen Gutenmorgengruß erwiderten und ihrer Wege gingen. Im Lokal der Brüder Scharom saßen ein paar Gäste. Ezra winkte vom Eingang her Menachem grüßend zu, der mit dem Messer Scheiben von dem Schawarma absäbelte und ihn nicht bemerkte. In Schirazis Metzgerei waren keine Kunden, und der Schlachter stand mit seiner blutbefleckten Schürze rückwärts an die Theke gelehnt und las Zeitung. Avram vom Lebensmittelladen bediente die Kundschaft an der Kasse. Ezra rief ihn vom Eingang aus, und Avram hob den Kopf. »Mein Eyal geht zur Armee zurück!« sagte Ezra. Und Avram rief lächelnd: »Glückwunsch!« und widmete sich wieder seinem Geschäft.

Die dunklen Wolkenberge im Nordwesten schwärmten aus und verfinsterten den gesamten Himmel. Die beiden näherten sich der Baustoff- und Eisenwarenhandlung. Ezra hatte daran gedacht, bei Herzl hineinzuschauen wegen irgendeiner Bestellung in Zusammenhang mit seiner Arbeit, doch am Ladeneingang hielt er inne. Ihn hatte die Lust verlassen. Er betrachtete seinen Sohn, der stumm neben ihm schritt, und begann sich selbst und den Sinn dieses ganzen Marsches zu hinterfragen. Er schämte sich der lächerlichen Idee, die er sich in seiner Einfalt ausgedacht hatte. Die Leute waren alle mit ihren Geschäften ausgelastet und hatten kein Interesse an Eyal und seinem Schicksal. Wie eine Messerklinge durchbohrte der Schmerz der Einsamkeit sein Herz. Er blieb stehen, und der Junge, der wie sein Schatten neben ihm herging, hielt gleichfalls an. Und während er noch die Überlegung anstellte, ob sie ihre Schritte beschleunigen und sich sofort zur wenige Kilometer entfernten Polizeistation an der Kreuzung aufmachen sollten, oder ob es besser wäre, nach Hause zurückzukehren und mit dem Auto dorthin zu fahren, begann es zu regnen, und die Frage hatte sich von selbst entschieden.

»Gehen wir auf die andere Seite«, sagte Ezra.

Sie überquerten im Laufschritt die Straße und stellten sich auf dem gegenüberliegenden Bürgersteig in den überdachten Eingangsbereich des Altenheims, das sich an die Synagoge anschloß.

»Ich gehe und hole das Auto«, sagte Ezra, »du brauchst nicht mitkommen. Warum sollen wir beide naß werden?«

»In Ordnung.«

Ezra schenkte Eyal einen langen Blick, und seine Augen schrien: »Lauf schnell weg! Warte nicht auf mich.«

Den ganzen Weg durch den Regen rief er seinem Sohn weiter im Innersten seines Herzen zu: »Mach, was du willst, Eyal, nicht, was man dir sagt. Du weißt am besten von allen, was für dich richtig ist. Denk nicht an uns, denk an niemanden, denk nur an dich selbst! Sei wieder ein Mann! So wie damals, als du die Armee und den Staat verflucht hast und vor niemandem Angst hattest. So liebe ich dich. Du schuldest nichts und niemandem etwas, weder mir noch der Familie noch sonst jemandem. Nur dir selbst. Unterwirf dich nicht, nimm dein Leben selbst in die Hand, werde wieder, was du bist!«

Als Ezra mit durchnäßten Kleidern sein Haus erreichte, ging er nicht hinein, um sie zu wechseln, denn er wollte Ruthi nicht begegnen und sie seinem seelischen Aufruhr aussetzen: Er setzte sich in den Lastwagen, startete den Motor und fuhr los, ganz langsam. Als er auf die Hauptstraße einbog, bat er Gott darum, er möge Eyal nicht mehr an der Stelle vorfinden, an der er ihn zurückgelassen hatte, es solle sich herausstellen, daß sich der Junge tatsächlich als beschränkt oder gestört ausgegeben hatte, jedoch durchaus noch im Besitz seiner Schläue und seines Einfallsreichtums war und nur auf den geeigneten Augenblick gewartet hatte, um wieder rückfällig zu werden und die Flucht zu ergreifen.

Doch als er sich der Synagoge näherte, sah er ihn an der Stelle stehen, an der er sich von ihm getrennt hatte, neben ihm ein alter Mann, der mit energischen Handbewegungen auf ihn einredete. Ezra hielt den Wagen an, stieg aus und machte eine Handbewegung zu Eyal auf dem gegenüberliegenden Bürgersteig. Der Junge sah ihn, schied von seinem Gesprächspartner und überquerte im Laufschritt die Straße.

»Wer ist der Mann, was wollte er von dir?«

»Er ist vom Altersheim dort. Er sagt, man muß sich bekehren.«

»Gott bewahre!« schrie Ezra.

»Keine Angst. Danach steht mir nicht der Sinn«, sagte Eyal. »Sag mir, Eyal, wonach steht dir der Sinn denn dann?«

»Nach nichts.«

Ezra verstummte. Eine derart ausgedehnte Unterhaltung hatten sie seit langem nicht geführt, doch auch sie führte zu nichts. Der Regen peitschte jetzt wütend auf das Wagendach, und der Takt der Scheibenwischer vermochte die Windschutzscheibe nicht mehr freizuhalten. Die Sicht war dürftig. Sie verließen das Viertel und fuhren auf die Schnellstraße, die mit Fahrzeugen verstopft war. Die Kolonne rückte langsam vorwärts, sie erreichten die große Kreuzung, bogen in eine Seitenstraße ab und hielten kurze Zeit darauf unweit der Polizeistation.

»Eyal, bist du sicher, daß du dorthin gehen willst?« fragte Ezra.

Sein Sohn blickte ihn fragend an.

»Ich setze dich hier ab und verschwinde«, sagte Ezra, »du kannst tun, was du willst.«

»In Ordnung«, sagte Eyal und machte Anstalten, aus dem Wagen zu steigen.

»Sei stark, Eyal«, sagte Ezra, ein Zittern in der Stimme, »mach nur, wonach dir der Sinn steht. Was du auch tust, du wirst immer der unsere sein, wir werden dich immer lieben und auf deiner Seite sein! Mein Eyal, verstehst du, was ich sage?«

»In Ordnung«, sagte Eyal und verließ den Wagen.

Ezra wendete den Laster, doch er fuhr nicht zur Kreuzung, sondern hielt noch einmal an, reckte den Kopf und spähte in den Spiegel über seinem Kopf. Er sah den Jungen im strömenden Regen auf die Polizeistation zurennen, die Treppen hinauf, und im Eingang des Gebäudes verschwinden.

Ezra fuhr zur Kreuzung zurück, hielt an der roten Ampel

und verspürte das Bedürfnis nach einer Zigarette. Er nahm das Päckchen, öffnete es, zögerte einen Moment und schenkte den Zigaretten dann einen Abschiedsblick. Er schloß das Päckchen wieder und zerdrückte es in der Hand, öffnete das Fenster zu seiner Linken, warf es mit aller Kraft hinaus, auf das Feld neben der Straße, und ließ auch das Feuerzeug nachfolgen. Jemand hinter ihm hupte ungeduldig, die Ampel hatte umgeschaltet.